死刑囚永山則夫

Ryuzo Saki

佐木隆三

JN256303

P+D BOOKS

小学館

目次

一〇八号

一九六八年十月十一日午前一時二十五分ころ、警視庁愛宕警察署へ、「勤務中のガードマンが頭部を負傷し、敷地内に倒れている」と、管内の東京プリンスホテルから電話で通報があった。港区新橋六丁目の愛宕署から芝公園三号地の東京プリンスホテルまでは、直線にして四百五十メートルで、当直主任の警部補が部下四人を率いて急行した。

正面玄関にライトバンを停めると、左手のプールに通じる階段上から、同僚が倒れているのを発見した二十三歳のガードマンが、懐中電灯を回して合図を送った。東京プリンスホテルは、綜合警備保障株式会社に警備を委託しており、日夜七人のガードマンが常駐している。被害に遇った二十七歳のガードマンは、芝生に仰向けに倒れて、口から食べ物を噴き出していた。左のコメカミ部から血が流れ、駆け寄った警部補が手首に触れると脈拍はあり、「しっかりしろ、誰にやられた?」と問いかけたが、目を閉じたまま答えない。

ホテル側は一一九番通報により、芝救急隊に出動を要請していた。鑑識担当の巡査がストロボで写真撮影をしていると、午前一時三十二分に救急車が到着し、被害者を西新橋三丁目の東京慈恵会医科大学附属病院へ運んで行った。

第一発見者のガードマンは、およその経緯を捜査員に告げた。

「午前一時二十分ころ、私が駐車場ボックスで勤務中に、ホテル受付から『南側の非常階段のベルが鳴っている』と連絡があった。すぐに石段を上って行くと、プール脇の芝生の上に、点灯したままの懐中電灯が放置され、同僚のガードマンが倒れていた。『どうした?』と呼びかけても返事がなく、頭から出血しているので殴られたのだと思い、ホテルのフロントから愛宕警察署に知らせた」

そこまで聞いて警部補は、ホテル一階のフロントから、警視庁の通信指令室に一一〇番通報した。

「こちら愛宕PSに、東京プリンスホテルから、ガードマンが芝生上で倒れていると届け出あり。現場調査したところ、頭部を殴られたようなので、救急車で慈恵医大病院に収容。ガードマンは、パトロール中だったと思われる。至急、関係向へ連絡を乞う」

午前一時四十分、連絡を受けた通信指令室は、「愛宕署の管内で重点警戒態勢を取れ」と、第一機動捜査隊に出勤を指令した。


ホテルの非常ベルが鳴ったのは、浄土宗の大本山たる増上寺に面した南側の非常階段に、一組の男女が侵入していたからだ。男は四〇五号室に宿泊しているオランダ航空のスチュワードで、赤坂で誘った無職の女を連れてホテルへ戻った。しかし、この時刻に部屋へ連れ込めないので、二人で非常階段から入ろうとしたとき、踏板式感知で非常ベルが鳴ったから、救急車が到着する前後にガードマンに取り押さえられた。

オランダ航空は、東京プリンスホテルを乗務員の定宿にしており、二十四歳のスチュワードは、十月九日から十二日までの予定で滞在中だった。二十七歳の女は、本籍地は東京都品川区だが、アメリカ陸軍の軍曹と結婚し、一九六四年八月に渡米した。六八年二月、夫がベトナムへ派遣されたので、単身で日本へ帰っている。二十四歳のオランダ人は、まったく日本語が話せないから、ホテルロビーにおける事情聴取で、連れの女に英語で通訳させたが、これでは口裏合わせになりかねない。そこで二人に愛宕署へ任意同行を求め、男に警視庁嘱託の通訳を付け、本格的な取り調べを始めた。

【オランダ航空スチュワード（二十四歳）の供述】

私はオランダのアペルドールン市で、八百屋をしている両親の長男として、一九四四年三月に生まれました。六五年十二月にオランダ航空に入社し、最初に日本へ来たのは昨年七月で、その後はフライトの度に訪れております。

昨日は遅い昼食をとって、午後三時から七時までプリンスホテル内で「ホテルレストランの経営」を学び、友だちと三人で外出して、六本木でイタリア料理を食べ、新橋のバーでウイスキーを飲み、友人と別れて一人で「日劇ミュージックホール」へ行き、地下バーで生ビール一杯を飲み、表に出てタクシーに乗り、「赤坂の女の子のいるバーへ行きたい」と頼んだのです。しかし、運転手は良いバーを知らず、スローにして走っていると、彼が「ナイスガール」と言う二十歳くらいの女が歩いていました。私と目が合うと女が笑ったので、「ホテルへ行かないか」と誘ったら、「オーケー」と答えたので連れ帰りました。

正面玄関の手前に停めて降りようとしたら、「今は出ないほうがいい」と女が言い、一人のガードマンが大きな懐中電灯を持って七、八メートル前を通り、プールに通じる石段を上って行きました。そこで私はクルマから出て、ホテルのキャッシャーで十五ドルを円に替え、タクシー代五百円とチップ四百五十円を運転手に渡し、彼女を降ろしたのです。

世界各国において、午後十時を過ぎたときは、一流ホテルに女連れで入れません。非常階段から入れようとしたのですが、先にガードマンがそっちへ行ったので、私が一人で様子を見に行きました。プールの脇を通り過ぎると、イビキ声のような音がしており、ガードマンが芝生に仰向けに倒れ、足元の懐中電灯が光っているから、酔っぱらって寝たのだと思いました。

そこで私は、彼女を待たせた場所に戻り、「ガードマンは寝ている」と告げ、二人で非常階段へ行って、彼女の尻を押し上げてやり、私も昇ったのです。しかし、四階に通じる非常口は開かず、私がフロントから入り内側から開けることにして降りたときガードマンに捕まり、芝生上に倒れていたガードマンが頭から血を流していることに、初めて気づきました。

私は土曜（十月十二日）に、バンコク行きの定期便に乗る予定でしたが、責任者と相談して、しばらく滞在することにしました。いま供述したことに記憶違いがあるかもしれないので、いつでも出頭して、思い出したことを話します。なお、彼女とは知り合ったばかりで、名前も住所も知りません。

【宿泊客に同行した女（二十七歳）の供述】

私は一九四一年六月に東京で生まれ、私立高校を卒業してデパート勤めなどして、六四年八月にアメリカ陸軍の軍曹と結婚してハワイへ行き、カリフォルニアへ転勤後に夫がベトナム勤務になったので、今年二月に帰国したのです。埼玉県入間市のアパートで、アメリカ空軍の軍曹と同棲中でしたが、「今すぐ結婚してくれ」と彼に迫られ、夫ある身で結婚できない私は、一週間前にアパートを飛び出し、新宿の旅館に逗留しております。なお私は、お尋ねのとおり、六三年夏に横須賀署に売春で捕まり、六四年一月には新橋でも逮捕され、愛宕署の留置場に十日ほど泊まりました。

今晩は十時過ぎに旅館を出て、深夜に赤坂界隈を歩いていると、タクシーに乗っていた外人から、「ガールフレンドになってくれ」と言われ、二つ返事で承知したのです。東京プリンスホテルに泊まっているというので、真っ直ぐ来てタクシーを停めました。このとき一人のガードマンが、前を横切って石段を昇るのを見たのです。私たちがタクシーを降り、プール下の歩道を行くとき、「パン」と音がしましたが、彼に「今夜は僕と寝てくれる？」と問いかけられ、私が「はい」と答えて、ロマンチックなムードでした。

彼は非常階段の様子を見に行き、「ガードマンは寝ており、悪い夢でも見ているのか、両手を空に突き上げ震わせていた」と引き返して話すので、私たちは駆け足で行きました。二人で非常階段を昇ったのですが、四階のドアが開かず、私はがっかりしました。すると彼が「フロントから入って内側から開ける」と降りて行き、待ってもドアが開かないので困っていたら、ガードマンに降りるように言われ、ホテルのロビーに連れて行かれる途中で、芝生に倒れたガードマンが、口から白い物を吐いているのを見たのです。

東京慈恵医大の附属病院に収容されたガードマンは、意識不明のままだった。頭部をレントゲン撮影すると、後頭部に直径〇・五センチメートルほどの異物があり、射入された弾丸の可能性がある。その知らせを受けた愛宕警察署は、警視庁科学検査部に連絡し、オランダ人と連れの女を硝煙反応検査にかけた。二人の着衣両袖と両手の付着物を採取し、「銃砲火薬発射の有無」を鑑定したところ、いずれも陰性だった。

東京プリンスホテルの現場には、倒れた被害者の頭の位置から一・八五メートル南寄りの芝生上に、白色ハンカチ一枚が落ちていた。ハンカチは筒状に丸く巻かれ、黄色ポリエチレンの網袋で縛ってある。ホテルの支配人から任意提出を受けた捜査員が形状を写真撮影して広げたところ、縦四十センチメートル、横四十センチメートルの正方形で、隅には焦茶色で「M」の刺繍がなされ、外国製とみられた。ハンカチを包んでいた網袋は、駅の売店に吊り下げているミカン入れだった。犯人の遺留品なら、ポリエチレンの網袋で銃身にハンカチを巻き付けていたとみられる。

一九六八年十月十一日午前十一時五分、被害者の村田紀男（二十七歳）が収容先の病院で死亡したので、警視庁は「東京プリンスホテル内ガードマン射殺事件特別捜査本部」を愛宕警察署内に設置した。

殺されたガードマンは、六六年十月に綜合警備保障に入社した。東京農大の農業科を卒業した柔道二段の明るい性格で、実家は八王子市にあるが、品川区のアパートで独身生活だった。社内の職階は「先任警備士」で、十月十日は非番だったのに、当務勤務（午前十時から翌日の午前十時まで）の一人に夜勤できない事情が生じ、呼び出されて午後九時からホテル正面の駐車場ボックス勤務についた。

六五年七月に設立した綜合警備保障は、北海道から九州まで営業所があり、二千五百人のガードマンが常勤し、デパート、銀行、ホテルの警備を請け負う。東京プリンスホテルと警備契約を結んだのは、六七年九月である。派遣要員は十七人で、常時七人が隔日勤務により、二十四時間体制を取っている。ホテル正面の駐車場ボックスにいた村田紀男が、プールのあるホテル南側へ行ったのは、フロントロビーに面した保安室にいる隊長代理から、電話で指示されたからである。

十月十一日午前零時四十八分、三人のホテル従業員が保安室の前を通り、正面玄関から出て行った。ホテル南側の裏には、増上寺の墓地に面して、ホテル従業員用の仮眠宿舎がある。そこへ行くには綜合警備保障保安室の許可が必要であり、無許可と判断した隊長代理が、仮眠宿舎の様子を見るよう村田紀男に命じた。そこで懐中電灯を持って行き、十一階まで通じる非常階段の手前で、何者かに狙撃されたのだ。

フロントのベルが非常階段の異変を報じたのは午前一時二十分で、二十三歳のガードマンが急行し、芝生上に倒れている先任警備士を発見した。そして後続のガードマンが、非常階段に侵入した二人を取り押さえた。これらの情報を総合すると、被害に遇った時刻は、午前零時五十分ころと推定される。

被害者の死体は、十月十一日正午すぎ、東京慈恵医大の附属病院から、愛宕署の裏庭にある霊安室に移され、実況見分がおこなわれた。見分を担当したのは、初動捜査を指揮した当直主任の警部補で、東京都監察医が立ち会っている。

身長一・六六メートル、体重六五・二キログラムの村田紀男の死体は、全身の皮膚が蒼白になり、死後硬直がはじまっていた。鼻から出血し、口からは汚れた淡褐色液を洩らしている。死体の創傷（傷口）は、頸部に二ヵ所、左コメカミ部に一ヵ所だった。

①左の耳朶《じだ》の下にある直径〇・三センチメートルの円形創傷は、射入口とみられる。その周囲にピンク色の焼痕があり、至近距離から撃ったようだ。

②射入口から四・二センチメートル後ろには、射出口とみられる創傷がある。上下〇・七センチメートル、左右〇・四センチメートルで、破裂状になっている。

③左コメカミ部にある創傷は、医師が三針縫い合わせていた。これを解いてみると、上下〇・四センチメートル、左右〇・三センチメートルの射入口とみられる。ここから入った弾丸が、頭腔内に止まって盲貫射創となり、死にいたらしめたようだ。

なお、①②の貫通射創の弾丸は、東京プリンスホテル内の現場から、発見することができなかった。

この実況見分を終えてから、死体を慶応義塾大学病院に移した。法医学教室の教授による執刀で、死因は「盲貫射創による脳挫傷《のうざしよう》および蜘蛛膜下腔内出血などにもとづく外傷性脳機能障害」とされた。頭部からは、弾丸一個、弾丸の破片二個が摘出された。表面に人体組織が付着しており、これを取り除いて乾燥し秤量した。

弾丸　　一・七四九グラム

弾丸破片a　〇・〇六八グラム

弾丸破片b　〇・〇〇四グラム

いずれも鉛のような材質の金属で、弾丸の弾頭部は、いちじるしく変形している。これは硬物体（人骨）に激しく衝突したからだが、弾胴部は原型を保っており、螺旋状の発射痕がみられた。この三個を合計すると、重量は一・八二一グラムになり、形態や特徴から、口径〇・二二インチのピストルから発射されたものとわかった。

制式ピストルの口径は、〇・二二インチ（〇・五六センチメートル）から、〇・四五インチ（一・一四センチメートル）までに限られ、口径〇・二二インチは「二二口径」と呼ばれ、弾丸の重量は一・九グラム弱である。

二二口径ピストルが、日本国内で押収されることはあっても、犯罪に用いられたケースは皆無といえる。オリンピックなど公式競技で、フリー・ピストル（射距離五十メートル）、ラピッドファイア・ピストル（射距離二十五メートル）は、銃身の長い二二口径を用いる。しかし、欧米で出回っている二二口径は、掌の中にすっぽり収まる短いもので、もっぱら婦人の護身用とされる。

東京プリンスホテルで、犯人が使用したピストルは、オメガ九〇〇型、レームRG一〇型、レームRG一一型（いずれも西ドイツ製）と推定され、回転弾倉式である。これらのピストルは、発射の初速が毎秒二百八十〜三百十メートルで、人間の顔面に命中したとき、部位によっては致命傷になる。至近距離から撃てば必ず当たるが、五メートル以上も離れると、よほどの熟練者でないかぎり命中しない。護身用たる所以で、暴漢にぎりぎり接近されたとき以外は、命中しなくても構わないからだ。

一九六八年十月十四日午前一時三十五分ころ、京都府警松原警察署の祇園石段下派出所の警官二人が、京都市東山区祇園町の八坂神社参道をパトロールしているとき、カンシャク玉が爆発したような音を三、四発聞いた。二人の警官は、車上狙いの窃盗事件のことで円山派出所へ行った帰りだった。午前一時二十五分に連絡を終え、円山公園の瓢箪池と枝垂桜のあいだを通り、八坂神社のほうへ向かったとき音が聞こえた。

深夜の円山公園は、〝アベックの名所〟で知られ、物陰に入り込んだ男女を、カンシャク玉で脅して楽しむ若者がいる。二十六歳の巡査は、取り押さえるつもりで駆け足になり、四十歳の巡査長は速歩で続いた。巡査が本殿前に着くと、老人が頭から血を流して石畳の上に倒れており、茂みに駆け込む人影が見えた。巡査が人影が消えた辺りに駆け寄ると、ガサゴソと物音がしたので、ピストルを抜いて「出てこい！」と声をかけた。このとき到着した巡査長が、懐中電灯で茂みの中を照らしたから、巡査は老人に近づき、流れ出た血の量から重傷とみて、通報のため円山派出所へ走った。

たまたま瓢箪池の横に、覆面パトカーが停車していた。午前零時に機動捜査隊の基地を出発して、午前一時二十分に円山公園に入り小休止中だった。したがって、制服警官が二人パトロールしているのを、警部補以下三人が目撃している。その警官の一人が、八坂神社の本殿方向から疾走してきた。

それに気づいて、運転席の巡査部長が叫んだ。

「巡査が走って来よる。何かあったんと違うか？」

後部座席にいた四十六歳の警部補は、ただちに発車させて、助手席の巡査がドアのガラス窓を開け、走ってくる巡査に聞いた。

「機動捜査隊です。何があったんですか」

「ピストルで撃たれて、人が石畳に倒れてます」

助手席の二十七歳の巡査は、すぐに無線電話機をつかんで、基地局に伝えた。

「至急、至急、刑事部ならびに京都本部。ただいま八坂神社において、ピストルで人が撃たれる事件が発生。至急に各局、各移動局に手配願いたい」

この送信中に、覆面パトカーは現場に到着した。倒れていたのは八坂神社の六十九歳の夜間警備員で、午前一時五十七分に東山区内の大和病院に収容されて医師の手当を受けたが、午前五時三分に死亡した。


【機動捜査隊の警部補（四十六歳）の供述】

私たち三人が八坂神社の本殿近くに駆けつけると、被害者から五メートルくらいのところに、祇園石段下派出所の巡査長がいて、「犯人はまだ茂みの中におり、さっきガサゴソと音がした」と知らせました。このため武藤巡査部長が検索に加わり、私と普留川巡査は、事情聴取に入ったのです。

このとき被害者の夜間警備員は、尻餅をつくように足を投げ出して、頭を垂れていました。頭から盛んに出血して顔一面に流れ、コメカミ付近から頬骨のあたりが大きく腫れて、ときどき流れる血を手で拭っておりました。地面には広い範囲にわたって流血があり、太股の上にタイムウォッチ（巡回時計）、懐中電灯（点灯していない）が乗り、少し後方にツルを折り曲げたメガネ、鳥打帽子が散乱していました。

被害者との問答ですが、「どうしたんや」と私の質問。すると大きな声ではありませんが、「ピストルで撃たれた」と答えました。続いて私は、「相手はどんな奴や」と聞きました。すると被害者は、「十七、八の男や」と答えてくれました。さらに犯人の人相、着衣を尋ねましたが、わからなかったのか、答えようにも声にならなかったのか、もはや答えてくれなかったのです。

そこで普留川巡査が、「犯人は十七、八の男」と連絡するため自動車に戻り、私は犯人像を聞き出そうと、「しっかりしなさい」と励ましながら質問を続けました。ところが被害者は、無言で流れる血を手で拭きつつ、そのうち力が抜けたのか、後方へ倒れました。その後も口を動かしておりましたが、まったく声になりません。私が傍らに坐り、被害者のタイムウォッチを見たところ、午前一時四十五分でした。したがって、瓢簞池で確かめた時刻から逆算すると、犯行時間は午前一時三十五分と推定できます。

【八坂神社の宮司（七十二歳）の供述】

八坂神社は、東山三十六峰の麓に位置する円山公園の西方にあり、門を出れば繁華街の祇園町で、市電・市バスの「祇園石段下停留所」があります。年中観光客などで賑わい、参拝者は昼夜を問わず多いのです。境内は樹木が生い茂り、夜は薄暗い感じであります。しかし、鶴見さんが射殺された本殿前は、たくさんの提灯を取り付け、終夜点灯しているので明るく、物や色の識別は容易です。

巡回中にピストルで射殺された鶴見潤次郎さんは、一九四三年二月から、「八坂神社夜警」をしています。勤務は厳正で、怠けるような点は見受けられず、几帳面で優しい人柄でした。給料は税込み二万二千円で、交通費九百円を給付していました。二十五年間も勤務したのであり、今回の不幸な死に対して、私以下の職員は、一日も早く犯人が逮捕されるように、祈っている次第であります。

なお、鶴見さんの履歴書の写しを提出しますので、参考にして下さい。

＊

鶴見　潤次郎

一八九九年八月二十三日生

出生地　京都市上京区五辻廬山寺通千本東入北玄蕃町

現住所　京都市上京区五辻通千本東入上桐ノ木町

一九四三年二月一日　　命八坂神社夜警

一九四四年二月一日　　命八坂神社社僕
一九六六年四月一日　　命八坂神社夜警
一九六八年十月十四日　境内巡視中殉職

東山区大和大路の大和病院で死亡した鶴見潤次郎（六十九歳）の死体は、京都府立医科大の法医学教室に移されて、午前十一時五十分から午後五時五十五分まで、司法解剖に付された。身長一・六四メートル、体重四九・五キログラムで、頭部に四発を被弾して、「盲貫射創による軟脳膜下出血」が死因だった。

①右前頭部に貫通射創。射入口は、上下一・七センチメートル、左右〇・三五センチメートル。射出口は上下〇・九センチメートル、左右〇・二センチメートル。皮下軟組織内に出血がある。

②左コメカミ部に盲貫射創。射入口は左耳朶の上に、上下〇・九センチメートル、左右〇・四五センチメートル。頭骨を穿通《せんつう》し、広範に出血があり、脳挫傷は三ヵ所で、弾丸一個が滞留していた。弾丸は長さ〇・九センチメートル、径〇・五六センチメートルの鉛で、真鍮の外袴が一部残存する。

③左頰部に盲貫射創。射入口は左耳朶の下で、上下一・二センチメートル、左右〇・四センチメートル。弾丸は大和病院で摘出されており、皮下に広範な出血がある。

④右下顎部に盲貫射創。射入口は上下〇・四センチメートル、左右〇・三センチメートルで、弾丸は骨内に嵌入《かんにゅう》し、周辺の皮下に広範な出血があった。

これらの射創は、いずれも近射（数十センチメートル）とみられ、射入口部の亜硝酸反応は陽性だった。①は鳥打帽子を貫通し、②が致命傷である。射創の部位は、被害者が立ったときの床面からの高さで、①は一六三・八センチメートル、②は一五四・七センチメートル、③は一四七・六センチメートル、④は一四一・五センチメートル。もとより射撃の順序まで、推定することはできない。

京都府警は、「八坂神社警備員殺人事件特別捜査本部」を、松原警察署内に設置した。

六十九歳の鶴見潤次郎は、午後九時から翌日午前六時まで、七十六歳の同僚と二人で、三十分交代で境内を巡回していた。巡回の目的は火災の早期発見で、境内に九ヵ所ある〝鍵箱〟を廻り、タイムウォッチに記録していく。携帯するタイムウォッチに鍵箱の鍵を差し込むと、内蔵のタイムカードに、時刻と鍵ナンバーが刻印される仕組みだ。

八坂神社の庶務係が、事件当夜のタイムウォッチのカードを読み取ると、午後十時から一時間おきに三回廻り、午前一時三十分に四回目の巡回に出ている。

午前一時三十分　　鍵ナンバー5

午前一時三十二分　鍵ナンバー3
午前一時三十三分　鍵ナンバー4

これでわかったのは、夜警員詰所を出て、神幸道に面した常磐殿の西側（5）↓神輿庫の南側（3）↓南門の東側にある斎館（4）を廻り、本殿前に出たところで、犯人と遭遇したことである。境内の物陰にいるアベックや、アベックを覗く連中がタバコを吸っているとき、「火の用心やでぇ」と、夜警員は声をかける。しかし、終夜明るい本殿前に、アベックや〝覗き〟は現れず、賽銭ドロボウも手が出せない。

考えられるのは、何者かによる待ち伏せの可能性だった。鶴見潤次郎には、首から吊った巾着の中身を、人前で数える奇癖がある。この日も、総額二十二万二千円（一万円札二十枚、千円札二十一枚、百円札十枚）を身に帯びていたから、事情を知る者が狙ったかもしれない。しかし、本殿前は待ち伏せに不適であり、何よりも現金は無事だった。

現場から三十メートル離れた植え込みには、アメリカ製のジャックナイフ一丁が残され、犯人の遺留品とみられる。二枚刃のジャックナイフは、ペンシルベニア州のケース・アンド・サンズ社が製造したもので、一九六三年から日本で四千三百丁ほど売られ、一丁二千五百円の高級品である。一枚の刃先を開いた状態で、「茂みに駆け込む人影」が、ガサゴソと音を立てた場所から発見された。二十六歳の派出所巡査は、「黒っぽい服装の男」と記憶している。

これらの状況から注目されるのは、三日前の「東京プリンスホテル内ガードマン殺人事件」

との共通点だった。
①現場が比較的閑静な場所。
②犯行時間が午前一時前後の深夜。
③被害者は夜間勤務中の警備員。
④至近距離からピストルで頭部や顔部を狙い、連続発射して殺害。
⑤犯行の動機が不明。
⑥犯人の遺留品が共にアメリカ製。
東京プリンスホテル事件の遺留品は、アメリカのアロー社が製造したハンカチである。日本では白木屋デパートのショーウインドーに、六四年十二月から六五年四月まで置かれた。三枚セットで九百円の高級品で、デパートの記録では、「M」のイニシャル入りは一組しか売れていない。遺留品のハンカチには、蓄膿症患者のものと思われる鼻汁が付着し、血液型は「O型または非分泌型」と鑑定されている。

京都八坂神社事件の被害者から摘出した、二二口径ピストルから発射したとみられる弾丸三個について、京都府警本部長は、警察庁の科学警察研究所に鑑定を依頼した。
〔一〕弾丸の種類。
〔二〕発射銃器の名称・形式。

〔三〕他の犯罪との関連の有無。

こうして三個の弾丸を送ったが、第四射創（下顎部に嵌入）の弾丸は変形がいちじるしく、重量が〇・八二三グラムしかない。二二口径ピストルの弾丸は重量一・九グラム弱だから、約一グラム欠けており、科警研は鑑定を見送った。

京都弾丸A（第三射創）　一・八三一グラム
京都弾丸B（第二射創）　一・七八五グラム

いずれも「東京弾丸」と材質が同じで、二二口径ピストルから発射されていた。「A」は弾頭部を頂点にV字型に裂け、偏平につぶれている。「B」は弾頭から弾底にかけて約三分の一がいちじるしい破壊、変形を生じている。「A」と「B」で原型の残っている部分には、黄銅色の被膜があった。この金色真鍮は、アメリカのレミントン社製のものと特定できる。商品名は「ハイスピード」で、被膜があると発射の初速が三十メートル増えるから、射的などの射撃スポーツ、兎のような小動物を対象とする狩猟に用いる。コネチカット州ブリッジポート所在のレミントン社でしか、真鍮被膜のある弾丸を製造しない。

ピストルの銃身内を弾丸が通るとき、高い圧力を受けながら回転し、銃口から飛び出していく。銃身内の螺旋状の凹凸が、弾丸に回転を与えるからだ。二二口径の銃身内には、八条の綫《せん》丘《きゅう》と綫底がある。ブローチというノミで切削したもので、凸部分を綫丘、凹部分を綫底と呼ぶ。弾丸につく綫丘痕は、銃身内の凸部分に切削されて、凹状に刻まれる。凹部分が刻む綫底痕は、弾丸に凸状の特徴を示す。それを電子顕微鏡で、ミクロ的に調べる。

一九六八年十月十八日、科警研は「他の犯罪との関連の有無」につき、鑑定結果を明らかにした。
①京都弾丸Bは、東京弾丸と同一の銃身から発射されたものと認められる。
②京都弾丸Aは、東京弾丸と同一の銃身から発射された可能性がきわめて大きい。
この報告を受けた警察庁は、警視庁と京都府警が資料を交換して、「共通点が多く同一犯人と思われる」とみなしたことも合わせ、二つの事件を十月十八日付で「広域重要一〇八号」に指定した。


一九六八年十月二十七日午前六時四十分ころ、北海道亀田郡七飯《ななえ》町の大中山駐在所へ、「不審なタクシーが自宅の門前に停車している」と、農家の二十四歳の長男が届け出た。函館駅から北方へ十一キロメートルの現場は、農家が点在する田園地帯で、未舗装の町道（有効幅員三・六メートル）からバックしたように、タクシーが家の出入口をふさいでいるのを四十六歳の母親が見つけ、駐在所へ息子を走らせたのだ。

さっそく五十三歳の駐在巡査が向かうと、クリーム色と黄色のツートンカラーの帝産函館タクシー（函5あ18—20）が停車しており、顔を血だらけにした運転手が、ドアにもたれかかっていた。巡査が助手席のドアを開け、「どうした？」と尋ねたが、まったく反応しない。バイクで駐在所へ引き返した巡査が、本署の函館中央警察署へパトカー出動を要請し、タクシー運転手は市立函館病院に収容された。しかし、意識を回復しないまま、同日午前八時十五分に死亡した。

【第一発見者の農婦(四十六歳)の供述】

私は午前五時に一回起きて、ガス釜のスイッチを入れましたが、日曜とあって下の子は学校へ行かないので、また床に入って寝て、二度目に起きたのが六時半でした。ゴハンは炊けていたので、味噌汁のナッパを切って鍋に入れ、用便のために表へ出たとき、自動車が停まっているのが見えました。その自動車は、お向かいの桜電気店のものと色が似ており、「どうしてウチの前に置くのかな」と思いながら用便を済ませて、もう一度見たところ、屋根にタクシーの印があったので、何をしているのだろうと思って行くと、運転手さんが寝ていたのです。

タクシーの運転席側のガラスに顔を付けており、「眠っているのかな」と思ったのですが、道路脇の立木にぶつかっています。「どうしたんですか」と声をかけても、返事がないし動きません。口や鼻のあたりに血がついているので、「これは大変だ、事故に遇ったのだな」と、寝ていた長男を起こしたのです。表へ様子を見に行った長男が戻り、「変だなぁ」と言うので、「駐在さんに知らせたほうがいい」と届けにやりました。ゴハンを一膳かき込んで、バイクで行ってきた長男は、「すぐ駐在さんが来るとよ」と言い、弁当を持って山へ働きに行きました。

巡査がバイクで来たのは、午前六時五十二、三分だったと思います。

タクシーの中に入った巡査は、運転手さんに声をかけたり揺すったりして、「どうにもならんから本署に連絡する。かあさん見ていて下さい」と引き返しました。私がタクシーの側で待っていると、まもなく巡査が戻り、パトカーも到着して、運転手さんは病院へ運ばれました。それから刑事さんたちが来て、家の前は大騒ぎになりましたが、強盗にやられたのだと聞き、本当にびっくりしております。いつごろからタクシーが家の前に停まっていたのか、家族四人（私、長男、中一の三女、小五の次男）は、誰も気づいていません。前日の午後十時五十分ころ、私が寝る前に便所へ行ったとき、家の前に自動車はいませんでした。

運転手さんは病院で、まもなく死んだとのことです。私たちが早く気づけば、助かったかもしれないと思うと残念です。奥さんと二人の子どもさんがあるそうで、気の毒でなりません。どんな犯人か想像もつきませんが、あんな目に遇わせてお金を奪うような人は、早く捜し出して処罰してもらいたいと思います。


【駐在所に通報した造林夫（二十四歳）の供述】

私は七飯町で生まれ育ち、函館林務署の造林夫として、道有林で植林をやっております。前日は午後十時に終わる「キイハンター」を観て、すぐ床に入って寝ました。すると朝になって、先に起きていた母から、「家の前にタクシーがいて様子が変だ」と言われたのです。そのタクシーは道路から家に通じる入口に、斜めに入って停まっており、車内で運転手のような人が顔を血だらけにして、ドアに頭をもたせかけておりました。ガラス窓は露で曇っていましたが、外から見たところでは、顔を少し動かしているようでした。しかし、車に触ってはうまくないと思い、家に戻り「変だな」と母に話したら、「警察へ知らせたほうがいいんでないか」と言われ、身支度して出かけました。駐在所へはバイクで行きましたが、家の前の出入口はタクシーがふさいでいたので、畑の中を回って道路へ出たのです。警察へ行った時刻は、時計を見なかったのでわかりません。それから家に戻り、仕事に出かける時刻になっていたので、すぐ山へ行きました。

私が最初に見たときと、山へ上がる前に見たとき、タクシーの中の人は少し首を動かしていました。眠っているような姿勢でしたが、鼻から口のあたりにべっとり血がつき、服の胸にも血が流れていました。髪が前のほうへ垂れていたので、帽子はかぶっていなかったと思います。車の前のドアやウィンドーは開いておらず、左側の後ろのドアは完全に閉まっていませんでした。私の弟（十一歳）も見ており、「後ろのドアは風が吹けば開くようだった」と言っておりますから、間違いないと思います。私の履物は、最初に外へ出たときはサンダルで、二度目は月星印の地下足袋を履いていました。

山の仕事から帰ってテレビを観ると、運転手さんが死んだというので、可哀相なことをしたと思います。いつごろからあんなことになっていたのか、私は寝ていて気づかなかったのですが、早く発見していれば死なずに助かったかもしれず、そのことが残念でなりません。

帝産函館タクシー運転手の佐川哲郎（三十一歳）が、函館山の麓にある市立病院に運び込まれたとき、当直勤務医は小児科担当だった。患者の顔面は血まみれで、パトカーの警官が「頭を殴られたらしい」と言うので、看護婦が近くの寮にいる外科担当医師に電話をかけた。

「外科の救急患者ですので、ちょっと来て下さい」

三十二歳の外科医が救急室に到着したのは、午前八時だった。このとき患者の瞳孔は完全に散大し、対光反射は消失している。脈拍はあるかないかわからないほどで、血圧を測った看護婦は、「四十から五十ぐらいです」と報告した。呼吸は胸部が少し動くが、舌根部が落ち込んでいる。これは意識が喪失したときで、声をかけても反応しない。看護婦は小児科医の指示で、強心剤と呼吸促進剤を注射していた。右目の鼻根部にキリで刺したような傷があり、そこから血が流れ出て、いくら拭いても止まらない。

「ふしぎな傷口だなぁ」

両側の眼窩《がんか》にある傷は、いずれも大きくはない。擦過傷にしか見えないが、右眼窩部にいちじるしい皮下血腫があるので、立ち会っている警官に尋ねた。

「どういう事件ですか」

「タクシーの売上金を奪うために、鈍器のようなもので殴ったのです」

それを聞いて医師は、「皮下血腫は殴られたとき生じたのか」と思った。午前八時十五分、患者の死亡を確認すると、警官が問いかけた。

「死因は何ですか？」

このとき外科医は、鼻根部のキリで刺したような傷からの出血のこともあるから、憮然として答えた。

「こればかりは、解剖してみなければわからない」

一九六八年十月二十七日午前十時すぎ、函館中央警察署は、「被疑者不詳に対する強盗致死被疑事件」で、函館地方裁判所に「鑑定処分」を申請し、被害者を司法解剖に付すことを裁判官が許可した。鑑定を委嘱されたのは、市立病院の中央臨床検査科病理室長で、午後二時三十分から院内の死体解剖室で、警官十人の立ち会いで執刀した。

三十一歳のタクシー運転手は、身長一・六三メートル、体重六一・〇キログラムで、顔面の全体に血液が付着し、一部は乾燥しておらず、傷口は三ヵ所だった。
①の創傷は、左瞼の下にあり、上下二・〇センチメートル、左右〇・五センチメートル。
②の創傷は、右鼻翼に星型の炸裂状で、上下一・三センチメートル、左右一・〇センチメートル。二つの傷口は、約五センチメートル離れて相互に貫通しており、鼻翼を圧すると血液が流れ出た。

③の創傷は、右眼窩に近い鼻根部にあり、上下一・〇センチメートル、左右〇・七センチメートル。深さは右の脳実質に達し、強度の血液が流出した。

三ヵ所の傷口の皮膚に、火薬による焼痕はみられなかった。①と③の創傷は、ほとんど同じ所見を示し、②の創傷とはまったく異なる（後日、①と③は射入口、②は①の射出口とわかった。射入口は小さく、射出口は炸裂状になるのが特徴とされる）。

頭蓋腔内には、右硬膜下に広範に出血があった。右蝶形骨から米粒ほどの大きさの金属破片が摘出され、約〇・二グラムだった。

この司法解剖は午後四時四十分に終了し、執刀医は「函館タクシー運転手殺人事件特別捜査本部」に、鑑定結果を報告した。

〔死因〕

鈍体による右眼窩打撲傷から生じた、右硬膜下出血。ただし、右鼻翼から左瞼下への貫通創傷は、キリ状の凶器で突き刺したもの。さらにキリ状の凶器で、右眼窩部を突き刺したとき、金属の尖端が頭蓋腔内で折れ、右蝶形骨に埋没した。

〔自他殺の別〕

自殺を考える根拠がないため、他殺と思われる。

〔損傷の部位程度〕

直接の死因は、右硬膜下出血である。ほかの創傷は、直接の死因とは考えられない。

〔凶器の種類と用法〕
鈍体による凶器で打撲し、さらにキリ状の凶器で突き刺したと思われる。
〔死体の血液型〕
A型。
〔死後の経過時間〕
十月二十七日午後四時四十分現在、胃内容物の消化吸収より判定し、死後より約十時間前後と推定する。
〔その他捜査上参考となるべき事項〕
ほとんど抵抗の様子がみられず、第一打撃で意識不明となったと思われる。被害者は剖検の結果、とくに病的所見はなく、きわめて健康体であったと思われる。

一九六八年十月二十八日、「函館タクシー運転手殺人事件特別捜査本部」の本部長である函館中央警察署長は、頭部から摘出した金属破片について、「種類、名称、成分」の鑑定を、北海道警察函館方面本部長に嘱託した。約〇・二グラムで米粒ほどの大きさの金属破片は、函館方面本部の鑑識課で、材質を特定することができなかった。そこで函館工業高校、函館ドック、長沼針金工業所などに持ち込んだが、いずれも判定が困難とされた。
十一月五日、室蘭市の日本製鋼所に持参したところ、技術研究所のスタッフが、「材質は鉛一〇〇パーセント」と鑑定した。しかし、「用途は特定できない」とのことで、警察庁の科学警察研究所に鑑定を依頼したところ、十一月十二日になって、「形状や成分などから弾丸の破片と推定することができる」と回答される。

帝産函館タクシーは、函館駅の南西一・五キロメートルに営業所があり、車両八十台が稼働している。午前八時に出勤する運転手は、翌日午前二時に勤務を終了し、その日は非番になる。車両はすべてトヨペットコロナで、市内を流して客を拾うか、無線で配車を指示される。ただし、無線車は三十五台だけで、被害車両の「函5あ18—20」は、無線を装備していない。

十月二十六日午後零時半ころ、運転手の佐川哲郎は、大鼻岬に近い谷地頭町の道営アパートへ帰った。勤務中の昼食と夕食は、自宅で食べる習慣で、昼は時計の針に合わせたように、正午ちょうどに戻る。しかし、この日は給料日なので、宝来町の営業所で給料（手取り三万五千円）を受け取り、袋ごと妻に渡している。スポーツマンの夫は、運転手仲間とサッカーチームを作って、キャプテンをつとめており、ユニホーム代二千二百円を妻にもらった。二十六歳の妻とは、六四年二月に結婚して、六四年九月に長女、六八年三月に長男をもうけた。この日も子どもと昼食を共にし、午後一時半にアパートを出た。そして午後六時半、夕食のために帰宅して、一時間後に流し営業に出かけた。このとき妻は長女の手を引き、長男を抱いて外へ出て、制服を着た夫を見送り、八幡神社の前を右折するテールランプに手を振った。

被害車両の距離計は、三十万二千三百八十・六キロメートルで、料金メーターは六百四十円を表示していた。運転日報の最後に、「五十一回目、二十二時五十分、大門―弥生、女客一人、現収二百円」とある。メモにある大門は、かつて遊廓が江戸吉原に擬して、巨大な門を建てていた辺りだ。今は駅前通りともいい、この中心街から乗った女客が、市立病院のある弥生町で降りている。

この日の売上金は、チケット分を除いて、八千七百円である。五十二回目の〝最後の乗客〟は、メーター料金の六百四十円を支払わずに、運転手の胸ポケットから現金八千七百円、釣銭用の蝦蟇口一個（推定三百円入り）を奪ったとみられる。料金メーターは、通称「大阪タコメーター」で、タクシーの最終停止は午後十一時十三分二十一秒とわかった。最後の乗客は、午後十時五十六分一秒に乗っており、停止までの走行距離は、一万一千百二十二メートルだった。これは函館駅前から、亀田郡七飯町字大川までに、ほぼ見合う距離になる。

五十一回目の乗客は、午後十時五十分に弥生町で降りている。それから約五分を空車で走り、五十二回目の最後の乗客を拾って、十七分二十秒走行し、午後十一時十三分二十一秒、被害現場に停止したようだ。

この犯行時間帯については、新たな証言が得られた。被害車両が入口をふさいだ農家の向かい側は、修理業を兼ねた「桜電気店」で、三十七歳の店主が午後十一時すぎ、自動車のドアが閉まる音と、犬の吠える声を聞いている。

十月二十六日（土曜）夜、二キロメートルほど離れた農家へテレビ修理に行った店主は、午後十時すぎに帰宅し、妻につられて〝土曜ロードショー〟を観た。それから寝室に入り、マイクロテレビで続きを観て、その映画が終わる十五分くらい前に、表で自動車のドアの閉まる音が聞こえた。バタンという音は、間をおいてもう一回聞こえ、農家の飼犬が激しく吠えはじめた。この犬はスピッツで、吠え声には特徴がある。それからしばらく、犬は吠え続けていたが、自動車の物音はわからない。電気店の主人は、テレビの映画が終わったあと、オリンピックのダイジェスト放送でチェコのチャスラフスカ選手が体操個人総合優勝して、メキシコシティで胴上げされるシーンを観て眠った。この証言は、テレビの放映時刻と符合しており、タクシーが停止した直後に、犯行があったとみられる。

さらに午後十一時二十分～三十分ころ、犯行現場の町道から見慣れない二十二、三歳の男が、国道へ走って行ったとの情報もある。このとき目撃された男は、チャコールグレーの背広を着ていたというが、事件との関連はわからない。

一九六八年十一月五日午前一時三十五分ころ、愛知県警港警察署へ、名古屋市中川区に営業所がある八千代タクシーの運転手から、「血だらけになったウチの運転手を、富士タクシーの運転手が病院へ運び込んでくれた」と、電話連絡してきた。病院名はわからないとのことだったが、まもなく中部労災病院が届け出た。

「頭に傷を負った男を収容しており、生命は保障しかねる状況である」

名古屋港に面した港署から、港北運河に面した港明一丁目の病院まで、直線で二キロメートルほどだ。当直員がパトカーで急行し、午前一時五十分に、「タクシー強盗事件と思われる」と無線で報告した。これを県警捜査一課の手配係が傍受し、港署に詳しく報告するよう指示した。

八千代タクシーの運転手が襲われたのは、港区七番町一丁目の路上である。第一発見者の富士タクシー運転手は、コルト一五〇〇ccの小型車に乗務し、名古屋市内を流し営業していた。十一月五日午前零時ころ、ホステス風の女客を熱田区で乗せ、港区七番町の未舗装道路の暗がりで降ろし、市電通りへ出ようとしたとき、八千代タクシーの異変を知った。午前一時三十分ころ、社名灯を点けて暗がりに停車している車両（名5く27—53）に人影はなく、運転席のドアは半開きで、血まみれの座布団が車外に落ちかかっていた。富士タクシーの運転手が辺りを注意しながら市電通りへ向かう途中、ふらふら歩いている制服の運転手から、「早く病院へ連れて行ってくれ」と救いを求められ、後部座席に乗せたのだ。

顔を血だらけにしている被害者に、三十一歳の運転手は尋ねた。

「何でやられた？　どこでやられた？」

ところが後部座席でうめきながら、小さな声で訴える。

「早く病院へ行ってくれ」

富士タクシーの社名灯に危険信号の赤ランプを点け、市電通りを名古屋駅の方向へ走り、八百メートル行った六番町の交差点で、派出所に気づいてUターンして停めた。しかし、大声で呼んで戸を叩いても、派出所内には誰もいない。このとき八千代タクシーが停車し、運転手が降りてきたので知らせた。

「あんたとこの運転手が、強盗にやられたようだ。俺は病院へ連れて行くので、警察へ通報してくれ」

八千代タクシーの三十五歳の運転手は、富士タクシーの車内を覗いて、「こりゃ、佐藤君じゃないか」と叫んだ。

「やられた場所は？」

「まっすぐ南へ行って、中日自動車学校の角を、左へ曲がったところだ」

「どこの病院へ連れて行く？」

「どこへ行けばよいかわからん」

「この先の二本目の角を、右折すると病院がある」

そう言い置いて、八千代タクシーの運転手は、南へ向かって発進した。富士タクシーも発進し、教えられた二本目の角を右折したが、なかなか病院が見つからない。ぐるぐる廻っているうちに、港北運河に面した中部労災病院を思い出し、スピードを上げて南進したのだ。

八千代タクシー運転手は、午前一時二十分ころ港区東橋で客を降ろして、営業所で仮眠するため北進中に、前を行く富士タクシーの赤ランプに気づいた。さっそく追尾すると、Uターンして派出所の前に停まったから、その後ろに停車して同僚の災難を知った。警察へ知らせるために走ったが、被害現場を確認しておくのが先だと思った。

八千代タクシーの社名灯を点けたトヨペットコロナは、竹中工務店名古屋製作所の塀沿いに停まっていた。車内を覗くと運転席のドアが開いたままで、ドアに取り付けた料金入れの布袋がちぎられ、ヒモがぶら下がっていたので、とっさに「強盗にやられた」と思った。自分のタクシーに戻り、市電通りを南へ向かうと、交差点に派出所があった。誰もいなかったが、机の上の電話機に「急用の方は41にダイヤルして下さい」とあったので、その通りにしたら港署につながった。

【中部労災病院の当直医師（三十五歳）の供述】

私は一九六〇年五月から、中部労災病院の整形外科に勤めています。十一月五日午前一時半すぎ、外来救急患者として来院し、私どもが処置した佐藤秀明（二十二歳）のことで、ただいまから申し述べます。

私が当直室にいると、看護婦から電話で、「救急患者を診察してもらいたい」と連絡があり、すぐ処置室へ参りました。すると若い体格のよい男が、診察台に仰向けに寝かされ、顔や頭が血まみれでした。当直事務員に「患者はどういう方か」と聞くと、「タクシー強盗にやられたらしい」というので、警察へ連絡するよう命じたのです。患者の頭髪は血で固まったようになって、傷口のわかりにくい状態でしたが、左コメカミと左耳朶の下に、先の尖ったもので刺したような創傷があり、しきりに血を噴出しておりました。

声をかけても応答がなく、瞳孔は右の散大が大きく、状態が悪いようでした。そこで医師を確保することにして、医局におられた川崎先生（外科専門）に、電話で要請したのです。それから止血のため、二ヵ所の傷口を縫合しました。次いで左下肢の静脈にテフロン針を使って輸血し、右下肢の静脈からも輸血するよう看護婦に指示しました。このころ川崎先生がこられ、左コメカミの創傷を診て、「尖器で刺したようだ」と、二人で話し合ったのです。申し添えておきますが、私は当直医として、患者の治療の責任者であります。しかし、担当は整形外科であり、川崎先生は外科専門ですから、全面的に協力してもらったのです。川崎先生がこられたとき、頭蓋内の出血が疑われる状態でした。そのあとの施療は、川崎先生が担当なさったので、私は供述を省略いたします。

やがて私服の警察官が三、四名こられて、患者の創傷、容態を尋ねられましたが、意識不明で外部的な損傷しかわからないので、「金属製の尖器で刺された創傷と考えられる」と答えました。ところが午前五時ころ、頭部単純撮影の結果がわかり、頭蓋内に数個の弾丸らしいものがあったので、射創であることが判明しました。そこで立ち会った警察官に、「空気銃のようなもので撃たれたのではないか」と申し述べたのです。

午前六時ころ応急処置が終わり、患者を四〇六号室に移して治療を続けたのですが、新たに重患が生じたため、私はそちらの病室へ行きました。そして川崎先生からの電話で、死亡の知らせを午前六時四十分ころ受けました。

一九六八年十一月五日午前八時すぎ、愛知県警は「名古屋タクシー運転手殺人事件特別捜査本部」を、港警察署内に設置した。同日午前八時三十分、佐藤秀明（二十二歳）の死体は、名古屋大医学部の法医学教室へ移され、名古屋簡易裁判所の判事が発付した「鑑定処分許可状」により、午前十時五分から司法解剖がおこなわれた。

身長一・七三メートル、体重六三・〇キログラムの死体は、全関節に死後硬直がみられ、すでに全身が冷たくなっている。この司法解剖は、頭蓋内に滞留している弾丸の摘出に急を要し、午前十一時四十分に終了した。頭部には四ヵ所の盲貫射創があり、死因は「蜘蛛膜下出血および脳挫傷」とされた。

①左の頸部の上に、直径〇・三センチメートルの円形射傷があり、左下顎に不正形の弾丸一個。

②右の耳朶下に、直径〇・三センチメートルの円形射傷があり、頭蓋の乳様突起に不正形の弾丸一個。
③左の前額部の上に、直径〇・三センチメートルの円形射傷があり、後頭隆起の骨折部に不正形の弾丸一個。
④頭蓋底において、左蝶形骨大翼の後側（外皮からの深さ四・五センチメートル）に、不正形の弾丸一個。
こうして摘出した四個の弾丸は、表面に人体組織を付着させたまま、捜査員が新幹線で東京へ運んで、警察庁の科学警察研究所に鑑定を委嘱した。

殺された佐藤秀明は、一九六八年一月、八千代タクシーに臨時採用で入り、三月に本採用になった。基本給が二万八千円で、売上歩合、通勤手当、皆勤手当、愛車手当などがつく。午前十一時から翌日の午前十一時まで二十四時間勤務だから、深夜は営業所で仮眠する。それまでの売上金は、盗難を予防するために、午前零時半から一時半までに、交代室の係員に仮納付することになっている。
八千代タクシーでは、中型車（トヨペットクラウン）を得意先の注文により配車し、小型車（トヨペットコロナ）は流し営業する。入社九ヵ月目の佐藤秀明は、小型車を担当しており、十一月四日は、午前十一時に営業所を出て、午後零時三十分ころ昼食に戻り、四十分間ほど休憩して出て行った。そして午後六時に戻り、夕食を済ませて一時間後に流し営業に出た。さらに午後十一時、営業所に戻った佐藤は、配車係に申し出た。

「今日これから、早退させてもらいたい」

しかし、指導員の四十八歳の運転手は、「そんな我が儘は認められない」と、きびしく叱責した。臨時採用のころは売上が良かったが、夏ごろから成績が落ちており、営業課長から再三にわたって、「もう少し真面目にやれ」と注意されている。早退は許されないことを知らされ、午後十一時四十分ころ渋々と流し営業に出かけた二十二歳の運転手は、二時間も経たないうちに災難に遇った。

被害車両の料金メーターは、二百円を表示していた。運転日報に記載された売上料金の合計は、七千百二十円になっている。布袋には釣銭のコインが三百円ほど入っていたはずで、被害金額は七千四百二十円と推定される。それだけではなく、佐藤秀明の腕時計が見当たらず、犯人に奪われたようだ。

タクシーの運行記録計（TD型タコグラフ）は、ゼンマイ式の時計によって、二十四時間で三百六十度の回転をする。速度記録ペン、距離記録ペンが、チャート紙に記す仕組みだから、精度〇・五秒で解析することができる。メーカーの技師が解析したところ、〝最後の乗客〟に関して、次のことがわかった。

〔乗車地点の停車時間〕
二十四・五秒
〔発車時刻〕
午前一時十七分四十五秒
〔最終停車時刻〕
午前一時二十三分三十二秒
〔乗車時間〕
五分四十七秒
〔料金二百円の移動可能距離〕
最小　四・一八一キロメートル
最大　四・六五八キロメートル
〔移動距離〕
約四・四七キロメートル

ここまでは解析できるが、最後の乗客を拾った乗車地点まではわからない。しかし、クラブのホステスが、被害者が運転するタクシーに乗り、中区岩井通で午前一時十五分ころ降りたことを、捜査本部に通報した。

【被害タクシーに乗ったホステス（三十八歳）の供述】

私は名古屋市中村区大宮町一丁目の春風荘アパートに、八年前から住んでおり、勤務先は東区葵町の「ブルースカイ」で、椿という名前で出ています。いつも仕事が終わると、いつも「雲龍龍神」にお参りするのです。以前に高野山で、弘法大師像を買いましたが、ショー（仏性）が入っていないので、大安の十一月五日に、先達さんに入れてもらうよう頼んでいました。

十一月四日夜、勤めを午後十一時半に終え、タクシーでいったんアパートに帰り、近くの風呂屋さんで身体を清めました。それから大師像を抱き、部屋を出るときタンスの上の置時計を見ると、午前零時五十三、四分でした。アパートを出て大門通交差点へ行くまで、私の足で五分くらいかかります。タクシーを拾うためにパチンコ店の前で待ち、悪質な運転手を避けようと思って、社名に注意しておりました。すると「八千代タクシー」が、太閤通を東進して来たので、安心して停めました。そのとき時計は見ておりませんが、午前一時すぎだったと思います。

私はタクシーに乗って、「岩井通まで行ってね」と言いました。運転手さんは二十三、四歳の若い感じで、車はコロナ、濃いグリーンと白のツートンカラー、八十円タクシーでした。太閤通三丁目の交差点で信号待ちのとき、運転手さんは腕時計を見て、日報を書いていました。「今日は暖かいね」と私が話しかけたら、何も言わなかったので、変わった人だなと思ったのです。水主町から堀川の橋を渡って、岩井通の電停前を右折したとき、料金メーターが百四十円だったので、「そこで停めて」と言ったのですが、百六十円に変わりました。停めた位置は、雲龍龍神の少し手前です。私が降りるとき、運転手さんは「ありがとうございました」と言って、日報を書いておりました。降りて歩いていると、そのタクシーは後ろから私を追い抜き、方向指示器を出しながら西へ曲がって行きました。私が雲龍龍神に着いたら、「来るのが遅いね」と先達さんに言われ、置時計を見ると午前一時十五分だったと思います。

弘法大師像にショーを入れてもらって、午前二時十五分ころ雲龍龍神を出て、電車通りでタクシーを拾うとき、パトカーがサイレンを鳴らして港のほうへ向かうので、「交通事故でもあったのかな」と思いました。アパートで昼前に起きて、何気なくテレビニュースを観ていると、八千代タクシーが強盗に襲われたことを報じ、運転手さんの顔写真も映ったので、「私が乗ったタクシーの運転手さんが、すぐあと強盗にやられたんだぁ」と、直感したような次第です。

一九六八年十一月五日午後三時すぎ、警察庁の科学警察研究所では、愛知県警から届けられた鑑定資料を、乾燥して秤量した。

名古屋弾丸A　　　一・七八五グラム
名古屋弾丸B　　　一・六三四グラム
名古屋弾丸C　　　一・四八二グラム
名古屋弾丸破片D—a　〇・六七〇グラム

名古屋弾丸破片D―b　○・○九○グラム

「A」は弾胴の一部のほかは、原型をとどめないほど破壊している。「B」は弾胴の二分の一が、いちじるしい変形を生じている。「C」は弾頭および弾胴が、いちじるしく破壊・変形している。「D―a」は弾胴の表面が内側にめくれており、「D―b」はいちじるしく変形した弾底である。いずれの弾丸も、螺旋状の銃身内を通過発射し、硬物体（人骨）に命中して変形・破壊が生じたもので、黄銅色の被膜がなされていた。各弾丸の重量は、一・八五グラムを超えておらず、形態、寸度、特徴から、レミントン社製の「ハイスピード」とみられる。

十一月五日午後六時すぎ、科警研は「指定一○八号の弾丸と同一性が認められる」と愛知県警に通報した。そして翌六日午前十一時二十分に、「京都弾丸と発射跡が一致する」と鑑定した。

〔鑑定結果＝本件の弾丸「A」「B」「C」は、当所に保管している「東京弾丸」「京都弾丸B」と、同一銃身から発射されたものと認められる。「A」「B」「C」と、「東京弾丸」「京都弾丸B」は、綫丘痕の間隔がほぼ同寸である。綫丘痕の幅や特徴も、一致または類似している〕

この結果を受けた警察庁刑事局捜査一課は、十一月六日午前十一時三十分、名古屋市のタクシー運転手殺人事件を、「広域重要一○八号」に追加指定した。

一九六八年十一月十二日、北海道警察函館方面本部の鑑識課長は、出張先の東京において、科学警察研究所から鑑定結果をもたらされた。十月二十六日深夜に発生した「函館タクシー運転手殺人事件特別捜査本部」で、被害者の頭腔内から摘出した約〇・二グラムの金属片について、科警研に鑑定を委嘱していたのだ。

函館弾丸A―a　〇・二二〇グラム

この金属片は、〇・三八センチメートル×〇・五一センチメートルの亀甲状で、片面が滑らかな丘状をなし、黄銅色の被膜が認められた。成分検査のため、エレクトロンマイクロプローブX線アナライザーを用いて非破壊分析をすると、丘状の黄銅色の部分は、真鍮（銅と亜鉛の合金）で被膜されており、その内側の金属成分は、鉛とアンチモンだった。

〔鑑定結果＝その状態、形状、成分などから、弾丸の破片と推定することができ、弾胴（円筒部分）の湾曲部から、弾頭に向かう部分であったと思われる。もし弾丸の破片であり、前記の位置にあったものとすれば、「東京弾丸」と同一である可能性が大きい。丘状の一部には、綫丘痕の疑いのある瑕《きず》（幅〇・〇六七センチメートル）があり、東京弾丸の発射痕と比較検討したところ、綫丘痕と形状、特徴などが酷似している。しかし、この瑕は小範囲にあらわれているのみで、位置的な条件について疑問があり、発射痕であるか否かについて、判定することは困難である〕

このことを東京から知らされた「函館タクシー運転手殺人事件特別捜査本部」は、被害車両を再見分することにした。トヨペットコロナ（函5あ18―20）は、帝産函館タクシーが廃車を申請し、一九六八年十一月四日付で北海道函館陸運事務所が、「自動車登録原簿」から抹消していた。こうして廃車処分されたコロナは、函館市日乃出町のOKモータース修理工場で解体中だった。

十一月十二日午後一時すぎ、捜査員がOKモータースに駆けつけたとき、ボンネット、車輪、エンジン、前・後部ドアは取り外されており、車体の本体だけが木の台に乗せられていた。車体の内部は、運転席と後部座席を仕切る座席シート、運転席ドアと接触する車体内側のウエザーストリップを残すのみだった。

さっそくウエザーストリップを見分すると、上端より九・五センチメートル、車体の床面から八十八センチメートルの部分に、金属片が突き刺さっていた。ドライバーを使って摘出すると、その形状から弾丸とみられ、長さ〇・九六センチメートル、幅〇・六八五センチメートル、重量一・八〇五グラムである。

一九六八年十月二十七日に、被害者の佐川哲郎（三十一歳）を司法解剖した市立函館病院の中央臨床検査科病理室長は、摘出した大脳と小脳をホルマリン漬けにして病理室に保存していた。十一月十二日午後一時すぎ、別働隊の捜査員が函館病院へ急行して、「保存の脳内に異物があるかもしれないので、その有無を検査して頂きたい」と申し入れた。さっそく放射線科の主任と係員がレントゲン撮影をすると、X線フィルムに異物がみられた。
①右大脳後頭極から三センチメートル、大脳縦裂線から二センチメートルの交差点に、異物が一個。
②右大脳前頭葉に、粉末状の異物が約十個。
立ち会いの捜査員が見守るなか、病院内の解剖室において摘出をおこなった。①は弾丸とみられる金属片一個で、②は粉末状で微量のため摘出は不可能だった。しかし、再検査で被害者の死因は、「盲貫射創による脳挫傷および蜘蛛膜下腔内出血などにもとづく外傷性脳機能障害」と訂正された。
被害者はタクシー車両内で、ピストルの弾丸二発を、顔面に被弾したとみられる。そのうち一発は、右眼窩に近い鼻根部から射入し、盲貫射創となり致命傷を与えた。もう一発は、左瞼下部から右鼻翼部へ貫通し、運転席の右側にあるウエザーストリップに突き刺さった。
函館弾丸A—a　〇・二二〇グラム（最初の金属片）
函館弾丸A—b　一・五五九グラム（脳内から摘出）
函館弾丸B　一・八〇五グラム（廃車から摘出）
一九六八年十一月十二日の夕刻、〝新事実〟で興奮に包まれた函館中央警察署内に、ラジオニュースが流れていた。この日の午後、東京高等裁判所の刑事四部は、〝ライフル魔〟の片桐操（二十一歳）に対し、一審の無期懲役判決を破棄して、死刑を言い渡した。

六五年七月二十九日午前十一時四十五分、神奈川県高座郡座間町でライフルを持った十八歳の少年が、警官を射殺してピストルと警察手帳を奪い、駆けつけた警官に発砲して重傷を負わせ、町田市→川崎市→調布市→小金井市と自動車を乗り継いで、東京・渋谷駅近くのロイヤル銃砲店に立てこもった。包囲の警官隊と撃ち合いになり、新たに十六人に重軽傷を負わせ、午後七時二十分に捕まった。

強盗殺人、同未遂、脅迫、公務執行妨害、不法監禁の罪名で起訴された被告人は、六七年四月十三日に横浜地方裁判所で、「犯行当時は満十八歳三ヵ月であったため、思慮分別も未熟で、家庭的な不幸が犯罪を助長した面もあり、公判過程で反省の色がみえ矯正の余地がある」と無期懲役判決を受けたが、検察側が「量刑不当」を理由に控訴していた。

二審の久永正勝裁判長は、「犯行当時は少年だったとはいえ、警官殺害のために現場を下見したり、逃走経路を考えておくなど計画的で、とても思慮分別が未熟とは思えない。しかも、犯行は人命など意に介さない人間性を喪失した冷酷なもので、人格のひずみを矯正できると断言できない」と、死刑判決の理由を述べた。

一九六八年十一月十三日、警察庁の科学警察研究所は、函館弾丸の「A―a」「A―b」

「B」は、東京事件、京都事件、名古屋事件と同一犯人が、同一銃器から発射したものであることを明らかにした。このため警察庁は、同日付で函館事件を、「広域重要一〇八号」に追加指定した。

【東京事件】

発生＝十月十一日（金曜）午前零時五十分ころ

現場＝東京プリンスホテル本館南側の芝生上

被害者＝二十七歳のガードマン

被弾＝二発

死亡するまでの時間＝約十時間十五分

遺留品＝アメリカ製イニシャル「M」のハンカチ

被害品＝なし

犯人像＝不明

【京都事件】

発生＝十月十四日（月曜）午前一時三十五分ころ

現場＝八坂神社境内の本殿前

被害者＝六十九歳の夜警員

被弾＝四発

死亡するまでの時間＝約三時間三十分
遺留品＝アメリカ製ジャックナイフ
被害品＝なし
犯人像＝十七、八歳の男（被害者の証言）
【函館事件】
発生＝十月二十六日（土曜）午後十一時十五分ころ
現場＝亀田郡七飯町の路上タクシー内
被害者＝三十一歳のタクシー運転手
被弾＝二発
死亡するまでの時間＝約九時間
遺留品＝なし
被害品＝現金八千七百円と蝦蟇口《がまぐち》（約三百円在中）
犯人像＝不明
【名古屋事件】
発生＝十一月五日（火曜）午前一時二十五分ころ
現場＝港区七番町路上のタクシー内
被害者＝二十二歳のタクシー運転手

被弾＝四発
死亡するまでの時間＝約五時間
遺留品＝なし
被害品＝現金七千四百二十円と布袋と腕時計
犯人像＝不明

一九六八年十一月十四日付『朝日新聞』朝刊は、「第五の事件を厳戒／緊急合同捜査会議／大都市周辺にも網」との見出しで、およそ次のように報じた。

＊

連続ピストル射殺の「一〇八号」を追及している警察庁は、十三日午後、東京・千代田区の麴町会館に、警視庁、京都府警、愛知県警、北海道警の各捜査課長、全国七管区の捜査課長らを集めて、緊急合同会議を開いた。

この結果、四事件は犯行時刻や手口などは類似しているが、①東京、京都はガードマン殺しで金を奪っていない、②函館、名古屋はタクシー運転手を殺して売上金を奪った、という相違点がある。現在までの資料では、「変質者の動機なき犯行」「金欲しさからの犯行」いずれとも断定できないとして、犯人像に幅をもたせ、両面から捜査をすることになった。

会議では、四事件の共通点、相違点について検討され、「動機不明の東京、京都の犯行が主で、タクシー運転手強殺は行きずり的なもので従」とする説と、「タクシー運転手強殺が主で、東京、京都の場合は周囲の状況からみて金を奪おうとして果たせなかった」とする説にわかれた。しかし、いままでの資料で一本にしぼるのは危険との判断から、変質者、金に困っている者に焦点を合わせ追及することになった。

また、函館の犯行により、捜査の重点としていた「大都市の閑静な場所」の幅を、大都市周辺の中小都市にまで広げることになった。そのほか、犯行現場近くには、東京、名古屋、函館などの大きな港があるところから、船員による犯行説もあり、すでに不審船員の有無について捜査を始めたことが報告された。

現在までのところ、犯人を目撃したのは京都だけだが、被害者は「十七、八歳の少年」とだけしか述べておらず、他の三件については目撃者がない、などの点も捜査のカベになっている。各犯行については、前後の足取りの追及、交通機関を利用したとすれば何に乗ったか、現場付近に不審な車は駐車していなかったか、などについても、さらにくわしく追及する。また、四件とも被害者は、二発から四発の弾丸を頭などに受けながら即死していない点から、犯人の使用しているピストルの弾丸は、ふつうの二二口径の弾丸にくらべ威力がなく、発射音も小さいことが確認された。

一九六八年十一月十五日、「名古屋タクシー運転手殺人事件特別捜査本部」は、被害品の腕時計について、全国に〝参考手配〟した。

〔この腕時計は、直径三・五センチメートルぐらいの丸型で総金張り。盤面は棒文字、三針、日付カレンダー。防水加工され、裏蓋の内側には、分解修理したことを示す「F」マークと日付（月日は不明）が刻まれている〕

被害者の佐藤秀明は、岐阜県可児《かに》郡の町立可児小・中学校から、私立東海工業高校へ進学し、六五年三月に卒業して、名古屋市西区の紙器製造会社の運転手になった。その就職祝いに、父親が岐阜市内の時計店で、七千円か八千円で買ったものだが、保証書は残っておらず、メーカーや品種は特定できない。紙器会社に勤務中に大型免許を取得してから、六六年九月に自動車教習所に転職した佐藤は、運転指導員になった。六七年春ころ、「腕時計の調子がよくない」と教習所でボヤいたので、同僚が「友だちの兄が時計屋だから、格安で分解修理してくれる」と預かった。金色の鎖バンドつき腕時計は、二週間ほどで佐藤の手元に戻り、修理代の相場は千円だが、六百円の割引料金だった。

このことを捜査員が聞き込み、名古屋市中区の時計商を訪ねたが、「弟の顔を立てるため」に格安で修理させられたのだから、依頼者の名前は知らないし、メーカーや品種をメモに残すこともない。しかし、二十九歳の時計商は分解修理したとき、裏蓋の内側にマジックインキで太い横線を引き、鉄筆で年月日を刻んで自分のイニシャル「F」を付す。

その腕時計の鎖バンドは、八千代タクシーに転職して、被害に遇ったころには壊れており、腕にはめていなかったともいう。三十四歳の同僚運転手が、十一月四日深夜、営業所に戻っていた佐藤秀明と顔を合わせて、「タバコを切らしたんだよ」と言うと、「オレの車にハイライトがある」と応えた。そこで〔名5く27―53〕を覗くと、運転席前の計器板上にハイライト一箱と、金色の腕時計一個が置いてあった。一本だけタバコを抜いた同僚が引き返すと、佐藤は寂しげに笑って、「基本料金に三百円ばかり足りないから、もう一稼ぎしてくるよ」と腰を上げた。基本料金とは、一当務（二十四時間勤務）の売上の最低義務である。

一九六八年十一月十三日から、「函館タクシー運転手殺人事件特別捜査本部」は、捜査対象者を十六歳から三十歳までの男性に絞り、連絡船の乗船客名簿を洗っている。函館事件が「広域重要一〇八号」に指定されたことで、犯人の足取りを限定できる。

東京事件＝十月十一日午前零時五十分ころ

京都事件＝十月十四日午前一時三十五分ころ

函館事件＝十月二十六日午後十一時十五分ころ

名古屋事件＝十一月五日午前一時二十五分ころ

そうすると、京都事件を起こした犯人が、青森から連絡船で函館へ向かったのなら、十月十五日～二十六日の可能性がある。

【青森発→函館着】

一一便　0時05分→3時55分

一便　0時30分→4時20分

三便　5時20分→9時10分

五便　7時25分→11時15分

一九便　10時00分→13時50分

二一便　12時15分→16時05分

二三便　14時30分→18時20分

一〇五便　17時00分→20時50分

二七便　19時10分→23時00分

計九便の下り乗船客の中に、捜査対象者の十六歳〜三十歳の男性は、一日平均千二百人弱だった。

上り便については、十月二十七日〜十一月四日の乗船客名簿から、捜査対象者をリストアップした。

【函館発→青森着】

一二便　0時05分→3時55分

二便　0時30分→4時20分

三〇四便　4時50分→8時40分
一〇六便　10時10分→14時00分
二二便　12時15分→16時05分
二四便　14時50分→18時40分
四便　17時00分→20時50分
二六便　19時20分→23時10分
六便　19時45分→23時35分

このようにして、下り便（十二日間）と、上り便（九日間）の乗船客リストを整理していき、捜査対象者は合計二万一千五百五十九人になった。カード式の「青函連絡船旅客名簿」には、六歳以上の乗船客が、甲・乙の二枚に等級、住所、氏名、年齢、性別の順に記入し、乗船のとき甲・乙の両片を係員に渡す。

捜査本部では、カードに記入された住所・氏名にもとづき、管轄の都道府県警察本部に「身上調査照会書」を郵送して、居住事実の有無、乗船事実の有無、旅行先、アリバイなど回答を求めている。

一九六八年十一月十四日、捜査本部は「青森市新町二丁目二八五　中村清治　二十一歳」について、青森県警本部に身上照会書を送付した。十月二十七日函館発の上り一〇六便（午前十時十分出港の津軽丸〉に、中村清治は二等客として乗っていた。「津軽丸」の乗船客総数は二百四十二人で、そのうち捜査対象者は六十四人である。
この照会に対して、青森県警から回答があった（一九六九年二月十五日付）。
〔居住事実の有無〕
無し。
〔乗船事実の有無〕
不詳。
〔アリバイ〕
受持ち派出所において調査するも、該当者、類似者の発見にいたらず。また、青森市役所、自動車運転免許証台帳からも調査したが、発見にいたらず。

一九六八年十一月十六日、捜査本部は「北津軽郡板柳町東雲四三　荒井清　二十歳」について、青森県警本部に照会書を送付した。十月二十一日青森発の下り一便〈午前零時二十分出港の松前丸〉に、荒井清は二等客として乗っていた。「松前丸」の乗船客総数は六百七十六人で、そのうち捜査対象者は百七十八人である。

この照会に対して、青森県警から六八年十二月三日付で回答があった。

〔居住事実の有無〕

無し。
〔乗船事実の有無〕
不詳。
〔アリバイ〕
東雲四三番地は、板柳町役場の戸籍簿にはない。荒井姓は板柳町に一世帯のみで、該荒井方では、「北海道へ旅行した事実はない」と申し立てている。なお、東雲は俗称で、板柳町大字福野田字室田が正式であり、四三番地はある。しかし、現在は道路用地になって、居住する者はない。

少年逮捕

一九六九年四月七日午前一時六分、東京都千代田区神田神保町の日本警備保障株式会社でアラームシステム受信台の赤ランプが点滅して、一橋スクール・オブ・ビズネス（渋谷区千駄ケ谷三丁目）の異常を報じたので、管制員が地区担当ガードマンのポケットベルを鳴らした。二十二歳のガードマンは、午後八時から機動警備車に一人乗務して、新宿・渋谷方面を巡回中だった。伊勢丹デパート倉庫でタイムウォッチに記録中にベルが鳴ったので、公衆電話で管制本部に連絡すると、「一橋スクールへ急行せよ」と指示された。

六五年四月に開校して、英語と貿易実務を教える一橋スクール・オブ・ビズネスは、二人の警備員を夜間と休日に勤務させていた。しかし、入学金や授業料の盗難被害が続くため、六八年九月に警備員を解雇して、日本警備保障と警備契約した（一ヵ月当たり四万四千三百七十三円）。SPアラームの機器を、建物の出入口、窓、金庫、ロッカーなどに取り付けることにより、異常が生じると管制本部に通じて、ガードマンが駆けつける。

一橋スクール・オブ・ビズネスは、山手線（代々木—原宿）をはさんで、明治神宮の東に位置する。細長い敷地内には、鉄骨二階建て一棟と、プレハブ式校舎二棟があり、午前一時三十分に到着したガードマンが、建物の外周を一巡すると、一階事務室内でロッカーを開けるような音がしていた。犯人を発見したときは、一一〇番通報するとともに、契約者の財産保護に重点をおく。ガードマンは表へ出たが、近くに公衆電話がない。やむなく通行人を待っていると、向かいのマンションから出た住人がタバコの自販機に近づいたので、事情を告げて一一〇番通報を頼んだ。

ガードマンが、一橋スクール・オブ・ビズネスの玄関から合鍵を用いて入ると、ロビーホールの左手にある受付カウンターの窓が開いており、レースのカーテンが揺れていた。懐中電灯を差し入れて事務室内を照らすと、机の引出しが荒らされ、奥のロッカーの扉も開いている。室内に人影が見当たらないので、手前を確かめたところ、カウンターの内側に人が潜んでいた。

「出て来い！」

金属製の警棒で背中を二、三回叩くと、無言で立ち上がった侵入者は、正面から浴びた懐中電灯の明かりに目を光らせ、ピストルのようなものを突きつけた。驚いたガードマンが後ずさりしたとき、チクッと顔の一部が熱くなったのは、スキー帽を被った小柄な男が発砲し、銃弾が右顎をかすめたからだ。

いきなり発砲した侵入者が、カウンター内から頭を先にして出てきたので、ガードマンは警棒を振り下ろした。金属製の特殊警棒は孫悟空の如意棒のように伸び、侵入者が右手に持ったピストルは床に落ち、激しい揉み合いになった。しかし、相手は敏捷な動きでピストルを拾い、二発目を撃って玄関から逃げ出した。

このとき正門前に、世田谷地区担当の二十三歳のガードマンが管制本部の指示で到着していたが、鉄製扉（幅四メートル、高さ一・四メートル）が開かない。そこへ玄関から飛び出してきた男が、ジャンプ選手のように門を乗り越えた。すかさずガードマンが、その体を特殊警棒で狙い打つと、グリーン系のジャンパーにジーパン姿の男は、路上に転がり体を丸めると、すぐ立ち上がって黒いものを向けた。

「ピストルを持っているぞ！」

建物から出たガードマンが叫んだので、あわててコンクリート電柱に身を隠すと、その隙に犯人は走り去った。二人のガードマンは、さっそく追尾を始めたが、T字路を右へ曲がった辺りで男の姿は消え、スキー帽が路上に落ちていた。

一九六九年四月七日午前一時三十七分、警視庁の通信指令室は、一橋スクール・オブ・ビズネスに近いマンションの住人から一一〇番通報を受け、警邏部長名で「原宿署管内で重点警戒態勢を取れ」と発令した。

午前一時五十五分、第二機動捜査隊のパトカーから、通信指令室に報告があった。

「一橋スクールの玄関内ホールから、犯人が発射した弾丸二個を発見した。この弾丸は非常に小さく、二二口径ピストルのものと思われる」

これは「広域重要一〇八号」の弾丸に類似しており、午前二時七分に、「原宿署を中心とする外周配備をせよ」と発令した。そのあと更に玄関内ホールから、ピストル弾丸の薬莢（打殻）二個、実弾一個、金属片一個（ピストル部品）が発見され、正門付近の路上にも、実弾二個が落ちていた。

午前四時二十七分、通信指令室は警視庁の全署に、「緊急配備」を発令した。そして午前五時八分、代々木警察署のパトカー乗務員が、渋谷区代々木一丁目の路上で、ピストルを持った犯人を現行犯逮捕した。

【逮捕した巡査部長（三十八歳）の供述】

一九六九年四月七日午前二時七分、代々木署内で隣接配備発令を受け、私は警邏係の吉川、高田両巡査と三人で、無線パトカー「代々木2号」で出発し、代々木署管内の西参道から原宿方面にわたり、午前五時まで警邏・検索をしました。そのあいだに、無線による追加手配を受けています。

①犯人は年齢二十歳くらい、身長一・六メートル前後、目がパッチリしており、グリーン色の上着、色不明のジーパンを着用。

②原宿でピストル数発を発射しており、警察官の取締りに接したときは、さらに発射する危険性がある。

③犯行現場に遺留した薬莢の形状が、「指定一〇八号」の薬莢と一致した。

私たちは午前五時五分ころ、明治神宮の北参道で、歩道上を歩く男の姿を認めました。濃いグリーン色の上着、薄い紺色のジーパン、身長一・六メートル、十七歳から二十歳くらいで、手配の犯人と思われ、一挙に至近距離に近づき、三人が飛び出して取り囲みました。私が「どこへ行くのか」と尋ねると、男は「新宿……」と答え、吉川巡査が「どこから来たか」と尋ねたら、「新宿から来た」と答えましたが、顔色が青ざめて全身が震えておりました。目は比較的パッチリしていましたが、一睡もしないような疲れた様子で、〝盗み目〟で私たちの動静を窺うので、逃げるかもしれないため慎重に取り囲んだのです。

「ポケットがふくらんでいるが、何を持っている?」

私が尋ねると、両腕を開き「見て下さい」という態度を示したので、内ポケットを手で触ると、指先が銃把に当たりました。私は職務上ピストルを扱うため、外から触っただけで、上向きの銃把とわかったのです。万一のことを考えて「手を上げろ」と命じ、高田、吉川両巡査に両腕を押さえさせ、ピストルを取り出して調べると、実弾三発が装塡された本物なので、犯人に間違いないと判断しました。

私が「原宿でやってきたな?」と質問すると、男は軽く首をタテに振りました。それで一橋スクール・オブ・ビズネスの強盗殺人未遂の準現行犯人と判断したのです。なお、ピストルの不法所持は明らかなので、その点は質問しておりません。ただちに逮捕することを告知し、続いてジーパンのポケットにあった茶色革製の小銭入れを調べると、実弾十四発がバラで入っていたので、その場で差し押さえたのです。

この手続のあと、私が左腕、高田巡査が右腕をかかえ、手錠を使用せず完全に逮捕し、「代々木2号」に同乗させて、吉川巡査の運転で代々木署へ連行しました。

一九六九年四月七日午前五時十五分ころ、渋谷区本町一丁目の代々木警察署に連行された被疑者は、素直に質問に答えた。
氏名＝永山　則夫
年齢＝十九歳（一九四九年六月二十七日生）
本籍＝青森県北津軽郡板柳町大字福野田
学歴＝六五年三月・町立板柳中学校卒
職業＝深夜喫茶店ボーイ（新宿区歌舞伎町）
住居＝東京都中野区若宮二丁目アパート幸荘
ただちに正面と横向きの顔写真を撮影し、指紋と掌紋を採取したあと、唾液を提出させて血液型の鑑定資料とした（O型または非分泌型と判明し、「東京プリンスホテル事件」の遺留品ハンカチの鼻汁と合致）。
逮捕時の所持品は、ピストルと実弾のほかに、ドライバーセット一組（八本入り）、ローレックス腕時計一個、ロンソンライター一個、クシ一個、学生証一枚（明治学院大学商学部発行）、西武鉄道の定期券一枚（西武新宿—都立家政）、質札二枚である。
定期券、質札は、いずれも「永山則雄」名義だった。学生証は「拾ったものを偽造した」と認めて、氏名の「大塩秀雄」を「永山則雄」に改竄《かいざん》し、自分の顔写真を貼っていた。

一橋スクール・オブ・ビズネスの建物内へは、一階の教室の裏窓を破って入った。ドライバーセットを持ち歩くのは、プロの侵入盗の手口だから、代々木署の取調官が尋ねた。

「ずいぶん手慣れた様子だが、これまで挙げられたことはないのか?」

「今は言いたくない」

十九歳の被疑者は、出された朝食には手を付けようとせず、固く口を閉ざした。そこで少年係が犯歴照会すると、三回の「補導前歴」が浮かんだ。

①一九六五年十一月八日(十六歳)
非行名=窃盗未遂
補導警察署=栃木県警宇都宮署
措置および処分結果=不処分
②一九六六年九月六日(十七歳)
非行名=刑事特別法違反、窃盗
補導警察署=神奈川県警横須賀署
措置および処分結果=試験観察→保護観察
③一九六八年一月十二日(十八歳)
非行名=出入国管理令違反

補導警察署＝横浜海上保安部
措置および処分結果＝不処分

一九六九年四月七日午前八時すぎ、愛宕警察署内の「東京プリンスホテル内ガードマン射殺事件特別捜査本部」の捜査員が、代々木署を訪れた。

「指定一〇八号事件との関連が、きわめて濃厚な被疑者だから、当方で事情を聞きたい」

これを代々木署が受け入れたので、警視庁捜査一課の警部（愛宕署へ派遣中）は、しきりに〝盗み目〟を向ける少年に、押収品のピストルを示した。

「これは何だ？」

すると少年は動揺の色をみせ、一筋の涙が頬を伝わり落ちた。

「去年の十月に、東京プリンスホテルの敷地内に入ったとき、ガードマンに捕まりそうになったので、このピストルで撃って逃げました」

「やったのは、それだけか？」

「いいえ。京都や函館や名古屋の事件も、みんな自分がやったことです」

「使ったピストルは、どこで手に入れた？」

「昨年の十月初め、盗みの目的で横須賀のアメリカ軍基地に入ったときに、住宅の中で見つけました」

「Mの刺繍がある、白いハンカチは？」

「アメリカ人の家に誰もいなかったので、部屋の中をあちこち探していると、白いハンカチで包んだピストルがあったんです」

「君自身が蓄膿症を患ったことは？」

「宇都宮の少年鑑別所の身体検査で、そう言われました」


一九六九年四月七日午前十時すぎ、押収したピストルと実弾（実包）、犯行現場の遺留品などが、千代田区三番町の科学警察研究所へ送られた。ピストルの銃把には、黄色の油紙が巻き付けてあり、取り除くと「RG10」のマークがあった。ドイツ連邦共和国バーデン・ヴュルテンベルク州ゾントハイム市のレーム精密工具機械製作所の製品で、六連発ダブルアクション型回転式（No.744597）である。

重　量　三三三・一グラム
全　長　一三・三センチメートル
銃身長　四・四センチメートル
弾倉長　二・二センチメートル

ピストル銃口部の内縁には、棒ヤスリのようなもので削った形跡があり、銃口部から約三ミリメートル奥の銃腔にも、硬いもので突いたような痕がある。レンコンの穴のような弾倉には、アメリカのレミントン銃器会社製の二二口径縁打式真鍮被膜弾「ハイスピード」が、きっちり装塡できる。

銃口から脱脂綿を入れ、銃腔を拭き取って、ジフエニルアミン酸試薬を加えると、火薬残滓特有の反応があった。同様に弾倉を調べると、二個の弾倉に弾丸を発射した形跡がみられた。一橋スクール・オブ・ビズネスの玄関ロビー内に落ちていた二個の薬莢は、いずれも重量〇・四五グラム、長さ一・〇六センチメートル、直径〇・五六センチメートルで、底面にある「U」の刻印は、「ハイスピード」を示す。薬莢部に撃針痕が印されており、弾丸を発射した打殻だった。三発の実包は、重量二・三五グラム、長さ一・七三センチメートル、真鍮被膜のある側面の直径〇・五六センチメートル、底面の直径〇・六八センチメートル。いずれも薬莢部に撃針痕が印されており、撃鉄は作動したけれども、発射しなかった不発弾である。同じく遺留品の金属片は、ピストルの給弾門扉（薬室開閉子）だった。これを正常に戻し、科警研にあるハイスピード実包を装塡して試射すると、弾丸は正常に発射した。

犯人は玄関ロビー内で二発を発射し、さらに三発目の引金を引いたが、給弾門扉が欠け落ちており発射しなかった。建物から飛び出したあと、正門を乗り越えたところで転倒したが、応援のガードマンを狙って引金を二回引いて、いずれも不発に終ったのだ。

一九六九年四月七日午前十一時すぎ、少年の身柄は、代々木警察署から愛宕警察署へ護送された。甲州街道に面した代々木署の前には、報道陣だけでなく、テレビで「連続射殺魔逮捕される!」とテロップが流れたため、野次馬が殺到している。

警察庁の発表によると、「広域重要一〇八号」の捜査対象者(十六歳から三十歳までの男性)は、十七万七千八百九十三人だった。このうち十三万七千八百二十九人は〝シロ〟とわかり、残りは四万六十四人とされた。最も多かったのは蓄膿症の患者で、十万三千五百十人がリストアップされた。東京プリンスホテル事件の遺留品ハンカチに付着した鼻汁(血液型O)が蓄膿症と推定されたため、約八〇パーセントまで洗っていた。函館事件の前後に、青函連絡船を利用した乗客については、二万千五百五十九人をリストアップして、九二・四パーセントが〝シロ〟とされている。補導歴のある少年で家出・所在不明者は九千四百十八人で、七千三百四十二人までアリバイを確認し、残り二千七十六人だった。

「一〇八号」の犯人を乗せたパトカーは、新宿ランプから霞が関ランプまで、首都高速道路をフルスピードで走り、港区新橋六丁目の愛宕警察署に到着した。ここでも報道陣が待ちかまえ、もみくちゃにされながら建物内に入り、ひとまず留置場に収容された少年は、看守が与えた牛乳を飲まなかった。

しかし、取調室に連れて行かれ、昼食にカツ丼が出されると、素直に食べて落ち着きをみせ、供述調書の作成に応じた。(取り調べの初期は、「出生地」「位記、勲章、年金」「前科」「家族」「財産」などを、印刷された項目に記入する)

【一回目の供述】

一、出生地は、北海道網走市呼人《よびと》番外地です。

二、位記、勲章、年金はありません。

三、前科はありませんが、今まで警察で、三回取り調べを受けました。

四、家族は、本籍地に母（六十歳くらい）がおり、魚の行商をしています。父は私が中学一年のとき死亡しました。兄や姉妹は七人います。

五、私の財産は、何もありません。

六、私が物心ついたころ、父はどこかへ行き、網走で行商していた母に育てられ、五歳のころ青森県へ母と行き、そこで板柳中学校を卒業しました。六五年三月末に学校の紹介で、東京都渋谷区の西村フルーツパーラーに就職し、住み込み店員として働いていましたが、半年間でやめて、栃木県にいる長兄（三十六歳くらい）を頼って自動車修理工場で働くうちに、居づらくなって大阪へ行きました。守口市で米屋の店員をしましたが、半年でやめて東京へ出てから、池袋の喫茶店で住み込み店員、横浜で沖仲仕、川崎市でクリーニング店員などして、六八年十二月初めに新宿で喫茶店ボーイになり、現在にいたっています。

七、私は昨夜遅く、原宿の学校に盗みに入り、ガードマンに見つかりピストルを発射して逃げる途中、お巡りさんに捕まりました。

八、昨日アパートを出るとき、「黒色の手提げカバン」に小型ピストル一丁を入れていました。このピストルは、昨年十月初め、横須賀のアメリカ軍基地内の宿舎から、ハンカチ、ジャックナイフ、カメラなどと一緒に、実弾五十発付きで盗んだものです。

九、私はこのほかにも、東京プリンスホテルでガードマンをピストルで殺し、京都、函館、名古屋でも人を殺していますが、詳しいことは後で申し上げます。

十、それから、私が使ったピストルの略図一枚を書きましたので、調書に付けておいて下さい。

一九六九年四月七日正午ころ、愛宕警察署から派遣された捜査員と通訳が、ピストルの盗難被害を確認するため、横須賀市楠ケ浦町の在日アメリカ海軍司令部調査局を訪れた。この三十分前に、報道部長の大佐が日本人記者と会見しており、「公私いずれにおいても、当基地内でピストル盗難の事実はない」と否定したのを受けて、渉外部長の大佐が告げた。

「六八年十月初めころ、ピストル盗難の被害届は、まったく出ておりません。犯人の供述は、事実に反するのではありませんか」

「六六年九月にも、この横須賀基地内に侵入して、コイン窃盗事件で補導されています。ピストルのような重大なものを盗んだ場所を、本人が間違えるとは思えません」

「軍紀でピストルは厳重に管理されており、基地外からの侵入者に、容易に盗まれることはあり得ない」

「基地内の住宅において、ピストルと銃弾のほか、ハンカチ、ジャックナイフ、カメラも盗んだと自白しました」

「そのカメラは、どういう性質のものでしょう」

「8ミリ映画の撮影機です」

「ムービーですか?」

日系二世の渉外部長は、いったん席をはずしてから、盗難被害届の存在を明かした。


一九六八年十月二十四日付の盗難被害届は、横須賀警察署長宛に提出された。基地内のJストリート四三番三二三ハウスに住む海軍一等兵曹(三十四歳)が、「六八年十月八日ころ、何者かに自宅に侵入されて、次の品物が盗まれた」と、被害品を記している。
①8ミリズーム・ムービーカメラ一台(ヤシカ製)。時価六十七ドル相当。
②カフスボタン一セット。時価十五ドル相当。
③イヤリング一セット。時価七十ドル相当。
ジェームス・S・ジョゼフ海軍一等兵曹は、主計下士官として軍艦マッケンジー号に乗務している。六八年九月六日、三十日間の休暇をもらったので、妻の母国フィリピンへ家族全員(夫婦と二人の子)で行った。そこで休暇が明けたので、引き続きルソン島に滞在する家族を

残し、フィリピンからベトナムへの海上勤務についた。

六八年十月二十四日、ベトナムから横須賀に帰港した主計下士官は、自宅に侵入盗があったことを知らされた。十月八日朝、隣家の主婦（アメリカ人）が、ジョゼフ宅の勝手口の網戸が落ちて窓ガラスが破られているのに気づいた。通報を受けた調査局は、侵入状況を写真撮影したあと、家族全員が不在とあって、勝手口の窓ガラスを修理しておいた。そこでジョゼフ一等兵曹は、自分で確認できた被害品について、調査局を通じて横須賀署に届け出たのである。


この経緯を聞いた捜査員は、渉外部長に尋ねた。

「ジョゼフ一等兵曹の夫人は、現在どこにいますか」

「先ほどJストリートのハウスへ電話したところ、昨年末にフィリピンから帰ったとのことで、彼女は在宅しております」

「それでは、家のほうへ案内して下さい」

「あなたが行って、何をするのですか」

「ピストルの盗難被害について、まず確かめねばなりません。逮捕された被疑者は、婦人の護身用とみられる二二口径ピストルを所持していました。その写真を持参したので、ジョゼフ夫人に見てもらいたいのです」

「その写真を見せて、どうするつもりですか」

「供述調書および実況見分調書を作成します」

「日米安保条約の地位協定で、合衆国軍隊要員の家族は、軍人と同等の扱いを受けます。日本の官憲が取り調べるときは、外交ルートを通さねばなりません」

「しかし、事態は急を要します。『指定一〇八号事件』では、連続して四人が射殺されました。凶器となったピストルの出所を、急いで確認せねばなりません」

「ジョゼフ夫人に対するインタビューは宜しい。しかし、彼女は事情を説明するだけで、日本の官憲が作成したドキュメントに、サインすることはできない。また、家屋内外の写真撮影も不可です」

「奥さんの説明をメモして、家屋内や周辺の見取図を書くことは、構わないわけですね？」

「それは自由ですが、説明した内容や作成図面が真正のものであることを、サインで証明することはできません」

「その理由は？」

「ここが基地内だからです。ただし、わが調査局が侵入状況を撮影した写真を、プリントして提供するにやぶさかではない」

そこで捜査員は、アメリカ側の条件を受け入れ、渉外部長の案内でJストリート四三番へ行き、テラスハウス形式の三二三ハウスで説明を受けた。

【ピストルを盗まれた主婦（二十六歳）の供述】

私たち家族は、一九六八年七月二十三日から、このハウスに住んでいます。六八年十月に盗難被害に遇ったのは、コイン、カフスボタン、イヤリング、ハンカチ、ムービーカメラ、ジャックナイフなどです。

そのほかに、自分が言うべきものとして、ピストル一丁と銃弾五十発があります。このピストルは、私のイトコが六五年夏ころ、アメリカで護身用にくれた二二口径で、回転弾倉に銃弾を六発装塡でき、銃を握るところは白色で、装飾が施されています。五十発入りの銃弾一箱は、私がアメリカで買いました。

ピストルと銃弾は、硬いプラスチック箱に入れて、主寝室の押入タンスの引出しに収めました。ピストルは白いハンカチ（イニシャルMの刺繡入り）で包み、銃弾入りの小箱は、ソックスに入れておきました。私はそのピストルを一度も使ったことがなく、グリスを塗って磨いたこともありません。ずっと仕舞い込んでおいたのは、子どもが悪戯するといけないからです。ピストルの製造ナンバーは、どこにも記録しておりません。いま見せられたピストルの写真は、確定的に自分のものとは言えませんが、見た印象としては私が持っていたものです。しかし、当時より古びています。

ここが基地内とはいえ、私がピストルを所持していたからには、日本官憲に登録しておくべきでした。ジャックナイフは、主人にもらった小型のもので、日本官憲に登録を必要としません。主人が調査局を通じ、ムービーカメラや装飾品の被害届を出したとき、「妻が帰ってから、ほかにも被害品があるとわかったならば、君自身が届け出るように」と言われたそうです。しかし、主人はベトナムへの海上勤務に忙殺され、まだ連絡していません。そして私自身は、主人に代わって連絡する立場にないのです。そのような次第で、ピストルと銃弾の盗難被害を、一日も早く届け出たいと私は願って、軍調査局または日本官憲が来てくれるのを、心待ちにしておりました。

なお、私の血液型は「A」です。

一九六九年四月七日の夕刊各紙は、いずれも一面トップで、大見出しを付けた。

——連続射殺魔ついに逮捕／一七八日ぶり、けさ代々木の五件目で／ピストル・ハンカチ〝米軍から盗む〟／19歳のボーイ自供／全犯行〝カネがほしかった〟（読売）

——連続ピストル射殺事件／19歳のボーイが自供／半年ぶり五件日で解決／強盗、逃走中捕わる／盗みを見つかり射殺／短銃、横須賀で盗む／職を転々、密航も（朝日）

——連続射殺魔つかまる／広域手配一〇八号／けさ明治神宮で／19歳のバーボーイ／学校に侵入、乱射し逃走中／一七九日目に解決／四件の犯行を自供（毎日）

第二社会面（社会面の右側ページ）では、被害者の遺族の談話を写真入りで報じた。

一九六八年十月十一日に発生した「東京プリンスホテル事件」のガードマンの母親（四十九歳）は、八王子市の自宅で仏壇に灯明と線香を上げて、記者の質問に答えた。

「朝九時のテレビニュースで逮捕を知ったが、すぐには信じられませんでした。この四月十一日で殺されて半年になるので、半ばあきらめていましたが、これで息子の霊も浮かばれるでしょう。理由もなく殺した犯人は、もちろん憎いけれども、刑を執行される前に、人間性を取り戻してほしい」（読売）

一九六八年十月十四日に発生した「京都事件」の警備員の妻（七十歳）は、京都市上京区の自宅で、家族アルバムを長男（四十一歳）と並んで拡げ、夫の写真を眺めながら語った。

「最後に言い残した『犯人は十七、八歳の少年や』という言葉が、役立ったのかもしれません。これで主人の霊も、やっと浮かばれるでしょう。あれから毎日、新聞を見て心配していた。四人も殺したのだから、当然つかまると思っていたが、最近は新聞にあまり出ないので、どうなるかと思っていた。早速お墓参りして、報告をします」（毎日）

一九六八年十月二十六日に発生した「函館事件」の運転手の妻（二十七歳）は、函館市宝来町の実家へ身を寄せており、一歳の長男を抱いて取材に応じた。

「四歳の長女は、今月一日から幼稚園に通っています。テレビで犯人が捕まったことを知ったとき、あんなに若い男が四人も殺すなんて、信じられない思いでした。憎い犯人の処罰は、裁判所がしてくれると思います」（朝日）

一九六八年十一月五日に発生した「名古屋事件」の運転手の両親（いずれも五十八歳）は、岐阜県可児郡可児町の自宅で怒りの声をあげた。

「なぜ、自首しなかったのか」（毎日）

社会面では、逮捕された少年について、生い立ちから職歴まで報じた。

——内気で孤独、放浪癖（永山という男）／青森から集団就職／職を転々、密航も図る（読売）

「集団就職した渋谷区の西村フルーツパーラーでは、陰気な性格のため同僚とつきあいも少なく、ひとり部屋にとじこもっていることが多かった。孤独な夢想から、密出国して海外でひとハタ上げようと計画、横浜に停泊中の外国船にもぐり込み、香港から強制送還されて退社した。その後は職を転々とし、身寄りのない孤独な流浪の青春が、永山の性格をさらにゆがめたのだろう」

——永山、ゆがんだ欲求不満／「でかいこと」にあこがれ／父は病死、母の手で育つ／貧しく中学も欠席がち／同僚の冗談にかみつく／テレビもラジオもなし（朝日）

「永山は小・中学校とも、新聞配達をしていた。中学校は欠席がちで、家に引きこもっていた。『何かでかいことをしたい』と言い、学校友だちもなく、『自殺したい』と洩らしていた。西村フルーツパーラーでは、休日に一人で映画を見にいく程度で、たいてい寮の中で戦記ものの本を読んでいた。同僚が冗談を言ってても、すぐムキになってかみつき、負けん気が強かったという。現在のアパートは三畳間で、初めの一ヵ月は二十四、五歳の姉というふれこみの女性と同棲していたが、永山自身が『姉ではない』と、後になって洩らした。部屋にはラジオもテレビもなく、新聞もとってなかった」

——射殺魔少年A、貧困と出稼ぎの家庭／中学から非行歴／カッコいい持物／勤めの余暇、次々盗み（毎日）

「母は行商で留守がち、おばあちゃんに育てられた。板柳中学に入ったころは普通で、頭も悪くなかった。体格は立派で、中学駅伝などで活躍したが、高学年に進むにつれ非行が始まった。担任教師によると、家まで迎えに行ったりして卒業させた。Aが勤めていた『ビレッジバンガード』は、新宿歌舞伎町歓楽街のど真ん中。毎日午後一時から、翌日午前九時まで営業している。Aはボーイをしながら窃盗を重ね、〝カッコいい現代っ子〟を装っていた」

「毎日新聞」は記事中で、〝射殺魔少年A〟と表記したことについて、「おことわり」を掲載している。

《未成年者の犯罪については、少年法六一条の規定（記事等の掲載の禁止）の精神を尊重し、新聞は原則として少年の住所、氏名などを伏せています。毎日新聞社は、警察から容疑者として指名手配された少年が、銃、実弾などを持って逃走、殺人など再び犯罪を引き起こす恐れがあると判断した場合は、少年保護よりも社会的利益の擁護が優先するとして、氏名を掲載したことがありますが、今回の一〇八号事件の少年は、すでに逮捕されて再犯の恐れがないため、少年法の精神を尊重して、氏名を伏せました》

氏名を伏せた報道機関は、毎日、産経、NHK、TBSなどだった。実名で報道したのは、朝日、読売、日経、東京、NTV、フジ、NETなどである。

「朝日新聞」は、「類似事件の再発防ぐ」と、社告を掲載した。

《少年法は、少年の犯罪について氏名や写真を発表しないよう定めていますが、日本新聞協会は「社会的利益の擁護が少年保護より強く優先する場合は氏名、写真の掲載を認める」と例外規定を設けています。朝日新聞社はこの規定にもとづき事件の社会的意味が大きく、少年の人柄、育った環境などを詳しく報道しなければ事件の本質を解明できないと判断した場合は、氏名を明記、写真も掲載する方針をとっています。今回の事件はそうした例外に該当すると判断、さらに類似の事件の再発を防ぐために、あえて容疑少年の氏名を明らかにし写真を掲載することにしました。本社が少年事件で氏名を明記した事件としては、過去に浅沼社会党委員長刺殺事件、中央公論社嶋中社長夫人刺傷事件などがあります》

一九六九年四月七日午後七時、初日の取り調べが終わった少年は、愛宕警察署の留置場に戻された。

捕まったとき身に着けていたグリーン色ジャンパー、紺色ジーパン、黄色トックリセーター、バックスキン短靴、黒色手袋などは、「証拠品として必要だそうですから任意提出します」と署名して脱ぎ、代わりの衣服を与えられた。逮捕前日にアパートを出るとき持っていた「黒色の手提げカバン」は、一橋スクール・オブ・ビズネスの玄関ホール内に遺留していた。マジックバッグと呼ばれる折り畳み式の安価な手提げの中には、ビニール袋で包んだ海水パンツ一枚が入っていた。

押収されたグリーン色ジャンパー、黄色トックリセーター、黒色マジックバッグ、海水パンツ、路上に落としたスキー帽は、横浜市で沖仲仕をしていたとき買った。紺色ジーパン、バックスキン短靴、黒色手袋、押収されたドライバーセットは、新宿で買ったという。

勤務先の深夜喫茶「ビレッジバンガード」(新宿区歌舞伎町一〇番地)からは、短靴一足が押収された。逮捕時に履いていたバックスキン短靴の靴底は、事件当日に東京プリンスホテルの敷地内で採取した足跡の紋様とは異なる。しかし、新宿の深夜喫茶でボーイとして働くとき履く茶色革短靴のゴム底は、完全に紋様が合致した。

一九六八年十月十一日、東京プリンスホテルに残した足跡は、二十歳のガードマンが発見している。同僚が撃たれたことがわかり、ガードマン隊長から「犯人はホテル付近に隠れているかもしれず、巡回して怪しい奴を捕らえろ」と命令されて、プール受付の荷物預所に入ると、カウンター上窓のプラスチック板が割られ、台上に足跡が付いていた。夕方に異常はなかったから、夜になって犯人がビヤガーデンからカウンター越しにプールに侵入して、ホテル本館の南側へ向かったとみられ、カウンター台上の足跡を石膏で固めて採取したのである。

代々木署で〝任意提出〟させた唾液は、警視庁科学検査所の血液型鑑定により、「O型または非分泌型」とわかり、「東京プリンスホテル事件」の遺留品ハンカチの鼻汁（O型）と合致し、着ていたジャンパーの右袖口と黒色手袋から硝煙反応が検出され、「原宿事件」のピストル発射を裏付けた。


一九六九年四月八日午前六時すぎ、愛宕警察署内の留置場（単独保護房）で「時間だから起きろ」と言われた少年は、規則通りに房内を雑巾がけした。

前夜は入浴のあと、午後七時半に「就寝準備」の号令があり、数枚の毛布を自分で房に運び、「就寝」の声を聞いて横たわった。すぐに寝息をたて、午前二時ころ用便に起き、ふたたび熟睡している。六八年一月、神戸港からフランスの貨物船に侵入した出入国管理令違反（密航）のとき、出航後に甲板で船員に発見され、ナイフで手首を切り自殺を図った。その情報にもとづき、捜査本部は看守二人の応援として四人の刑事を付け、交代で見張らせた。

四月八日朝、留置場内で配られた朝食を、少年は食べようとしなかった。取調室に連れて行かれると、よく喋った前日とは異なり、頭を抱えたり目を閉じたりして、問われたことに答えない。執拗な尋問が続くと、「きのう詳しく話したじゃないか。何回も同じことを聞くな！」

と、大声で怒鳴り返した。激昂したときは、舌を噛み切るそぶりを見せるので、取調室内に調理用の箸を用意して、いざというとき口に噛ませることにした。

一九六九年四月八日付の朝刊各紙は、「ピストル射殺魔の自供内容」を掲載している。前夜の記者会見で警視庁の捜査一課長が、「凶悪犯と思えないくらい、逮捕初日からよく自供する。喋りすぎるくらいだ」と、自供内容の要旨を明かしたからだ。

【新聞記事中の自供内容】

集団就職した西村フルーツパーラーを半年でやめて定職が身につかず、各地を放浪するのが好きだった。六八年十月初めに、アメリカ海軍基地にドロボウに入ったとき、宿舎のようなところから、「M」の刺繡入りハンカチ、ジャックナイフと一緒に、小型ピストルを盗んだ。このころ住む家はなく、横浜市の映画館「大勝館」が寝場所だった。

六八年十月十日午後七時ころから渋谷の繁華街で遊び、ソ連大使館まで歩いているうちに、東京プリンスホテルでカネを盗むことを思い付いた。六五年三月に集団就職で上京したとき東京タワーに昇り、そこから見たきれいなプールを覚えていた。ホテルのプールにプラスチック板をはずして入り、プールサイドから中庭の芝生に出たところで、ガードマンと出会った。逃げようとしたら襟首をつかまれたので、振り払って揉み合っているうち、顔面に向けて二発撃った。このときカネは一銭も取っていない。ホテルの敷地内から外へ逃げて、墓地のような所で寝てから、夜明けに地下鉄の六本木駅から新宿へ向かい、そこで新聞を買い横浜へ帰った。

十月十二日、プリンスホテルの事件で捕まるのが怖くなり、京都へ行きたくなった。東海道線の普通列車に乗り、十三日の早朝に京都駅に着いた。その日は京都市内を見物して、夜になって野宿する場所を探し、提灯が一杯ある神社に入った。境内をうろついていると夜警に見つかり、うるさく言われたのでジャックナイフで脅したが、相手が驚かずに派出所へ連れて行こうとしたから、とっさにピストルに手がいって、連続して六発を撃った。ヤブの中へ逃げ込んだとき、駆けつけた警官が四、五メートル近くまで来たから、てっきり見つかったと思った。ピストルの弾倉は空っぽで、ナイフを腰のところに構え、入ってきたら刺し殺すつもりでいた。しかし、警官は懐中電灯で照らしただけで、ヤブの中に入ってこなかった。それで逃げ出したが、ナイフは刃を開いたまま置き忘れた。その夜は鴨川で野宿して、早朝の上り列車で横浜へ帰った。

ふたたび横浜港で沖仲仕をして、桜木町駅近くの野毛公園の路上バクチで二万四千円ほど儲けた。思わぬカネが入ったので、生まれ故郷の北海道へ帰りたくなった。上野駅から普通列車で青森駅まで行き、連絡船に乗るときの住所を「青森市新町」にして、名前も思いつきで書いた。そして函館駅から列車で札幌駅へ行き、市内をぶらついているうちに財布の中身が心細くなった。

東京へ帰る気持になり、函館へ向かう途中の駅前で自転車を盗んで、三日かけて函館へ引き返した。その途中の七飯町で、東京へ帰る旅費を稼ぐために、タクシー強盗をしようと思った。函館駅前からタクシーに乗り、七飯町まで国道をまっすぐ走らせ、右折した人気のない所で停めた。

ピストルを運転手の顔に向け、いきなり後部座席から撃ち、上着の胸ポケットから約八、九千円を奪った。その犯行現場から徒歩で函館市内へ向かい、途中で車のライトが近づくと、崖下に身を隠したりした。函館駅に近い映画館で深夜映画をやっていたので、「西部戦線異状なし」を観ながら寝て、朝になって連絡船に乗った。

北海道から横浜へ戻り、何日かあと列車で名古屋へ行ったのは、十六歳のときイギリスの貨物船で香港へ密航する途中に、船が名古屋港に立ち寄ったからだ。名古屋に着いた日は市内見物をして、夜になってタクシーに乗り、函館のときのように路地に入れさせ、運転手に向かって四発撃って殺した。運転席側のドア近くに白い布袋（現金七、八千円入り）が掛けてあったので、ちぎり取って逃げ材木置場で朝まで寝て、バスで名古屋駅へ行き横浜に帰った。

四件目の射殺事件を名古屋で起こし、すっかり騒ぎが大きくなったが、横浜は沖仲仕をして知った土地なので、ここに隠れていれば安全だと思った。ピストルは弾丸と一緒にビニール袋に包み、横浜市内の寺の境内付近に埋めた。

今回の事件で捕まる前に、横浜でピストルを掘り返したのは、名古屋の事件から半年近くたち、ようやく騒ぎも収まったので、もう大丈夫だと思ったからだ。カネも欲しくなってきたので、新宿の勤めに出たり、遊びに外出するときは、ピストルを隠して持ち歩いた。

逮捕される前々日（六九年四月五日）から、勤務先の深夜喫茶を無断で休み、六日午後三時ころ中野区若宮のアパートを出て、渋谷の映画館全線座で、「パリ大混戦」と「地獄の戦線」の二本を観た。午後八時ころ渋谷駅前で五十円の立ち食いソバを食べ、バスで原宿駅まできて、駅近くのビル新築現場でゴロ寝した。寒さで目を覚ましたが、約五百円しか持っていなかったので、盗みに入ろうと思って歩いていると、「一橋スクール・オブ・ビズネス」の看板があったので、ガラスを割って事務所に忍び込み、そこでガードマンに見つかり、とうとう捕まってしまった。

北海道の網走市で生まれたので、海を見るのが好きだった。東京・渋谷の西村フルーツパーラーへ就職してから、東横線の電車で横浜へ出かけて港を見ると孤独な心が慰められた。十六歳のときから、横浜港で断続的に沖仲仕を続け、四件目の事件を名古屋で起こしたが、あのときは働くつもりで名古屋港へ向かった。

四人も殺してしまったけれども、初めの二回（東京、京都）はなぜ撃ったのか、自分でもよくわからない。気がついたとき、ピストルの引金を引いていた。あとの二回（函館、名古屋）は、カネが欲しくてやった。

一九六九年四月八日午後一時すぎ、東京地方検察庁特捜部で「指定一〇八号」を担当する検事が、検察事務官を伴って愛宕署へ出向き、少年の送致手続を取った。

四十二歳の坂巻秀雄検事は、五〇年十二月に司法試験に合格し、五三年四月に検察官に任官した。六八年四月から東京地検に所属し、特捜部内の〝本部事件係〟として、警視庁管内で発生した強盗殺人や多数殺傷で、特別捜査本部が設けられた事件を扱う。六八年十月十一日に「東京プリンスホテル事件」が発生すると、第二次捜査権をもつ指揮官として、事件を担当してきた。

六九年四月七日朝、「原宿事件」で逮捕された少年が「指定一〇八号」の犯人とわかり、最高検察庁の指示で、東京地検で一括処理することになった。したがって、ピストル窃盗の「横須賀事件」から、四件の連続射殺事件、さらに逮捕にいたる「原宿事件」まで、すべて坂巻検事が一人で担当する。

担当検事は、被疑者の身柄を受け取ったとき、その犯罪事実の要旨と、弁護人を選任できることを本人に告げ、弁解の機会を与えなければならない。

愛宕署の別室で、永山則夫に告げた。

「私は検察庁から来た坂巻秀雄という検事で、この事件を担当することになった。検事の取り調べは、刑事の取り調べとは別だ。その違いについて、君はわかっているね？」

「そんなのは、オレに関係ない」

「まず『弁解録取書』を作成するが、『四月七日午前一時三十分ころ、東京都渋谷区千駄ケ谷三丁目の一橋スクール・オブ・ビズネスに侵入して、金品を物色中にガードマンに発見され、逮捕を免れるために、ピストルの弾丸が命中すると死ぬことを知りながら、相手に向かって発砲した』。この犯罪事実により、君は逮捕されたわけだ。なにか弁解することはないか？」

「やったのはオレだ。弁解なんかしない」

少年はそっぽを向いて、検事の顔を正面から見ようとせず、黙り込んだままだった。弁解録取書の作成は取り調べではないから、担当検事はムリに口を開かせることをせず、「原宿事件」の送致手続を終えて帰った。

午後六時ころ、愛宕署の取調室に、出前の月見ソバが届いた。すると少年は、汁も残さずに食べて、取調官の警部に尋ねた。

「オレはこの事件で、やっぱり死刑ですかね？」

「それは裁判官が決めることで、われわれ捜査官には判断できない。君が殺した人に対して、本当に申し訳ないと思うのならば、やったことを素直に話すべきだろう。君は知らないだろうが、殺された函館のタクシー運転手には、幼ない子どもが二人残されて、奥さんは途方にくれている」

そう説得されると、また黙り込んでしまい、何か考えている様子だった。そして午後七時すぎ、留置場に戻されてから、厳重な監視のなかで寝た。

一九六九年四月九日午前九時、少年は裁判官の勾留質問を受けるために、千代田区霞が関一丁目の東京地方裁判所へ連れて行かれた。この日も朝食に手を付けず、思い詰めたような表情だった。

東京地裁内の法廷とは別な部屋で、裁判官に向かって坐らされ、「原宿事件」の被疑事実について、「君がやったことに違いないか」と問われると、「はい、間違いないです」と答えた。この手続きのあと裁判官が、四月十八日まで十日間の勾留状を発付して、午後零時十分に裁判所内で執行された。

こうして愛宕警察署へ連れ戻された少年は、取調室で前日とは態度を変え、素直に供述調書の作成に応じた。

【二回目の供述】

先日、私の家族や経歴などについて簡単に申しましたが、本日は詳しく申し上げます。

本籍地には母（六十歳）がおり、魚行商をしています。父は一九六二年十二月に死亡しました。

長兄（三十六歳）は、結婚して他家の養子になり、姓が変わっています。六五年十月ころ、栃木県の小山市に住んで、住宅販売会社に勤めていましたが、今は仙台にいるとのことです。

次兄（二十六歳）は、結婚して宇都宮市に住んでいました。しかし、離婚して六六年夏から東京の池袋で運送会社の運転手をしていましたが、今はどこにいるか知りません。

三兄（二十四歳）は、東京の出版社に勤めて、六八年春まで杉並区方南に住んでいましたが、今はどこにいるか知りません。

長姉（三十八歳）は、ずっと以前から身体が弱く、今は青森県八戸市にいると思います。

次姉（三十一歳）は、青森県弘前市の人と結婚して、今は名古屋にいますが、詳しい住所はわかりません。

三姉（二十八歳）は、東京の人と結婚しましたが、最近になって離婚して、豊島区駒込のアパートに住んで、水商売をしています。

妹（十七歳）は、中学生のころ名古屋へ移り、住み込みで働いていますが、詳しい住所はわかりません。

私の財産は、住んでいる中野区の幸荘アパートに食器と布団類があるぐらいで、月賦で買ったテレビと背広は、入質しています。私名義の預金通帳はありますが、残高はありません。

六五年九月、横浜からイギリスの貨物船に乗り、甲板のボートに隠れていましたが、出港して船員に見つかりました。結局は香港まで行き、別な船で日本へ帰され、海上保安庁で調べられて、長兄に引き取られたのです。まもなく宇都宮市で、共立自動車の板金見習工になり、小山市の長兄宅から通勤しましたが、半月後に宇都宮駅前の商店に盗みに入って捕まり、窃盗未遂で宇都宮少年鑑別所に送られました。家庭裁判所で「不処分」になり、長兄に引き取られて、また共立自動車で働きましたが、二週間ぐらいでやめました。

六六年一月初め、長兄には無断で大阪へ行き、大阪駅で知った横田さん（五十歳くらいの男の人）の世話で、大阪府守口市の南野米穀店の住み込み店員になりましたが、半年くらいでやめました。

六六年六月下旬ころ、また長兄方へ行き世話になり、数日後に上京して、池袋東口の喫茶店「エデン」にカウンターボーイとして採用され、住み込みで働きました。しかし、半月ほどで嫌になりやめ、羽田エアーターミナルホテルの食堂に就職したのですが、ここも嫌になってやめ、浅草でテキ屋の見習いをさせられたりして、横浜へ逃げました。

六六年八月下旬ころ、横浜市の神奈川職安の近くで「立ちん坊」になり、手配師の世話で沖仲仕になったのです。

六六年九月初め、海が好きなので横須賀市へ行き、金がなくなってアメリカ海軍基地に入り、自動販売機からコインを盗んで、ＭＰに捕まりました。横須賀署で取り調べを受け、横浜少年鑑別所に二十日間ほど入れられ、母親と次兄が迎えに来てくれましたが、家庭裁判所の審判で「試験観察」になり、川崎市新丸子のクリーニング屋に、補導委託で住み込みました。

六七年一月中旬ころ、クリーニング屋の主人と折り合いが悪くなってやめ、池袋の次兄方で二週間ぐらい世話になったときに、高校へ行って勉強したくなったのです。

六七年一月下旬ころ、新聞の求人案内を見て明治牛乳販売店に住み込み、昼間は働きながら、明大付属中野高校（定時制普通科）に入りました。四月に入学し、六月までいましたが、仕事がつらくなって店をやめて、学校も中退しました。

六七年七月中旬ころ、新宿で水道工事の仕事をして、それから横浜の桜木町へ行き、ぶらぶら遊んでいるうちにカネもなくなり、神奈川職安の近くで立ちん坊の沖仲仕をやり、夜は伊勢佐木町辺りの「大勝館」という深夜映画館で寝ました。しかし、次兄方に顔を出したとき、「そんな仕事はやめろ」と言われ、また学校へ行きたくなったのです。

六七年十月中旬ころ、新聞広告を見て巣鴨駅前にある牛乳販売店に住み込みましたが、仕事量が多いために定時制高校へ行けないとわかったので、六八年一月初めにやめ、ヒッチハイクで神戸市まで行きました。

六八年一月上旬ころ、神戸港からフランスの貨物船に乗り、甲板のボートに隠れていたのですが、外国ではなく横浜港へ向かい、船員に見つかって海上保安庁に捕まりました。十日間ほど横浜海上保安部に収容され、東京少年鑑別所へ移されましたが、三兄が迎えに来てくれ、東京家庭裁判所の審判で「不処分」になりました。

六八年二月下旬ころ、三兄の紹介によって、杉並区大宮前六丁目（西荻窪駅近く）の保証牛乳販売店に住み込み、四月から明大付属中野高校の定時制に再入学しました。しかし、仕事がきつくて身体が続かないので、五月初めに店も学校もやめました。

六八年五月上旬ころ、青森の母の所へ行き、ここでしばらく静養して、函館へ行ったりしました。郷里の板柳町で定時制高校に入りたかったのですが、入学が認められなかったのです。

六八年六月中旬ころ、ふたたび横浜の桜木町へ行き、沖仲仕をしました。当時の仕事先は、京浜港運の請負仕事をしている中島親方のところで、年齢を二十二歳と偽り働いたのです。沖仲仕の仕事はきついけど、一日二千五百円くらいになり、夜昼ぶっとおしで働くと五、六千円くらいになります。しかし、仕事がきついので、毎日は働けませんでした。

六八年十月中旬から十一月上旬にかけて、四件の殺人事件を起こしたあと、また桜木町に戻り、沖仲仕をしていました。

六八年十一月下旬ころ、喫茶店のボーイでもしようと思い、東京の新宿に出ました。

六八年十二月上旬ころ、新聞広告を見て新宿コマ劇場の近くにある大衆バー「スカイコンパ」に就職して、西武新宿線の都立家政駅前の不動産屋の世話になり、中野区若宮の幸荘アパートを借りたのです。スカイコンパの支配人はよく面倒を見てくれましたが、パチンコに凝った私が、ちょくちょく無断欠勤して、居づらくなってやめました。

六九年一月上旬ころ、新宿コマ劇場近くの深夜喫茶「ビレッジバンガード」のボーイになり、幸荘より通勤していました。しかし、四月七日午前五時すぎ、「原宿事件」の強盗殺人未遂により、代々木署のパトカー乗務員に逮捕されたのです。

一九六九年四月九日、中野区若宮二丁目のアパート幸荘六号室で、「捜索差押許可状」が執行された。逮捕当日にも家宅捜索をしたが、証拠保全のために立入禁止処分にしたもので、今回は差し押さえが目的である。

若宮二丁目は住宅街で、二階建ての木造アパートが密集している。十字路に面した幸荘は、一階が六畳一室と三畳二室、二階が六畳二室と三畳一室の計六部屋で、永山則夫は本人名義で、六八年十二月初めに六号室（二階の三畳間）を借りて、家賃は月四千五百円だった。

幸荘の三十七歳の管理人は、六号室の捜索に立ち会った。この三畳間は、何もなかった入居時に比べ、ずいぶん家財道具が増えていた。小さな応接三点セット、電気コタツ、本棚、食器棚、炊事道具……。

ドアの内側には、直径二十二センチメートルのダートゲーム標的が取り付けてあり、「本件に関係あるものと認める」と、差し押さえの第一号だった。さらに引き続き、格子縞ワイシャツ、給与明細表、貸室賃貸契約書、白色毛糸カーディガン、茶色コールテンズボン、冬物靴下五足、柄物ハンカチ、ハイネックシャツ、グリーン色セーター、空色ワイシャツ、小型懐中電灯、サングラス二個、現金書留封筒（母親が差出人）、残高ゼロの預金通帳（永山則夫名義の日本勧業銀行普通預金）、黒色ビニールハンドバッグ、黄土色チェックのボストンバッグなどを、捜査員が一つずつ管理人に確認させ、「本件に関係あるものと認める」と差し押さえた。

ほかに室内から、イギリス製タバコ一箱（在中十一本）、置時計、質札四枚、日本硬貨（一円五十八枚、五円二枚）、アメリカ硬貨（一セント七枚、十セント一枚、五十セント一枚）、ネクタイピン、印鑑、シェーファー万年筆、パーカーペンシル、アメリカ製革名刺入（在中日本切手八十八枚）、茶色紙テープ、赤色柄ドライバー、薄茶色油紙、白色軍手、茶色コールテン背広上下、玉虫色ズボン、緑色ネクタイ、卍模様入り指輪、電気カミソリなどを差し押さえた。

そして次に、「本件に関係あるものと認められる」と、週刊誌四冊と学習参考書一冊を差し押さえた。三冊の週刊誌には、ピストルの写真が多く、六九年三月十八日発行の「週刊プレイボーイ」の最終ページに、本人が記入したとみられる文字があった。

《死ぬ男は言葉を残してよいのか？》

一冊の参考書は、『中学・社会科学習小事典』（福音館書店刊）で、編者のまえがきに、「この本は、中学生の皆さんが社会科を学習するばあいに、どうしても知っておかねばならないことを、整理してまとめたものです」とある。その地理編、歴史編の十六ページにわたり、上の空欄に一行ずつ、横書きで記入していた。

《私の故郷（北海道）で消える覚悟で帰ったが、死ねずして函館行きのどん行に乗る。このone week どうして、さまよったか分らない。私は生きる。せめて二十歳のその日まで。最悪の罪を犯しても、残された日々を、せめて、みたされなかった金で生きるときめた。母よ、私の兄姉妹よ。許しは乞わぬが私は生きる。寒い北国の最後のと思われる短い秋で、私はそう決めた》

一九六九年四月十日、「函館タクシー運転手殺人事件特別捜査本部」は、青函連絡船の乗船客名簿から、被疑者・永山則夫の指紋を発見した。四月七日の逮捕当日に、「住所を青森市新町にして、名前は思いつきで書いた」と自供しており、正式に調書化されていないが、この〝一部自供〟にもとづいて、カード式の旅客名簿から、「青森市新町二丁目二八五　中村清治二十一歳」を捜し当てた。

六八年十月二十七日の函館発一〇六便（午前十時十分出港の津軽丸）に、「中村清治」は乗っている。住所を「青森市新町」としたのは、新聞に載った供述内容の往路ではなく、犯行翌日の復路だった。六八年十一月十四日、捜査本部は青森県警に照会した時点で、旅客カード甲片の裏と表から、ニンヒドリン・アセトン溶液で、指紋一個ずつを検出していた。二個の指紋は同一のもので、警察庁から電送された「永山則夫の指紋原紙」と対照したところ、いずれも右手親指と合致した。

六八年十月二十一日の青森発一便（午前零時三十分出港の松前丸）に、「北津軽郡板柳町東雲四三　荒井清　二十歳」が乗っていた。六八年十二月三日付で青森県警が回答したように、板柳町の「東雲」は俗称で、大字福野田が正式名称である。永山則夫の実家は「大字福野田」で、今は母親が一人で住んでいる。「荒井清」の旅客カード乙片からは、指紋一個が検出されており、「永山則夫の指紋原紙」と対照すると、左手親指と完全に合致した。

そうすると永山則夫は、六八年十月二十一日に函館に入り、十月二十七日に函館を離れるまで、六泊七日を北海道で過ごしたことになる。学習参考書の余白に記入した、「このｏｎｅ ｗｅｅｋ どうして、さまよったか分らない」は、北海道滞在のことかもしれない。

一九六九年四月十日、青森県北津軽郡板柳町長から、愛宕警察署長宛に「身上調査照会回答書」が届いた。刑事訴訟法一九七条に、「捜査については、公務所又は公私の団体に照会して、必要な事項の報告を求めることができる」とある。

母親　五十八歳　青森県北津軽郡板柳町大字福野田
長姉　三十八歳　青森県八戸市小中野四丁目
三姉　二十八歳　東京都豊島区駒込三丁目
次兄　二十六歳　東京都豊島区池袋一丁目
三兄　二十四歳　東京都杉並区方南《ほうなん》一丁目
本人　十九歳　東京都杉並区大宮前六丁目
妹　　十七歳　名古屋市北区八代町一丁目

長兄（三十六歳）は、六一年十一月に栃木県で結婚し、妻の姓を称する旨を小山市長に届け出た。次姉（三十一歳）は、五七年四月に青森県で結婚し、夫の姓を称する旨を弘前市長に届け出た。いずれも戸籍原簿から抹消されており、現住所はわからない。
現在、本籍地の板柳町に居住するのは、母親一人だけである。

一五九三（文禄二）年、津軽藩が岩木川に河港を開いて、日本海へ兵糧米を積み出すようになり、板屋野木村（板柳村）は物資の集散地として発展した。この岩木川水運の要地は、一八九五（明治二十八）年から地名が板柳村になり、今は「板柳リンゴ」の産地として知られ、年間二万六千トンを生産している。

少年の母親は、国鉄五能線の板柳駅近くに住んでいる。津軽平野を日本海沿いに半周する五能線は、東能代―川部間の百四十七・二キロメートルが営業距離である。奥羽本線の川部駅から、八・三キロメートル北上すると、津軽平野の中央に位置する板柳駅だ。

魚行商の母親は、板柳発午前六時八分の列車に乗り、川部経由で三十九・四キロメートル先の青森へ行く。竹籠で果実や野菜を運び、それを売って魚市場で魚を仕入れて引き返し、板柳着は午前十時三十五分である。数年前までは、青森―板柳を二往復した。永山則夫は一回目の供述調書で、「本籍地に母（六十歳くらい）がおり、魚の行商をしています」と述べているが、一九一〇年十月生まれの五十八歳で、一人暮らしの今は一往復になった。家で昼食を済ませると、魚をリヤカーに乗せて、行商に歩くのである。

六九年四月七日（月曜）、板柳駅のプラットホームでは、午前十時三十五分着の列車を、報道陣がカメラを構えて待っていた。仲間の〝背負い子〟たちと、「なんだろう？」と言い交わして降りたら、たちまち取り囲まれた。

「永山則夫のお母さんですね」

いきなり四男の名前を出されて、「カネに困って銀行強盗でもやったのか」と、とっさに母親は思った。東京・中野のアパートから、先月半ばに手紙が届いて、「友人の自動車を運転中に壊したので、修理代の一万円を送金してくれ」と無心された。しかし、一万円はムリだったので、都合がついた五千円を現金書留で送った。

「ゼニコに困り、則夫が何かしたですか?」

「東京で〝連続射殺魔〟の犯人として、今朝がた逮捕されました」

聞いて驚愕した母親は、あわてて自宅へ逃げ帰った。

板柳駅から二百メートル先に、戦後まもなく引揚者用に建てられた長屋二棟がある。だいぶ住人は入れ替わったが、半数近くは飲食店に改造し、二階で客を取る女もいる。いわゆる〝ハーモニカ長屋〟で、居室は二階が六畳、一階が四畳半と台所で、家賃は月に千五百円。その一角へ殺到した取材陣から、「何か思い当たることはありませんか」「息子さんの性格は?」と、矢継ぎ早に質問を浴びせられ、返答に窮した母親は、四男から三月中旬に届いた手紙を差し出した。

＊

前略　オフクロ、ヒサビサニ手紙ヲダシマス、日日ノ元気ヲ願ッテヤミマセン。雪ノ降ル東京ヲミテ、オフクロノ顔ヲ思イ出シテイマス。僕モアパートヲヤットノコトデ借リ、最近ヤット一人暮ラシニナレマシタ。

サソクデスガ、イマ急速、オ金ガイルノデ、ツゴウシテモライタイノデス。友達ノ車ヲ、メンキョトッタバカリナノデ、ナレテナカッタセイモアルノデスガ、ブッツケテシマイマシタ。オフクロモナイコトハ、ワカッテイマス。デモ、アトタヨルトコノナイ僕ナノデス。

コンゲツ中ニオネガイシマス。ソウシナイト、僕ハケイサツニイカナケレバイケナイノデス。ツカウオ金ハ一万円デス。

モシダメデシタラ、手紙ノヘンジハ、シナクテモイイデス。タブン、アパートニイナイカラ。最後ノ願イデス。サヨウナラ、オヤフコウナ則夫《ノリオ》ヨリ。

一九一〇年十月、北海道の利尻島で生まれた母親は、二歳のとき秋田県出身の父を海難事故で失い、生母に連れられて樺太へ渡った。母はカニの缶詰工場で働き、娘は小学校へ二年ほど通った。八歳のとき母が青森県生まれの大工と再婚して、一家は北津軽郡板柳町へ移ったが、娘は学校へは行かせてもらえず、農家の子守をさせられた。

まもなく異父妹が生まれたので、北海道旭川の料亭へ子守奉公に出され、雇主に鮭鱒漁業の盛んなシベリアへ連れて行かれた。オホーツク海に面したアムール河口のニコラエフスクで、料亭で客を取る女たちをみて、自分もそうなることを予感していたら、店が潰れて雇主に捨てられた。

一人で放浪していると、シベリア出兵の日本軍憲兵隊に救出され、ようやく板柳町へ帰った。転々と住み込みの子守奉公をして、十五歳のとき知り合ったリンゴ剪定職人と、十九歳で結婚してから、四男四女をもうけた。

家まで押しかけた取材陣の前で、母親は嘆いた。

「腕前を見込まれた主人が、板柳から引き抜かれて行った網走で、四男の則夫は生まれたんです。おとなしい子で、小さいころ盗みぐらいはしたけど、人を傷つけるような恐ろしい子じゃない。〝連続射殺魔〟だなんて、とても信じられないけど、家が貧乏だからこんなことになった。則夫一人が悪いんでない。私もよくなかった……」

すると記者たちから、「まだ他に則夫の手紙があるはずだ」「則夫に関する書物類は、お母さんの言い分を裏付けるのに役立つ」と促され、日ごろから他人に逆らわない性分の母親は、素直に学校の通知表まで渡したから、ようやく記者たちは引き揚げた。

昼すぎに板柳警察署から、二人の刑事が事情聴取に訪れて、四男が寄越した手紙など任意提出するよう求めたが、先ほどの記者たちが勝手に持ち去って、何一つ残っていなかった。

四月七日夜、五十八歳の母親は二階の部屋に籠もった。しかし、翌四月八日朝から取材攻勢が始まり、その日の夕刻から所在がわからない。

一九六九年四月十一日、町立板柳小学校と町立板柳中学校から、「捜査関係照会事項回答書」が愛宕警察署長宛に届いた。

一九四九年六月生まれの永山則夫は、五歳のとき網走市から板柳町へ移り、五六年四月に板柳小学校に入学している。六年間の「出欠の記録」は、出席すべき日数が千四百六十五日、欠席日数は三百四十四日（出席率七六・五パーセント）。

学業成績は、一学年と六学年に、図画工作で「4」を取ったほか、すべての教科が「2」と「3」だった。家庭環境・社会環境の事項に、「貧困のため教育扶助を受ける。二学年の二月、家にいることを嫌って『北海道の姉のところへ行く』と、函館まで行って保護を受けた。行商に出る母とは、ほとんど接触がない。本人は夜尿症あり」と記録されている。

六二年四月、板柳中学校に入学した。三年間の「出欠の記録」は、出席すべき日数が七百六十四日、欠席日数は四百九十八日（出席率は三四・八パーセント）。三十二日間だけ出席した二学年の成績は全教科が「1」で、「家庭的な理由および教育に無関心な母親のせいで欠席が多く、本人への説得もあまり効果がなかった」。

以下は、三学年の担任教師による記録である。

〔所見〕学校に関してまったく興味を示さない。アルバイト収入に関心があるのみ。とくに非行問題はない。

〔素行〕静かな性格なので、素行上の問題点はなかった。ただ一度、家出をして福島県警に保護され、母親と担任が引き取りに出向いた（六四年五月上旬）。

〔趣味、特技〕読書、絵画、映画。陸上の距離競走は、きわめて好成績。
〔担任が見た人柄〕自己中心性が強く自分の殻に閉じ籠もり、常に何事にも不満を持っていた。楽しい事を好み、苦しいことは嫌いということが、常人より顕著だった。

本籍地から届いた「身上調査照会回答書」「捜査関係照会事項回答書」で、家庭事情や生育歴経過について、ある程度のことがわかった。

しかし、親族からの事情聴取は、まず母親の所在がつかめない。少年の被疑者からスムースに供述を得るには、本人の食べ物の好き嫌い、幼少期のエピソード、プロ野球の贔屓チーム、読書の傾向などを聞き出しておき、さり気なく取調室の雑談で触れたりして、重い口を開かせる。

八戸市在住の長姉については、青森県警を通じ所在を確認している。この姉には精神病歴があり、入院していた弘前精神病院で小康状態を得て、ボランティアの協力で家事手伝いに住み込み中で、末弟が〝連続射殺魔〟とは知らない。

仙台市にいた長兄は、住宅販売会社の支店長をしていたが、六八年八月に詐欺事件で栃木県警に逮捕され、懲役十月の実刑判決を受け、宇都宮刑務所で服役中である。

名古屋市で専業主婦の次姉は、四月七日に末弟が逮捕された当日に遠出したといい、会社員の夫が「連絡がつかない」と応対した。

東京都で六三年六月に結婚した三姉は、六八年十月に離婚した。有楽町のスタンドバーに勤め、豊島区駒込二丁目のアパートに居住するが、四月七日から勤めを休んで、帰宅した形跡がない。

豊島区役所に住民登録している次兄は、喫茶店レジ係の内妻と、池袋一丁目のアパートに住んでいた。しかし、六八年十一月九日に引っ越して、転出手続きをとっていない。

杉並区方南一丁目に住み、大手出版社で営業マンの三兄は、前年九月に名古屋営業所へ転勤していたが、四月八日から長期休暇をとっていた。

四月十日の夕方になって、名古屋市北区にいる十七歳の妹が、「名古屋タクシー運転手殺人事件特別捜査本部」の警部補から、簡単な事情聴取を受けた。板柳中学三年生の一学期に名古屋市へ異動し、家内手工業の縫製を手伝いながら区立中学校へ通い、卒業後も住み込みで働いている。

妹の供述によれば、四月七日（月曜）の昼休みにテレビを観て、すぐ上の兄が〝連続射殺魔〟と知った。驚いて三兄の会社へ電話すると、「忙しくて知らなかった」と答え、夕方になって訪ねてきた。そして妹の部屋で、「去年の十二月に九州の出張先に警察から電話があり、しつこく則夫の居場所を尋ねられたので、オレには関係ないと怒ってやった」と打ち明けて帰った。そのあと十七歳の妹は、肉親との連絡が途絶えている。

「大それた悪いことをした永山則夫は、私の兄です。年齢が近いので仲が良く、私は〝ノッチャン〟と呼んでいました。ノッチャンの性格で良い点は、気が向くと人のために尽くすことで、冬に雪がたくさん降ると、隣近所の雪掻きも進んでやりました。私が板柳中学校に在学中には、大阪の米屋さんから三、四回ほど送金してくれています。性格で悪い点としては、非常に気が短くカッとなり、私を殴ったり蹴ったりしました。お母さんにタテついて怒ることもあり、そういうときのノッチャンは、本当に怖かったです」

一九六九年四月十一日の夕刻、少年の母親が東京・本郷にいることがわかり、警視庁防犯部少年二課の警部補が、宿泊先の旅館へ急行した。

青森県北津軽郡から来た母親の説明によれば、四月八日に東京から取材に訪れた雑誌記者が、「お母さんも大変ですね、二時間ほどで帰ります」と同情した。しかし、取材中に次々に他社が来るので、「お疲れですから明日にしましょう」と、板柳駅に近い旅館へ連れて行って泊めた。四月九日、「ここでは落ち着きませんね」と青森市へ移動して、インタビューしたホテルに泊めた。四月十日、「息子さんに会いたいでしょう?」と言われて連絡船に乗り、函館から空路東京へ来て、本郷森川町の旅館に投宿したという。

【少年の母親（五十八歳）の供述】

私の四男が大変な事件を起こし、世間をお騒がせしたことを、心からお詫び致します。

網走市郊外の網走湖に面した呼人のリンゴ園で、お腹の中に則夫がいたころ、腕の良いリンゴ剪定職人の夫は勝負事に手を出して、私は夜も眠れぬほど困っていたのです。それでも出産は順調で、赤ん坊のころから則夫は、記憶に残るような病気をしておりません。夫は家にカネを入れぬばかりか、かえって持ち出してバクチに注ぎ込む始末で、リンゴ園のある呼人の家から、私は子を連れて出て、網走港の近くに移りました。この引っ越し後の三歳当時に、則夫は転んでストーブに顔を当て、左頬の下にヤケド痕ができました。

一九五四年十月、私は夫と別れることにして、網走市から青森県板柳町へ子どもたちと帰ったのです。そのとき則夫は五歳でした。小学校に入った則夫は、算数がよくできて、運動が好きでした。明るく朗らかな子だったのに、二年生の終わりから沈みがちになり、学校へ行かずに岩木川で遊び、少年刑務所を出た者に誘われて弘前市へ行き、自転車を盗んだこともあります。「学校へ行きなさい」と叱ると、長女が入院している網走へ行こうとして、青函連絡船で函館の少し先まで家出し、私の母が迎えに行きました。

小学五年生になって、マラソンの練習と小遣い銭のために、新聞配達をするようになりました。板柳中学校に入ってからは、二年生のころから通学しなくなり、私が理由を聞いても返事をせず、ふくれて怒る始末で、ひねくれた態度が見えました。それでも新聞配達は、真面目に続けています。

六二年十二月六日、岐阜県の警察から連絡があり、「あんたの夫が駅で倒れて死んだ」と知らされました。その何年か前に板柳に舞い戻り、「一緒に暮らしたい」と言ったけど、私が承知しなかったのです。それでも戸籍は一緒だから、岐阜県まで行き遺骨を引き取って弔いました。

夫の行き倒れは、則夫が中学一年生のときで、ショックが大きかったらしく、二年生になってほとんど通学しなくなりました。三年生の一学期に、担任の先生が家にきて注意したところ、「行きたくないから行かないのだ」と睨み返したので、先生が呆れて顔を二、三回叩くと、翌日に家出しました。警察に届け出たら、一週間くらいたって見つかり、福島市にいるというので、担任の先生と私が引き取りに行ったのです。家出するとき、月賦で買った自転車に米三升を積んでいました。このころは私を殴る始末で、自転車なども仕方なく買わされたのです。悪口は言いたくありませんが、則夫には困り果てていました。欠席が多くて卒業できない状態でしたが、私が先生に頼んで卒業証書を頂き、六五年三月に集団就職したのです。

六六年二月ころ、久しぶりに則夫から手紙があり、「大阪の米屋で働いている。月賦のテレビ代を送る」と現金二千円を同封して、三回ぐらい送金が続きました。そのころ「戸籍謄本を送れ」といわれ、板柳町役場で取って送りました。すると手紙がきて、「オレは網走市呼人で生まれたのに、戸籍上は網走番外地になっているため、『お前は網走刑務所で生まれたのだろう。頰の傷跡はヤクザの印だ』と、米屋の主人の態度が変わり、もうオレはだめだ」とあり、住所もわからなくなりました。

その年の秋、板柳署から連絡があって、「あんたの四男が横須賀の進駐軍に侵入し、日本のカネで三百円くらい盗んで横浜少年鑑別所にいる。引き取りに行ってくれ」と言われました。可愛い息子のことですから、私は東京にいる次男と横浜へ行き、家庭裁判所の先生のお世話で、川崎市の洗濯屋さんに住み込ませました。

しかし、その後も則夫は転々と仕事を代えたようです。

六八年五月十日ころ、則夫が私のところへ帰りました。あとで知ったのですが、三男の世話で勤めた杉並区の牛乳屋で、集金したカネを持ち逃げしたそうです。家に帰った則夫は、だんだん金遣いが荒くなったので、加川さんに頼んでリンゴ畑の花つけ、トタン屋の異父妹に頼んで屋根直しなど、十日ほど仕事をさせました。このとき「夜間高校へ行きたい」と言うので、板柳高校へ行って先生に頼むと、「あんたの四男が悪いことを、ウチの生徒は知っている」と言われました。私は中学校の先生に頼むことにして、三年のときの担任に相談したら、「則夫が東京にいるころ、血で書いた手紙をもらった。このような者の面倒は見られない」と断られました。とても信じられないので、則夫に聞くと返事もせず二階へ上がり、下りてきませんでした。

その三日後、「東京へ戻るから、カネを都合してくれ」と言うので、生活扶助を八千円ずつ受けていた関係で、役場へ行って係の人に相談すると、「明日来なさい」と言ってくれました。家へ帰って則夫に話すと、ハサミで畳を切りつけて、「カネを作ってこい」と顔色を変えたので、家を飛び出して役場へ行くと、係の人が五千円くれて、「キップを買ってやりなさい」と言いました。駅へ行き二千五百円で東京までのキップを買って渡すと、「あと幾ら借りたんだ」と怒鳴り、畳をハサミで突き刺して、「残りのカネを出せ」と言うので、わが子ながら恐ろしく、残りの二千五百円を渡したのです。

こうして家を出るとき、「オレは近いうちに死ぬかもしれない。そうでなければヤクザになる」と則夫は言い、その四ヵ月後に〝連続射殺魔〟と呼ばれる事件を起こしたのです。

私はそのころ、死んだ夫の夢を何回か見ました。私が夫の夢を見たときは、必ず悪いことが起こります。だから私は、夫の夢を見たときから、何か悪いことが起こるのではないかと心配していました。

どうか息子に対しては、「自分のやったことを正直に話して心から後悔し、亡くなった方の魂が浮かばれるようにしてほしい」と、よく伝えて下さい。本当に申し訳ありませんでした。私は青森の田舎へ戻りますが、今日申し上げたことで足りないところがありましたら、改めてお話し致します。

一九六九年四月十一日夜、捜査本部が行方を追っていた二十六歳の次兄が、愛宕警察署に〝自首〟した。

一九四二年七月生まれの次兄は、小・中学校を通じて成績は学年の首位で、スポーツも得意だった。板柳中学から集団就職で、東京の機械製作所に入り、私立高校の定時制を卒業した。六四年に長兄の誘いで宇都宮市へ移り、住宅販売会社のセールスマンになって、まもなく結婚して妻の姓を名乗った。しかし、六五年九月に末弟がイギリス船で香港への密航事件を起こして、引き取った長兄が就職させたあとも、窃盗未遂で少年鑑別所に入れられたりした。そのことで妻との関係が悪化、六六年五月に協議離婚して、一児は相手が引き取った。

一人で東京へ出た次兄は、トラック運転手になって、六六年九月から喫茶店で働く女性と、池袋一丁目のアパート（四畳半）で同棲を始めた。そのアパートへ末弟が、職を転々としながら入り浸った。カギの隠し場所を知り、勝手に入って下着などを洗濯する。六八年四月に次兄は運送会社をやめ、その後は競輪、競馬、賭マージャンの日々で、主たる収入源はパチンコだった。内縁の妻は、日中は喫茶店のレジ係で、夜はスタンドバーで働く。

六八年十月十九日の早朝、ふらりと現れた末弟が、次兄に重大な告白をした。

「東京プリンスホテルと、京都の八坂神社の事件は、オレがやった。北海道へ行って自殺するから、兄貴がカネを都合してくれ」

少年は逮捕当日、「桜木町駅近くの野毛公園の路上バクチで二万四千円ほど儲けたから、生まれ故郷へ帰りたくなった」と、六八年十月下旬に北海道へ行った理由を述べたが、その後の取り調べで、「旅費は池袋の兄貴にもらった」と変更したため、捜査本部が行方を捜していたのだ。

【少年の次兄（二十六歳）の供述】

一九六八年十月十九日の朝方、私と同棲していた柏木秀子（二十六歳）が出勤する前に、汚れた薄茶色のナップザックを持った則夫が、いつものように予告なしに来たのです。秀子が喫茶店へ出勤すると、「兄貴、二万円作ってくれ」と言いました。こんな大金を要求されたことはなく、「理由を言ってみろ」と問うと、「聞かないでくれ」と言いました。そこで「事と次第によっては作ってやる」と話したら、「東京プリンスホテルと、京都の八坂神社の事件はオレがやった。北海道へ行って自殺するから、兄貴がカネを都合してくれ」と言いました。

事件のことは、テレビや新聞で知っていたので、「冗談だろう」と言ったら、則夫がナップザックから小型のピストルを取り出し、「これでやった」と見せたのです。銃身に白い布を巻きつけており、握るところは白っぽい色でした。「なぜやった?」と聞くと、「寝場所を探していたらガタガタ言うから、思わずやってしまった」と話すので、とっさに私は、「これから警察へ行こう。弁護士を付けてやる」と、言い聞かせました。すると則夫は、「警察は懲り懲りだ、それより自殺したほうがいい」と泣きだして、「それなら自分でカネを作る、まだ弾は三十四発ある」と、小さな銃弾を自分の掌の上に、パラパラと落として見せたのです。

私がピストルを取り上げたら、「兄貴とて勘弁しない」と、凄い形相で奪い返しました。それで恐ろしくなって、「カネを作るから待っていろ」と言うと、「警察へ行くんだろう。ここに残るのは嫌だ」と、則夫も一緒にアパートを出ました。二人で池袋駅の西口にある喫茶店に入り、秀子が勤める店に電話をして、私名義の三菱銀行池袋支店の通帳を受け取り、銀行で全額の五千円を払い戻し、私が持っていた四千円を足して、九千円を渡してやりました。

京都事件の犯人は「十七、八歳の学生風」と報道され、則夫本人が「オレがやった」と言っており、「死んでくれるのなら逃がしてやろう」と、そのとき私は思ったのです。

カネを受け取った則夫は、午前九時半ころ、ナップザックを持って喫茶店を出ました。それが十月十九日と特定できるのは、五千円を引き出したことが、預金通帳に記録されているからです。また、則夫が出て行ったあと喫茶店にある新聞を見ると、警察庁が東京と京都の事件を「指定一〇八号」に決めたことが、大きく記事になっていました。

そのあとも、十月下旬に函館、十一月初めに名古屋と、続いてタクシー運転手が殺されたので、私は「弟の仕業に違いない」と思い、則夫がアパートに近づくと困るので、十一月九日に引っ越しました。池袋一丁目のアパートは二年契約で、九月に二回目の更新を済ませたばかりでしたが、引っ越し先を誰にも言わずに、現在のアパート（池袋二丁目）へ移ったのです。

この四月七日早朝に、ピストルを持った則夫が、明治神宮の参道で捕まったことを夕刊で知りました。昨年十月十九日、私が警察へ連れて行っていたならば、函館と名古屋の事件は起きなかったのです。そのことで私は、「自分も共犯者ではないか」と責任を痛感し、気持ちの整理ができずに旅館を泊まり歩いていたのですが、本日こうして出頭しました。

豊島区駒込のアパートに住む二十八歳の三姉も、小・中学校を通じて成績優秀で、学年で三番以内だった。一九五六年三月に板柳中学校を卒業し、地元の美容院に住み込み、通信教育で美容師の資格を取り、長兄を頼って上京した。新宿区四谷の美容院で働き、六三年六月に木型職人と結婚して一児をもうけたが、六八年十月に「性格の不一致」で離婚し、子どもは相手が引き取った。

六九年一月二日、アパートに一人でいると、池袋の弟から電話があり、「たまには遊びに来いよ。電話付きの六畳間に引っ越したんだ」と誘われた。池袋二丁目の転居先へ行くと、一人でいた内妻が食事の支度をしながら、「板柳のお母さんから手紙があり、則夫さんが帰郷したとき、ナイフを突きつけて脅したそうよ」と話した。そのうち部屋の主が、名古屋から来た次弟と一緒に戻ったので、「則夫はおふくろをナイフで脅すの?」と尋ねた。すると弟は声をひそめて、「姉さんには話したくなかったが、このあいだオレにピストルを突きつけたから、おふくろをナイフで脅すぐらい平気だよ。東京プリンスホテルと、京都の八坂神社で二人を殺した〝連続射殺魔〟は自分だと打ち明けて、持っていたピストルも本物だったから、則夫が犯人かもしれない。もしそうなら、姉さんは離婚して一人でよかった。オレが引っ越したのは、あいつに居所を知られたくないからだよ」と告げた。

この話を三姉は、まったく信用しなかった。しかし、四月七日の夕刻、有楽町の電光ニュースは、「広域重要一〇八号」の犯人を実名で報じた。その夜からアパートへ帰らず、知り合いの証券マンに匿われたが、四月十三日になって、捜査員に捜し当てられた。

「一九六六年の秋と暮れ、川崎のクリーニング屋で働いていた則夫が、私の嫁ぎ先へ二回遊びに来ました。そのとき私は、『こんなに大きくなったのか』と思いました。六七年四月に明大付属中野高校に入学するとき、保証人が要るというから、当時の義父に頼み、書類に署名・捺印してもらったのです。このように向学心を抱きながら、肉親の援助もなく挫折したことが、今回の犯行につながったのかもしれません。則夫のことで思い出されるのは、五四年十月、母が青森へ帰るとき、私（十四歳）、弟（十二歳）、次弟（十歳）、則夫（五歳）の四人が、網走市に残されたことです。私は新聞配達をして、小学生の弟二人は鉄屑などを拾い、幼い則夫は港の市場で魚をもらい、なんとか一冬を過ごしたとき、四人とも衰弱し切っていました。五五年五月、見かねた近所の人が福祉事務所に通報して下さり、四人は青森の母に引き取られたのです。今回のことでは、私は自分のことで精一杯で、則夫のために何もしてやれません。しかし、則夫には一言、『自分の罪を自覚しなさい』と伝えたいのです」

担当検事の坂巻秀雄は、第二次捜査権をもつ指揮官として、「指定一〇八号」を捜査している。第一次捜査権をもつ警察から、一九六九年四月八日付で被疑者・永山則夫の送致を受け、公訴（起訴）実行の観点から、補充捜査するのである。警察が収集した捜査資料は、公訴官である検察官の手元に集中するが、被疑者の出生と家庭事情、生育歴、非行経歴について資料は十分ではない。そこで独自に、家庭裁判所、少年鑑別所、保護観察所などに資料を求め、参考人から事情聴取をおこなうなどした。

このようにして担当検事には、一九六五年三月末の集団就職から今回の事件にいたるまで、永山則夫が辿った軌跡が見えてきた。

一九六五年三月十七日、板柳中学校で卒業式がおこなわれ、出席日数の足りない永山則夫は、〝認定卒業〟だった。

六五年三月二十六日午前九時すぎ、衣服と教科書数冊を入れたボストンバッグを持った永山は、母親や妹の見送りを拒んで、上京組十数人と板柳駅を出発した。板柳中学卒の二人が、西村フルーツパーラーに就職する。

集団就職の特別列車は、青森駅から出発するので、各地から少年少女が千人余り集合した。六五年三月、東北地方の中卒者は五万四千二百四十二人だった。このうち三万三千五百二十六人が県外就職で、京浜へは六二パーセントの二万八百七十六人が吸収される。京浜の企業から東北地方へ求人が集中し、中卒者は〝金の卵〟といわれた。

六五年三月二十七日、特別列車は上野駅に到着し、近くの体育館に整列して労働省の役人の歓迎あいさつを聞いた。それから企業名が放送され、二階席から社旗を持った担当者が降り、旗の下に〝金の卵〟が集まる。

初めて東京へ来た永山は、十数人の仲間とクルマに分乗し、高速道路の上から町並みを見ながら、渋谷区内の西村フルーツパーラーの男子寮に到着した。その翌日から渋谷駅のハチ公口に面した総本店に出勤し、三日間は研修だった。このとき「給料は誰から貰うか」と問われ、ほかの者は「社長」と答えたが、永山だけ「お客さまから頂く」と模範回答した。研修には発声練習がふくまれ、東北訛りを矯正するが、北海道生まれの永山は訛りがないので目立ち、好きな言葉を問われて「努力」と書いた。職場で与えられた仕事は、果物の包装と販売で、小柄な体でキビキビと働き、寮では教科書を拡げて黙々と勉強して、五十人いる男子寮のクラブ活動では陸上部に入り、明治神宮の外苑でランニングすることもあった。

六五年七月二十九日、神奈川県高座郡座間町でライフルを持った少年が警官を射殺し、人質にクルマを運転させて渋谷まで逃走して、銃砲店に立てこもり警官隊と銃撃戦になった。永山は同僚と現場で目撃したが、このとき異常な興奮ぶりだったから、「ちょっと永山は変わっている」と、職場の話題になった。日頃から働きぶりで上司のうけがよく、髪を長く伸ばして櫛目を整え、女子店員の人気者になっていた。しかし、そのことで同僚にからかわれると、ムキになって怒るなどして、かなり男子寮で孤立していた。

六五年九月二十四日、勤務中に同僚と口論して寮へ帰り、着替えを入れたカバンだけ持って出た。杉並区内の牛乳販売店で働く三兄を訪ねたが、定時制高校を卒業した兄は、中央大法学部（二部）をめざして猛勉強中だった。一泊させてくれた三兄が、「とにかく西村へ帰れ」と二百円渡したので、東横線で桜木町駅まで行き、横浜埠頭でウロウロしているうちに、外国へ密航することを思いついた。瓶に水を詰めて、チョコレート二枚とアンパン五個を買い、イギリスの貨物船「マスクライン」に無断で乗船し、甲板の救命ボートに隠れた。

やがて船は横浜を出港し、いったん名古屋港に寄港して、目的地の香港へ向かった。外洋へ出て食べ物もなくなり、ボートから出て海へ飛び込もうと思ったが、海鳴りや波の高さが怖く、甲板でたじろいでいるうちに気を失い、船長のところへ連れて行かれた。外カギのかかる船室に入れられ、何日かの航海で香港に着き、日本領事から強制送還になることを知らされた。そもそも永山則夫は、映画「チコと鮫」で観た南の島へ行きたかったのだが、香港から外国貨物船に乗せられ、沖縄経由で神戸港に上陸した。

六五年十月上旬、神戸港で出迎えた次兄に引き取られ、栃木県小山市の長兄宅で世話になった。三日目に海上保安庁へ次兄と出頭し、取り調べを受けたあと強制送還の船賃一万五千円を請求され、その足で西村フルーツパーラーへ行き、給料の残金と荷物を受け取った。

六五年十月二十日、宇都宮市内にある共立自動車修理工場に就職した。兄が世話した町工場で、板金工の見習いだった。密航して香港から強制送還されたことは、職場の皆が知っており、あれこれ聞かれるのが苦痛だった。勤めを終えて長兄宅へ帰ると、相変わらず不在で、マージャン荘で次兄と合流している。内職で多忙な兄嫁の機嫌が悪く、兄たちへの不満が募った。

六五年十一月八日、会社を午前中で早退して、長兄への面当てに悪いことをしようと思った。通りがかりの肉屋に入り、レジに手をかけてガチャンと音を立てると、奥から主人が出てきたので、東武線の宇都宮駅の方へ逃げ、駅前交番の巡査に捕まった。このとき二人の兄は、末弟の引き取りを拒否した。

六五年十一月十日、十六歳の永山則夫は、宇都宮少年鑑別所に収容され、鑑別考査に付された。健康診断で「疾病異常はなし」、既往症は「幼少時より蓄膿症」、総評として「体格栄養は可」、精神状況は「知能は準普通級（ＩＱ八九）。やや主観的傾向が強く、独断的に事の解決を計ろうとする。計画性はあまりなく、粘りがなく、飽きっぽい。他人に対する共感性が薄く、社交的にふるまわない」。

六五年十一月二十二日、宇都宮家裁の審判で「不処分」になり、共立自動車の社長に引き取られ工場に住み込んだ。鑑別所へ二度ほど面会に訪れ、監督・指導を約束した社長だが、十二月十日のボーナス支給日に、「自分だけもらえないのはおかしい」と永山が不満を口にしたので、とうとう怒った。会社に呼びつけられた長兄は、「甘ったれるな」と弟を殴りつけ、小山市の家に連れ戻した。

六六年一月初め、長兄宅を無断で抜け出した永山は、ヒッチハイクでトラックを乗り継ぎ、大阪へ辿り着いた。梅田の駅前で途方にくれていると、四国の米穀商に声をかけられ、その斡旋で守口市の米穀店に住み込んだ。京阪電鉄の守口市駅に近い四階建てのビルで、三〜四階は賃貸アパートだった。軽四輪車の助手として配達を手伝い、玄米が入荷すると六十キログラムの米俵を担ぎ、自転車で小口の配達に出たりして、月給は一万五千円である。

六六年三月初め、給料から二千円を郷里の母親へ送ったら、「末娘と孫のためにテレビを買い、月賦の支払いに追われている」と返信があった。このころ店主から、戸籍謄本の提出を催促されていた。最初に小山市の長兄に手紙で相談したが、なんの返事もなかった。そこで郷里の母親に頼むと、さっそく郵送してくれたが、出生地が「網走市呼人番外地」なので、永山は驚いてしまった。

六五年から東映が始めた「網走番外地」シリーズがヒット中で、主題歌も流行している。「オレも刑務所生まれと間違えられるから、番地を付けてもらってくれ」と、永山は郷里に手紙を書いた。母親が板柳町役場へ行くと戸籍係が同情し、「番外地はどこにでもあり、呼人番外地は網走刑務所の所在地とは違う」と、わざわざ証明書を書いてくれた。しかし、猜疑心の強い永山は、「戸籍謄本に番地がなく、証明書で誤魔化していると思われる」と、どうしても店主に提出することができず、自室の机の奥に隠した。

六六年四月末ころから、ギター好きの店主の息子が、毎日のように「網走番外地」を弾いた。それに店主も、戸籍謄本の提出を催促するとき、左頰の火傷痕をしげしげと観察するので、「やっぱりヤクザと疑っている」と、永山はいたたまれなくなった。机に隠した戸籍謄本を、店側から見られたに違いないと悩み、自転車で配達のとき路上に米をこぼすなど、仕事上の失敗が多くなった。

六六年六月に入り、店主が戸籍謄本の提出を催促しなくなった。そもそも郷里への送金は、店主の勧めによる。とても親切な人物で、京阪電車で琵琶湖見物に連れて行ってくれたり、永山にとって働きやすい店だったから、「とうとう見放された」と絶望した。それまで毎月二千円を送金していた母親に、「網走市呼人で生まれたのに、戸籍上は網走番外地になっているため、『刑務所で生まれたのだろう。頬の傷跡はヤクザの印だ』と、米屋の主人の態度が変わり、もうオレはだめだ」という意味の手紙を書き、六月下旬に店をやめて東京へ向かった。

六六年六月末、十七歳になった永山則夫は、新聞の求人広告を見て、池袋東口の喫茶店「エデン」に応募した。すると店長が、「水商売で一人前になるには、職を転々としていろんな経験をしたほうがよい」と励まし、住み込みで働くことになった。しかし、半月後に同僚とトラブルを起こしたので、「店長に申し訳ないことをした」と思い、それまでの給料を受け取らずにやめた。

六六年七月中旬ころ、新聞広告を見て羽田エアーターミナルホテルに応募すると、「笑顔がよく歯がキレイだ」と言われ、食堂のボーイに採用された。川崎市の寮から通勤したが、同じ職場に板柳町出身者がいることを知り、「家族のことや、自分の過去をバラされる」と心配になった。自分が注文を受けた料理を調理場がことさら後回しにするように思えて、ボーイ仲間が頬の火傷痕のことで「ヤクザだろう」とからかうので、カッとなってやめた。およそ半月働いた給料は、後になって受け取った。

六六年八月初め、小山市の長兄を訪ねるつもりで上野駅へ行ったが、気が変わって浅草まで歩くと、アメリカ人を案内している男から、「ぶらぶら遊んでいてはだめだよ」と声をかけられたので、「オレは孤児だ。弟子入りしたい」と答えた。すると観光ガイドの男は、食事や散髪をさせたあと縄張りに連れて行き、ダボシャツとステテコと胴巻きに着替えさせた。そのテキ屋は赤ん坊を養っており、永山の仕事は、昼間は子守りで、夜は売春婦とオデン屋台の見張りだった。しかし、半月ほどで嫌になり、海が見える横浜へ逃れた。

六六年八月下旬、初めて横浜港で沖仲仕をした。山下公園で野宿していると、夜明けに見知らぬ男から、「オレについて来い」と誘われた。京浜急行の鈍行で仲木戸駅へ行くと、神奈川区東神奈川の職業安定所の近くに、〝立ちん坊〟が集まっていた。そこへ手配師が来て、日本鋼管へ連れて行き、モッコに鉄を入れる仕事をあてがい、クレーンが吊り上げて船に運ぶのだ。

六六年九月六日、横須賀のアメリカ海軍基地に侵入し、自動販売機からコインを盗んでMPに発見され、横須賀警察署が刑事特別法違反と窃盗罪で逮捕した。このころ留置場には、アメリカの原子力潜水艦「スヌーク」の寄港反対デモで逮捕された学生たちが入っていた。

六六年九月十六日、横浜少年鑑別所へ移された永山則夫は、「警察で不当な扱いを受けた」と訴えたから、反戦学生の影響を受けたらしい。このときの知能検査は、「IQ九〇」の普通域で、「思考が非常に貧弱で社会性が未成熟、小児的な自己中心性で対人不信感が強く、不安感と劣等感も強いから、情緒的な安定性に欠ける」と記録されている。

六六年十月二十一日、横浜家裁横須賀支部における審判で、「試験観察」と決定した。非行性は強くないから、環境の転移が適切と考えられたが、引き取る親族がいない。そこで試験観察のために、開放的な処遇の「補導委託」として、クリーニング店に預けることにした。この審判に母親と次兄が付き添い、家裁調査官と三人で川崎市新丸子のドライクリーニング店へ連れて行った。

六六年十一月から、家裁調査官は月一回の割合で面接をおこなった。十二月の面接のとき、「ボクは高校へ行きたい」と、永山則夫が打ち明けた。横須賀署の留置場で全学連の学生の話を聞いて、自分に知識がないことがわかり、勉強したいが学校へ行けないと言ったら、「定時制高校へ入りなさい」と、東大の学生が教えてくれたという。そこで調査官が、「思想的なことを言われなかったか」と尋ねたら、「そんな話は出ないで、高校ぐらいは行きなさいと励まされた」と答えた。

六七年一月十三日、クリーニング店主から、「お前は要らない」と言われた永山は、すぐに荷物をまとめて出た。調査官が三回目の面接をした直後だったが、店主によれば、「我が儘を許したのでは、ほかの従業員に示しがつかない」が解雇の理由である。

六七年一月十六日、横浜家裁横須賀支部の調査官は、永山則夫の次兄を訪ねた。池袋駅西口に近い猥雑な一角のアパートには誰もいなかった。しばらく表で待っていると、内縁の妻が帰ってきたので、身分を明かして用件を告げたが、まったく話が通じない。そこで名刺の裏にメモして渡し、彼女の勤め先の電話番号を聞いて帰った。このとき永山則夫は次兄のアパートに寝泊まりしていたが、内縁の妻は何もわからないふりをしたのだ。川崎のクリーニング店を追い出されて転がり込んだとき、「裁判所の人が訪ねて来るのが一番つらかった」と、繰り返し訴えている。

六七年一月二十八日、永山則夫は、新宿区淀橋の明治牛乳販売店に住み込み、四月五日に明大付属中野高校（定時制）に入学した。この入学手続きに必要な書類のことで、板柳中学校の担任教師に手紙で頼んだが、なかなか届かなかった。そこで指先をカミソリで切り、「オレは命がけなんです」と、〝血書〟で催促した。

六七年四月十四日、家裁調査官は、新宿の牛乳販売店を訪ねた。その数日前に、「牛乳配達をしながら高校へ通っている」と、次兄が知らせてきたからだ。調査官が「中学校時代の教え子なので、上京したついでに様子を見にきた」と告げると、店主は機嫌よく応対した。永山則夫は、午前五時起きで八時半まで百八十本を配達し、昼は十一時から四十五本を配達する。客からのクレームはなく、とても真面目に働いている。明大付属中野高校へ入ったのは、中野区にある本店の社長の息子が明大卒で、面接のとき本人の希望を聞き、定時制には無試験で入れることを教えたからだ。そんな話を聞いていると、配達から帰った永山が、すごい形相で調査官を物陰へ連れて行き、「ボクに付きまとうのは止めて下さい」と訴えた。このとき調査官が、定時制高校への入学を誉めると、「このうえ学校へ近づいたら、ボクは退学させられる」と、異常な興奮ぶりだった。

六七年四月二十八日、横浜家裁横須賀支部は東京家裁の一室を借りて、六六年九月に当時十七歳の永山則夫が起こした事件（刑事特別法違反、窃盗罪）の審判をおこない、「試験観察を終了し、成人する六九年六月二十六日まで保護観察に付す」と決定した。

このような出張審判はきわめて異例だが、横須賀市で勤務する調査官は、片道二時間かけて新宿まで面会に通わねばならない。これでは保護観察の継続が困難なため、永山則夫の〝少年保護事件〟を、東京へ移管することにしたのだ。

一九六七年四月二十八日の横浜家裁横須賀支部の審判には、永山則夫の次兄が付き添っている。東京の係官も立ち会い、「保護観察に付す」と決定したことにより、刑事特別法違反、窃盗罪の〝少年保護事件〟は、東京保護観察所へ移管された。

次兄に付き添われた永山は、その足で千代田区九段下の東京保護観察所へ行き、一回目の面接を受けた。

担当係になった保護観察官は、三十七歳の女性である。彼女の受持ちが豊島区だから、処分が決まった少年を、自動的に割り振られたのだ。東京保護観察所では、一人で五十件から六十件を担当しており、次から次に面接しなければならない。一回あたり一時間ないし一時間半かけるから、非常に忙しい。

午後四時半ころ、ようやく永山を面接室に呼ぶと、入るなり切り口上だった。

「早く帰して下さい。今までボクは、仕事を休んだことがなく、学校を欠席したこともない。今日もこれから、定時制高校へ行くんです」

「保護観察処分というのは、少年院に閉じ込めないで、社会生活を続けながら、人間関係を作り上げることです。そのために話し合いをスムースにして、お互いを理解しなければならない。わかっていますか?」

担当係が説示すると、本人は下を向いたまま聞いている。そこで次兄から、幼少期の家庭環境、兄から見た本人の感じなどを聞いて、三十分足らずで面接を切り上げ、次の面接日を五月十日(水曜)に指定した。

六七年五月十日、永山則夫は出頭しなかった。このため担当係は、池袋の次兄に協力依頼の手紙を書いて、面接指定日を六月十二日(月曜)とする呼出状を同封した。

六七年六月十二日、次兄宛ての手紙を持って、本人が一人で出頭したが、「学校へ行かなきゃならないので、早く帰して下さい。何時間かかるんですか?」と、担当係と押問答になった。「では聞くけど、このあいだは約束の日になぜ来なかった?」「体が疲れて大変で、倒れて学校へも行けなかった。ここに来る時間を作るのは、ボクにとって大変なんです」「それじゃ、私が淀橋の牛乳店を訪ねます」「絶対に店に来ないで下さい。もし来たりしたら、ボクは勤めも学校もやめる」「あなたは保護処分を、どのように思っているの？」「家庭裁判所なんて、ものすごく勝手すぎる」「どう勝手なの？」「横須賀で捕まってから、ボクは真面目に生きようと改心して、夜間高校へ行くつもりになったのに、試験観察にして質の悪いクリーニング屋に預けた。オヤジは使うだけ使っておきながら、ボクを必要としなくなったとき、『お前みたいなヤツは出て行け』とクビにした。こっちは一生懸命に働いたのに、あんな目に遇わせたのは、裁判所もグルとしか思えない」「だからこそあなたには、相談相手が必要なのよ」「相談相手なんか要らない。信じられるのは自分一人だけだ。そんなものが付かなくても、自分で一生懸命にやっていく。保護観察なんかイヤだ！　絶対にイヤだ！」。

体を震わせて目を吊り上げ、興奮ぶりはエスカレートする一方だから、担当係は次の面接日を異例の配慮で六月十八日（日曜）に指定し、そのまま帰した。

六七年六月十八日、担当係の保護観察官は、日曜日の事務所で待った。しかし、永山則夫は、なんの断りもなく出頭しなかった。やむなく担当係が、淀橋の明治牛乳販売店に問い合わせると、六月十六日に店をやめたという。念のため学校に電話して確かめると、「母が死んだと級友に伝言して、六月十六日から欠席が続いている」とのことだった。

六七年七月二十日、明大付属中野高校は、「保証人に連絡しても応答なし」で、永山則夫を除籍処分にした。

このころ本人は、横浜市の神奈川職安の近くで〝立ちん坊〟をしていた。京浜急行の仲木戸駅、国鉄の東神奈川駅、首都高速横羽線の東神奈川ランプに面した付近は、明け方からあちこちで焚き火が始まり、食堂は午前五時から営業する。永山則夫は、終夜上映の「横浜大勝館」やトラックの荷台、公園のベンチやコンテナの中を〝定宿〟にして、京浜急行の黄金町駅から仲木戸駅まで営業距離五・一キロメートルを、七分間の乗車で通っていた。

六七年十月十二日、永山則夫は、豊島区巣鴨の雪印牛乳販売店に住み込んだ。沖仲仕の仕事は食事も不規則で栄養が偏り、睡眠不足で体力が衰えるのが自分でもよくわかった。その点、牛乳配達は規則正しい日常で、住み込み又は寮生活が保証される。巣鴨の牛乳販売店は、近くのアパートを寮に転用しており、六畳一間の同室者は高卒で大学受験をめざしていた。この同僚は文学好きだから、永山はゲーテの『若きウェルテルの悩み』、ドストエフスキーの『罪と罰』『カラマーゾフの兄弟』を借り、集中して読んだ。

六七年十一月初め、久しぶりに明大付属中野高校を訪れると文化祭の最中で、定時制の担任教師に会うことができた。「復学したい」と申し出ると、「必ず入れるから来春来なさい」と励まされた。体力も回復しており、教師の励ましに力を得て、仕事の合間に勉強に精を出すようになった。

六八年一月一日、兄弟四人が池袋一丁目の次兄宅に集まり、屠蘇を酌み交わした。しかし、話題は暗いものばかりで、長兄は住宅販売のトラブルで告訴沙汰になり、いずれ逮捕されるかもしれない。末弟の則夫のことでは、「田舎へ帰したほうがいい」と、三兄が強硬に主張した。

その論旨は明快で、能力のない者が大都会で背伸びをしたとき、必ず足を踏み外すから、分相応に田舎で自分の背丈に合った生活をすべきだ……。中央大法学部（二部）に合格して、法曹をめざすという三兄は論理的に発言する。末弟は何も反論できず、飲めない酒を飲み続けた。

その翌日、巣鴨のアパートの部屋で目覚めると、周囲が騒いでいた。焼け焦げの臭いがして、見ると畳から煙が出ており、電気湯沸器をセットしたまま寝込んだせいだ。池袋の次兄宅で酒に酔って部屋へ戻り、インスタントコーヒーを飲んだとき、うっかりスイッチを切るのを忘れ、畳を円形に焦がした。その被害弁償のことで同僚たちに大仰なことを言われ、永山は動転して大家に報告することができず、牛乳販売店の店主に退職を申し出て、ヒッチハイクで大阪へ向かった。

六八年一月九日、神戸港からフランスの貨物船「タチアナ」に無断で乗り込み、甲板の救命ボートに隠れた。船が出港して三日目、かなり外洋だろうと思って甲板へ出たとき船員に発見された。ナイフで手首を二ヵ所切り血だらけになったところを、船員たちにロープでエビ固めに縛られた。これが一月十一日のことで、タチアナ号の寄港地は横浜とあって、伊豆半島沖を通過したところだった。

六八年一月十二日、入港前に横浜海上保安部の巡視艇に身柄を移され、出入国管理令違反で逮捕された。このとき自殺の可能性ありとして、警察の保護房に収容された。

六八年一月二十二日、観護処分で横浜少年鑑別所に移送された。横浜の鑑別所は、六六年九月の横須賀基地侵入事件（刑事特別法違反、窃盗）に続き二度目だが、東京保護観察所で観察中とあって、東京少年鑑別所へ移されることになった。
六八年二月二日、東京へ移される少年と相手錠で、京浜東北線の電車に乗せられた。収容された練馬区氷川台二丁目の東京少年鑑別所は、沖縄返還闘争や原潜寄港反対のデモで捕まった学生で一杯だった。永山則夫の鑑別結果は、「非行は逃避の形で現れたもので、反社会性はそれほど強いとは考えられない」。

六八年二月十六日、永山則夫は出入国管理令違反により、東京家庭裁判所で審判に付された。東京家裁の調査官は、「今回の非行は、道徳的に非難されるべきものではないが、この少年は法律的な規則がわからないから、刑事処分が相当である」と述べた。東京保護観察所の担当係の意見は、「この少年の性格の矯正、環境の調整をするためには、もはや保護観察ではまかないきれない。だからといって、刑事処分にしたときには、裁判で実刑になる可能性は少なく、執行猶予が付くだろう。しかし、社会内の処遇では、少年の矯正効果が期待できないから、少年院に収容するのが相当である」。この審判には、永山則夫の三兄（二十四歳）が付き添い、「弟を監督・指導して、責任をもって就職させる」と述べた。そこで裁判官は、「現に保護観察中に起こした事件だが、非グループ犯でもあり、更生は十分に期待できる」と、「不処分」を決定した。

東京家庭裁判所の決定で「不処分」になった永山則夫は、その場で釈放されて三兄に付き添われ、東京保護観察所へ出頭した。このとき担当係の女性は、厳しい態度で接した。

「昨年六月十八日、わたしは日曜日の役所で、約束通りあなたが来るのを待っていた。それなのに電話連絡もしないで、面接に来なかった理由は？」

「あのときは、イヤだから来なかった。これからは指定された日に、来なければならないと思っています」

この日の永山は、おとなしく神妙な態度だった。担当係は、「家裁の〝不処分〟は甘すぎる」と不満で、問い質しておきたいこともあった。

「淀橋の牛乳販売店は、なぜやめたの？」

「これといって理由はないけど、いろいろ精神的な悩みがあって……」

「せっかく定時制高校へ通っていたんでしょう？」

「でも牛乳配達は、仕事がきついのに月給が二万円ぐらいです。新宿の水道工事や横浜の沖仲仕だと、一日に何千円もくれます。それで高校が長続きしなかった」

「そうすると今後も、水道工事や沖仲仕をするの？」

「いいえ。牛乳配達でがんばって、明大付属中野高校に再入学します。この兄貴に見習い、ボクも高校を卒業して会社勤めをしながら、夜間大学に通いたいです」

そこで担当係は、付き添っている三兄に、メモを取りながら確かめた。

「今日の審判で不処分に決定したけど、その前の保護観察処分は生きており、引き続き成人するまで、定期的な面接を受けなければなりません。あなたが引き取って、同居することはできませんか」

「私が引き取らないと、弟はどうなりますか」

「これから上司の指示を仰ぎますが、多数集団の少年を監視する施設に、補導委託になるかもしれません。家裁の決定が不処分で少年院送りにはならなかったけど、保護観察所の判断により、そういう施設に入れることもできるのです」

「なんとか私が引き取りたいのですが、今の部屋は狭すぎて同居できません。しかし、同じ杉並区内の牛乳販売店に、弟を採用してもらうつもりです」

「その当てはあるの？」

「則夫が集団就職で東京へ出たころ、私が働いていた牛乳販売店で、すでに店主の内諾を得ております。こういうとヘンですが、『君の弟なら安心して採用する』と、約束してくれました」

「それは頼もしい……」

担当係はホッとして、相談室に兄弟を待たせ、次長に報告して判断を求めると、「少年の居住先が決まってから処置を考えよう」と指示された。

六八年三月二十三日、担当係の保護観察官は、杉並区大宮前六丁目の牛乳販売店に、永山則夫が二月二十日から居住していることを、杉並区の保護司を通じて確認した。

この保護観察官は、六七年四月二十八日から、刑事特別法違反・窃盗罪の「少年保護事件」を担当してきた。しかし、本人が豊島区から杉並区に住居を移したのだから、杉並区担当の保護観察官に移管して、彼女は永山則夫の担当係を外れた。

以下は、その後の永山則夫に関する東京保護観察所の記録である。

〔六八年五月七日〕

勤務先の牛乳販売店から集金に出たまま帰らなかった。三万円余り持ち逃げしたので、店側は高井戸警察署に届け出ている。後に担当係が本籍地へ連絡して、五月十日から二十五日まで、母親方に住んでいたことが判明した。

〔六八年八月十二日〕

豊島区池袋一丁目の次兄宛に送達した呼出状を持って一人で出頭した。そのとき本人は、横浜方面で沖仲仕をしながら、街を転々としていることを話した。「ソ連船から材木の荷下ろし中に、クレーン運転手の不注意で左足の親指を打撲して爪が剝がれてしまったが、労災保険が適用される病院でレントゲン写真を撮ると、骨には異常なかった」と、朗らかに報告する。

〔六八年八月三十日〕

自衛隊の中目黒事務所から照会があり、入隊を志願して一次試験に合格したとのことだが、保護観察中とあって入隊は不可。

〔六八年十一月十五日〕

豊島区池袋一丁目に居住する次兄が、十一月九日に引っ越しをしており、その転出先がわからないので、本人の所在が不明中。

一九六九年四月八日、参議院の法務委員会で、警察庁の内海倫刑事局長が、「一〇八号の犯人逮捕」を報告したとき、社会党の亀田得治委員が質問している。

「六六年九月、当時十七歳の永山則夫は、横須賀のアメリカ軍基地に侵入して逮捕された。このとき家庭裁判所は、本人を『試験観察』に付したが、補導委託に失敗したことにより、六七年四月に『保護観察』とした。その保護観察中の六八年一月、当時十八歳の永山則夫は、出入国管理令違反で逮捕された。ところが家庭裁判所は、二月になぜか『不処分』の決定をした。それから八ヵ月後に、連続射殺事件が発生している。保護観察のやり方に、手抜かりがあったのではないのか」

この質問を受けて、法務省の鹽野宜慶保護局長が答弁した。

「保護観察中の少年が、こんな事件を起こして、まことに申し訳ない。六八年二月、東京家裁が『不処分』にしたのは、先に『保護観察』に付しており、六九年六月二十七日に成人するまで、処分が継続中だったからと聞く。現在、成人および少年の保護観察の対象者は、全国に約十万人いる。にもかかわらず、担当する保護観察官は、全国にわずか五百人しかいない。東京保護観察所は、永山則夫をふくめて、対象者を六千人かかえているが、七・五パーセントに当たる四百五十人は、本人の所在が不明で十分な保護観察ができない。亀田委員の『手抜かりがあったのではないのか』との指摘は、まことに尤もだと思う」

一九六九年四月八日から愛宕警察署長は、「指定一〇八号」の各事件について、管轄の捜査本部による「少年事件送致書」を、東京地方検察庁の布施健検事正に順次送検している。その送致書にもとづき、担当の坂巻秀雄検事が一括して処理する。

①四月八日＝「原宿事件」の強盗殺人未遂、ピストル不法所持で送致。

〔犯罪事実〕

六九年四月七日午前一時三十分ころ、東京都渋谷区千駄ケ谷三丁目七番一〇号の一橋スクール・オブ・ビズネス内で金品を物色中、ガードマンの奥谷敏彦（二十二歳）に発見されるや、殺害して逮捕を免れようと決意し、不法に所持していたピストルを向けて発射したが、命中しなかったので殺害の目的を遂げず、逮捕を免れて逃走した。

〔犯罪の情状等に関する意見〕

少年は中学を卒業後、怠け癖のため数回転職し、その間に三回の非行歴がある。本件は遊興費を得るためにピストルを使用した悪質な犯行で、親族も観護に手を焼いている。性格に異常な点が見受けられ、再犯性が強いから、刑事処分が相当と認められる。

②四月十五日＝「横須賀事件」の窃盗、ピストル不法所持で追送致。
〔犯罪事実〕
六八年十月八日ころ、神奈川県横須賀市の在日アメリカ海軍基地Jトリート四三番三二三八ハウスのジェームス・S・ジョゼフ（三十四歳）方に、家人の不在を奇貨として侵入し、同人所有のヤシカスーパー8ミリズーム撮影機一台（時価二万四千百二十円相当）外八点、合計七万五百六十円相当および小型ピストル一丁、同弾丸（五十発入り）一箱を窃取し、さらに法定の除外理由がないのにピストルを所持して、火薬類の弾丸五十発を不法に隠匿携帯していたものである。
〔情状等に関する意見〕
前回に同じ。

③四月二十日＝「函館事件」と「名古屋事件」の各強盗殺人、各ピストル不法所持で追送致。
〔犯罪事実〕
タクシー運転手を殺害して金品を強取しようと企図し、かねて入手していたピストルを携行して、
1、六八年十月二十六日午後十時五十六分ころ、北海道函館市国鉄函館駅付近で、帝産函館

タクシーの佐川哲郎（三十一歳）が運転する車両に客を装って乗車し、同日午後十一時十三分ころ、亀田郡七飯町字大川一六四番地の秋葉大作方前の路上付近にさしかかるや、同人の頭部にピストルを用いて弾丸を射入して昏倒せしめ、反抗を抑圧して現金九千円くらいを強取し、同所までの乗車料金六百四十円の支払いを免れ財産上不法の利益を得て、よって翌二十七日午前八時十五分、頭部射創による脳挫傷等にて死亡せしめ、

2、六八年十一月五日午前一時十七分ころ、愛知県名古屋市港区付近で、八千代タクシーの佐藤秀明（二十二歳）が運転する車両に客を装って乗車し、同日午前一時二十三分ころ、港区七番町一丁目一番地の竹中工務店名古屋製作所の南側路上にさしかかるや、ピストルを用いて同人の頭部に弾丸を射入して瀕死の重傷を負わしめ、反抗を抑圧して布袋一個（時価八十円相当）に在中する現金七千四百二十円くらいと腕時計一個（時価三千円相当）を強取し、同所までの乗車料金二百円の支払いを免れ財産上不法の利益を得て、よって同日午前六時二十分、頭部射創による脳挫傷等により死亡せしめたものである。

〔情状等に関する意見〕

四月八日付に同じ。

④四月二十三日＝「東京プリンスホテル事件」の殺人、ピストル不法所持で追送致。

〔犯罪事実〕

六八年十月十一日午前零時五十分ころ、東京都港区芝公園三号地の東京プリンスホテル敷地内の南側芝生付近で、パトロール勤務中のガードマン村田紀男（二十七歳）から、無断で入り込んだことを咎められるや、同人を殺害して逃走しようと決意し、法定の除外理由がないのに不法に隠し持っていた二二口径ピストルを頭部に向けて弾丸二発を発射して、頭部外一ヵ所に射創を負わせ、よって同日午前十一時五分、右射創による頭蓋内損傷等により死亡せしめたものである。

〔情状等に関する意見〕

四月八日付に同じ。

⑤四月二十九日＝「京都事件」の殺人、ピストル不法所持で追送致。

〔犯罪の事実〕

六八年十月十四日午前一時三十五分ころ、京都市東山区祇園町北側六二五番地の八坂神社境内の拝殿北東を徘徊中、同神社警備員の鶴見潤次郎（六十九歳）に呼び止められ、「どこへ行くのか」とか、「警察へ行こう」とか言われたので、東京プリンスホテルにおける殺人事件の発覚をおそれ、所携のナイフを示して拒否したところ、なお執拗に同行を求められたので、殺害して逃走しようと決意し、ピストルを向けて弾丸を連続発射し、弾丸四発を頭部や顔面に命中させ、よって同日午前五時三分、右射創による脳挫傷等により死亡せしめ、なんら法定の除外理由がないのに、ピストルを不法に所持したものである。

〔情状等の意見〕

四月八日付に同じ。

乙号証と呼ばれる被疑者の供述調書は、事件送致書に添付されている。永山則夫は、「原宿事件」で現行犯逮捕されたから、警視庁が四月十日に集中して取り調べた。

【原宿事件に関する供述】

一九六九年四月六日（日曜）、私はピストルの隠し場所を考え、神宮の森に埋めるため午後三時ころ幸荘アパートを出ました。名古屋で四件目の射殺事件を起こしたあと、横浜市内の国鉄根岸駅に近い寺の境内にピストルを埋めましたが、本年四月初めころ掘り出しアパートに持ち帰っていたのです。

ピストルをスキー帽に包み、土を掘るのに必要なドライバーセット、手袋、タオル、銃弾二十二発などを、布製バッグに入れました。このときバッグの底がたるんでカッコ悪くならないように、海水パンツを敷いたのです。神宮の森に暗くなってから入るつもりで、渋谷で時間つぶしに映画を観て、明治神宮の参道へ行くと入口に柵がしてあり、詰所に夜警の人がいたので、あきらめて引き返しました。

午後九時ころ、原宿駅近くのビル新築現場に入り、ウトウトして過ごすうち、所持金がわずかで遊興費もないので、どこかへ盗みに入ってやろうと、悪い考えを起こしたのです。革手袋を両手にはめて、ピストルに銃弾六発を込め、付近を歩いて物色し、一橋スクールの事務室に入りました。ロッカーの把手にはタバコ箱大のものが付き、電線が引っ張ってあったので、切れば安心だと考え、机の引出しのハサミで切りました。

ガードマンに見つかってピストルを発射したのは、捕まってしまえば、東京プリンスホテルのガードマン殺しを始め、京都や函館や名古屋の殺人もわかって死刑になるからです。それまでの経験から、命中すれば死ぬことはわかっておりました。一橋スクール内から逃げ出して、門の外にいたガードマンに二発撃ちましたが、発射音がしないので弾がなくなったと思い、そのまま逃げ出したのです。

道を右へ曲がって、広い通りを突っ切り、原宿駅の手前にある宮廷ホームの塀をよじ登ったときには、後から追いかけてくる様子はありませんでした。ピストルを見ると、弾丸を入れるところの止め金がなくなっており、バッグやスキー帽もないことに気づきましたが、どこへ置いて来たのかは、夢中だったので覚えていません。

山手線の線路を横切り、明治神宮の土堤を越え、ピストルに銃弾があるかどうかを確かめると一発残っていたので、さらに二発込めたのです。六発込めなかったのは、止め金が壊れていたからで、半分の三発にしました。銃弾を込めたのは、これ以上追われたら逃げ切れないと思い、見つかったら死ぬつもりだったのです。

林の茂みに夜明けまで隠れて、明るくなったのでポケットの時計を見ると、ちょうど午前五時でした。「もうだいじょうぶ」と思い、北参道の出口から広い通りへ出て、十メートルくらい行ったとき、後ろから来たパトカーが私の前に停まり、お巡りさんが三人降りてきました。そして「持物を出せ」と命じたので、どうにでもなれと思い、私は両手を上げたのです。

ピストル窃盗などの「横須賀事件」は、神奈川県警の管轄だが、アメリカ海軍基地内の事件でもあり、警視庁が捜査を担当することにして、四月十二日に集中して取り調べた。

【横須賀事件に関する供述】

一九六八年十月初め、横須賀の海の夕焼けを見たいと思い、午後四時ころ横浜の黄金町駅から京浜急行に乗り、横須賀中央駅で降りました。市内をぶらぶらしたあと二本立ての映画館に入り、「駅馬車」などを観たのです。それから三笠公園のほうへ歩き、屋根のある休憩所で寝たのですが、夜中に寒くなって目が覚め、いつか入ったことのあるアメリカ軍基地内で盗みを働くことを思いつきました。

金網をよじ登って入り、二十分ほど歩くと住宅地で、電気がついていない家があったから、裏口の高窓ガラスを小石で割って入りました。室内を物色するうちに、大きな部屋のタンスの中に、小型のピストルと銃弾があったのです。ジャックナイフ、撮影機などもあったので、小物類と一緒に持ち去り、入ったコースを逆に辿って、基地の外へ出ました。それから本物かどうかを確かめるため、弾倉に銃弾を六発込め、三笠公園内の遊覧船乗場の岸壁へ行きピストルの引金を引くと、発射音がして弾が飛び出したので、本物だとわかりました。このときの試射で、銃弾を十発くらい使っています。

朝方になって、国鉄の横須賀線で横浜へ帰りましたが、ピストルと銃弾は桜木町駅前のガレージへ行き塀の側に穴を掘って埋め、盗んだ撮影機は壊れていることがわかったので、関内駅の近くのドブ川に捨てました。ジャックナイフやハンカチは、そのまま持っていたのです。

このピストルを使い、東京プリンスホテル事件、京都事件、函館事件を起こし、十月二十八日ころ横浜へ帰り、神奈川職安近くの空き地に穴を掘って隠しました。それから沖仲仕をして、十一月二日ころ掘り出して名古屋へ向かったのです。

十一月五日に横浜へ帰り、その翌日に桜木町駅近くのスポーツ店で、スキー金具の錆止めに使う油を買い、根岸線に乗って根岸駅で降りると、近くに小さな寺があったので、本堂脇の四角な石が重なったところに、深さ二十センチメートルほどの穴を掘りました。それからピストルに油液を塗り、銃弾と一緒にビニール袋に包み土をかけました。

六九年三月中旬、カネに困って郷里の母親に、「一万円要るから送ってくれ」と手紙を書いたら、現金五千円を送ってきて、「二回ほど警察が来た。いま何をしているか」と書いてあり、京都で落としたジャックナイフから指紋が出たのではないかと心配になったのです。四月初めに隠し場所へ行ってピストルを掘り出し、横浜市中区の山下公園へ行きました。午後八時ころ、係留された氷川丸に向かい合った倉庫の端で、弾丸を六発入れて引金を引くと、六発とも発射しなかったのです。

アパートへ帰って調べたら、銃口の中が少し錆びていました。ドライバーで擦ると、銃口に二、三個の傷がついたので、その翌日、薬局で油紙と紙絆創膏を買い、銃把を油紙で包み紙絆創膏を巻き付け、錆びないようにして天井裏に隠したのです。


一九六九年四月十三日午前十時から、愛宕警察署内の捜査本部は、「横須賀事件」について、実況見分をおこなった。

侵入口となった、横須賀市稲岡町無番地の三笠公園は、横須賀市が管理している。日露戦争における連合艦隊の旗艦「三笠」（排水量一五、一四〇トン）が復元され、「日本海海戦の勝利は、アジア諸民族の自覚と独立を誘い、世界史の転換を作ったといわれますが、この大事業をなしとげた日本民族の誇りを長く後世に伝えるため、大正十五年に当地に据えられました」と、正面の噴水前に東郷平八郎の銅像が立つ。

記念艦の北方がアメリカ海軍基地で、公園との境界に金網が張られ、「約三メートル間隔の鉄パイプの支柱で、高さは約二・四メートル、その上部に約〇・五五メートルのV字型で八本の有刺鉄線」。

侵入口は公衆便所の浄化槽の上で、永山則夫の供述によれば、松の木に取りついて金網をよじ登った。

「ここから見える海軍基地は、金網に沿う幅員約十五メートルの舗装道路をへて、西方に芝生に囲まれた二階建ての建物が続き、東方に照明灯のあるテニスコート」

一九六九年四月七日の「捜査報告書」には、基地内のJストリート四三番三二三ハウス付近の模様が記された。

「ピストル窃盗の現場は、米軍基地内のほぼ中央で、正面ゲートより北方に約二キロメートル入った軍人家族住宅である。宿舎の周囲には芝生が植えられ、舗装された道路が左右に走って海辺が望見され、手前に二階建ての工場（PWB）が一ヵ所あるのみ。おおむね宿舎の周辺は、樹木の繁る丘に囲まれて、盆地のような感じである」


三笠公園の南側は、国際シップサービス会社の遊覧船発着所で、東南方へ二キロメートルの猿島と結ぶ。この岸壁に立った永山則夫は、海へ向かって約十発を試射したというが、四月十三日付で見分調書を作成した警部補は、「晴天やや微風あり」の気象状況下で記した。

「この地点から、基地がある北方は、植樹帯のユッカランに視界を遮られて、東郷平八郎元帥の頭部が見えるのみ。岸壁下の海は、引潮のため底の岩が出ているが、ピストルの薬莢などを視認することはできない」

一九六八年十月初め、永山は基地に侵入する前に映画を観ており、一本は「駅馬車」だったという。京浜急行の横須賀中央駅に近いスカラ座は、十月一日から十月七日まで、ゴードン・ダグラス監督の「駅馬車」と、ダニエル・マン監督の「電撃フリント　GO！　GO！作戦」を上映した。入場料は大人三百円、学生と自衛隊員は二百五十円、小人は二百円だった。一回目は午後零時十四分から上映し、最終回は午後十時の終了である。

六九年四月十三日付の供述調書で、六十歳の支配人は述べた。

「二本のシネマスコープ総天然色映画は、いずれもピストルで撃ち合うシーンが多く、そういう看板を入口に大きく掲げております。ただいま刑事さんから、若い男の正面と横向きの写真を示され、当時からスカラ座に勤務する者にも見せましたが、全員記憶にないそうです」

一九六九年四月十三日午前十時三十分から、捜査本部の別働隊が、「ピストルを隠匿した手段方法を明らかにし、証拠を保全する」実況見分を、横浜市中区桜木町二丁目一番地の市営ビル付近でおこなった。桜木町駅前の鉄筋コンクリート三階建てビルは、隣の横浜テレビ技術学校との境界が、幅二メートルの帯状の空き地になっている。

「空き地の入口から二・九メートルの地点に、円形で擂鉢《すりばち》状の穴が掘られていた。その北側に黒みを帯びた土が、五センチメートルの高さに盛り上がって、一見して掘り返されたものとわかり、風雨にさらされた状態である。穴の直径は、南北二十五センチメートル、東西二十三センチメートル、深さは最深部で十四センチメートル。穴の中には枯れ草や石ころが若干落ちており、その上をツタが這って伸び、日時の経過が推された」

この空き地にピストルを埋めた永山則夫は、「ヤシカスーパー8ミリズーム撮影機一台」を、近くの大岡川に投棄した。桜木町駅から関内《かんない》駅へ向かう途中で、柳橋と吉田橋の中間に捨てたと図面を描いている（橋の間隔は二百五十メートル）。大岡川は幅十六メートルで、東岸の港町には銀行や証券会社が並ぶ。西岸は吉田町、伊勢佐木町、末広町など繁華街で、末広町の「横浜大勝館」は、永山則夫の〝定宿〟だった。

――永山則夫が、横須賀基地でピストルを盗んだ直後、数日間寝泊まりしていたという横浜市中区末広町三の四七「横浜大勝館」の近藤忠夫主任（四二歳）は、「顔写真を見て『あの男か』と思いました。うちは連日ナイトショーをやっているため、宿舎のない常連三十人ほどが、宿泊所がわりに利用していた。あの男は常連の仲間ではないが、昨年の夏から秋にかけ、かなりよく来ていたのではないか。私も従業員も顔に見覚えがあり、少なくても五、六回は来ていたと思う」と、驚いた表情で話していた。（六九年四月八日付「読売新聞」朝刊から）

一九六九年四月十八日午後五時十二分、永山則夫は、警視庁（千代田区霞が関二丁目）の建

物内で、「函館事件」と「名古屋事件」の容疑で再逮捕された。これまでの勾留は「原宿事件」の容疑だったが、四月十八日で期間切れになるからだ。

〔被疑者の逮捕を必要とする理由〕

①逃亡のおそれがある（本件は稀にみる凶悪事件。被疑者は今まで、職や居所を転々としている）。

②証拠隠滅のおそれがある（犯行使用ピストルの弾丸、薬莢が未押収。名古屋事件の被害品の料金布袋や腕時計が未発見）。

③親族の観護に服さず、環境上再犯のおそれがある。

④自殺のおそれがある。

身柄を確保している警視庁は、「原宿事件」「横須賀事件」に続いて、「東京プリンスホテル事件」については、四月十三日、十四日に集中して取り調べた。

【東京プリンスホテル事件に関する供述】

一九六八年十月九日の朝方に、桜木町駅前の隠し場所からピストルと弾丸を取り出し、池袋へ遊びに行きました。夜になって地下映画館に入り、便所のなかでピストルに弾丸五発を込めてジャンパーの左内ポケットに入れ、朝まで映画館にいたのです。五発しか込めなかったのは、暴発するといけないので一発目の弾倉を空にしました。

十月十日は、池袋のボーリング場で遊び、次兄のアパートを訪ねました。夕方に渋谷の西武デパート隣りの映画館に入り、消音のために「M」刺繍のハンカチを、便所内でピストルの銃身に巻き付けました。映画館を出てぶらぶら歩くうちに、ポリエチレン糸で編んだ網袋を拾い、宮下公園の便所で紐のように伸ばし、銃身のハンカチを縛ったのです。

青山方面から麻布のソ連大使館にさしかかったとき、東京タワーへ行く気になりました。ボーリング場を覗くなどして、表の広場のベンチで休んで、そのまま寝込んだのです。夜中に目を覚まして、東京プリンスホテルへ行くことにしました。以前に東京タワーに上ったとき、ホテルの廻りの芝生やプールがきれいだったから、どんな具合に出来ているかと思ったのです。

坂を下って、ホテルの土手沿いの道を七、八十メートル進み、正門から敷地内に入りましたが、建物の中へ入る気はなく、芝生で野宿しようと考えたわけでもなく、なんとなく行ってみたい気持ちで、ふらっと入ってみたのです。ビヤガーデンからホテルの建物に向かうと、左手がプール受付口でカウンター上窓のプラスチック板を外して乗り越えました。

プールサイドへ出て、芝生の上をしばらく歩き、そろそろ帰ろうと思っていると、石段を上がってきたガードマンに見つかり、「どこへ行くんだ」と聞かれたのです。「向こうへ行きたい」と石段を指さすと、「向こうへは行けない、ちょっと来い」と、ガードマンにジャンパーの襟首をつかまれ、捕まっては大変だと思い手を振り払った拍子に尻餅をついたのです。「捕まっては大変だ」と思ったのは、持っているピストルがアメリカ軍基地で盗んだことがバレます。以前も横須賀基地にドロボウに入り、保護観察処分を受けています。こんど逮捕されたら、重い処分を受けると思ったのです。

逃げたい一心で、内ポケットからピストルを取り出し、ガードマンの顔めがけて引金を引くと、一回目は発射しなかったので、消音用に巻き付けたハンカチを取り、続けて二発を撃ちました。ガードマンが倒れるのを見て、入ってきた順路を逆にホテルを出てから、付近の寺の境内に逃げ込んだのです。庭園の植え込みに隠れ、ピストルの弾倉から薬莢を抜き取り、その場所に捨てました。そのまま植え込みの陰で寝て、朝になって地下鉄の六本木駅へ向かい、池袋の次兄のアパートへ行きました。

東京プリンスホテルの南側に、広大な敷地の増上寺が隣接する。いったん増上寺に入ってから西側へ抜け、東京タワーを右後方に見て二十分か三十分歩き、大きな墓地のような所で薬莢を捨て、朝になって地下鉄の六本木駅へ出た。こうして潜伏した場所は、「近くにグラウンドがあり、身長より高い金網を乗り越えて入ると、池のある庭園だった。明け方に出るときは、近くの派出所で警官が立番していた」。

この条件を満たす潜伏場所は、南麻布五丁目の有栖川宮記念公園で、東京プリンスホテルから西へ二・五キロメートルに位置する。手前に麻布運動場と日比谷図書館の分室があり、有栖川宮記念公園との境界には、高さ一・八メートルの金網が張られている。公園の三軒屋門から六本木へ向かうと、百メートル先に盛岡町派出所がある。麻布警察署の拠点派出所だから、二十四時間体制で警官が立番する。

都立の有栖川宮記念公園は、面積三万六千三百二十四平方メートルで、東京プリンスホテルで二発を撃った薬莢の投棄場所とみられ、捜索に管理事務所の五十歳の所員が立ち会った。

「公園の立木は、サクラやケヤキが見事ですが、雑草がよく育つのが難点です。園内の清掃のために、失業対策事業の労務者を毎日十五人ほど使い、清掃の方法は、散歩道以外は紙くずを拾う程度です。六八年九月に草刈りをして、それ以降はやっていません」

一九六九年四月十五日から連続三日間、京都府警が警視庁本部において、永山則夫を取り調べた。

【京都事件に関する供述】

一九六八年十月十二日ころ、横浜駅で京都行きのキップを二千円余りで買い、夕方の列車で出発しました。京都に友だちも親戚もいませんが、初めてのところだから行ってみたくなり、カネの残りは二千円ほどでした。

翌朝五時に京都駅に着き、待合室で午前七時ころまで休み、駅前の和洋食堂でスープ一杯を飲み、何かを食べました。それから市電に乗り、同志社大学の赤いレンガの建物を見て、京都駅のほうへ引き返し、大きな噴水のある寺の前で降りました。山門を入ると鳩が沢山いたのでしばらく遊び、店が並ぶ町を歩き「新京極」のアーチを入ると、映画館に「ヒットラー十三階段の道」の看板がありました。

この手前の食堂に入りラーメン一杯を食べ、ぶらぶら行くと大きな川があり、通行人に聞くと「鴨川や」と教えてくれました。橋を渡ると京阪三条駅があり、大阪の守口市にいたころ、米屋の皆と琵琶湖を見物したとき、この駅で乗り換えたのを思い出しました。通行人に「舞妓さんはどこに居ますか」と聞くと、「この道をまっすぐ行くのや」と教えてくれ、ぶらぶら行くと馬券を売るところがあり、だいぶ歩くと「清水」と書いた坂に出て、突き当たりの山門をくぐって石段を上がると、大きな仁王さんが立っていました。

それから市電で京都駅に戻って、午後三時ころと思いますが、駅前のパチンコ店に入り、五百円ほど使ったころ玉が出たので、隣の食堂で景品を換えて千五百円ほどもらいました。午後五時ころ市電で新京極へ行き、昼にラーメンを食べた食堂の前を通り、料金三百円の映画館に入って、①西部劇、②戦車が主役、③戦争映画の三本を観たのです。ふたたび市電で京都駅へ戻り、午後十時ころ食堂で二百円のカレーライスを食べ、所持金の残りは二千五百円ほどになりました。

一休みして京都駅の外に出たときには、もう市電は通っておらず、両側の店も閉まっていました。だいぶ歩いて赤いヤグラのような山門の前へ来たとき、左側の交番（祇園石段下派出所）に、赤い電気がついていたのを覚えています。野宿するつもりで山門から入りましたが、ここが八坂神社ということは、事件を起こしたあと新聞で知りました。

私の服装は、薄黄色のナイロン地ジャンパー、グレーのズボン、茶色の革靴でした。所持品は、ジャックナイフ一丁（ジャンパーの右ポケット）、ピストル一丁（ジャンパーの左内ポケット）、銃弾四十発くらい（ジャンパーの右内ポケット）です。

境内へ入ると、チョウチンが沢山ついた建物があり、本殿前を通り過ぎたとき、「ぼん、どこへ行くのや」と、汚い恰好をしたおじいさんに、後ろから呼び止められたのです。反対方向の茂みのほうを指し、「あっちへ行くのや」と答えると、「向こうは何もない、おかしいやないか」と叱る口ぶりになり、「お前、どこから来たんや」と聞きました。私が黙っていると、クドクド言って離れないので、ポケットから出したナイフの刃を開いて、「近づくと刺すぞ」と脅したのです。するとおじいさんは、懐中電灯で私の顔を照らして、「そんなことしてもあかん、警察へ行こう」と叱りました。

神社へ入る前に、石段の下に交番があるのを見ていたので、連れて行かれたら駄目になると考え、とっさに「撃ってやろう」と思い、ピストル（六発の弾丸入り）を取り出したのです。おじいさんの顔に突きつけると、「何をするのや」と言ったので、約一・五メートルくらいの所から胸を目がけて一発撃ち込みました。バーンと音がしたのに、おじいさんは知らん顔をして立っており、当たらなかったと思い、続けて胸のあたりを撃つと、立ったまま「そんなことよさんか」と言いました。近寄って顔を目がけ、バーン、バーンと続けて撃つと、防ぐように手を上げたおじいさんが、腰を落としてしゃがみ込んだので、さらに引金を引くとカチンと空の音がしました。

私はおじいさんがどうなったかも見ないで、急いで本殿の端を横切るとき、「こっちの方や」と声がして、二人の制服警官が来るのが見えました。ハッと思って一気に二、三十メートル走り、茂みに飛び込んで身を隠しました。夢中だったので、詳しいことは覚えていませんが、おじいさんに呼び止められて、ピストルを撃って茂みに逃げ込むまで、わずか二、三分間のことです。

ピストルとナイフを持って隠れた茂みは、大きな木の下でした。落ち葉が溜まって、歩くとガサゴソと音がするので、しゃがんで本殿のほうを見ると、警官がおじいさんの倒れているところへ行き、もう一人の警官が茂みの前で、「出てこい!」と大声を出したのです。私との距離は三、四メートルほどでしたが、おじいさんのところにいた警官が「殺人や」と叫んだので、茂みの前にいた警官もそっちへ行きました。

私は「逃げるのは今だ」と思い、茂みから駆け出して、高さ一メートルくらいの柵を飛び越えると、長い丸太が積んであったので、その左端の下に隠れました。すると警官が来て、私を捜している様子でしたが、すぐに向こうのほうへ行ったので、一目散に公園広場のほうへ逃げ、砂利道を走りました。

このとき噴水の側に、白黒のパトカーがいたように思いますが、逃げるのに必死で、詳しいことはわかりません。走って行くと家が三軒ほどあり、石垣の上にブロックを積んだ三メートルほどの塀があったので乗り越えました。走って行くと広い舗装道路があり、電車道を横切ったりして、鴨川べりへ出たのです。

橋の袂から川へ降りる道があり、流れに沿って行き次の橋の下で振り向くと、「京阪三条」の駅名が見え、三条大橋と知りました。河原を歩いて二、三百メートル川下へ行き、少し草が生えているところで寝ころぶと、天気は良かったと思いますが、星が出ていたかどうかは覚えていません。初めてホッとした気持ちになり、ピストルを左内ポケットから取り出し、おじいさんを撃った薬莢を抜きました。弾丸は六発とも発射しており、不発弾がなかったことはハッキリしています。抜き出した薬莢は、川の真ん中めがけて放りました。

そうして私は、うっすらと寒い河原で、ぐっすり一眠りしたのです。目覚めると夜明けで、付近は静かで人の姿はなく、起き上がって五十メートルほど行くと、河原の右側に細い川があり、小さな橋を渡って上ると広場で、少し歩くと電車道でした。まだ市電は走っておらず、左へ向かって京都駅へ急いだのです。途中で市電が通り始めましたが乗らずに、制服警官を見かけると脇道に隠れるなどして、京都駅に着き大時計を見ると、午前六時近くでした。駅に警官の姿はなく、早く京都を離れるためにキップを買い、普通列車に乗りました。途中の駅で別な列車に乗り換えて、小田原から夜遅く新宿へ向かったのです。

次の日は新宿でぶらぶら遊び、翌日に横浜へ行ったのです。しかし、所持金は二、三百円しかなく、東京と京都で大事件を起こしたから自殺でもしようと思い、池袋の次兄に相談することにしました。このとき「自殺でもしよう」と思ったのは、東京で新聞を読み、京都八坂神社の夜警さんが死亡して、「一〇八号事件」になったことを知ったからです。

ただいま刑事さんから、夜警さんの頭部に四発が命中したことを聞かされました。この夜警さんや家族の方々に、本当に申し訳ないことをしたと、私は後悔しております。また、京都のきれいな町を私が汚したことを、心からお詫びしたいと思っています。いろいろお手数をかけて申し訳ありませんが、よろしく頼みます。

一九六八年十月十四日午前一時三十五分ころ「京都事件」が発生し、殺害現場から三十一メートル離れた所に、ジャックナイフが刃を開いた状態で落ちていた。その茂みの北側には、六七年五月に取り壊した円山公園事務所の廃材置場があり、丸材や角材を乱雑に積み上げていた。

京都市建設局が管理する円山公園事務所で、五十三歳の作業員が事情を説明した。

「鉄パイプがあるため、人が隠れるには好都合だったと思います。東側はサクラやキンモクセイが茂り、南側はカシやドングリの木、北側はゴミ処理場のネズミモチの生け垣で、どこからも見つかりません。円山公園はアベックの名所で、通称〝覗き〟の変質者たちは、絶好の場所として鉄パイプの物陰にベンチを置き、公園にやってくるアベックを待ちます。このようなことから考えても、相当に暗い場所なのです」

円山公園を出た永山則夫は、東大路を突っ走り、二条大橋を渡って河原へ降りて、三条大橋をくぐった先の草むらで、夜明けを待ったようだ。このとき薬莢六個を鴨川に投棄したのなら、もはや捜索は不可能である。二条大橋から五条大橋までの河川敷には、みそぎ川（幅員七メートル、水深十センチメートル）が流れている。永山は夜明けに「細い川」の小橋を渡り、下京区木屋町仏光寺の児童公園へ出て、京都駅へ向かったとみられる。

京都駅構内の大時計が「午前六時近く」を指しており、まもなく普通列車に乗ったのなら、米原行きであろう。

6時33分→7時44分（米原着）
6時52分→8時07分（米原着）

米原駅からは、午前八時十分発の普通列車があり、終着の熱海駅には、午後二時五十分に到着する。その先の小田原駅を経由して新宿へ出て、十月十六日に横浜へ戻り、十月十九日に次兄に犯行を打ち明けた。

一九六九年四月二十一日、東京地方裁判所の裁判官が、永山則夫に十日間の勾留状を発付し、期間を延長した理由を記した。

①関係者多数。
②事案複数。

③関係人の取り調べ未了。

④裏付け捜査未了。

この勾留状が、午後一時四十五分に東京地裁の建物内で執行され、警視庁本部の取調室に連行されたとき、弁護士が面会を求めた。

「永山則夫の私選弁護人として付きます」

一九二一年十月生まれの稲川武史弁護士は、法務省保護局の審議官だったが、六二年九月、四十歳のとき司法試験に合格して第十七期生になり、六五年四月に東京弁護士会に登録した。

「私の後輩にあたる女性が、東京保護観察所で保護観察官をしており、永山則夫の担当係でした。その保護観察中に今回の犯行があったことで、ずいぶんショックを受けています。『自分が至らなかったから、こんなことになった。何とかして下さい』と頼まれ、弁護を引き受けることにしたのです」

「永山の家族は、このことを知っていますか?」

思いがけない申し出なので、捜査本部は当惑した。しかし、法務省OBの弁護士は、担当検事の了解を得て面会に来たのだ。

「母親や兄たちに、私選弁護人を付ける経済力はないようです。これだけの大事件だから、早いうちから弁護活動が必要で、私が本人に会って言い聞かせます」

少年保護事件のベテランは、こうして面会をしたが、被疑者と弁護士は秘密交通権があり、どんな会話があったか捜査本部ではわからない。

このとき弁護士は、自筆の「弁護人選任届」を持参しており、被疑者に署名・指印させ、即日提出した。

＊

弁護人選任届

被疑者　永山　則夫

右の者に対する強盗致死被疑事件について、
弁護士　稲川　武史氏
を弁護人に選任致しましたので、御届け致します。
一九六九年四月二十一日
永山　則夫　指印
右署名指印は、本人のものに相違ないことを証明致します。
警視庁刑事部刑事管理課巡査部長　穴吹　健次郎
東京地方検察庁　検事正殿
右、正に受任しました。
弁護士　稲川　武史

一九六九年四月十五日、京都府警の取り調べが始まったときから、永山則夫の身柄は、愛宕警察署から警視庁本部へ移されている。

四月二十一日からは、「函館事件」の取り調べが始まった。これまでの捜査情報は、青函連絡船の旅客名簿に用いた偽名などを警視庁からもたらされたもので、「函館タクシー運転手殺人事件特別捜査本部」が、永山を直に取り調べるのは初めてだ。函館中央警察署の刑事調査官（警視）は、四月二十一日から二十三日まで、計五通の供述調書を作成した。

【函館事件に関する供述】

一九六八年十月二十六日の夜、私は函館駅前からタクシーに乗り、「七飯」で運転手を殺して現金を奪っておりますので、そのことを詳しく正直に話します。

六八年十月十九日の夕方、上野駅から青森行きの普通列車に乗ったのは、東京と京都でピストルで連続して人を殺したため、生まれ故郷の網走で自殺しようと思ったからです。キップを買った残りのカネは、五千円くらいでした。このときの服装は、黒っぽい背広上下に白ワイシャツとネクタイ、茶色の革短靴を履き、帽子はかぶっておりません。ピストルは革手袋で包み、背広の左内ポケットに入れておりました。約三十発の弾は革製のチャック付き小銭入れに詰めて、同じポケットに入れていたのです。ピストルに弾を込めると危険なので、別々にしておきました。

青森駅に着いたのは、十月二十日の昼頃と思います。駅付近をぶらぶらして、夜になって連絡船に乗ったのです。買ったキップは二等で、四百円くらいでした。二枚続きの乗船名簿には、備え付けの鉛筆で書きました。

（このとき本職は、函館駅長が提出した旅客名簿甲、青森駅長が提出した旅客名簿乙、いずれも「荒井清名義」を供述人に示した）

お示しの名簿の文字は、私が書いたものに相違ありません。「板柳町東雲四三」は本籍地で、「荒井清」は、思いつきで書きました。

函館に着いたのは、夜明け前でした。約一時間ほど駅の待合室にいて、札幌行きの急行列車に乗り、出発してから明るくなりました。そして小樽駅に着いたとき、急に下車しました。東京ロマンチカの「小樽のひとよ」がヒット中で、気持ちが引かれて降りたのですが、ホームの椅子にずっと腰掛け、街へは出ておりません。しばらくして札幌行きに乗ると、魚行商の人たちで一杯になりました。

札幌に着いたのは、午前十一時ころと思います。広場のようなところに花時計があり、食堂でラーメンを食べて、大きな川の側の公園へ行きました。近くに大きなホテルがあり、池や野球場や子どもの遊び場もあって、そこで遊んで夕食のラーメンを食べました。夜は公園の草むらに新聞紙などを敷いて寝ましたが、寒くて眠れませんでした。所持金は二千円足らずしかなかったので、旅館に泊まることはできなかったのです。

次の日はパチンコをやり、七百円くらい儲けて映画を観たのですが、内容は忘れました。小さな映画館で、料金は二百円だったと思います。夕方になって映画館を出て、札幌駅へ向かいました。網走へ行きたかったのですが、汽車賃が足りないため長万部《おしやまんべ》駅までキップを買ったのです。このとき「ちょうまんべ」と言い、駅員に笑われました。

長万部駅で降りたとき、夜も遅くなっていました。駅から街へ出たら、商店は閉まって人家も寝静まり、人通りはありませんでした。どうしようかなぁと、駅の近くを歩いていると、自転車が置いてあったので、盗むことにしました。黒塗りの古い実用車で、鍵は付いてなかったと思います。

その自転車に乗って、函館のほうへ向かったのですが、チェーンがゆるくて何回もはずれ、ブレーキもよく利かないため、坂道で転んだこともありました。人に気づかれないよう昼間は材木置場などに隠れて休み、パンを買って水を飲みながら、二晩か三晩かけて函館に着いたのです。

途中で農家の人に地名を聞き、「七飯町」を教えられました。そこを過ぎて函館市に入り、五稜郭駅前から中心街へ進み、バスなど自動車がたくさん置いてある広場に、乗ってきた自転車を捨てました。このとき日暮れでしたが、私は腕時計を持っておらず、時刻はわかりません。疲れてふらふらになっていたから、駐車中の幌付きトラックの荷台で、ぐっすり寝込んだのです。

目を覚ますと夜更けで、トラックの荷台から降りると、広場の近くに屋台が並んでいました。しかし、百円足らずしか持っておらず、歩きながら淋しい気持ちで、賑やかな通りへ行くと、タクシーが沢山走っていました。私はそれを見て、運転手は現金を持っているに違いないから、奪ってやろうという気持ちになったのです。函館駅へ行くと、正面の大時計は夜の十一時前後だったと記憶しますが、便所に入って内側からカギをかけ、ピストルに弾を六発込めました。

駅前のタクシー乗場は交番が近く、危険だと思って電車通りの角で待っていると、函館山のほうから空車が来て、手を上げると停めてドアを開けたので、乗り込んで「七飯」と言ったのです。三十歳くらいの運転手は、痩せ型で帽子をかぶっていませんでしたが、髪形は覚えておりません。私は話しかけなかったし、運転手も何も言いませんでした。

道路の両側の家がまばらになったころ、「七飯に入りましたよ」と言われましたが、広い国道はカネを取るのに安全な場所ではありません。少し先に右折する狭い道路があったので、「右へ曲がってくれ」と言ったとき、料金メーターは五百円以上だったと記憶します。狭い砂利道で車が揺れるような状態で、少し上り坂になっていました。百メートルほど進んだころ、「どのへんですか」と運転手に聞かれ、付近に家はありましたが、なんとなく怪しまれたようなので、ここなら撃っても安全だと思い、「停めてくれ」と言って、内ポケットのピストルを取り出したのです。

タクシーを停めたとき、運転手が明かりを点けたように思います。後部座席の左側ドアに背を当てるようにして、ピストルを持った右手を伸ばし、運転手の頭に狙いを付けました。その距離は、五十センチメートルぐらいだったような気がします。ピストルの弾が運転手の頭や顔に命中したら、死ぬだろうと思いました。頭付近に狙いを付けると、運転手が私のほうに顔を向けたので、続けて二回ピストルを発射したら、運転手はぐらぐらと動いてシートに寄りかかりました。そのとき車が動きだして、バックしてガツンと音がして停まったのです。

弾が命中したと思って、運転席に身を乗り出し、ハンドルの前の台から蝦蟇口のような小銭入れを取りました。このとき運転手の左胸ポケットに紙幣が入っているのが見えたので、すぐ現金を抜き取りました。ピストルを内ポケットに入れ、指紋が付かないように背広の袖口でドアを開け、外へ出て見ると車は道路からハミ出し、人家の門にぶつかっていたのです。車から出たあとは、坂道を下るように国道まで走り、人や車には会わなかったと思いますが、犬が吠えていたのは覚えております。タクシーがぶつかった家の犬のようで、私が国道へ出るまで、その吠え声は聞こえました。

国道を左へ曲がって函館市内へ向かい、道路の端を走りながら水たまりに足を突っ込んでいます。途中で小銭を取り出し、蝦蟇口はどこかへ捨てました。

そうして函館の街に着いて、駅に近い賑やかなところの映画館に入ったのです。時刻はわかりませんが、運転手をピストルで撃った二時間後くらいで、料金を二百円ほど払って入ると、「西部戦線異状なし」が始まりました。映画の場面は覚えておらず、便所に入ってカギを掛け、大便しながらピストルを見ると、弾倉には薬莢二発と弾丸四発が入っておりました。運転手から奪った紙幣を数えると、八千円余りだったと記憶します。千円札が二、三枚で、あとは五百円札と百円札で、百円札が一番多かったと思います。蝦蟇口に入っていたのは、十円玉が三十個くらいでした。

便所を出て靴下を洗い、スクリーンに向かって左側のスチームに掛けて乾かしました。客席は空いており、映画を観ているうちに眠ってしまったのです。どのくらい時間がたったのか、おじいさんみたいな人に起こされたとき、館内は明るく客は誰もいませんでした。それでスチームに掛けた靴下を履き、映画館から出たのです。

外は明るくなっており、連絡船に乗るため十分ほど歩いて桟橋へ行くと、待合室には大勢の客がいて、ずいぶん混んでいる様子でした。そこで次の連絡船に乗ることにして、魚や乾物を売る市場へ行き、食堂で二百円ぐらいの定食を食べました。食堂のテレビは、メキシコオリンピックの録画でしたが、その場面は思い出せません。

それから午前十時近く、桟橋へ行って青森までのキップを買い、乗船名簿にデタラメの名前を書き、住所は青森市新町、年齢は二十一歳にしたのです。

（このとき本職は、函館駅長が提出した旅客名簿甲、「中村清治名義」を供述人に示した）

これは私が書いたものに間違いありません。乗った連絡船は混んでおり、私は二等船室の椅子に掛けておりました。やがて船が沖へ出てから、函館の映画館の便所でピストルから抜き出した薬莢二個を、海へ投げ捨てました。そのころ船が揺れ始めたので、船酔いしないため椅子に掛けて眠り、青森駅に着いたのです。

上野駅までのキップを買い、一時間後に出発する鈍行に乗りました。上野駅に着いたのは翌日で、所持金は四千円くらいでした。

私が函館でタクシー運転手を殺したことについて、正直に話したつもりです。今は心から、自分の犯した罪を悔いており、とくに運転手さんの御家族の方には、済まないと思っております。

一九六九年四月十三日、愛宕警察署内の捜査本部は、逮捕時に持っていた質札により、「背広上下（永山ネーム入り）チャコールグレー三釦、一着」を押収している。中野区若宮一丁目の質店に、永山則雄名義で入質したもので、五十九歳の経営者は、「必要ありませんから処分して下さい」と、意見を付して任意提出した。「函館事件」の現場に遺留品はないが、「犯行現場の町道から見慣れない二十二、三歳の男が国道へ走って行き、チャコールグレーの背広を着ていた」と、付近住民の目撃情報はあった。

北海道警察本部は、「函館タクシー運転手殺人事件特別捜査本部」の依頼により、足取り捜査をおこなった。

一九六八年十月二十一日午前零時三十分出港の「松前丸」に乗った永山則夫は、四時二十分に函館に到着して、五時五分発の札幌行急行「ニセコ1」に乗り継ぎ、八時三十九分に小樽で途中下車し、札幌に向かったとみられる。

その日は、札幌パークホテルが見える中島公園で野宿しており、豊平川に面した中島公園の芝生は、野宿に快適な所とされる。十月二十二日は、パチンコ店や映画館で過ごし、夕方に札幌駅から列車に乗って長万部で降りた。札幌―長万部の営業距離は百七十四キロメートルで、普通列車で四時間五十分かかる。

長万部駅前は半円形のロータリーで、その先は函館本線に並行する国道五号線である。駅舎から国道までは五十メートル足らずで、鉄道公安室、自転車置場、青函船舶鉄道管理局長万部分室が並び、国道へ出て右折すると、札幌鉄道郵便局長万部分局、地区労事務所などがあり、貨物積卸場のフェンスが伸びる。

六八年十月二十二日ころ、長万部駅前付近で自転車の盗難被害届は出ておらず、「黒塗りの古い実用車」を盗んだ場所はわからない。長万部―函館は、鉄道の営業距離が百十二・三キロメートルで、並行する国道五号線も等距離だ。自転車で走り、ふらふらになって函館に辿り着いたのは、十月二十六日の日暮れだった。

永山則夫は、中学三年生の一学期（六四年五月）に、自転車に乗って家出した。母親の供述に、「自転車に米三升を積んで」とあるのは、新聞配達先の商店に持ち込んで、換金してもらうためだった。このとき川部↓弘前↓大館↓秋田↓大曲↓新庄↓山形と、奥羽本線沿いに夜道を走り、昼間は物陰で持参した毛布にくるまって寝た。五能線の板柳―川部、奥羽本線の川部―福島の営業距離は合計四百六十一・七キロメートルで、長万部↓函館の自転車による走行は、過去の経験を生かしたとみられる。

一九六九年四月二十八日、函館中央警察署は、「被疑者の永山則夫が、ピストルに弾丸を装塡した場所および帝産函館タクシーに乗車した位置を自供したことにより、その裏付けについて証拠保全するため」、実況見分をおこなった。

一、国鉄函館駅に附属する公衆便所
二、函館駅前停留所および付近

函館駅の公衆便所は、改札口に向かって右手にあり、男子の大便用は六つ並んでいる。駅舎の正面には構内タクシーが並び、約百メートルのグリーンベルトを隔て国道五号線が左右に伸び、市電が路面を走る。永山が乗車した「電車通りの角」は、観光案内所の前あたりで、函館山の方角からきた帝産函館タクシーは、六八年十月二十六日午後十時五十六分一秒、〝最後の乗客〟を拾って、七飯方面へ走行した。

六八年十月二十六日、映画「西部戦線異状なし」を終夜上映したのは、函館駅から東へ四百二十メートルのロマン座である。通称「京極通り」の歓楽街にあり、午前二時ころまで人通りが絶えない。六九年四月に客席の椅子を取り替え、二百三十四席から百七十六席に縮小したほかは当時のままだった。便所はスクリーンの裏手にあり、男子の大便用は一つで、出入口に陶製の手洗いが設置されており、ここで靴下を洗ったとみられる。スクリーンに向かって両側にスチーム式暖房機が取り付けられ、四十九歳の支配人によれば、前年十月下旬ころ蒸気を通していた。

一九六九年四月二十五日から、警視庁刑事部管理課の取調室で、「名古屋事件」の取り調べが始まった。愛知県警捜査一課の四十四歳の警部補が、身分を名乗って向かい合ったとき、いきなり永山則夫が〝ハプニング発言〟した。

「名古屋の運転手は、バンドの壊れた腕時計を、運転席の前に置いていた。オレがもらって行ったが、時計のことが新聞記事になったので、ヤバイと思って捨てたよ」

「捨てた場所は？」

「渋谷の宮下公園の花壇だよ。その場所を、図面に書いてやろうか」

こうして「時計をすてた場所。永山則夫」と題し、ザラ紙に図面を描いた。この腕時計は、「名古屋タクシー運転手殺人事件特別捜査本部」にとって、重要な物証である。供述通りに発見されたならば、「真犯人しか知りえない秘密の暴露」で、きわめて証拠価値が高い。

宮下公園は警視庁の管内だから、愛知県警の「捜索依頼方」を受け、警視庁捜査一課の巡査部長が急行した。国鉄渋谷駅前（ハチ公口）の派出所から、約三百十メートルに位置する宮下公園は、山手線（渋谷―原宿）と明治通りにはさまれている。この公園脇の全線座では、六九年四月六日に「パリ大混戦」と「地獄の戦線」を上映し、当日の観客は延べ三千四百人だった。巡査部長が部下と二人で、被疑者が描いた図面を頼りに、ツツジやモッコクの植え込みを捜索すると、腕時計一個が見つかった。

＊

実況見分調書

Ⅰ　同時計に、バンドならびにバンド止めは、取り付けられていない。表側には直径一センチメートルくらいの木の葉が、二枚かぶさっていた。裏側はステンレス製で、番号は「四〇〇〇三七二」と刻印されている。

Ⅱ　同時計は男物で、丸型、側金色、金色中三針、棒文字、日付がついた「セイコーチャンピオンカレンダー八六〇」で、針は「一時三十分三十九秒」を示し、カレンダーは「十二日」となっているも、停止の状態で秒針は動いていなかった。

この領置品を、名古屋市中区の時計商に見せたところ、次の供述が得られた。

「お示しの腕時計は、私が分解掃除したものに間違いありません。裏蓋を開けてみましたところ、内側に青色マジックインキの上に鉄筆で横書きで『67・5・24・F』と記してあり、私が記入した文字です」

時計に付いていた金色の三折式鎖バンドは、永山則夫の図面付きの供述にもとづいて、名古屋市中川区四女子町の製材所から発見された。中川運河西岸の製材所は、犯行現場から名古屋駅寄りへ、約三・二キロメートルである。

一九六九年四月二十八日、愛知県警港警察署内の捜査本部は、「被疑者の犯行直後の休憩場所および被害品の遺留状況を明確にして証拠を保全するため」に、現場検証をおこなった。

材木置場には、直径七十センチメートル前後の原木、角材、板が積まれて、表通りからの出入りは自由である。高さ四メートルの柱を腕木によって固定し、板と角材を上部で交差するように立てる。この「ハザ立て」により、下部は広く三角形に空洞化するから、人が中腰で立つことができる。その内部に板が乱雑に置かれ、白い料金入布袋と腕時計用の金色鎖バンドが落ちていた。ヒモが切れた布袋にはマジックインキで「辻山」と書かれ、金色鎖バンドは三つ折りの部分が二つに千切れていた。

布袋の文字「辻山」は、被害者の佐藤秀明と交代で、同じ車両（名5く27―53）に乗務していた二十六歳の運転手が書いた。

「運転席右側の三角窓を開けるハンドルに、料金入れの布袋を下げていたのです。大工の釘入れ袋を近所の店で一個八十円で買い、縦二十七センチメートル、横二十センチメートルくらいの白地に、『辻山』と私の名前を書いております」

【名古屋事件に関する供述】

六八年十一月二日の夕方、横浜駅から普通列車で名古屋へ向かったのです。実弾六発を込めたピストルを持ち、残り二十発は小銭入れに収めました。所持金は約五千円で、十一月三日の早朝に名古屋駅に着き、この日は駅周辺を歩き廻り、二つの映画館に入って時間をつぶし、夜は名古屋城に近い広場の芝生で野宿しました。

十一月四日の朝方、名古屋駅前の卸売市場の屋台で食事をして、二軒のパチンコ店で遊び、千円ほど儲けました。ガンショップのある映画館に入ったあと、沖仲仕の仕事を探したのですが見つからず、また映画館に入りました。午後十時ころ映画館を出て、喫茶店に入ってコーラなどを飲み、一時間ほどで店を出てから、電車通りを港のほうへ向かったのです。お宮らしい建物の横を通り、約二キロメートル歩いて、車道と緩行車道に分かれ、分離帯に水が涌るところへ出たとき、後ろから来たタクシーが「どこへ行くの？」と声をかけました。私が「港へ行く」と答えたら、運転手がドアを開けたので乗ると、「港へ何をしに行くの？　何もないよ」と言われて、「港で働くんだよ」と答えると、「あんたは東京の人でしょう。今晩どうするつもり？」と聞かれました。

このとき「東京の人でしょう」と言われ、私は驚いてしまったのです。東京の人間と知られた以上は、このままにしておけば、東京—京都—函館の事件に足がつき、警察に捕まるかもしれません。所持金は約二千円なので、運転手をピストルで撃って殺し、カネを奪って逃げようと、とっさに決意したのです。

都合のいい場所を探していると、左に入る道路が暗かったので、「そこを左折してくれ」と言いました。曲がって百メートルくらい行くと、左は倉庫、右は空き地で、ここならいいだろうと思い、「停めてくれ」と言ったのです。運転手が停めたとき、背広の内ポケットからピストルを取り出し、右手に持って構え、客席の真ん中に坐り、運転手の頭を狙って三、四回発射しました。最初の一発を撃ったとき、「待って、待って」と運転手が叫びましたが、続けて引金を引きました。すると運転手が助手席のほうへ倒れたので、後部座席の左側ドアを開け、急いで車の外へ出たのです。そして運転席のドアを指紋が付かないように背広の袖口を使って開け、ヒモで結んであった布袋を引きちぎって奪い、ハンドルの前にある腕時計も奪ったのです。

電車道のほうへ走って逃げ、途中から細い道に入り、名古屋駅のほうへ向かったのですが、警察署らしい建物の近くに材木屋があったので、朝まで休むことにしました。材木のあいだに隠れて布袋からカネを取り出すと、千円札と百円玉など約七千円ありました。カネが入っていた布袋と、腕時計の壊れた鎖バンドは、その場に捨てました。

この自供にもとづき、愛知県警の捜査本部は「犯行前の足取り」を捜査して、写真撮影をした。

一九六八年十一月三日、永山則夫が入った映画館は、毎日ホールとミリオン座である。毎日新聞社ビル四階の毎日ホールでは「刑事」と「かわいい毒草」、広小路通のミリオン座では「魔獣大陸」と「燃えよ洞窟」を上映中だった。永山が野宿したのは、中区三の丸の「名城前小公園」で、本丸の南西にある。寝た場所は花壇の奥とみられ、高さ三十センチメートルのサンゴ樹が十一本、半円形に植え込まれている。

十一月四日朝、名古屋城から駅前に戻って食事をしたのは、中央卸売市場内のヤキトリ屋で、そのあと入ったパチンコ店は、駅前の「モナコ」と「琥珀」で、二つの店の景品交換所は共通している。ガンショップのある映画館は、新名古屋ビル北館七階のシネラマ名古屋で、「黄金の眼」と「バーバレラ」を上映していた。映画館を出て「沖仲仕の仕事を探した」のは、三蔵通の公共職安出張所と思われる。早朝は労働者があふれて手配師が来るが、それ以外の時間帯は閑散としている。時間帯を間違えた永山が、仕事探しをあきらめて入った映画館は、広小路通の納屋橋劇場で、「続やくざ坊主」と「ぼんたの結婚屋」を上映していた。

午後十時ころ映画館を出て、コーラを飲んだという喫茶店は、堀川をはさんだ「しんせい」とみられる。港へ向かう途中の「お宮らしい建物」とは、中村区内屋敷町の白龍神社である。電車通りを港へ向かうと、八角堂前↓水主町↓日置橋↓山王橋と停留所が続く。日置橋と山王橋のあいだには、水道局のポンプ場があり、中川運河と堀川を結ぶ水路になる。ここを通りかかったとき、後ろから来たタクシー運転手に声をかけられたというから、乗車位置を「中川区山王橋交差点付近」と特定できる。この交差点は、犯行の直前に三十八歳のホステスが下車した「雲龍龍神」から、南へ五百メートルの地点である。

一九六九年五月二日の早朝から、警視庁愛宕警察署内の捜査本部は、被疑者の「引き当たり」を実施した。マイクロバスで警視庁本部を出発し、警部補が永山則夫と相手錠になり、次々に関係現場へ案内させる。

①七時四十五分＝横浜市神奈川区神奈川通七丁目
②八時三十五分＝横浜市中区桜木町二丁目
③八時四十五分＝横浜市中区花咲町、野毛町付近
④八時五十五分＝横浜市中区港町六丁目の大岡川一帯
⑤九時三十五分＝横浜市磯子区東町六番地
⑥十時三十五分＝横須賀市若松町一丁目
⑦十時四十五分＝横須賀市稲岡町無番地

①の「神奈川通」は、函館事件のあとピストルを埋めた場所で、「木片で深さ二十センチメートルくらいの穴を掘り、油紙に包んで埋めた」と本人が指さした所には、二階建てのプレハ

ブ宿舎があった。六九年三月に竹中工務店が建てたもので、それ以前は空き地だった。
③の花咲町一丁目の食堂「山田屋」は、営業時間が午前六時から午後八時まで、野毛町一丁目の食堂「よ志多屋」は、営業時間が午前六時から午後七時三十分まで。永山則夫は、事件当時に双方の店に出入りしていたが、経営者は「不特定の客の出入りが激しく、いちいち顔を記憶しない」と答えた。
⑤の磯子区東町六番地は真言宗の大聖院で、名古屋事件のあとピストルと弾丸を埋め、六九年四月初めに掘り起こした。南側の門を入ると幅三・五メートルの参道、正面が約百五十平方メートルの本堂で、西側の幅三メートルの路地に敷石が二列に重ねられ、その脇に穴が掘られていた。
⑦の横須賀市稲岡町無番地は三笠公園で、担当の警部補が見分調書に記した。
「立会人の永山則夫は、本職の『どこから基地へ入ったのか』との質問に対し、公衆便所入口の鉄柵を跨ぎ越え、アジサイの株のあいだを通り、浄化槽の上を渡って金網に接近すると、直立して『ここです』と申し立てた。さらに本職が、『ピストルを発射した場所はどこか』と質問したところ、同人は護岸壁まで歩き、海上の猿島に向かって立ち、『ここです』と申し立てた」

一九六九年五月三日から、東京地検特捜部の坂巻秀雄検事は、「指定一〇八号」の各事件について、被疑者の永山則夫を取り調べ、検面（検察官面前）調書の作成を始めた。各事件を管轄する捜査本部の取調官は、員面（司法警察員面前）調書の作成を終えており、その内容をチェックしながら、取り調べを進めるのだ。

永山則夫の身柄は、東京地裁の裁判官が四月二十八日付で、五月十日までの勾留延長を認めている。そのタイムリミットまで取り調べるが、被疑者はきわめて無口で、ときどき検事の顔を上目遣いに見て、視線を伏せてボソボソしゃべる。

「なんで何回も、同じことを聞く？」

「ここは検察庁で、警察署ではない。検事は刑事とは違う立場だから、念を押して調べ直さねばならない」

「そんなことを言われても、何回も同じことを聞かれるのはイヤだ。あんたは警察で作った調書を、そのまま書き写せばいいじゃないか」

「君の処分を決めるのは、検事の仕事なんだよ。この事件を本当に君がやっているのか。やったとするなら、動機や行為はどんな具合だったか、一つずつ聞いていくことになる」

時間をかけて説得して、少しずつ調書を作成するしかない。話を聞いてメモするだけで、調書を作成しない日もあった。

モノローグ形式の供述調書は、「お尋ねですので申し上げます」と、すらすら話したような文体になるが、実際は検事が多様な質問を発してメモに残し、それにもとづいて要点をまとめ、検察事務官が調書として記述する。そうした上で、「右のとおり録取し読み聞かせたところ、誤りのないことを申し立て署名指印した」と、型通りに仕上げるのだ。

永山則夫は、きわめて無口だから、問いかけに少しずつ答えるのを、辛抱強くつなぎ合わせていくしかない。質問に対する答えは、ほとんど「はい」「いいえ」で、「そのときの気持ちは？」「そのときの行動は？」と質問を重ねていき、「やらんつもりだった」「やってしまうつもりでいた」「殺してしまうつもりだった」と、具体的な供述を引き出す。

それでも次第に気持ちも落ち着いてきて、心の内を打ち明けるようになった。

「横須賀の基地に盗みに入って、思いがけずピストルを手に入れたことが、自分を狂わせてしまった。子どものころからピストルに憧れていたので、本物を手にしたときは、握った感触がとても良かった。ピストルを身に付けていると、心が休まるというか、頼りになるというか、長いあいだ求めていた本当の友だちに、ようやく出会ったような思いがした」

一九六九年五月十日、坂巻秀雄検事は、永山則夫に「刑事処分相当」の意見を付して、東京家庭裁判所へ送致した。

同日、東京家庭裁判所の三淵晶子裁判官は、「少年を東京少年鑑別所に送致する」と、観護措置を決定した。

《少年について、審判をするために必要があるので、少年法一七条一項一号により、この決定

をする。同人に係る犯罪事実は、一九六九年五月十日付の検察官送致書に記載のとおり》

こうして永山則夫の身柄は、東京少年鑑別所に収容された。

六八年一月十二日、出入国管理令違反で横浜海上保安部に逮捕され、東京少年鑑別所へ移管になり、二月二日から十六日まで収容されている。そのときの鑑別で、知能指数は「IQ一〇三」、精神障害は「認められず」で、「準正常」との診断だった。性格分析は、「自己中心的な考え方で、劣等感が強く神経質、情緒不安定で内向的、不平不満を抱きやすく、劣等感にもとづく自己顕示欲も、かなり強い」との結果だったが、収容中に逸脱行動はなかった。

しかし、今回は初日から違った。収容したときから意識が朦朧としており、食事を拒んで口をきかない。警視庁から鑑別所長に、「留置場で脱いだシャツで首を絞める自殺未遂があった」と連絡を受けたが、本人がボーッとしているので油断していると、夜中に室内でシーツを裂き、首吊り自殺を図った。過去に東京少年鑑別所では、社会党委員長を刺殺した右翼少年が、収容初日に縊死《いし》した（六〇年十一月二日）。その苦い経験があるから、永山則夫の自殺は未遂に防ぐことができた。

事態を重視した鑑別所長は、鑑別課長と医師を特別に配置して、イソミタールを投与した。この薬は筋肉を弛緩させ、本人は良い気持ちになる。

五月十一日は、単独室（独房）の隅にうずくまって、ときどき目を開けるだけで、動物園の猿のようだった。死刑判決でショックを受けた被告人が、拘置所でこのようになることがある。

しかし、これから心情問診を中心に、鑑別考査しなければならない。

五月十二日、イソミタールの投薬を中止すると、永山は大暴れを始めた。沖仲仕のような重労働を経験して腕力があり、取り押さえるのが大変だった。鑑別所長は精神科医と相談して、電気ショックを検討したが、意識を失って死んだような状態が癖になる可能性も考えられ、「対面観護」にした。刑務所や拘置所から、凶暴な収容者を精神病院へ送るときなど、保護房に入れて事故を防ぐ。放っておくと房内で助走し、ドアへ突進して頭頂部をぶつけるおそれがあるから、怪我をしない保護房に入れるが、東京少年鑑別所にはない。

鑑別所長が指示した対面観護には、教官が四人で当たった。単独室のドアを開け放ち、常時二人が廊下で見張り、二人を交代要員にする。通常は一人で見張るが、永山は腕力があるから四人を付けた。室内で暴れたときは、勝手にさせて教官は中に入らない。うっかり入ると、人質に取られたり面倒なことになる。もし室外へ飛び出したときは、二人がかりで組み付いて取り押さえて、待機の二人が応援に駆けつける。就寝時間がくると、教官が総掛かりで押さえつけて鎮静剤を注射し、夜間の見張りは一人でする。

この時点で鑑別所は、永山の精神分裂病を疑った。横浜少年鑑別所に二回目に収容されたとき、「精神病質の可能性あり」と判定されている。しかし、東京少年鑑別所の精神科医の意見は、①分裂気質ないしは分裂病質の精神病質、②自分の死と直面した不安、③拘禁反応の三つだった。

担当の坂巻秀雄検事は、起訴前に精神鑑定をするつもりはなく、「刑事責任能力あり」の意見である。逮捕直後には自暴自棄で、自殺を図ったり暴れたりしたが、五月に入って気持ちが落ち着いた。検面調書を作成したころはおとなしくなっており、安心して家庭裁判所へ送致したのだ。

にもかかわらず、鑑別所に収容した途端に、凶暴性を発揮した。刺激した理由として、〝ゲバ学生〟の存在が考えられた。六七年十月、総理大臣の東南アジア訪問阻止をスローガンにする第一次羽田闘争から、ヘルメットに角材スタイルが定着した。六八年には〝三派全学連〟が分裂して、内ゲバをふくめて行動が過激になった。六九年に入り、一月は東大の安田講堂事件、二月は日大などの封鎖解除、三月は高校卒業式に機動隊が出動、四月は「四・二八沖縄デー」と続き、未成年者の逮捕が激増している。

六九年五月一日現在、東京少年鑑別所には、一般非行少年が百五十人、〝ゲバ学生〟が二百三十人収容されて、非常に緊張した状態だった。そういう時期に、マスコミが〝連続射殺魔〟と命名した少年が収容されたのである。

公安事件の収容者が増えるまで、東京少年鑑別所の鑑別考査は、一人について四週間かけていた。その慣例を破って六九年一月から、鑑別所長の指示で二週間に短縮した。しかし、永山則夫についてては対面観護にかかりきりで、鑑別考査は二の次になった。心情問診や心理テストは、本人の協力がなければできない。永山は徹底拒否であり、ロールシャッハテストの絵（左右対称の染みの付いた紙）を見せると、「先生は何に見えますか？」と人を食ったことを言うが、雑談には応じた。

五月十三日、鑑別所技官は本人の弁を記した。

「中学二年ころから、死にたいと思うようになった。人間は皆同じところからスタートするはずなのに、生まれたときから階級の差があることを考えると、勉強をやる気をなくした。中学の同級生から、『お前はアカだ』と言われたことがある。中学三年の担任の先生は、オレのことを心配して、いろいろ面倒をみてくれた。母などは親と思わないが、担任の先生は親代わりみたいだった。オレが対校駅伝でトップランナーになったのも、担任の先生のお蔭だと思う。学校をサボったときは、家でヒットラー、リンカーン、石川啄木の伝記や、戦記ものをよく読んだ。勉強もやればできることを自分では知っていたが、皆はオレのことをバカだと思っていた」

このように雑談には応じても、鑑別考査は拒否する。これでは埒があかず、対面観護を担当する教官は、とても長期間の負担に耐えられない。さらに本人は、六月二十七日に成人する。鑑別が長引けば、刑事処分のため検察庁へ〝逆送〟する前に、少年でなくなる。その〝切迫〟の問題もあり、鑑別所長が悩んでいると、青森県板柳町から母親が面会に来た。

少年・成人を問わず、拘禁する側としては、母親の面会を歓迎する。とくに少年の場合は、目立って事態が改善されるからだ。強《したた》かなワルも「おふくろには弱い」とボヤいて、「止めてくれるなおっかさん」の学生にしたところで例外ではない。

一九六九年五月十四日、鑑別所長が母親の面会を許可して、一年ぶりに親子は対面した。しかし、いきなり息子は言い放った。

「おふくろは、オレを三回捨てた」

「そんな？　網走に一回置いたけど……」

母親が泣き出すと、息子も泣き出した。面会における息子の発言は、「おふくろは、オレを三回捨てた」だけである。

この発言は、幼少期の〝捨て子〟体験をさしている。最初の員面調書（六九年四月七日付）で、「私が物心ついたころ、父はどこかへ行き、網走で行商していた母に育てられ、五歳のころ青森県へ母と行き、そこで板柳中学校を卒業しました」と、永山則夫は述べている。どうやら逮捕直後は捨て子状態にされたことを記憶から欠落させていたらしいが、この面会のころ思い出していたのは、愛宕警察署の留置場で、女性週刊誌を読んだからだ。

六九年四月八日から板柳町で母親にインタビューして、普段着姿のまま東京へ連れてきた雑誌記者は、「連続射殺少年の母と語り明かした四日四晩／今はとめどなく母の心が血を流す／対面は許されぬと知りながらなおも子の傍に身を運ばずに居られなかった母」とタイトル付きの〝独占スクープ〟を、四月二十一日号の「女性自身」に掲載している。

＊

則夫が幼児のころ、この一家には、もっとも悲惨な状態が続いた。父がバクチであけた大穴を、なんとかバクチで挽回しようとし、モトデのため、子どもに食べさせる明日の米まで持ち出し、売るようになってしまった。長男が、高校生の若さで、ガールフレンドを妊娠させた。中絶はできず出産。生まれた女の子は、母がひきとり育てることにした。そのころ二十四歳になっていた長女が、精神に異常をきたして、網走の精神病院に入院した。

――幼児の心に、こんな家庭生活の暗さが、どのように影響したか。児童心理学を持ちだすまでもないだろう。つぎのエピソードがすべてを語っている。

母は決心した。このままでは一家共倒れだ。末の女の子だけ連れて、いったん板柳の母のもとへ帰ろう。そして背負《しょ》い子でもして、なんとか金をため、あとの子をひきとれるようにしよう。

末の子、それは、則夫より三歳下の妹。それに長男が生ませた母のない孫。母はその子らを背に負い、胸に抱いた。なお、自分が働くあいだ、子守をしてもらうため、次女をつれて、網走駅から上りの汽車に乗ったのだった。

ホームには、残される三女、次男、三男、そしてまだ五歳の則夫が見送った。

ベルが鳴り、汽笛が鋭く鳴り、列車がゴトンと動きだしたとき、則夫がさけんだ。

「カアちゃん、おらも連れでいってくれえ!」

そして走った。小さな足で必死に、手をさしのべ、泣いて走った。

兄と姉が、これも泣きながら追い、つかまえようとしたがふり払って、則夫はホームの端まで走った。

「あぶない、則夫っ!」

涙で、母はなんにも見えなかった。


一九六九年五月十四日、東京少年鑑別所の面会室で、立ち会いの教官がとりなした。

「永山君。お母さんを責めてもダメだよ」

だが嗚咽《おえつ》するばかりなので、母親に声をかけた。

「息子さんに、なにか言ってあげて下さい」

しかし、津軽半島から来た母親は、号泣するばかりで言葉にならない。こうして二十分間の面会は、号泣と嗚咽で終わった。

そのあとで永山則夫が、「どうしておやじはあんな風だったのか」「どうしておふくろはオレに冷たかったのか」と洩らしたので、教官が尋ねた。

「いま君は、誰に会いたい?」

「三番目の兄貴です」
法曹人を輩出する私大法学部（二部）に入り、出版社勤務という三兄が、唯一誇らしい肉親のようだが、面会に訪れる気配はない。

一九六九年五月十五日、東京家庭裁判所の四ツ谷巌裁判官は、永山則夫の少年保護事件について「決定」した。
〔主文〕
この事件を、東京地方検察庁検察官に送致する。
〔主文決定の理由〕
少年は、窃盗の犯行によってピストルおよび実包を入手するや、たちまちこれを行使して、東京プリンスホテルと京都八坂神社で各殺人を敢行し、その直後、右の犯行が重大な社会問題になっていることを新聞などで知り、また次兄からも自首を勧められたのに、これに耳をかさず、さらに函館と名古屋のタクシー運転手に対して各強盗殺人の犯行におよび、当時、その通り魔のような凶悪な犯行は、社会・人心をいちじるしく不安に陥れたのであるが、少年はこれにとどまらず、半年を出ずして、一橋スクール・オブ・ビズネスの強盗殺人未遂におよんだものである。
前記の各犯罪の罪質、動機、態様および結果の重大性、これらの点に窺われる少年の反社会性の深さや、少年がこれまでにも再三、家庭裁判所の審判に付されて、試験観察による補導を受けた末、保護観察に付された前歴を有し、年齢もすでに二十歳に近いことなどを考え合わせれば、本件については、少年を刑事処分に付すべきものと認めるので、少年法二三条一項、二〇条本文により、主文のとおり決定する。

一九六九年五月十五日、東京地方検察庁の坂巻秀雄検事は、東京家裁の四ツ谷裁判官から、「通常の観護では鑑別できないので、ただちに少年を逆送したい」と相談を受けた。家裁へ送致する前は平静な状態だったのに、突如として粗野な行動に出たと聞いて、坂巻検事はショックを受け、さっそく本人に問い質したいと思い〝逆送〟を受け入れた。

五月十五日、永山則夫を愛宕警察署の留置場に収容したが、万全を期して豊島区巣鴨の東京拘置所へ移し、自殺防止の保護房に入れた。やがて拘置所から、「気持ちが平静になった」と報告を受けたので、千代田区霞が関一丁目の東京地検に呼び出した。

「いったい、どうしたんだ?」

すると永山は、堰を切ったように多弁になり、涙を流して訴えた。

「これまで非行を重ねて、家庭裁判所の処分を受けていますけど、処分は形式的なもので、誰も親身になってくれない。そういう不満があったから、家裁送りで鑑別所に入れられたとき、乱暴なことをしたくなったんです。杉並区の牛乳屋に住み込んでいたとき、店に保護司がやって来て、とてもイヤでした。再入学した高校で、ボクはクラス委員長に選ばれていたので、保護司が学校へ来たらどうしようかと、気が気ではなかったんです。規則正しい生活をしようと自衛隊を志願したときも、『保護観察中』が原因で入隊できなかった。勉強を続けて一人前の人間になろうと思って、できるだけのことをしたつもりですが、昼間働いて学校へ行くのは体が続かなかった。長続きしなかったのは自分の心や行状が悪かったせいだけど、『保護観察中』であることが、いつも重荷になっていたんです。なまじっか保護観察にされて、職場にいても学校へ行っても、いつも監視される状態で、檻《おり》のない牢獄にいるのと同じでした。家庭裁判所の処分は、更生の気持ちを起こさせてくれず、監視していればよいという形式的なもので、ボクは監視の目を逃れて沖仲仕をする境遇になった。やったことの責任を取る意味で、少年院に入って規律ある生活をして、自分の心をすっかり治して、新しい気持ちで出直そうと思っていたくらいです」

この涙ながらの訴えを聞き、四十二歳の坂巻秀雄検事も涙を流した。

無知の涙

一九六九年八月八日、東京地方裁判所刑事五部（堀江一夫裁判長）で、「強盗殺人等被告事件」の第一回公判が開かれた。六月二十七日に成人した永山則夫は、シルバーグレーのサマーセーター、ブルーのズボン姿で、三人の看守に伴われて出廷した。

「それでは開廷します」

裁判長が宣して、両手錠と腰縄を解かれた永山は、「前へ出なさい」と促されても、放心したように突っ立っているので、傍らの看守が背中を押して、証言台へゴム草履の足を運ばせた。

「名前は？」

型通りの人定質問を受けても、小柄な被告人は、沈黙したままだった。東京拘置所長の報告では、「どうせ死刑さ」が口癖で、ドストエフスキーの『カラマーゾフの兄弟』や、チェーホフの『桜の園』を、独房で読みふけっている。

「答えたくないのかね？」

裁判長が問いかけても、ずっと無言である。

「では、こちらから聞くことにする。名前は、永山則夫だね。生年月日は、一九四九年六月二十七日生まれ。本籍地は、青森県北津軽郡板柳町大字福野田。住居は、不定。職業は無職で、元喫茶店ボーイ」

順に念を押していくと、「うん」と小さな声で頷き、これで人定質問が終わり、公判担当の検察官が起訴状を朗読した。

＊

公訴事実

被告人は、

第一　一九六八年十月初めころ、神奈川県横須賀市の在日アメリカ海軍基地内ジェームス・S・ジョゼフ方において、二二口径小型ピストル一丁、銃弾五十発、ジャックナイフ一丁、8ミリ撮影機など七点を窃取し、

第二　六八年十月十一日午前零時五十分ころ、東京都港区の東京プリンスホテル本館の南側を徘徊中に、綜合警備保障株式会社ガードマンの村田紀男（当時二十七歳）に見咎められるや、ピストルを携帯していることが発覚するのをおそれ、とっさに同人を射殺して逃走しようと決意し、いきなりピストルで、同人の頭部を二回狙撃して、同日午前十一時五分ころ、東京慈恵医大病院において死亡させて殺害し、

第三　六八年十月十四日午前一時三十五分ころ、京都市東山区の八坂神社境内を徘徊中に、夜警員の鶴見潤次郎（当時六十九歳）に見咎められるや、ジャックナイフを突きつけて逃亡を図ったが、同人がこれにひるまず警察への同行を求めたため、前記の犯行が発覚することをおそれ、とっさに同人を射殺して逃走しようと決意し、いきなりピストルで、同人の頭部、顔部を四回狙撃して、同日午前五時三分ころ、大和病院において死亡させて殺害し、

第四　金員に窮した結果、ピストルを使用し、タクシー運転手を殺害して金品を強取しようと企て、

①六八年十月二十六日午後十時五十六分ころ、函館市内の路上で、帝産函館タクシーの佐川哲郎（当時三十一歳）が運転するトヨペットコロナに乗車し、同日午後十一時十三分ころ、亀田郡七飯町の路上で停車させ、いきなり同車内において、ピストルで同人の頭部、顔面を二回狙撃して昏倒させ、現金八千七百円くらい、蝦蟇口一個（現金三百円くらい在中）を強取し、翌二十七日午前八時十五分ころ、市立函館病院において死亡させて殺害し、

②六八年十一月五日午前一時十七分ころ、名古屋市中川区内の路上で、八千代タクシーの佐藤秀明（当時二十二歳）が運転するトヨペットコロナに乗車し、同日午前一時二十三分ころ、港区七番町の路上で停車させ、いきなり同車内において、ピストルで同人の頭部を四回狙撃して昏倒させ、現金七千四百二十円くらい在中の布袋一個および金メッキ鎖バンド付き腕時計一個を強取し、同日午前六時二十分ころ、中部労災病院内において死亡させて殺害し、

第五　六九年四月七日午前一時三十分ころ、東京都渋谷区の一橋スクール・オブ・ビズネスにおいて、窃盗の目的で金員を物色中に、アラーム警報装置により駆けつけた日本警備保障株式会社ガードマンの奥谷敏彦（当時二十二歳）に発見され、逮捕されようとするや同人を射殺して逮捕を免れようと決意し、ピストルで二回狙撃したが、命中しなかったため殺害するにいたらず、

第六　同月七日午前五時八分ころ、法定の除外理由がないのに、渋谷区代々木一丁目の明治神宮北参道路上において、二二口径小型ピストル一丁および火薬類である銃弾十七発を所持したものである。

罰　条

第一の事実　刑法二三五条（窃盗）
第二および第三の事実　刑法一九九条（殺人）
第四の事実　刑法二四〇条（強盗殺人）
第五の事実　刑法二四三条（強盗殺人未遂）
第六の事実　銃砲刀剣類所持等取締法違反、火薬類取締法違反

睫毛の長い被告人は、じっと聞き入って、表情を変えるでもない。そこで裁判長が、黙秘権を告知した。

「法廷で発言したことは、君にとって有利な点も、不利な点も、すべて証拠になる。したがって、言いたくないことは『言いたくない』と断り、質問に答えなくても宜しい。また、意見を述べたいときは、遠慮せずに発言しなさい。わかりましたね?」

「うん」

「そこで尋ねるが、いま検察官が読み上げた公訴事実に、間違いがあるかないか。一つずつ尋

ねるから、言いたいことがあれば、はっきり言いなさい」

この罪状認否に対して、第一の窃盗は「間違いない」と認めた。第二の殺人は「初めから殺すつもりはなく、逃げたい一心から撃ってしまった」と、殺意を否認した。第三の殺人は「間違いない」と認めた。第四の二件の強盗殺人は、①函館事件は「おカネがほしかったから」と認め、②名古屋事件は、「売上金などを奪う気になったのはピストルで撃ったあと」と、強盗の犯意を否認した。第五、第六の事実は、「間違いない」と認めた。

そこで裁判長が、主任弁護人に尋ねた。

「ご意見は？」

稲川武史弁護士は、六九年四月二十一日付で、私選弁護人になった。その日に警視庁本部へ面会に行くと、永山則夫は、「オレはどうせ死刑さ。弁護士なんか要らない。それともあんたは売名のためか」とうそぶいたが、精一杯の開き直りだから、時間をかけて説得し、弁護人選任届に署名させた。そして四月二十三日付で、さらに若手二人が私選で付き、三人の弁護団を編成している。

四十七歳の主任弁護人は、裁判長に答えた。

「弁護人としての意見は、次回に述べさせて頂きたい」

「ということは？」

「すでに被告人とは、数回にわたり面会しておりますが、断片的にしか弁護人にモノを言わず、その発言内容に変遷がみられるからです」

「検察官、ご意見は?」

「然るべく……」

これは法廷の常用語で、「適当にご判断のほどを」である。そこで裁判長は、陪席裁判官の同意を得て、被告人に言い聞かせた。

「せっかく君には、弁護人が三人も付いておられる。自分の気持ちを素直に打ち明け、もし起訴状に間違いがあったり、自分の言い分があったときには、よく弁護人に相談して、公正な裁判を受けるようにしなさい」

こうして第一回公判は、検察側の「冒頭陳述」を次回に回すことにして、およそ二十分間で閉廷した。


満員の傍聴席には、東京プリンスホテルで殺されたガードマンの同僚三人がいたが、各事件の被害者の遺族は来ていない。「息子を法廷で見守りたい」と語っていた永山則夫の母親は、「遺族の皆さんに合わせる顔がない」と、この日も大きな籠を背負って、板柳駅を午前六時八分に発つ〝行商列車〟に乗り込んだ。

主任弁護人は、閉廷後の廊下で司法記者たちに囲まれ、弁護方針を語った。

「この事件の被告人は、芯から凶悪な男ではない。世を拗ねたというか、暗い家庭環境に育って、素直に自分が語れなくなっている。それでも私には、『オレのような惨めなことを、他人にはさせたくない』と言った。本当は社会に向けて、言いたいことが沢山あるのだが、ノドまで出かかりながら、言えないでいるのがわかる。だから裁判では、そのことを存分に言わせてやりたい。集団就職の少年少女たちは、『金の卵』ともてはやされても、しょせんは底辺から這い上がれず、明日がない絶望感がある。田舎からやって来た者には、表面は華やかな大都会は弱者に対して冷酷だから、この被告人の犯罪は、社会のひずみが生んだともいえる。弁護団としては、それを立証する裁判にしたい」

一九六九年九月二日発売の「週刊プレイボーイ」(九月九日号)は、「連続射殺犯・永山則夫の手記」を〝独占掲載〟した。

記事のリード部分には、「取調べが大詰めに近づいた某日、永山は取調官に、『あのう、ボクに紙と鉛筆を貸してもらえないでしょうか? 書きたいことがあるんです』と問いかけた。以下、本誌編集部が極秘裡に入手した手記」とある。

＊

私はある大事件を犯しました——。取りかえしのつかない、泣いても泣ききれない。悩み、悲しみ、苦しみ。このような言葉を何万字、何億字書いても、どうしようもないのです。

人間が人間を殺す！　許されない、許されない事です。自分自身、そして世の中の人々にも、ある意味では意義が有るかも知れませんでしょうが――。

意義と申しましたが、そんな言葉は取り消します。心から、本当に……。今の私の気持ちは、どういうふうに整理したら良いのでしょうか？

教えて下さい、教えて下さい、教えて下さい――。

私は夢の中でも、四人の人々が、私の目の前に帰って来て欲しいと、涙ながらに思います。不可能なことでも、この世に神様が居なさるなら、どうか、どうかと、地に口を付ける思いです。

私がひねくれ者だった事は自覚しております。直すための努力もしてみましたが、意思が弱かったのでしょう。それだけではすまされない事も分かっていますが、くやみきれません。

今の私に、多くの善人の方々が接してくれています。それにも疑問を感じる私を、どうか許して下さい。しかし、その方々に私はあまえてみます。後悔のない様に――。

『一粒の麦　地に落ちて死なずば　ただ一つにてあらん　地に落ちて死なば　多くの実結ぶべし』（ヨハネ伝十二章二十四節）

右の伝記に意義を感じ、そして罪のつぐないをし、残された日々を、より深く考え、生きていきます。

四人の遺族の方々、どうか卑劣な私を許して下さい。どの様な罰にでも服従します。

もっと書きたいのですが、もっとすなおな気持ちに成った時に書きます。ですから今は、これにて筆を置かして下さい。お願いします。

一九六九年九月八日、東京地裁で第二回公判が開かれ、初めに裁判長が尋ねた。

「前回の公判廷で、君が述べたことについて、訂正したいことはありませんか」

「ありません」

はっきり声に出して答え、被告席に戻ってからは、終始うつむいていた。満員の傍聴席には、津軽から来た母親の姿がみられたが、被告人は気づかない様子である。

「では弁護人、ご意見を」

そこで主任弁護人が、用意した書面を朗読した。

＊

意見陳述書

〔一〕もともと被告人は、極度に無口な性格である上、犯罪事実について争いたくない旨を述べ、犯行の経緯など詳細を話そうとしない。

その理由として、次の三点をあげている。

①弁解をしても無意味だと考えられる。

②犯行を想起するのが苦痛である。
③他人に迷惑をかけたくない。
弁護人は、真実を述べるよう説得につとめているが、今までのところ、心情を変えさせるにいたっていない。第一回公判における被告人の陳述にも、前記の性格、心情が反映しているものと推測され、真実と違う部分があるのではないかと、強く懸念される。

右の次第であり、公訴事実を認めている部分についても、慎重に審理されることを強く希望する。
〔二〕公訴各事実について、弁護人の意見を述べる。
第一の事実（横須賀事件）を、被告人は全面的に認めているが、弁護人は疑念を抱いており、意見の陳述を保留したい。

第二の事実（東京プリンスホテル事件）は、被告人と同様である。逃走しようとしたとき、狙いも定めずにピストルを発射したもので、ピストルがあまりにも小さく、玩具のような印象しかなく、人を殺害するほどの能力があるとは考えていなかったので、殺意はまったくなかった。

第三の事実（京都事件）は、凶器の威力に対する誤信があり、殺意はなかった。

第四の事実（①函館事件、②名古屋事件）について、検察官は包括的な「強盗殺人」の犯意を主張されている。しかし、いずれも偶発的なもので、包括的な犯意があったとは、とうてい考えられない。函館事件について、被告人は全面的に認めているが、客観的事実をふくめて疑念があり、弁護人は意見の陳述を保留する。名古屋事件では、被告人に確定的な殺意はなかったと考えられ、財物奪取の犯意は、被害者が仮死状態におちいった後に生じ、初めから強取の犯意はなかった。

第五の事実（原宿事件）は、殺意の点を否認するほか、被告人と同様である。

第六の事実（ピストルと銃弾の不法所持）は、認める。

なお、意見を保留した部分については、弁護側の立証段階に入るまでに意見を明確にする予定だから、そのことを申し添える。

次いで検察官が、「証拠によって証明しようとする事実は、以下のとおりである」と朗読した。

＊

冒頭陳述書

【公判請求までの経緯】

一九六九年五月十日、東京地方検察庁は、すべての犯罪事実につき、身柄拘束のまま刑事処分相当の意見を付し、被告人を東京家庭裁判所に送致した。東京家裁は、観護措置の決定をなし、東京少年鑑別所に収容して、五月十五日に審判を開き、「検察官送致決定」をなし、ただちに被告人の身柄とともに、記録を東京地検に送致してきたので、事実全部につき、五月二十四日付で公判請求した。

【各犯行における殺意】

東京プリンスホテル事件においては、ガードマンの村田紀男にピストルを発見されてアメリカ海軍基地に盗みに入ったことが発覚することをおそれ、撃ち殺してでも逃げようと決意した。ピストルで一発目を撃ったが、発射しないので銃身に巻いてあったハンカチを取り、顔めがけて二発続けて撃ち、同人が倒れるのを見て逃走した。

京都事件においては、八坂神社警備員の鶴見潤次郎に見咎められたとき、山門前の電車通りに交番があることを知っていたので、警察へ連行されると東京プリンスホテル事件やピストル所持の事実など、すべてが明らかになってしまうことをおそれ、射殺しようと決意した。ピストルで胸を二発撃ったが同人が立っているので、顔めがけて続けて弾丸全部を撃ち、腰を落としてしゃがみこんだのを見て逃走した。

函館事件においては、長万部から中古自転車に乗り、三日がかりで函館に着き、広場で休んだとき所持金が百円くらいしかないので思案にくれ、街を走っているタクシーが目についたため、ピストルで運転手を撃ち殺して現金を奪おうと決意した。佐川哲郎が運転するタクシーに乗り込み、国道を二十分くらい走って七飯町に入ったとき、狭い道路に入れさせて車を停め、防犯ガラスを避けて客席の左側に体を寄せ、ピストルを右手に構えて頭を狙い、二発続けて撃った。弾丸が命中して、同人はぐらぐら体を動かしていたが、まもなくシートに寄りかかって動かなくなったので、約三百円在中の小銭入れと、左胸ポケットから八千七百円ぐらいの現金を奪って逃走した。

名古屋事件においては、佐藤秀明が運転するタクシーに乗り込み、「あんた東京の人でしょう」と言われ、そのままにしておけば、東京、京都、函館の三つの事件について足がつき、警察に捕まるかもしれないと危惧の念をもち、当時二千円余りを持っていたが、同人をピストルで射殺して現金を奪って逃げようと決意し、犯行に適する場所を探すうち、左に入る暗いところがあったので、そこで車を左へ曲がらせた。その先で車を停めさせ、ピストルを右手に構えて客席の真ん中に坐り、頭を狙い三、四発続けて発射した。最初の一発を撃ったとき、同人が「待って、待って」と叫んだが発射し続け、倒れたのを見てから車の外へ出て、運転席のドアを開けて売上金を入れる布袋（現金七千四百二十円くらい在中）と腕時計を奪った。

原宿事件においては、盗みに入って発見された場合、ピストルを撃って逃げるほかないと考え、弾丸六発を込めて侵入し、ガードマンの奥谷敏彦に発見されたので、同人を撃ち殺して逃げようと決意し、ピストルを取り出して身構え、顔のあたりをめがけて一発撃った。このとき命中しなかったので、カウンターからくぐり抜けて玄関へ逃れ、追いかけられると二発目を撃ち、道路へ出て逃走した。

【被告人の性格】

被告人の性格は、幼少時における家庭の経済的貧困、家庭内の冷遇などから形成されたものと考えられ、きわめて孤独・内向的・自己中心的・爆発的で、劣等感の強い神経質な性格がみられる。その反面、劣等感の補償として、自己顕示欲もかなり強いと認められ、小・中学校時代から、家出・怠学などの浮浪性や、盗癖の兆しもあった。

六八年一月、二度目の密出国を企て、横浜海上保安部に検挙された。それまでの非行事実につき、保護観察処分の決定がなされて、東京保護観察所の担当であったが、被告人はきわめて拒否的な態度を示し、保護観察による指導教育は、軌道に乗らない状態であった。

この第二回公判のあと、被告人の母親は、主任弁護人に伴われて、豊島区巣鴨の東京拘置所へ行った。六月二十七日は四男の二十歳の誕生日とあって、母親は次男と一緒に面会に訪れた。このとき四男は、肉親に会うことは拒まなかったが、面会室では泣いてばかりで、一言も発していない。

母親が面会するのは、東京少年鑑別所の面会（五月十四日）から、これが三度目になる。九月八日の面会の模様について、東京拘置所は次のように記録した。

＊

動静観察記録

〔一〕現在までの観察では、本人の言動中に、精神異常を疑わせるものはなかった。頭が痛いとか、体が悪いとか訴えたこともない。本人の特徴は、総じて無口で積極的に職員に話しかけることはなく、人との接触を嫌うようで、運動にも渋々と出る状態である（他人に顔を見られるのが嫌だからと、本人は述べている）。居室内では週刊誌や小説本を読んだり、ノートに書き物をしている。

〔二〕六九年九月八日午後三時四十八分から三時五十四分までのあいだ、実母と面会した（面会の初めは主任弁護人も同席した）。本人は面会中、「早く帰れ」と言わんばかりに、不快な態度を示していた。

談話の要旨は、次のとおりである。

本人　来なくていいんだよ。

母親　心配になってな。

本人　いま頃になって、心配する柄じゃないだろうよ、あんたという人は。（弁護人が退出する）一緒に帰ってくれよ。

母親　おカネを五千円入れたからね。

本人　いろいろ言うな。うるさい。

母親　おカネを送ったのは届いたか。

本人　…………。（一分後に）オレはあんたを親と思ってないよ。三度まで捨てたろう。家に帰って、親父によく謝るんだな。
母親　一度は網走へ行ったんだよ。
本人　バカ野郎。皆に悪いと思ったら、あんた死ねよ。もうカネも要らない、帰れよ。

一九六九年十月七日、第三回公判が開かれ、検察官が証拠申請した書証について、弁護人が意見を述べた。

甲号証と呼ばれる、捜査員による「実況見分調書」「捜査報告書」は、すべて不同意にして、裁判所の現場検証を望んだ。参考人の調書についても、ほとんど不同意したのは、公判廷で証言を得るためである。

それぞれの犯行現場を検証して、関係する証人を尋問することになれば、京都、名古屋、北海道など、出張先は広範囲にわたる。情状証言を求めて、青森県への出張も不可欠だろうが、三人の弁護団は私選だから、旅費・宿泊費などすべて負担しなければならない。

主任弁護人は第一回公判のあと、「被告人の犯罪は、社会のひずみが生んだといえ、それを立証する裁判にしたい」とコメントした。その積極的な姿勢を、証拠調べに関する弁護方針で、より明らかにしたのである。しかし、被告人自身は、検察官が読み上げる「証拠の標目および立証趣旨」、弁護人の「同意」「不同意」「然るべく」の意見は、符牒めいて聞こえるらしく、放心したように視線を伏せていた。

一九六九年十月二十日、第四回公判が開かれ、警視庁の五人の捜査員が、検察側証人として次々に証言した。

【愛宕警察署の巡査（四十一歳）の証言】

本年四月七日午後二時ころ、横須賀アメリカ海軍基地内のピストル盗難被害者宅へ行き、捜査報告書を愛宕警察署長に提出し、被害者宅の「見取図」を添付した。本来ならば「検証」や「実況見分」をすべきだが、「基地内だから遠慮してほしい」と、調査局渉外部長のナカムラさんに言われた。

裁判長 なぜアメリカ軍から、「実況見分」は困ると言われたのか。

証人 基地内であり、写真を撮られるのはまずいということでした。

裁判長 単にそれだけの理由か。

証人 はい、そうです。相手方にそのように言われたので、そのようにしました。

【警視庁捜査一課の巡査部長（四十七歳）の証言】

本年四月八日、横須賀基地内へ行き、特別調査官であるナカムラ渉外部長から、住居の一部を写した写真の提出を受けた。

その写真は、被害者宅へ侵入盗があったとき、事件の担当官ジョージ・ブラウンが指揮し、写真部隊勤務の三等写真兵チェスタ・M・キングが撮影したと聞いた。受け取った四葉の写真にもとづいて、愛宕警察署長宛の「捜査報告書」を作成した。

【警視庁捜査一課の巡査部長（四十四歳）の証言】

本年四月十三日、横須賀市の三笠公園を実況見分したのは、被疑者が「基地内で盗んだピストルを、三笠公園に出て試射した」と自供したので、そのような場所があるかどうかを調べるためである。

見分の補助者は、捜査一課の刑事二人、愛宕署の刑事一人、鑑識課員一人で、私を含めて五人だった。立ち会ったのは、公園を管理する市役所の人、ヘリポートや売店を経営している人、三笠記念艦の警備員である。

見分の目的は、被疑者が公園内のどこで休んだか、どこで試射したかを確かめることで、公園内には多くの建物があるから、全体にわたって調べた。

【警視庁少年二課の警部補（四十五歳）の証言】

本年五月二日、横須賀市の三笠公園を、四時間半かけて実況見分した。

見分の目的は、被疑者が基地に入ってピストルを盗んだあと、三笠公園で試射したと述べたからだ。見分の補助者は写真を撮る人を含めて五人で、立会人は被疑者の永山則夫と、公園入口にある船会社の部長だった。

基地への侵入口と、試射した場所については、被疑者が現場で指示している。私は被疑者の取り調べを担当していないが、見分のとき試射のことを聞いたら、すぐに答えてくれた。

裁判長 調書に添付されている写真のなかに、被告人が証人と一緒に写り、指示説明している部分がある。あらかじめ被疑者の供述調書や、四月十三日の見分調書を見て、「こういう状況だったか」と、確認する意味で撮影したのか。それとも、被告人自身が指示した状況を、その場で撮影したものなのか？

証人 それは後者です。

【警視庁捜査一課の巡査部長（五十五歳）の証言】

本年四月十四日、被疑者を取り調べる過程で、「東京プリンスホテル事件では、どのようにしてピストルを持っていたか」と私が聞いたところ、「ハンカチを巻いて持っていた」と言うので、文章で説明するよりも写真に撮ったほうがよいと考え、被疑者にピストルとハンカチとポリエチレン製の網を渡して撮影した。

ピストルは逮捕時に被疑者が所持していたもので、ハンカチとポリエチレン製の網はプリンスホテルの犯行現場に落ちていた。「M」の刺繡入りハンカチは、付着した鼻汁などから血液型を鑑定するために、何ヵ所か切り抜かれていた。

一九六九年十一月四日、東京地裁刑事五部は、横須賀市へ出張して、現場検証と出張尋問をおこなった。

捜査段階の「実況見分」は、〝検証〟であっても強制力がなく、相手方の同意にもとづくか、同意を必要としない広場とか海上でおこなう。捜査段階の「現場検証」は、裁判官が発付する検証許可状にもとづき、人の体や物件や場所の状況を認識し、検証調書を作成する。

裁判所による「現場検証」は、捜査段階で実況見分や現場検証がなされていても、その調書に疑問があるとき補足的におこなうもので、書記官が立ち会って記録しなければならない。

横須賀事件の初動捜査では、ピストル盗難被害の現場で、実況見分も現場検証もおこなわれなかった。

＊

検証調書

検証日時　一九六九年十一月四日午前十時三十分から十一時三十分まで
検証場所　神奈川県横須賀市、在日アメリカ海軍横須賀基地Jストリート四三番三二三ハウス、ジェームス・S・ジョゼフ方居宅

検証をした裁判所　東京地方裁判所刑事五部

検証の結果

〔立会人ジェームス・S・ジョゼフが、捜査員作成の「見取図」にもとづき指示・説明〕

玄関脇にある街灯、玄関および勝手口の電灯は、当時と変わりなく、家族でフィリピンへ行った留守中も、玄関と勝手口の電灯は、点灯しておきました。街灯の照明は百五十ワットで、玄関と勝手口の電灯の照明はいずれも六十ワットです。賊が侵入したのは、「イ」の勝手口の高窓からと聞きました。

盗まれたピストルが入っていた整理タンスがあった場所は、この寝室「ロ」でした。当時ピストルが仕舞ってあった整理タンスは、現在は隣室に移して、私ら夫婦の寝室「ハ」にあります。この整理タンスの一番下の引出しに、ピストルを入れていたと思います。

〔立会人が指示した地点の検証結果〕

立会人が指示した「イ」は、台所の流し台の上にある高窓である。「ロ」は子どもの寝室で、ベッド二個が並べられて、西の片隅に整理タンス一個が置かれている。「ハ」は隣の夫婦の寝室で、ダブルベッドが一個あって、東隅に子どもの寝室にあったのと同じ整理タンス一個が置いてあった。

この現場検証が終わり、午後から横浜地裁横須賀支部の法廷で、二人の証人への出張尋問がおこなわれた。

【ピストルを所有していた主婦（二十七歳）の証言】

日本国内においてピストルと銃弾を持っていたことで、横須賀の簡易裁判所で罰金刑になった。私がピストルの所持を、登録していなかったからだ。

（逮捕時に被告人が持っていたピストルと、東京プリンスホテルの遺留品のハンカチを示され）ピストルは私が持っていたものと、外形上よく似ている。私が持っていたハンカチにも、「M」の英文字があった。私の血液型は「A」だが、主人や子どもについては知らない。ハンカチにはアイロンこそかけないが、フィリピンへ行くとき洗濯している。

【基地内のクリーニング店主（四十八歳）の証言】

私は在日アメリカ海軍横須賀基地内で十五年前から、従業員六十五人を使って洗濯をしている。私どもの常識では、基地内は規定がきびしいので、容易に侵入することはできない。日本人のガードマンが外周に沿ってパトロールして、基地の出入口ではアメリカ人のMPがチェックする。

終夜出入りできる日本人は、メイドやボイラーマンなどで、職種によってマチマチである。私どもが出入りするのは、朝六時から夕方六時までだから、夜間の巡察については知らない。

一九六九年十一月十八日、東京地裁刑事五部は、港区芝公園三号地の東京プリンスホテル敷地内を検証した。

その検証を終えて、東京プリンスホテル内の一室で、弁護側が申請した証人への出張尋問をおこなった。

【綜合警備保障人事部長(五十三歳)の証言】

社員の指導や教育は、附属の研修所で初歩教育から幹部教育までおこなう。警備契約は業務部の仕事で、警備区域内で損害が生じたとき、こちらに過失があれば補償しなければならず、そのための保険に加入している。

私どもの業務は五五パーセントがデパート警備で、万引の被害はこちらの過失になる。そのため研修教育において、①紳士淑女たれ②職業に誇りを持て③プロ意識に徹せよと要求する。先ほど検証した現場のように、立ち入っては困る者を発見したとき、お巡りさんと違って、ガードマンには刑事訴訟法上の逮捕権がないから、「自分の身を守ることを第一に、警笛で合図しろ」と言っている。非常に不審な者がいて、はっきり現行犯の場合は、逮捕状なしに誰でも逮捕できる。しかし、逮捕はケースバイケースで、相手が弱いと思えばかかっていく。基本方針としては、「危ないと思ったら手を出すな」だが、殉職した村田紀男は柔道二段で……。

本件の現場には、検証時とは違って常夜灯がなかった。じつは村田紀男は、電灯を立てるべく、西武に二回も意見具申していた。ガードするプロとして危険だから、当然の要求である。

ホテル側が聞き入れていたら、今回の事件は起きなかったと思う。

東京プリンスホテルと取り交わした警備契約書に、館外の巡回方法も書かれ、「不審者あるいは徘徊者の発見・排除」もしくは「不法行為者の発見・排除」とある。ガードマンの警棒は折り畳み式の金属製で、相手を追っ払うために使い、取っ組み合いになっては具合が悪い。この点については、法律的な知識として、「住居侵入」とか「現行犯逮捕」について、基礎的な知識を与えている。


一九六九年十二月九日、第五回公判が開かれた。

この日の法廷で、十一月四日に横須賀市でおこなった現場検証と証人尋問の調書の要旨を、陪席裁判官が読み上げた。これは被告人が立ち会っていないからで、十一月十八日の東京プリンスホテルにおける検証調書、尋問調書の要旨も読み上げた。

そのあと検察官が、東京プリンスホテル事件で、倒れていたガードマンを目撃した、オランダ航空のスチュワードと、連れの女性の供述調書の要旨を告知した。この書証に意見を留保していた弁護側が、現場検証をおこなったことにより、同意したからである。書証が証拠採用されたときは、公開主義の原則にもとづき、その要旨を告知しなければならない。

一九六九年十二月二十二日、第六回公判が開かれ、弁護人による被告人質問がおこなわれた。

主任弁護人は、東京拘置所へ面会に行っても、未だ被告人と意思の疎通がないという。そのため公判廷で質問することを申し出て、裁判長が許可したのである。

弁護人 中野のアパートに住むようになったのは、六八年十二月初めですね。それまではずっと、横浜にいたわけですか。途中あっちこっち旅行はしているが、横浜にいたんですね？

被告人 ………。

弁護人 少しおかしいと思うのは、そのあいだ大勝館という深夜映画館で寝ていたという。そういう所で寝ていたのでは、沖仲仕のような重労働で体がもつまいと思うんだけれども？

被告人 もたなかったと思うか。

弁護人 あまりしゃべりたくない？

被告人 うん、一言も……。オレはやるだけは、やったんだ。てめぇらに、わかってたまるか。

弁護人 横須賀のアメリカ軍基地への入り方で、あなたが警察で述べたところによると、二メートル五十センチくらいの金網に手をかけて、靴を突っ込んでよじ上り、バラ線を飛び越えて中に入ったという。こういうやり方は、ちょっとできないと思うけど、そういう入り方をしたことは間違いないの？

被告人 ………。

弁護人 横須賀基地内の住宅で侵入盗の被害が発見されたのは、六八年十月八日の朝らしい。

あなたは十月七日と思われる夜間に、横須賀の三笠公園の休憩所で寝ていて、寒くなって目が覚め、いつか入ったことのあるアメリカ軍基地内で盗みを働いた。そして十月九日の朝方、桜木町の隠し場所からピストルを掘り出し、東京の池袋へ出てきた。供述調書によると、そうなっているけど、東京へ出てくるときの状況は、これで間違いないんですか。

被告人　…………。

弁護人　君の所へ面会に行き、この前の裁判の話になったとき、「アッと驚いたのは私ですよ。為五郎ではないけど」と言ったでしょう。「アッと驚いた」のは、具体的にどういうところなのかね。

被告人　…………。

弁護人　あなたは横須賀でアメリカ人の家からコイン十数枚を取ってきたと言うが、それをずっと持っていたのかな。決まった宿もなくて、映画館に寝泊まりしていたのなら、ずっと持っていたはずだよね。そうするとジャックナイフも、同様にずっと持っていたのかな。仕事に行くときも、寝るときも？

被告人　…………。

弁護人　割合かさばって、がちゃがちゃして重いと思うんだが？

被告人　…………。

弁護人　「調書では肝心なところをボカして、本当のことを言っていない」と君は言った。

横須賀事件と東京プリンスホテル事件の調書は、だいぶ内容が違うんですか。

被告人　違う……。よく聞いておけ。取り調べの検事には、「一度だけしか言わない」と告げた。あんた達にもそうだ。

弁護人　アッと驚いたのは、どういうところを驚いたんですか。

被告人　殺人を犯してしまったことだ。殺したのはオレなんだ。四人とも……。

弁護人　警察で調書が作成されたとき、君は内容を読み聞かせてもらいましたか。

被告人　「一度しか言わない」と、たったいま答えたはずだ。要するに、オレが犯人なんだよ。

弁護人　東京プリンスホテル事件ですけどね。君は第一回公判のとき、この法廷で「初めから殺すつもりはなかった。自分としては、ただ逃げたい一心から、撃ってしまっただけです」と言ったね？

被告人　オレとしては、殺すつもりはなかった。相手が出てきたんだ。

弁護人　べつに狙い撃ちしたわけではなかったんですね。

被告人　はぁ……。

弁護人　あの小さなピストルが、それほど大きな威力を持っていると思わなかった？

被告人　思わなかった。

弁護人　そういう点を少しでもいいから、法廷でしゃべってもらいたいと思って、こうして聞いているわけです。いろいろ調書が作成されているけど、いくらか違うところもあるわけでしょう?
被告人　大いに違う。だが、オレはもう言わない。何も言いたくないんだ。
弁護人　何事も真実を……。
被告人　うるさい！　何が真実だ。バカ者！
弁護人　どういう点が違うのか。
被告人　止めてください、今日は……。
こうして被告人質問は、わずか二十分で終わり閉廷した。

一九七〇年一月十三日、第七回公判が開かれ、「京都事件」で弁護人が同意した書証が証拠採用されて、検察官が要旨を告知した。
裁判長　先ほど取り調べた京都事件で、検察官や警察官が作成した「供述調書」について、何か述べておくことはないか。
被告人　別にないです。
この尋問のあとで、弁護人が「京都事件」について、現場検証と証人尋問を申請し、二月六日に実施することが決まった。

一九七〇年二月六日、京都市東山区祇園町の円山公園と八坂神社の周辺で、現場検証がおこなわれた。立ち会ったのは、八坂神社の警備員で、事件当夜は被害者と三十分交代で、境内を巡回していた。

この現場検証のあと、京都地裁の法廷で、出張尋問がなされた。

【八坂神社警備員（七十七歳）の証言】

事件当夜は、鶴見潤次郎が撃たれるまで、ずっと夜警詰所で一緒だった。ふつうは巡回に出て、十分か二十分で帰ってくるのに、ちょっと遅かった。何かあったのかと心配していたが、ピストルの音などは聞いていない。

その晩は午後十時半ころ、鶴見が責任者に言われてビール三本を買ってきて、四人か五人で飲んだ。私はまったく飲まないが、鶴見は酒好きだから、コップ二杯くらいは飲んだようだ。私は鶴見と二人で組んでいたが、あまり親しくはなかった。鶴見の性格は、自分の言うことが一〇〇パーセント間違いないと思って、他人に対してきつい。いつもガミガミするのもナンだから、私が上手を言って、対立を避けていた。

八坂神社の警備内容で、一番の狙いは火の用心で、次が賽銭箱。まぁ、賽銭は少々盗まれても仕方なく、やはり火の用心が第一である。八坂神社はアベックの名所だが、私はそういう人たちに何も言わない。タバコを吸っている人には、「火の始末に気を付けてくれ」と言うが、それ以外のことになると、アベックばかりは手の付けようがない。

地方から出て来たような人が、境内をウロウロしているのを見つけたら、やっぱり注意する。しかし、相手がおとなしそうで、「寝るところがないから、夜明かしさせてくれ」と、身分証明書を見せたようなときは、詰所に泊めることがちょいちょいある。

そういうとき鶴見の態度は、言ってよいことか……。若い子が悪戯でもしようかというとき、こっちがおとなしく注意すると、向こうは悪戯をする気があっても、そのまま黙って姿を消す。ところが、あの人は言い方がきつい。だから日頃から若い子に対しては、いかんなぁと思っていた。

裁判長　問題を起こさねばよいがと、かねてより懸念をもっていたのか。

証人　まぁ……。それは多分にあった。

一九七〇年二月二十五日、第八回公判が開かれ、二月六日に実施した「京都事件」の検証調書、尋問調書を取り調べた。

裁判長　いま取り調べた京都事件の調書について、被告人は何か述べることはないか。

被告人　別にないです。

一九七〇年三月十三日、第九回公判が開かれ、「函館事件」の調書を取り調べた。

【被害者の妻（二十七歳）の供述】

（右の者は、一九六九年四月十日、函館市谷地頭町の同人方において、本職に対し、任意左のとおり供述した）

私はこのたび、夫の哲郎をピストルで殺した犯人が捕まって、その犯人の名前は、永山則夫（十九歳）とわかりました。また、新聞などで顔写真も見ました。もちろん私の知らない人で、夫の知人でもありません。

犯人が捕まって、夫と同じような被害を受ける人が、これ以上なくなり、本当に安心しました。私の気持ちとしては、犯人を厳重に処罰してほしいと思います。正しい社会生活をしている人々が、安心して暮らしていくためにも、必要なことだと思います。

【被害者の同僚（三十八歳）の供述】

（右の者は、一九六九年四月十一日、函館中央警察署において、任意左のとおり供述した）

私は五六年から、帝産函館タクシーで営業車の運転手として働き、佐川さんが入社した六四年九月から、親しく交際しておりました。私が知り合ったころ、佐川さんの家族は奥さんと小さい女の子でしたが、もう一人が生まれたとき、「こんどは男の子だ」と喜んでいました。

昨年七月、佐川さんが「会社にサッカーチームを造らないか」と言い、賛同者が増えて十二名の運転手仲間が集まり、休日に練習するようになりました。佐川さんは、一生懸命に部員の指導にあたって、将来の楽しみは、「函タク」のチームを函館一にすることでした。

こんど犯人が捕まり、私は「佐川さんが喜んでくれるだろう」と考えました。そして同時に、「タクシー運転手は客に背中を向けて仕事をするので、犯人がいつまでも捕まらなければ、たえず不安を感じて運転しなければならず、客を信用できなくなってしまうところだった」と思いました。

犯人は十九歳の少年だそうですが、残された佐川さんの家族のことや、運転手に社会的な不安を与えた事実を思うと、死刑にしてやりたいような気持ちです。どうか厳重に処罰して下さい。

二通の調書の要旨を検察官が告知したあと、裁判長が被告人に尋ねた。

裁判長　（質店から任意提出を受けて押収したチャコールグレーの背広上下を示して）函館事件を起こしたとき、被告人が着用していたものか。

被告人　そうです。

裁判長　いま取り調べた、函館事件の書証ならびに物証について、何か述べることはないか。

被告人　殺したということは、確かに悪いことだけど、被害者は苦しまないで死んだと思う。それだけは、遺族に伝えてほしい。

一九七〇年四月十六日、東京地裁刑事五部は、函館市と亀田郡七飯町で現場検証して、四月十七日に函館地方裁判所で、出張尋問をおこなった。

【函館中央署の警視（四十六歳）の証言】

私は事件当時は、函館中央署の刑事調査官をしており、制度上は署長の次で、捜査の最高責任者をつとめた。六九年四月二十一日から二十三日にかけて東京へ出張し、被疑者の永山則夫を取り調べ、計五通の供述調書を作成した。事前に警視庁の係官から、「函館で運転手を殺したと自供しているから、そちらで調べてくれ」と言われ、取調室で追及したが、こちらが聞いたことについては、声は小さいけれども、本人は素直に答えている。言葉は多くないが、図面などはていねいに描いた。

弁護人　本人が北海道へ来たとき、列車のなかで社会科の学習事典に、手記を書いている。このことを警視庁の係官から聞いたか。

証人　その時点では、聞いておりません。警視庁管内において、事典のようなものを押収していたようだが、私が取り調べた時点では、そこに何が記入してあったか知らない。

弁護人　長万部から函館まで自転車で来たという。どのように本人が話したんですか。

証人　札幌にいるうちにカネがなくなり、もう一度東京へ戻りたくなった。ところが汽車賃が足りないので、途中駅の長万部までキップを買ったと供述して、長万部から函館までの図面を描いたわけです。

弁護人　長万部から二晩か三晩かけて、夜中に走ったというが、十月末というと寒いんじゃないですか。
証人　相当に冷えておりますが、今までのケースでいうと、十一月に畑のワラにもぐって寝るなどして、逃げ続けた者がおります。
弁護人　被告人は「自転車に乗って長万部から函館へ引き返したことは、捜査官が勝手に作った物語だ」と言っていますが？
証人　こちらは白紙の状態で臨み、本人に言われて初めてわかったことです。自転車云々は取り調べに当たるまで、まったく知りませんでした。
弁護人　犯行現場の亀田郡七飯町ですが、私どもは「ななえ」とは読めませんが？
証人　それについて被告人は、自転車で函館へ向かう途中で、町の人に聞いたと言っており、別に不自然とは思いませんでした。

一九七〇年五月十二日、第十回公判が開かれ、函館出張の検証調書と尋問調書を取り調べた。
裁判長　いまの函館事件の調書について、被告人が述べることはあるか。
被告人　あります。
裁判長　それはどういうことか。
被告人　函館の事件が一番ひどかったと、自分でも思っている。それで一言、言葉を捧げたい。

月の真砂は尽きるとも
資本主義のあるかぎり
世に悲惨な事件は尽きまじ

安土桃山時代の大盗賊の石川五右衛門は、京都の三条河原で釜茹での刑に処せられるとき、「石川や浜の真砂は尽きるとも世に盗人の種は尽きまじ」と、辞世を詠んだといわれる。永山則夫が捧げる言葉に、「月の真砂」とあるのは、六九年七月二十日にアメリカのアポロ11号が月面に着陸して、砂を持ち帰ったからのようだ。

一九七〇年五月二十二日、第十一回公判が開かれ、名古屋事件の書証と物証を取り調べた。このとき検察官は、被害者の被弾状況を示す首上マネキン、解剖状況の写真、摘出した弾丸などを、被告人に確認させようとした。しかし、「見たくない」と拒否して、被告席から立たなかった。

裁判長　いま取り調べた書証や物証について、何か述べることはないか。
被告人　何もないです。
裁判長　第一回公判で名古屋事件について、「売上金などを奪う気になったのはピストルを撃ったあとです」と述べている。警察署や検察庁では、それとは反する供述をしているが、その点はどうであるのか。

被告人　前に一度だけ言ったように、坂巻秀雄検事には述べています。
裁判長　そうすると、坂巻検事に述べたことが、本当だと言うのか。
被告人　坂巻さんがここに来て、「そうだ」と言うのなら、それを認めます。

一九七〇年六月三十日、第十二回公判が開かれ、名古屋事件の現場検証と証人尋問（いずれも六月五日実施）の調書を取り調べた。

このなかで被害者の母親（五十九歳）は、次のように述べている。
「犯人が逮捕されたとき、警察の事情聴取を受けて、『犯人を極刑にしてほしい』と述べたが、その心境は今も変わらない。あとで犯人の母親が青森県から、『仏前に供えて下さい』と、現金封筒で五千円を送ってきた。しかし、何か変な感じがするので、どうしたものか迷って、今もそっくりそのままにしている」

裁判長　いま取り調べた調書について、被告人が何か述べることはないか。
被告人　（長い沈黙のあとで）あんた、オレのような男をどう思う？
裁判長　どう思うって？
被告人　四人も殺して、ここに立っている、この男のことだ。あんたに個人として聞きたいんだよ。
裁判長　どう思うか問われても、今は言えない。裁判所は途中で、意見を言うことはできない。裁判所の意見は、判決で述べることになっている。

被告人　あんた達のやろうとしていることが、わからないことはないんだ。だけどもオレには、もはや関係ない。いつもこんなことを裁判所でやるんだったら、オレは出てこなくてもいいだろう？　そっちが勝手にやればいい。どうせオレは、覚悟ができているんだ（と、首筋に手を当てる）。こんな時間があるんだったら、オレはもっと勉強したいんだよ、トーコーダイで！

裁判長　東京工業大学で勉強したい？

被告人　（声を荒らげて）オレがどこから裁判所へ来ているか、あんたも知っているでしょう。こういう事件が起きたのは、あのころオレが無知だったからだ。それは貧乏だから、無知だったんだよ。そのことをオレは、東拘大で勉強してわかった。オレのような男が、こうしてここにいるのは、なにもかも貧乏だったからだ。オレはそのことが憎い。憎いからやったんだ！

裁判長　憎いって、誰が憎いの？

被告人　何もかも憎い！　みんなだ！（このとき被告人は、突如として英語の暗唱を続けた。それを終えてから）資本主義社会が貧乏な奴をつくるから、オレはここにいるんだ！

裁判長　興奮するんじゃない。

被告人　いや、したい！

第十二回公判で被告人が諳んじた英文は、河上肇著『貧乏物語』（岩波文庫）に収録されている、ウィリアム・ボンガー著『犯罪と経済状態』の一節だった。

《貧乏は人の社会的感情を殺し、人と人との間におけるいっさいの関係を破壊し去る。すべての人々によりて捨てられた人は、かかる境遇に彼を置き去りにせし人々に対しもはやなんらの感情ももち得ぬものである》

獄中の永山則夫は、初めはチェーホフやドストエフスキーなどロシア文学を読み漁り、続いてマルクスの『共産党宣言』『賃労働と資本』など社会科学に入り、さらに『資本論』を読みたいと、稲川武史弁護士に希望した。

「いきなり原典を読むよりも、入門書のほうがいいんじゃないか」

「いいえ、『資本論』全八巻を、どうしても原典で読みたいんです」

そのため主任弁護人が、カール・マルクス著『資本論』（大月書店刊）を、八冊揃えて差し入れた。

一九六九年七月二日、東京拘置所の四舎一階十一房に収容中の永山則夫は、「筆記許可おりる」と、大学ノートの最初のページに記した。

《私は四人の人々を殺して、勾留されている一人の囚人である。殺しの事を忘れる事は出来ないだろう一生涯。しかし、このノートに書く内容は、なるべく、それに触れたくない。何故か

と云えば、それを思い出すと、このノートは不用に成るから……》
この獄中ノートは、七〇年六月二十七日で八冊目が終了し、七月から「ノート9」に入るという。

一九七〇年八月十四日、第十四回公判が開かれ、「原宿事件」のガードマンが、強盗殺人未遂の被害者として証言した。七月七日の第十三回公判は、手続きだけおこなわれている。

【日本警備保障のガードマン（二十三歳）の証言】
六八年十一月から日本警備保障会社東京支店に勤務し、現在も巡回機動隊の警備員である。
六九年四月七日午前一時三十分ころ、一橋スクール・オブ・ビズネス内で被告人にピストルで撃たれ、弾丸が私の右顎をかすめたが、少し赤くなっただけで、傷跡のようなものは残っていない。さらに格闘の最中に二発目の発射音を聞いたように記憶するが、犯人を発見して「捕まえてやろう」という気持ちがあった。相手がピストルを持っていることがわかってからは、もう逃げるわけにはいかないから、「なんとかしてピストルを落としてやろう」と思った。被告人と格闘したのは、組み打ちのような状態ではなく、体は五十センチメートルくらい離れ、揉み合いのような状態だった。

証人尋問が終わって、いつものように裁判長が尋ねた。

裁判長　いまの証言を聞いて、被告人は何か述べることはないか。
被告人　この事件については、ない。
裁判長　原宿事件以外のことについてあるか。
被告人　この事件とは直接関係がないから、あなた方が聞いてくれるかどうか、ちょっとわからない。
裁判長　それでは後日、そういう発言の機会を与えることにする。わかったね?
被告人　はい。

一九七〇年八月二十六日、第十五回公判が開かれ、弁護側が大量の証人申請をおこなった。
①西村フルーツパーラー独身寮の寮長(集団就職先)
②川崎市のクリーニング店主(試験観察の補導委託先)
③新宿区の牛乳販売店主(定時制高校通学時の住込先)
④新宿区の大衆バー支配人(一〇八号事件後の勤務先)
⑤新宿区の深夜喫茶店支配人(逮捕当時の勤務先)
⑥中野区のアパート管理人(逮捕当時の居住先)
⑦東大法学部の学生(横須賀警察署の留置場で同房)
⑧被告人の母親

⑨被告人の次兄
⑩青森県板柳町の民生委員（永山家の生活保護の状況）
⑪弘前市の精神科医（長姉の発病原因や病状）
⑫板柳中学校の教諭（中学三年当時の担任）

これら情状証人の申請は、結審が近づいたことを意味する。弁護人は同時に、被告人の精神鑑定を申請したが、いずれも採否は留保になった。

このあと裁判長が、被告人の発言を許可した。

被告人 情状関係のことで、一つだけ言いたいことがある。この事件について、情状証言は要らないと思う。四人も人を殺して、情状とは何だろうか。そんなものはクソくらえだ！ あなた方は、強い言葉と思うだろうが、自分はこういうことしか言えない。資本主義社会において階級闘争があるかぎり、情状などというものはない。搾取されるか、搾取されないかによって、こういう事件が起きてくるのだと思う。こんな事件を起こしたくないのなら、あなた方が共産主義社会を実現してほしい。自分は小学校も中学校も、満足に行っていない。東拘大で一年余り学んだことは、自分にとって非常に勉強になった。われわれプロレタリアートは、カネがないからかっぱらうのだよ。たとえ情状証人が、この法廷へ来てガタガタ言ったとしても、それはマスコミュニケーションの情報によって、被告人である自分に同情して言うだけで、それが何になるんだ。今まで自分がデカに言ってきたことも、だいぶウソが混じっている。それから、これだけは言っておきたい。自分は以前に、ドストエフスキーの『罪と罰』を読んだことがあり、自分も本を出したいと思っている。なぜ出すかというと、函館の人には、二人の子どもがいるという。その子のために出すんだから、あなた方にも買ってもらいたい。それで自分は、今でも事件を起こしたことを、まったく後悔していない。そのことも言っておきたい。東京プリンスホテルでやったのは、金持ちが憎かったからだ。アメリカ軍基地に入ったのは、あそこでカネを盗んでも、罪にならないと思ったからだ。自分には情状をくれるより、死刑をくれたほうがよい。

一九七〇年九月十日、永山則夫は、獄中手記の「ノート10」に書いた。

＊

私はとうとう言ってしまった……。――それでいいと念う。若し私が自身の〝告白記〟なるものを書上げる段階になると、これは必ず前提的条件として記さなければならない、確実に記さなければならない事実であるのだから。

それは、事件以前に『罪と罰』を読んでいるという事実だ。例の高校へ二度目の新しくやろうと躊《ため》らいながらもその門をくぐった時節、この著と国語辞典とを小脇にかかえ普遍的な学生の真似をして、ある学校の屋上で、そして電車の中で、又は例の森の小池のほとりで……読み、忘れられないものとなっていた。

今、何故この事を言ったのであろうか？ ——多分これは、もう死刑になるという恐懼《きょうく》から超越した諦念によるものであろう。そう、死刑囚には戦慄すべきものがないという一個の知識人としての、少くとも唯物史観を手がけている一生徒としての、大胆不敵的生存態度に他ならないのだ。

この事件にある程度の計画性のようなものが有ったのを、世論が知ったら（！）、私への、私の家族への同情は木端徴塵《ママ》に打ち砕かれ、そして私へは物凄き非難・讒謗《ざんぼう》が浴びせられたであろう。しかし今は言ってもいいのだ、何故ならば、人（一般的人）というものは、どこにあっても人を見る場合は、第一印象というものをその見るべき人物に与えてしまうからである——それ故に、譬え私が今頃計画性がある云々と言っても、人（一般的人）は信じ難いとも思うのである。しかし、知る人ぞ知るである（！）。爾後、それをつづけざまに私がいうのであるのなら、上述の非難・その他もろもろがあろう、しかし私はそれでいいと思う、それが罪あるべき人へ課せられたものとも思うから……。

私がこの事を法廷で平然たる——いや、あの時は少し気が高振《ママ》っていたのかもしれない——態度で言ってのけたのは、私にはもう兄姉というものを考えなくともいいという激情ともつかない憎悪からでもあるということを付け加えて置こう。

最初から、つまり逮捕された時点で、私が計画的にこの事件を実行したとしたならば、世論は——、私に、そして私の家族の者たちへ同情などしたであろうか？　——多分、毛頭の程も存しなかったであろう。「無知」、これでなければならなかったのだ。この「無知」であろうとする一言的表現に、すべては尽きる。——これらの事柄は、あの逮捕以前の日々考えることのなかに入込んでいた。——そういう風にある程度先を考えた所為もあり、私は馬鹿扱いされても黙っていた。

それが、何故語るようになったのか……。この一年間、私には、兄姉というものの存在を考慮しなくともいいように彼等が教えてくれたのだ。その教えに従って、最近の私は彼等への善意志というものは、喪失し、消沈し、そしてついには破壊された。彼等への感情というものを失う時、そこには、もう憎悪の澱《おり》さえ、——無い。全く無いのだ！　何ということなのでしょうね、私は人間性の全然ない、物体のような存在だ——殊に彼等に関しては……。

一九七〇年九月二十二日、第十六回公判が開かれ、警察庁の科学警察研究所がおこなった「弾丸、弾頭片の鑑定書」を取り調べた。

そのあと検察官が、弁護人が申請した情状証人の採用に同意し、被告人に念を押した。

検察官　（永山のアパートから押収した『中学・社会科学習小事典』を示し）この小事典の欄外に、函館に行ったときの心境のようなことが書いてある。これは被告人が、自分で書いたものか。

被告人　はい。

検察官　（同様にアパートから押収したコインを示し）この外国貨幣九個に見覚えがあるか。

被告人　はい。

検察官　これは公訴事実「第二」の横須賀事件のとき窃取したものか。

被告人　そうだと思う。

一九七〇年十月十四日、東京地裁刑事五部は、豊島簡易裁判所へ出張して、証人尋問をおこなった。

東京地裁の法廷を使用しないのは、出張尋問の形式を取れば、原則として被告人は立ち会わなくてもよいからだ。第十五回公判で、「情状証言は要らない。そんなものはクソくらえだ」と、被告人は言い放った。その激しやすい性格から、証人に罵声を浴びせる可能性があるから、それを防ぐ便法として簡易裁判所へ出張したのだ。

この出張尋問は、原則として非公開だから、証人にとっても望ましいとされる。

【明治牛乳淀橋支店長（四十五歳）の証言】

被告人の就職は、六七年一月末から同年六月中旬までだった。うちの営業所は、私たち夫婦のほかに三人が働き、従業員は二階に住み込む。被告人は、ほかの従業員に比べて、雇い主の私に文句が多いということはなかった。仕事をサボったことはなく、客から「今日は牛乳がこない」という苦情もなかったと思う。

弁護人　働きながら学校へ通ったのでは？

証人　六七年四月、東中野にある明大付属中野高校の定時制に入った。店から自転車で通学できるから、本人は喜んでいたようです。

弁護人　一生懸命に通学して、よく勉強している気配はあったか。

証人　うちの従業員は、二階の部屋へ外階段で出入りするから、私は立ち入らない。よく勉強していたかどうかは、ちょっとわかりません。

弁護人　被告人について、特に記憶に残ることは？

証人　最初は感じがよく、童顔で純情そうだった。使っているうちに、だんだん短気なところが目に付いた。しかし、ひねくれている印象はありません。

弁護人　店をやめた理由は、わからないか。

証人　私どもが叱った覚えはなく、普通に勤務しているうちに、急にいなくなったんです。推察してみると、仕事がつらかったんじゃないですか。

【東大法学部の学生（二十五歳）の証言】

六六年九月六日、横須賀警察署の留置場で、永山則夫と知り合った。その日の午後八時すぎ、私は原潜スヌーク入港反対のデモで、神奈川県条例云々ということで捕まり、彼は窃盗容疑で深夜に捕まってきた。房内で二人きりだったので、「何をしたのか」と話が進展した。彼は基地内へ侵入し、二ドル何十セント盗んだと言った。

非常に印象的なのは、「見つかったらどうするつもりだったか」と尋ねると、「軍隊は警察みたいに甘くないから、自動小銃なり機関銃を向けられて、海に飛び込んで泳いで逃げるとき、サーチライトで照らされて撃たれ、脳味噌がバーッと飛び散って死ぬ。それで構わないから入った」と答えたことだ。聞いて私は、「ここまで命が欲しくないのか。死ぬときの情景を鮮明に仮定して死を予告する。これは尋常ならん」という気がした。行為を全体的に考えると、自殺ということになる。

いろいろ話したけど、「高校程度の知識は必要だから、四年か五年かけて定時制でがんばれ。入学したらボクを訪ねて来い」と約束した。永山則夫とフルネームで記憶したのは、当時国家公安委員長が永山忠則で、私の名が則之だから……。もう一つは、私が捕まった臨海公園は、横須賀市本町三丁目無番地だった。彼が一〇八号の犯人として逮捕されたとき、出生地が網走市呼人番外地と報道され、六六年九月に出遇った少年に間違いないと思った。

今年七月になって、二回続けて面会に行った。約四年ぶりに会った彼は、「高校へは行った。卒業できなかったけど、行くことは行った」と、照れくささをこめて言った。そのとき事件自体については、「微細なことに触れると頭が痛い。函館の運転手を殺した様子を思い出すとたまらない」と、具体的なことを言わなかった。
しかし、「オレ、やってよかった」とも言った。もらった手紙と参照すると、二様の考え方がある。「やってよかった」とは、無知と貧困で事件を起こして捕まり、本を読んで新しい考え方を知った。だから「やってよかった」のだろうと、彼の手紙からも理解している。
弁護人　被告人が共産主義に関心を示したのは、六九年秋ごろのようだ。指導した人がいると思うが？
証人　私が面会したとき、新左翼系の機関紙が入っていると聞いた。それらの新聞には署名入りの論文があるから、発行所に問い合わせれば、若干のイントロダクションを授けるとか、そういうことはあり得る。
弁護人　証人が共産主義を強調したのでは？
証人　私自身が四年ぶりに再会して、面食らいました。横須賀で会ったときの彼は、杜会主義の〝社〟の字も知らずに、「大学生はデモに賭けられるが、オレは何もない」と言った。そういう意識水準の印象があったから、人間はこれほど変わるものなのか、と。
弁護人　面会したとき、事件を起こす過程を、証人に話したのではないですか。本人の口から、「弁護人に言えないこともしゃべった」と、聞いているんですが？
証人　彼はリラックスして私にしゃべったけど、事件の事実関係について、直接の動機は言いたがらない。どういう風に殺したとか、そういう点に少しでも触れると、頭を抱え込むだけで、動機などはまったく聞いていません。

検察官　証人は新左翼系に入っていますか。

証人　私は党派に属しておらず、横須賀の原潜反対デモが最後になり、今は実際の運動をしていない。しかし、考え方の基本としては、親近感をもっています。

検察官　先ほどの共産主義を指導云々だが、証人が具体的に言ったことは？

証人　そういう指導がましいことを、私がすることはできないと、四年ぶりの面会のとき彼に言っています。

検察官　書物の差し入れなど、被告人は希望しなかったのか。

証人　一回目の面会のとき、「なぜ殺したのか」と私が聞いた。すると彼が、「うまく表現できないが、いま心理学を勉強している。次は精神病の本を読みたい」と言った。私の兄は、東京医科歯科大の医局で精神科を専門にしており、どんな本がよいかと考えたが、私自身が忙しかったので、結局は差し入れませんでした。

検察官　証人が面会したときに、「オレ、やってよかった」と言ったという。「こういうわけでよかった」と、本人の口から言わなかったか。

証人　そこまでは言わないが、その後の手紙で、「こういう犯行をして、資本主義があることを知った。自分を取り囲む社会の現状について、考える一つの契機をもたらしてくれた」と。

検察官　やったことで死んだ人がいる。そういう人に対する感想は？
証人　言っていた。「函館の被害者は、妻と二人の子がいる。それを考えるとたまらない。自分が書いたものが本にでもなれば、その収入を子どもに贈りたい」と。
検察官　東京、京都、名古屋の遺族に対しては？
証人　特に聞いていない。

弁護人　被告人が獄中手記を出版し、印税を函館の遺族に贈ることについて、どういう人たちが具体化しようとしていますか。
証人　その構想を面会のとき聞いたけど、誰がやっているかは印象がないです。
弁護人　私の手元にある被告人のノートを、あなたの代理の者だと言って、「引き渡してほしい」とセクトの人が何度も電話してきたが？
証人　紹介云々は、まったく心当たりがなく、「セクトの人」とは誰のことか、明らかにしてほしい。ノートについては、二回目の面会のとき、「お前の行為はいつも死のところへ行く。それを知りたい」と言うと、「大学ノートに手記を書いているから、それを読めばわかる」と答えた。しかし、この二ヵ月ほど忙しく、稲川先生のところへ連絡していない。そういう次第で、他人を代理に立てるようなことを、私がするはずがありません。
弁護人　その件は別として、あなたが被告人に、「ほかに適当な弁護人を世話する」と、話したことはないですか。

証人　そういうことを、私は言ってない。ただ、彼には裁判に対する不信があって、弁護方針に対しても不満をもち、そのことを私に述べて、「どうせ死刑になるんだから、周りでいろいろ言ってくれるな。オレのことは全部ノートに書いてある」と。聞いた私は、「それはいいことだから、きちんと書け」と。

裁判長　被告人の読書について、証人が指導したことはあるか。

証人　彼がフロイトを読んで、次は精神病の本を読みたいと言ったとき、「君の望む刑の執行もあるし、深い法学みたいなものを読んだらどうか」と私が言うと、「法律は嫌いだ」と答えました。

裁判長　参考までに、証人の専攻は？

証人　法学部に行って法律をかじり、かなり年齢もいったから、司法試験を受けようと思っています。

一九七〇年十月二十一日、東京地裁刑事五部は、台東簡易裁判所へ出張して、証人尋問をおこなった。

【川崎市のクリーニング店主（五十三歳）の証言】

六六年十月下旬から六七年一月中旬まで、被告人を雇った。少年の補導に熱意をもっている方が、私たち同業者組合の相談役だから、紹介をお願いした。それまで非行少年を雇ったことはなく、ほかに若い衆が三人いるから、どこへ行くにも一緒に付けて、「面白く遊んであげろ」と言っておいた。店では気持ちを落ち着かせようと、仕上げのアイロンかけをさせ、本人は励みをもってやっていた。外回りの仕事と違って、そんなにきつくはない。
二ヵ月ぐらいは、非常によく働いた。明るく朗らかで、客を笑わせるのが上手だった。人擦れとは違い、人と接するのがうまい。被告人を含めて若い衆四人が、店の建物内の二部屋に二人ずつで、とても円満にやっていた。ところが十二月に入って、悪いクセが出た。何もやっていないとき、「今それをやれよ」と言っても、素直に引き受けない。反抗するわけではないが、本人のクセが出た。
弁護人　働いているあいだ、裁判所の人が来たか。
証人　横浜の補導所の人が来た。いや、鑑別所の人が来たか。鑑別所の先生だったか……。
弁護人　当時の永山則夫は、家庭裁判所の「試験観察処分」で、おたくに「補導委託」されていた。そういうことを、あなたは知らなかったのか。
証人　少年補導の先生から、ちょくちょく電話がかかっており、そういうことを意味すると思っていた。
弁護人　本人の態度が変わったことについて、心当たりがあるのでは？

証人　そういうことはない。とても大事にしたから、原因は思い当たらない。
弁護人　あなたは大事にしたと言うが、本人が店をやめた理由は？
証人　本人の態度が変わったので、私が事を荒立てないで、「この商売よりも、ほかが向いているのではないか」と水を向けた。すると素直に受け入れたから、励まして暇を出した。
弁護人　やめさせるとき、家庭裁判所の調査官に了解を求めていないではないか。「補導委託」された以上は、勝手に解雇できないでしょう。
証人　こっちは善意で、非行少年を預かったんですよ。本人の態度が変わったからには、店に置くわけにはいかんからね。私は雇用主として、ほかの若い衆に示しをつける必要もあった。

【西村フルーツパーラー寮長（二十四歳）の証言】

六五年三月末、永山則夫が入社し、同年九月まで勤務した。私は人事課に所属し、独身寮の寮長をつとめていた。中卒者の採用にあたっては、職業安定所に依頼して、就職希望者がいる学校へ行く。中学生の場合は、戸籍謄本などは関係なく、安定所の書類一枚だけである。学校で本人と先生に面会して、永山の採用を決めた。自宅訪問は、職安の規則があるために、採用の決定前に行くことはない。

入社当時は、給料の総支給額は一万七、八千円で、三食付きの寮費四千円と税金八百円を引かれ、手取り一万二、三千円は、郵便局の貯金通帳に入れて渡すが、その中から二千円か三千円は、天引きで一年定期にさせた。

独身寮には男性ばかり五十人で、二十歳未満の者は二十人ぐらいだった。生活ぶりのよい者を、毎月二、三人選んで表彰した。永山は目立って悪いこともなく、表彰されたこともなかった。日頃から無口で、郷里から持参した教科書を拡げ、よく勉強していたから、高校か専門学校へ入る希望があったと思う。

入社して三ヵ月後に、採用した現地で必ず父母会をやる。六五年六月、弘前市で父母を集めたとき、板柳中学校の校長先生が挨拶に見えたが、永山のお母さんは参加しなかった。私が板柳町の家へ行き、不在なので一時間ほど待って近所の人に聞いたところ、いつ帰るかわからないというので、やむなく次の青森市へ向かった。

裁判長　本人がやめるとき、仕事を続けるよう説得しなかったか。

証人　これは必ずやります。現場の長による「定着指導」があり、やめるのは仕事に飽きたからか、給料が安いからかを聞くなどして、マル秘で原因を調べます。永山の場合は、横浜港から香港へ密航して、強制送還されています。しかし、本人の申し出は「母が病気になったので郷里へ帰る」ということで、引き止めておりません。

【幸荘アパート管理人（三十八歳）の証言】

六八年十二月初め、永山則夫は、私が管理する幸荘アパートに入居した。紹介者は都立家政駅前の不動産屋で、最初に訪ねて来たとき、私は消防署に勤務中で不在だった。中野区内のアパートは、不動産屋が管理しているようなもので、妻は事情に疎く、一ヵ月四千円で契約が成立した。妻の話によれば、不動産屋のおかみさん、姉と称する女性、母親と称する女性、それに永山本人の四人が来て、「家では勉強に集中できないので、受験のために借りたい」と言った。

その翌日、私が永山の部屋へ行くと、家具らしいものはなく、姉と二人でいた。彼は面長だが、女は顔が四角っぽい。似てはいないが、姉弟と言われると信用するしかなく、「勉強に適したところだから、しっかり勉強して下さい」と励ました。姉は押入れの上段に腰かけ、ふてぶてしい印象を受けたが、弟は〝気をつけ〟の姿勢で接して、いかにも受験生らしかった。ところが半月後、「受験生じゃなさそう」と妻に聞かされた。弟は夜出かけて、翌日の昼過ぎに帰宅する。姉は夕方に出かけ、明け方の五時ころタクシーで帰る。私が非番の日に部屋へ行くと二人ともいて、女はタバコを吸っていた。「バー勤めの人は入居させないんだよ」と告げると、女は「迷惑をかけない」と弁明し、永山は「新宿のスカイコンパでボーイをしている」と認めた。そこで私が、「受験生一人と聞いて、部屋代を四千円にしたんだ。本当の姉弟じゃないのなら、きちんと結婚したらどうですか」と注意し、部屋代を四千五百円に値上げすると、そのうち女はいなくなった。

六九年一月から、女の子が二人ほど、永山の部屋へ出入りするようになった。いつか夫婦で、午後三時ころ茶を飲んでいると、永山の部屋から「助けて！」と、女の叫び声がした。様子をみていると、夕方に永山と女の子と仲良く出かけた。そのときの女の子は「ヨーコ」で、別な女の子は「カコ」だった。

弁護人　永山則夫の母親の写真は、当時の女性週刊誌に大きく掲載されている。アパートの入居契約のとき来た女性と、似ていましたか。

証人　妻は『週刊女性』で見て、「契約のとき来た人と全然似てない」と言っています。

弁護人　永山の仕事内容を聞いたか。

証人　ボーイというほかは、一切聞いていない。うちのアパートは、家賃と雑費を払っておとなしくしていれば、それ以上は干渉できません。

弁護人　永山の生活ぶりで、何か気づいた点は？

証人　彼と会ったのは五回ぐらいで、たいていすれ違いだった。私が非番の日に、銭湯へ子どもと行っていると、「こんちは！」と永山に大声で挨拶されたことがあります。

弁護人　永山に近所から苦情が出たことは？

証人　ほかの人にはあったが、彼はゴミ出しをちゃんとやったし、騒がしいことも全然なかった。

一九七〇年十一月四日、東京地裁刑事五部は、青森地方裁判所弘前支部へ出張して、証人尋問をおこなった。

【被告人の母親（六十歳）の証言】

則夫は小学六年まで、寝小便をしていた。中学生になって、学校から顔を腫らして帰ったことがある。「何をした？」と聞いても、絶対に言わない。マラソン選手でパッと逃げるのが早いから、外で人と喧嘩するとかはなかった。しかし、そのときは刃物を持ち出そうとして、隣のおかあさんが止めた。最近そのことを教えられた。

今度のことで則夫が捕まり、初めは鑑別所で会った。向こうから通知がきて、「二日も御飯を食べないから、お母さんが面会に来れないか」と言われ、会わせてもらった。そのとき則夫が、「オレを三回捨てた」と言ったけど、網走に一回置いて来ただけで……。二回目の面会は、次男を連れて東京拘置所で会った。やはり則夫は泣いて、何も話さなかった。次男がいろいろ言ってくれたが、本人は何も言わずに泣き、私も泣いていた。三回目は弁護士さんと一緒だったが、公判のあとで則夫は気が立っており、椅子に坐ろうともしないで、「帰れ！」と怒鳴っていた。

弁護人　そのとき、「オレを三回捨てた」と言われたんじゃないですか。

証人　鑑別所で言い、そのときも言いました。

弁護人　「三回捨てた」という意味はわかりますか。

証人　一回だったら記憶あるんだけれども、あとはわからないんです。夜眠れないとき、たびたび思い出して考えるんだけれども、どうしてもわからない。

弁護人　被害者や遺族の人たちに対して、母親としてどういう気持ちですか。

証人　何て言っていいか、もう、とても済まないと思っています。

弁護人　被害者の遺族の方たちへお詫びの印に、おカネを送ったことがあるんじゃないですか。

証人　東京へ雑誌の人に連れて行かれたとき、刑事さん二人に会いました。一人がいろいろ聞いて、一人が紙に書いて……。それが終わってから、「お母さん、家に帰ったら一生懸命働き、死んだ人たちにおカネを送りなさい」と言われたんです。それで線香代でもと思ったんですが、東京で親切にしてくれたテレビ局の女の人が、私が可哀相だからと、二万円を板柳町の家へ送ってくれました。それを四人に五千円ずつ送ると、東京プリンスホテルのガードマンのお母さんは、すぐ送り返してきたんです。

裁判長　お母さんからみた則夫は、ほかの兄弟と違ったところがありますか。

証人　何か言われたら、パッと飛び出すことが早くて、自分の言いたいことを、ハッキリ言えないいんです。

裁判長　お母さんが、特に則夫につらく当たるようなことは？

証人　末娘と同年の孫を、則夫がよくいじめると、近所の人に言われるものだから……。それで私が、則夫を怒ったことはあります。

裁判長　「お母さんに三回捨てられた」と、本人が怒るということだけれども、則夫だけ置き去りにしたのではなかったんでしょう？

証人　私が網走に置いたとき、ほかの子も一緒でした。どう考えても、三回というのがわからないです。

裁判長　注意されるとパッと飛び出す傾向は、いつごろから見えはじめましたか。

証人　小学生のころ、次男からはたかれて、家を飛び出したんです。

裁判長　性格はどうなんですか。素直に聞くということは、ないわけですか。

証人　素直でした。素直だけれども、怒るとパッと走ってしまうんです。

裁判長　学校へ行かなくなった理由について、何か思い当たることは？

証人　その初めは、先生がほかの生徒のいる前で、「この子の父親はバクチを打つ」というようなことを……。

裁判長　学校を休んで注意されたときは、また学校へ行くんですか。

証人　ええ。ばあちゃんが、学校へ連れて行ってくれたりしました。

裁判長　経済的に苦しく、学校にいろいろ払う費用が払えなくて、そのことを友だちから言われ、行かなくなったことは？

証人　いいえ。ちゃんと役場からもらって、学校に要るものは引かれているんです。

検察官　あなたの遠くない親戚で、精神病になった人はいませんか。

証人　母親の妹の子で、私のイトコが北海道の炭鉱におり、そういう病気にかかりました。

検察官　あなたの夫の家系では？

証人　夫のイトコに、やはり精神病になった人がいます。長女と同じ弘前の精神病院にいるそうです。

【民生委員を務める獣医（六十九歳）の証言】

永山一家が、現在の住居に入ったときから、ずっと担当している。現在は母親一人で、一ヵ月の生活費を一万円と想定し、不足分を生活保護法で支給するから、月額六、七千円の保護を受けている。毎月の実収入は五、六千円で、二割方を控除する法規があり、その分だけ足りないことになる。

母親は非常に穏やかな、単純な性格の人間で、近隣同士とは仲良くやっている。事件が発生しない前から、長女が精神病なので同情されていた。ずっと後家暮らしで誘惑が多く、異性関係もあったと想像され、そういう噂を聞いたとき、「お前は行商して歩くとき、男の人と仲良くするのか」と確かめた。すると彼女は、「期限が切れた定期券を使い、賠償金を取られることになり、駅の人が二、三人来たので酒でもてなしたが、ほかは身に覚えがない」と答えた。

永山則夫は、そういう面を恨んで、「母親が浮気するときは、映画館へ行かされた」と言っているようだが、なにか間違えていると思う。母親の生活態度は真面目で、むしろ褒めていい。しかし、非常に単純な人間だから、誤解される面があるかもしれない。

父親は板柳の生まれで、成年して彼女と一緒になったということだ。私は父親と面識はないが、その弟は津軽信用金庫の職員で信用されている。十分に経済的な余裕はあるが、則夫の母親は「町で顔を合わせても、そっぽを向かれる」とこぼしていた。生活保護の法規にのっとり私も指導したが、父親の弟の援助を受けられなかった。

弁護人　板柳町に生活保護世帯は多いのか。

証人　ほかの町村に比べ、生活保護率がいくぶん高い。リンゴの集散地で、出て行くリンゴの量は、青森県下で四、五番目だから、裕福な町といわれてきた。戦後の混乱期に、「あそこへ行けばなんとかなる」と入ってきた人が、保護を受けているケースが多い。

弁護人　則夫が学校へ行かなかったのは、家庭の貧しさを言われたからでは？

証人　そういうことはないと思う。私どもは学校の先生との申し合わせで、保護家庭の子であることが、ほかの子にわからないようにしてもらっている。

弁護人　つい最近、則夫の事件を映画にするロケ隊が、板柳町へ来ている。このときの母親の態度は？

証人　駅から百メートルの距離で映画のロケがあった。家内から聞いた話では、乙羽信子という女優が母親に扮し、劇が進行していた。このとき野次馬の中に入り、「あの乙羽信子が、私の役をやっている」と吹聴したという。それを知って私は、〝単純な女〟だと思った。

弁護人　世間に顔向けできないという素振りは、まったく見られなかったか。

証人　私は家内に、「そういうときは自分の姿を隠し、人様の前で威張ったような態度をとるなと注意しておけ」と、言った覚えがある。

弁護人　知能が低い印象はあるか？

証人　小さいときから学校へも行かず、子守奉公ばかりしたから、単純な感じを受けることがあった。

裁判長　今回の事件が起きてから、母親に対して周囲の人たちが、違った態度をとることがあったか。

証人　近隣の人は、同情していると思う。

裁判長　被害者の遺族に謝罪するとか、香典を送ったことがあるようだが、そのとき証人に相談をしたか。

証人　彼女が用向きで訪ねてきたとき、「自分のために大きな犠牲を払ったから、申し訳なくてカネを送った」と話していたが、遺族の一人から送り返されたと聞いた。

裁判長　母親の実収入は月に五、六千円というが、ほかの行商人も似たようなものか。

証人　いくぶん資本のある者は、まとめて安く仕入れるとか、利潤を生み出す方法を考える。しかし、彼女は今日の品物を売って、明日の品物を仕入れるわけだから、大きな収入は望めない。

裁判長　被告人が母親に対して、かなりのカネを作れと言ったのを聞いたことは？

証人　私が聞いたのは、「カネを送ってきた」と。下の女の子二人（妹と姪）が、家にテレビがないので、他家の門口から覗いて観る。それを知った則夫が、大阪からカネを送ったと聞いている。

この民生委員の証言のなかで、「駅から百メートルの距離で映画のロケがあった」というのは、新藤兼人監督の『裸の十九歳』である。近代映画協会創立二十周年記念作品として、一九七〇年十月に東宝系で封切られ、雑誌「キネマ旬報」は、次のように紹介している。

《連続ピストル射殺事件の犯人・永山則夫をモデルとした作品で、関功、松田昭三との共同脚本から新藤兼人が監督。青森県から集団就職で上京した道夫（原田大二郎）は、すぐに職場を転々とするようになった。社会からみれば虫ケラのような存在。しかし彼は、偶然手に入れた一丁のピストルによって、その社会と〝対等〟になることができた。その少年の過去をさかのぼるならば、父（草野大悟）は全くのろくでなしであり、母（乙羽信子）は、そのような男に抗することもなく、動物のように八人の子供を産んできた。大罪を重ねた今、少年は故郷の海

に向かって「許しは乞わぬ」と絶叫する。大正・昭和の極貧の歴史を、乾いた映像でたたきつけるように追求した野心的大作》

一九七〇年十一月五日午前十時から、東京地裁刑事五部は、板柳町役場で証人尋問をおこなった。中学三年のときの担任教師が、病気で弘前支部へ出頭できないので、役場の一室を臨時法廷にしたのだ。

【板柳中学校の教諭(三十九歳)の証言】

永山則夫は、三年生のとき出席日数が半数だった。二年生のときの出席は三十二日で、とても認定卒業がムリだから、何回か家に督促に行った。

学校へ来ない理由について、私は〝怠惰〟と解釈していたが、今は深い事情が裏にあったのではないかと思っている。登校させるために家庭訪問してお母さんに会い、息子に対する説得力というか、そういうものが乏しい印象を受けた。

私としては、あまり本人にうるさく言うと、こちらの言葉で「こじける」、ひねくれるところがあるので、二日か三日ぐらい学校に来なくても、すぐには迎えに行かなかった。すると秋ごろ、本人が夜になって私の家へ来て、ドンドン戸を叩いて入って来た。「ほかの生徒の噂によれば、わぁ、これさ学校に行かないけば、卒業できないてか」。そう言って青い顔をして、ブルブル震えているので、私が説明した。「いや、そうじゃない。まだ大丈夫なんだ。これから真面目に出てくれれば、卒業はできる。そんなに心配しないでもいい」。それを聞いて、笑顔を見せるまでにはならないが、安心して帰った。

弁護人 本人が望んだ就職先は？

証人 進路指導の先生に、「手に職を付けるため、菓子職人になりたい」と、製菓関係の企業を希望した。西村フルーツパーラーは、第一志望ですんなり決まり、本人も満足していたと思います。

弁護人 先生の担任時に、遠くへ家出する事故があったが、その経緯は？

証人 一九六四年五月上旬に福島駅の鉄道公安室から板柳中学校へ電話があり、「永山則夫が家出してきたから、引き取りにきてくれ」と言われた。このとき母親が、「先生お願いします」と言う。校長から「教師が行くべきではない」と言われたが、母親は一人では心細くて、「どうやって貰い下げればいいかわからない」と訴えるので、校長に出張を頼んだところ、「それじゃ認めよう」となって、私も迎えに行きました。

弁護人 家出の動機を本人から聞いたか。

証人 福島で会ったとき、「先生ごめんなさい。これから真面目に勉強します」と涙を流した。そのとき本人は、お兄さんのところへ行きたかった。まず三兄、そして次兄に会いたかったようで、福島駅で東京行きのキップを買おうとして、怪しまれたのです。

弁護人 先生の担任時に、永山が町内の商店から物を盗んだ事件があったことを、記憶しておられるか。

証人　六五年三月十七日が卒業式で、二十六日に東京へ出発するはずだったが、二十四日に板柳町の洋服屋さんから電話があり、「学校でなんとかしてくれ」と非行があったことを告げられた。私が掛け合いに行くと、「品物が返れば警察沙汰にしない」とのことで、盗んだものはズボンとか身につけるものであり、上京の身支度だったと思います。

弁護人　先生が仲に入り、その結末は？

証人　本人との問答は、「これを東京へ持参して、カネを母親に払ってもらう」「それでは泥棒になる」「いや、持って行く」「後始末はどうする？」「就職先の給料から送る」「それじゃ、会社に手紙を書いて、給料から天引きしてもらう」「それは困るから、品物は置いて行く」と。私が強硬な態度に出て、品物を返させました。

弁護人　卒業後に、手紙とか母親を通して、本人から連絡はなかったか。

証人　東京へ着いてから、四月にハガキがきた。そのあと本人からは連絡がなく、香港へ密航した事件で、警察から学校へ連絡が入った。次に横須賀のアメリカ軍基地内に侵入し、コインを盗んで捕まった事件では、家庭裁判所の調書がきた。六七年二月中旬に本人から手紙があり、「明大付属中野高校に入って一生懸命やる。内申書をよく書いてほしい」という内容だった。忙しいので書くのが遅れると、催促の手紙がきたから、内申書に美辞麗句を書いて郵送すると、「有難うございました」と手紙があり、「真面目にやりなさい」と返信しました。

弁護人　そのあと、本人から連絡は？

証人　六八年五月半ば、母親がひょっこり私を訪ねてきました。「則夫が帰って来ている」「どうして本人が顔を見せない？　会いたいな」「先生に会えないから、かあちゃんが行ってこいとなった」「どうして？」「板柳で定時制高校に入りたいと言うので、板柳高校の主事を訪ねたら、中学の先生の推薦状があれば入れてやると言われ、私が使い走りで推薦状をもらいに来た」「いいですよ、書きましょう」「高校の先生にうまく書いて下さい」「ウソをついて入ってもダメだ。私がありのままを話して、主事の先生が納得したら入れてくださる」。そのようなことを母親と話して、まもなく主事の先生がみえ、彼のことはみんな調べてあった。そのとき私は、「入れて頂きたいが、今までのことはご存じのとおりです」と言った。すると主事の先生が、「親戚のトタン屋に勤めて定時制に通いたいと言っており、しばらく生活状態をみて決めたい」とおっしゃり、談合を終えたようなわけです。

弁護人　様子を見て決めるという高校の方針を、本人は知らなかったのでは？

証人　本人が高校へ行けば、そう聞かされたかもしれません。しかし、私のところへは来なかったので、その辺りのことはわかりません。

弁護人　それ以前に先生に、〝血書〟のような手紙を送っていませんか。

証人　明大付属中野高校に入るとき、私の返信が遅れたため追伸で血書してきて、「一生に一度のお願いである」「私の最大の願いだから頼む」と。送らないとも何とも言ってないのに、数日遅れただけで、そんなものを寄越すわけです。
弁護人　母親が先生を訪ねたとき、紙切れのようなものを見せませんでしたか。
証人　定時制高校の推薦を頼みに来たとき、「体の具合が悪いので、このクスリを買ってくれと書いた」と見せられた。ハイミナールだったので、「こんなの飲んでいたんじゃダメだ。生活態度がピーンとしていない。私のところへ一回来させなさい」と、強く言ってやりました。
弁護人　先生のところへ母親を使いに出して、まもなく本人は東京へ行ったわけですか。
証人　そのあと私は、トタン屋の仕事で屋根に上がっている人を見るたびに、「あの中に則夫がいるのか、真面目にやっているんだなぁ」と思っていたんです。

一九七〇年十一月五日午後二時から、東京地裁刑事五部は、青森地裁弘前支部で出張尋問をおこなった。

【弘前精神病院長（四十二歳）の証言】

私が勤務する病院に、永山則夫の長姉が入院中で、病名は「精神分裂病」と考えている。五五年秋ころの発病で、現在は分裂病の破瓜《はか》型。情動の変化がいちじるしいが、主な症状は「感情の鈍麻」と「意思の減退」で、自主的に身体を動かさない。しかし、入院当初に比べると、社会生活は可能になると思う。この分裂病の原因に、遺伝的な要素があるとは考えない。その傾向はあっても、遺伝病とはいえない。

この患者の家族との接触は、退院させるについて今後どうするか、母親を呼んで話す程度である。これまで仮退院や外泊許可で、母親の元に帰している。しかし、正式に退院するとき、自分の家に帰るのは困難で、病院職員が手を回して、知り合いの所にお手伝いでやった。このようなとき母親に来てもらうと、「先生、よくないようだから病院に置いて下さい」という調子である。こちらの説明をよく聞き、娘の就職先を考えなければならないのに、病院側に頼っている。

だからといって、特に変わっている母親とは思わない。患者の父親のことは、「バクチ好きだから十四、五年前に別れて、六二年十二月ころに亡くなった」と、母親から聞いている。そこで患者に、「どういうお父さんか」と尋ねたら、「バクチのことで夫婦喧嘩をするけど、お母さんはカッカして怒ったあとは、カラッとしてしまう性格。お父さんがバクチをやらなければ、非常に楽しい家庭であったろう」と。

患者は北海道で発病しているが、その事情を私は知らない。ただ、一貫して言い得ることは、精神的な動機と考えられるものが、共通して引金になっている。破瓜型の分裂病は、通常十五〜二十五歳に発病する。

弁護人　精神分裂病は、一つの原因で発病するのではなく、本人の性格、生まれつきの素質があると思うが、性格的に共通したものはないか。

証人　内向的な性格だと思うが、体型は非常に肥満型です。細長型の体型が内向的な分裂病によくみられるから、ちょっと変わっています。
弁護人　彼女が肥満型なのは、薬を服用したせいでは？
証人　薬の問題もあるでしょうが、一回退院して再入院するときは、たいていげっそり痩せている。しかし、彼女は依然として、ずんぐり肥満型です。
弁護人　激情型の傾向はありませんか。
証人　それは全然ない。むしろおっとりして、どこか抜けているような……。非活動的なタイプです。
弁護人　母親に異常性を考えませんか。
証人　われわれが精神医学的な立場でみて、異常性というか、病的なものは感じません。
検察官　先ほど「発病の原因に精神的な動機があったと考えられる」と証言したのは、どういうことでしょうか。
証人　周りにいた患者が退院し、結婚したという話を聞いたとき、シュンとして落ち込みがある。恋愛妄想という念慮があったわけで、恋愛というか結婚というか、そういう精神的な動機から、精神障害が起きた傾向があると考えられます。
検察官　遺伝はないけれども、一つの動機から精神分裂病になったケースはありますか。
証人　本人の問題、本人をとりまく環境、じかに本人に係わる要因。これらがいろいろあって、精神分裂病が発病すると理解しています。失恋であったとすれば、抑鬱状態になって悶々とするので、因果関係を立証できるけれども、神経症のようなものはわからない。そういうところに、精神分裂病の特徴があります。

検察官　先生の診断で、被告人の姉が精神分裂病になった医学的な原因は？

証人　その点については、「わからない」と言ったほうがよろしいと思う。

裁判長　入院中に病気の状態はどうですか。

証人　一回目のときは、御飯を食べなくなり、ひとり笑いをする。あるいは意味もなく外へ出て、遠出をしようとすることがあった。二回目のころは、やはり徘徊。あるいは、「誰かに狙われている」という被害念慮が表れた。三回目には、部屋のなかで何もしないでつくねんとしている。自発性の減退です。

裁判長　姉の知能はわかりましたか。

証人　知能検査の成績、臨床的な問診法で考えたとき、いわゆる精神薄弱ではございません。普通の知能を有していると考えます。

一九七〇年十一月二十五日、第十七回公判が開かれ、これまでの出張尋問調書を取り調べた。

牛乳販売店の店主、東大法学部の学生、クリーニング屋の店主、西村フルーツパーラーの店員、板柳町の母親の順に、書記官が証言のポイントを朗読した。

裁判長　いま取り調べた尋問調書について、被告人は何か述べることがあるか。

被告人　東大生の加藤則之さんから、思想的なことについては、何も指導を受けていない。共産主義を知ったのは東拘に入ってからで、このことは事実として知ってもらいたい。それから小さい頃のことは、ほとんど記憶がない。マスコミなどの影響で、ゴチャゴチャになっているけど……。自分が神経症であることはわかるが、いつ頃からなったかはわからない。おそらく、母に捨てられてからだと思う。犯罪者は寝小便をする者が多いといわれるけれども、それもその頃からだと思う。人を殺せるまで凶暴になったことに原点があるとすれば、中学生の頃だと思う。そのことについて今は言わない。いつか体系的に書くだろう。それまで時間がかかるけど……。

裁判長　母親の証言によると、東京拘置所へ面会に行ったとき、被告人から「三回捨てられた」と言われたとのことだが？

被告人　五歳のころ網走に置き去りにされたことを、自分は知らなかった。マスコミの報道で知らされたから、デカの真似をしてカマをかけ、「オレを捨てたのは本当か」と母に聞いてみた。そうしたら、「北海道で一度だけ」と答えたので、自分は大いに怒った。網走で捨てられたときのことが、自分の人生に影響を与えたと思う。

一九七〇年十二月二十三日、第十八回公判が開かれ、出張先の証人尋問調書を取り調べた。前回に続いて、板柳町の民生委員、板柳中学校の教諭、弘前精神病院の院長の証言の要旨を、書記官が朗読した。

なお弁護人は、被告人の獄中手記「ノート1」から「ノート9」まで、九冊分のコピーを証拠申請した。

裁判長 いま取り調べた証人尋問調書について、何か述べることがあるか。

被告人 何もない。

裁判長 前回の法廷で被告人は、「人を殺せるまで凶暴になったことに原点があるとすれば、中学生の頃だと思う」と述べた。それはどういうことなのか。

被告人 その前に言いたいことがあります。前回の自分の発言が、新聞に載っていましたが、もっと根源的に考えたら、幼少期に親に捨てられたことでしょう。そのことで、このような自分の性格ができたと思います。自分は、そう取ってもらいたかった。その頃でしょうね、寝小便が始まったのは……。

裁判長 そうすると、先生とか友だち関係で、問題があったわけではない？

被告人 自分が中学生のころ、「刃物を持ち出そうとして、隣のおかあさんが止めた」という母の証言は、明らかにウソだ。そのころ刃物を持ったことはない。

裁判長 担任の先生の証言によると、上京して西村フルーツパーラーに就職したことについては、「良い所に就職した」と、被告人自身も喜んだそうだが、その点はどうなのか。
裁判長　それにもかかわらず、六ヵ月ほどで西村フルーツパーラーをやめた。それは、どうしてなのか。
被告人　とにかく東京へ出たかった。目的はそれだけだった。
裁判長　その前にやめさせられたのではないか。
被告人　香港への密航事件で、強制送還後にやめさせられました。
裁判長　その前にやめさせられたのではないか。
被告人　職場で同僚と口喧嘩したあとで、杉並区の三兄の所へ行ったら、二百円持たされて帰された。それでしょうがないから、海が好きだから横浜港へ行き、そのまま船に乗って、結果として香港へ行ったのです。
裁判長　そうすると、同僚と口喧嘩して西村フルーツパーラーを飛び出したけれども、会社をやめるつもりはなかったということなのか。
被告人　よくわからない。
裁判長　弁護人から証拠申請があった被告人の手記のことだが、これを公判廷で取り調べられることになると、何か困ることがあるか。
被告人　全然ないです。自分としては本にするつもりで書き、出版してもらいたいと思いノートを主任弁護人に渡した。自分の〝生きざまさらし〟の本を世の中の人に見てもらいたいです。四人も殺したのは、確かに悪いと思う。

この尋問のあと、被告人の獄中手記ノート九冊分のコピーを、裁判所が証拠採用した。

さらに裁判所は、第十五回公判で弁護側が申請した精神鑑定の採用を決定し、東邦大学医学部の新井尚賢教授を、鑑定人に指定した。

一九七一年一月十四日、第十九回公判が開かれ、精神鑑定にあたる新井尚賢教授が出廷した。

初めに裁判長が人定質問をおこない、「被告人の本件犯行時ならびに現在の精神状態を鑑定し、その経過および結果を鑑定書をもって報告して下さい」と命じ、「鑑定書に記載した事項に関して、公判期日内において尋問を受けることがありますから、その点についてあらかじめ了承下さい」と念を押した。新井鑑定人によれば、鑑定書を提出するまで、四ヵ月くらい要するという。

裁判長　それでは宣誓書を朗読して下さい。

鑑定人　(宣誓書を手に持って)宣誓。良心に従って誠実に鑑定することを誓います。鑑定人、新井尚賢。

続いて証人尋問がおこなわれ、永山則夫が「一〇八号事件」のあと勤務した、新宿歌舞伎町の二軒の店の支配人が、証言台に立った。


【スカイコンパ支配人(二十四歳)の証言】

一九六八年十二月四日付で、永山則夫を採用して、十二月一杯まで勤めさせた。採用したときのいきさつは記憶しないが、特に紹介者はなかった。この業界を知らないで入ったから〝見習い〟で、給料は三万八千円だった。

やめるいきさつは、三日ほど無断で休んだから、勝手にやめたと思っていると、本人が来て「働かせてくれ」と言うので、「もうダメだ」と断った。時期は六九年の年明け早々だった。それまでの勤務態度は、最近の若い者には珍しく、素直に言われたことを守り、動きも若さにあふれていた。ほかの者にくらべて、非常に目立つ仕事ぶりだった。仕事内容は、ボーイをやったり、カウンター内でバーテンをやったりして、接客態度も非常によかった。職場の仲間に好意をもたれていたが、特に親しい者はいない。永山を訪ねて来た人がいたかについては、ずいぶん前のことで、いろんな人が来る店だから、思い出すことはできません。

弁護人　やめてしまってからは？

証人　ウチの近くにある、どういう店なのか詳しくはわからないけど、ゴーゴークラブみたいな所に勤め、「近くの店で働いているから、よろしくお願いします」と、本人があいさつに来ました。

弁護人　やめてあいさつに来るというのは、かなり珍しいのでは？

証人　そのとき私は、非常にいいと思いました。

検察官　被告人の勤務時間は？

証人　ウチの店にはボーイが五、六人いて、永山は午後四時半から午前二時まででした。

検察官　証人の店で働くようになるまで、東京、京都、函館、名古屋で四人をピストルで殺している。いま考えてみて、被告人の態度に心当たりは？

証人　それはない。不審な態度はなかったです。

【ビレッジバンガード支配人（三十二歳）の証言】

六九年一月八日付で永山則夫を採用して、同年四月五日まで勤務させた。新宿でバーテンをしている私の友人が、「働きたい者がいるがどうだろう」と紹介したので、本人に会って履歴書をみて、「結構だろう」と私が決めた。牛乳販売店で配達を経験しており、早朝から力仕事をしたのなら真面目だろうと思い、無条件に採用した。

「ビレッジバンガード」は、喫茶もやれば酒も飲ませるモダンジャズの店で、午後一時から翌日の午前九時まで営業する。当時の従業員は十三人で、勤務時間は、昼は午後一時～九時、夜は午後九時～翌朝五時まで。午前五時～九時は、夜勤の者が交代で残業していた。時間によって客の質が変わり、明け方には踊る客もいる。

ボーイの永山は夜の勤務で、よく午前九時まで残業をした。たいへん真面目で、明るい性格だった。私自身は遅番が多く、永山と一緒に仕事をしたが、特に悪い点はなかった。しかし、勤務時間が長いので、三月の半ばから遅刻が多くなり、私がときどき叱った。

永山の友だち関係は、店の従業員との付き合いだけだった。仕事が長いから、出勤ギリギリの時間まで寝て店へ来る。あまり遊ぶ時間はないはずだが、彼が捕まってから、初めて女性との話を聞いた。ウチの店の常連の山下陽子と、私も親しく話をしたけれども、永山との付き合いは、迂闊《うかつ》なようだけれど知らなかった。さらにカコとも親しかったと聞き、私はびっくりした。

永山は体が小さく、明るい顔をしてお客さんと踊ったりして、可愛がられていた。「一〇八号事件」のあと明るいというのは、とても普通ではなく、故意に明るくしていたのかもしれない。

給料の支給額は、本給が二万七千円で、残業手当と歩合がある。歩合は日払いだから、総額としては四万から四万五千円ぐらいだった。永山にかぎらず、遅刻する理由は寝坊で、皆が「いま起きた」と電話してくる。永山はパチンコが好きで、午前九時に仕事が終わって、店が開く午前十時から始めて、寝るのが午後三時か四時だから、やはり遅刻してしまう。ほかの従業員も似たようなもので、「なるべく早く寝ろ」と注意していた。

弁護人　六九年三月半ばから、永山の遅刻が目立つようになったのは、何か原因があったのか。

証人　入って一、二ヵ月は、従業員に対するしつけが厳しい店で仕事もつらいから、たいてい緊張する。しかし、三ヵ月もすれば慣れてくるから、昼間遊ぶようになる。「そろそろ慣れて怠けるようになったな」と、私が注意したようなわけです。

弁護人　給料の前借りは？

証人　それは会社が許可しません。私が持っているときは、ときどきカネを渡すが、六九年三月三十一日、永山が「横浜へ行くので千円か二千円貸してほしい」と言ったとき、四月一日が給料日だから、「明日まで待て」と注意して、貸さなかったんです。

弁護人　「原宿事件」が起きたのは四月七日の未明で、給料をもらって間がないが？

証人　四月二日だったか、「お前はやめろ」と私が言ったんです。そのときは給料をもらって、それまでジーパンだったのが、黒色のズボンを二本買っていた。だから私にやめろと言われても、「絶対これから真面目にやる」と、本人が約束しました。私は従業員に対して、ときどき厳しい口をきくが、それでも黙々と働き始めれば、すべて許してしまうんです。彼も私の性格をよく知っているから、四月二日以降も働いています。

弁護人　永山の逮捕を、いつ知ったか。

証人　知ったのは警察が踏み込んだ四月七日午前七時ころで、私は店で仕事をしていました。四月五日午後九時に永山は出勤せず、四月六日午前五時ころ、「いま目が覚めた」と電話してきたんです。そのとき私は、「今ごろ目が覚めたんじゃダメだ」と叱りました。

弁護人　そのとき、「店をやめろ」と言ったか。

証人　電話をかけてくるだけでもいいと思い、「明日は出て来いよ」と言いました。この「明日」とは、四月六日午後九時のことですが、本人は「わかりました」と。

検察官　四月一日に、給料をいくら渡したか。

証人　四万五千円ぐらいだと思うが、正確な金額はわかりません。

検察官　「横浜へ行くからカネを貸してくれ」と言ったそうだが？

証人　どんな用件で行くのか尋ねたら、答えなかったんです。しかし、「どうしても行かねばならない」と、本人は言っていました。

検察官　先ほどの常連客の山下陽子は、だいたい何時ころ店に来ていたのか。

証人　夜中の十二時ころ来て、朝方に閉店するまでいました。通称〝ヨーコ〟で、近所にあるモダンジャズの店で午前十時から午後十時ころまで働いていたんです。

裁判長　四月六日午前五時ころ、被告人から電話がかかったとき、「今後は来なくていい」と言ったか。

証人　そう言った覚えはなく、「いま何時だと思っているんだ」と叱りました。

裁判長　本人自身、「もう行かない」と言わなかった？

証人　私がその程度叱ったことで、「行きたくない、もう行けない」とは、ならないと思います。

この証人尋問が終了して、裁判長が被告人に確かめた。

裁判長　（六九年四月七日の逮捕当日に「ビレッジバンガード」で押収した履物を示し）この中古短靴に見覚えがあるか。

被告人　はい。

裁判長　「東京プリンスホテル事件」の際に、被告人が履いていたものか。

被告人　と、思います。

一九七一年一月二十七日、東京地裁刑事五部は、横浜地裁へ出張して、「少年保護事件」に係わった二人の証人に尋問した。

【東京保護観察所の保護観察官（四十一歳）の証言】

一九六三年四月から、東京保護観察所に勤務しており、六七年四月二十八日から六八年三月二十三日まで、豊島区池袋一丁目の次兄宅を住居とする永山則夫を担当した。

保護観察は保護司がおこなうが、六五年四月に東京、大阪、名古屋で、実験的に「初期直接担当官」を設けた。保護観察処分を受けた少年について、初めの二ヵ月間にかぎって保護観察官が担当するものだが、ケースによっては非常に長くなる。

弁護人　六八年二月十六日、東京家裁で「不処分」になって、永山則夫が住み込んだ杉並区の牛乳屋へ、証人は行きましたか。

証人　ふつう私たちは、「郷里から出てきた教師です」とか、「近所に住んでいる者で、お母さんに頼まれて様子を見にきた」とか、さり気なく訪ねることにしているが、永山の場合はできないから、私は一度も行っていません。

弁護人　しかし、本人は検面調書で、「観察官や保護司が来た」と言っているが？

証人　杉並の保護司が、六八年三月二十三日ころ、杉並区大宮前六丁目の保証牛乳店へ出向いて、居住確認をしています。

弁護人　本人を刺激しない配慮をしたか。

証人　いろいろ方法を考えており、前歴がバレるようなことは稀で、調査の失敗はなかったと思います。

弁護人　被告人が「保護観察を受けて、前歴が次々にわかった」と苦情を言っているのは、思い過ごしと考えていいか。

証人　そう考えていい。私から杉並担当の観察官に代わったあと、四月二十七日ころ、保護司が勤め先を訪ねている。接触を保つのが指導の重点だから、本人が面接を受けに来なければ、こちらが訪ねなければなりません。

弁護人　そのとき、雇主や仲間にバレたのでは？

証人　いいえ、それはありません。杉並の保護司が訪ねたとき、本人は配達集金でいなかった。保護司は身分を隠して、「誰々が来たことを伝えてくれ」と言った。すると本人がすっ飛んで来て、「困るのになぜ来たか」と興奮したことが、記録に残っています。

弁護人　そのころ永山は、何を悩んでいたのか。

証人　私の感じでは、面接したときは「学校へ行って真面目にやる」と言う。しかし、時間的にも経済的にも余裕がないから、学校で勉強する状態になれない。それが悩みだったのではないか。

弁護人　本人は生い立ちで、相当悩んだのではないか。

証人　ふつうは家族の話をすると、よほど複雑でないかぎり和やかなムードになる。私が母親のことに触れたら、「手紙のやりとりはしていない」と言った。どうして出さないのかと聞くと、「そんなことは関係ないよ」と、反抗的な態度を示した。そのとき母親に対する、何らかの気持ちを抱いているように感じました。

弁護人　「社会が冷たく扱う」とか、そういう悩みを訴えたことは？

証人　六七年一月に、川崎市の補導委託先のクリーニング店から解雇されたことで、「自分は真面目にやろうとしているのに、何でいい加減な試験観察にしたのか」と。

弁護人　そのような話から感じたことは？

証人　とても可哀相な少年だから、あたたかい態度で話し合ってあげる人が必要だと……。

そのために保護観察を軌道に乗せたかったのですが、私なりに苦心しながらも、思いが及びませんでした。

弁護人　私どもの感じでは、六七年四月に「試験観察」から「保護観察」処分に変り、その後の経過を区分して眺めたとき、六八年五月に杉並区の牛乳販売店をやめて、転落の傾斜を強めている。原因として思い当たることは？

証人　六八年六月に自衛隊に応募し、合格点に達しながら、保護観察中であるために、八月末に不採用が決まった。そのことで急速に、転落へ向けて傾斜したように思います。

【横浜家裁横須賀支部の調査官（三十七歳）の証言】

六六年九月十六日、永山則夫の刑事特別法違反、窃盗事件を受理して観護措置に決定し、十月二十一日に「試験観察」で補導委託することにした。

このとき「在宅保護」か「収容保護」か、鑑別所と話し合ったが、私は調査しにくかった。母親は青森家裁弘前支部管内におり、香港への密航事件で身柄を引き取った長兄は、宇都宮家裁栃木支部管内にいる。この二人に面接調査したかったけれども、遠隔地なので出張命令が出ないために、いずれも調査委託になった。

弁護人　調査しにくかったので、危惧の念はあったが、補導委託が相当と考えたのか。

証人　「試験観察」で調査が深まったから、その時点で私は、「クリーニング店への補導委託でよかった」と思っていた。

弁護人　おなじ補導委託でも、素人の雇主に預けるケースと、多数集団で規律正しく監視される専門の所に預けるケースがある。開放的な処遇を選択した理由は？

証人　少年が多くいる集団委託に、永山君は適さないと考えたからです。

弁護人　ところが本人は、クリーニング店を解雇されて飛び出した。事後に電話で報告を受けて知ったのか。

証人　三回クリーニング店へ面接に行き、六七年一月初めに永山君と話し合い、それから数日後に店主から電話があり、「言うことを聞かないのでやめさせた」と。裁判所に連絡なしに解雇されては困るから、行き先を聞くと「わかりません」という。それで池袋の次兄を訪ね、内縁の妻がいたので、名刺の裏に「則夫君の住所がわからなくて困っている。至急知らせてください」と書いて渡したところ、しばらくたって次兄が、「新宿・淀橋の牛乳屋に住み込んで真面目にやっている」と知らせてくれた。それで永山君に面接して、最終意見を出したのです。

弁護人　最終的な審判が、東京の家庭裁判所でなされた理由は？

証人　そういうことをやったのは、私も初めてでした。新宿の雇用主に、「板柳中学校の担任教師」と称して会ったとき、永山君が保護観察について、何も話していないことがわかった。保護司に家庭訪問をされると、彼の性格から短絡行動に出る心配があるから、保護観察官がよいと思ったわけです。直接観察をおこなう人は、非常に経験をもっている。そこで東京保護観察所へ電話して、「そちらで審判をやりたいから、立ち会ったうえで意見を聞かせて頂きたい」と申し入れました。そうして立ち会って頂いた保護観察官は、さきほど証言した女性ではなく、男性の方でした。

弁護人　出張審判という異例の措置は、本人の意向を入れて、刺激しない配慮からか。

証人　性格的に問題がある少年なので、その配慮が必要でした。この「少年保護事件」を、横浜から東京へ移送することによって、十分に更生が期待できると思ったのです。

弁護人　試験観察の最終段階では、本人とのあいだに親近感が生じていたのか。

証人　鑑別所にいたころ、非常に防衛機制が強かったが、クリーニング店で二回目の面接のころはなくなった。新丸子駅の近くの神社の階段で、長いこと話し込むと、今まで言わなかったことですが、高校へ行きたいという問題が出ました。

弁護人　当時の被告人の性格で気づいたことは？

証人　対人不信感が強かった。また、不安感、劣等感も強く、情緒的な安定性に欠け、きわめて防衛性の強い人間像でした。

弁護人　これまで私どもが接した印象は、それ以上に攻撃的な傾向が強く、被告人との円滑な話し合いがむずかしい。当時の反応は？

証人　人を信用することができないから、自分の環境に不安を及ぼす事柄は、まったく話そうとしない。面接の場でそこを追及すると、内側にある自己中心性とか衝動性が表に出て、攻撃的な振る舞いに出てくる。当時もそういう面はありました。

〔一九六五年〕十五～十六歳
3月27日　東京・渋谷の西村フルーツパーラーに集団就職。
9月25日　横浜からイギリスの貨物船で香港へ密出国。
10月20日　強制送還されて長兄に引き取られ、宇都宮市の共立自動車に就職。
11月8日　宇都宮市内で窃盗未遂事件を起こし、少年鑑別所に収容。
11月22日　宇都宮家裁で「不処分」と決定し、共立自動車に復職。
〔一九六六年〕十六～十七歳
1月上旬　ヒッチハイクで大阪へ行き、守口市の米穀店に住み込む。
6月下旬　出生地が「網走市呼人番外地」の戸籍謄本に悩み、東京へ戻り喫茶店に住み込む。
7月中旬　羽田エアーターミナルホテル食堂に就職。
8月下旬　浅草でテキ屋手伝いの後、横浜で〝立ちん坊〟の沖仲仕になる。
9月6日　横須賀基地に侵入して逮捕され、同房の東大生が定時制高校を勧める。
10月21日　横浜家裁で「試験観察」処分、クリーニング店に補導委託。
〔一九六七年〕十七～十八歳
1月13日　川崎市のクリーニング店主が、家裁に無断で解雇する。

1月28日　新宿区淀橋の牛乳販売店に住み込む。
4月5日　牛乳販売店の紹介で、明大付属中野高校（定時制）に入学。
4月28日　横浜家裁が東京へ出張して「保護観察」処分、東京保護観察所へ移管する。
6月12日　東京保護観察所で、女性の観察官から二回目の面接を受ける。
6月16日　牛乳販売店をやめて、池袋の次兄方へ。
6月18日　東京保護観察所の面接指定日に出頭せず。
7月中旬　横浜で沖仲仕になり、徹夜仕事を続ける。
7月20日　中野高校が「保証人から応答なし」で除籍。
10月12日　豊島区巣鴨の牛乳販売店に住み込み、ドストエフスキーの『罪と罰』を読む。
〔一九六八年〕十八〜十九歳
1月9日　神戸港からフランスの貨物船に無断乗船。
1月12日　前日に甲板で自殺を図り、出入国管理令違反で逮捕。
1月22日　横浜海上保安部から横浜少年鑑別所へ。
2月2日　東京少年鑑別所へ身柄移送。
2月16日　東京家裁が、非グループ犯とあって「不処分」と決定。
2月20日　三兄の世話で、杉並区大宮前の牛乳販売店に住み込む。
4月6日　明大付属中野高校（定時制）に再入学、クラス委員長に選ばれる。

5月7日　販売店の売上金三万円を持ち逃げ、青森→函館→横浜。
6月下旬　横浜で沖仲仕をしながら、自衛隊を受験。
8月30日　自衛隊の中目黒事務所が、保護観察中とあって不合格を決定。
10月上旬　横須賀基地に侵入してピストル窃盗事件。

一九七一年二月三日、永山則夫は、精神鑑定を受けるために、旧巣鴨プリズンの東京拘置所から、板橋区加賀一丁目の財団法人愛誠病院へ移送された。

こうして精神神経科病棟に鑑定留置し、まず身体検査がおこなわれた。

《身長一・六〇五メートル、体重五四・〇キログラム、胸囲八五センチメートル、頭周五七センチメートル、座高九六センチメートル。左頬部から左顎部にかけて、縦四・五センチメートル、横二・〇センチメートルのケロイド状の瘢痕を認める》

以下は、鑑定人による観察記録である。

＊

【二月三日】

病院に着いた直後は、緊張した様子で表情も硬く、事務的な対応だけに終わった。入院の注意事項の説明には、素直に返事をする。所定の保護室に入り二時間ほど休んで、検診に応じた。

「昨年九月ころから、耳鳴りに悩まされ、右耳は常に金属性の音がする。物を書いていて上を向いたとき、クラクラして倒れそうになることがある。ときどき吐き気や頭重感があり、夜は眠れないので、拘置所の医務室で食後薬をもらっている。一番気になるのは、小便するとき最初の一滴が出るまで、時間がかかること」

自分の体の違和感について、要領よく話してくれる。

【二月四日】

精神病理学的な異常行動のようなものは、まったく認められない。昨夜は不眠だったというが、当直看護婦の話では、何の訴えもなくよく眠っていた。段ボール箱三個分の書物を拘置所から持ち込み、診察以外のときは読書にふけっている。「急に入院することになったので、出版社と何の連絡もとれなかった。入院中でも原稿を送ることができるか」と尋ね、できるとわかって安心したように笑う。表情に多少のかげりが認められるが、人なつっこい素直な態度を示すので、なるべく犯行に触れないようにして、慎重に面接する。

――電報を打ちたいと言っているのは？

「三月初めに、獄中ノートの『無知の涙』が出版されるので、原稿を送らねばならない。僕は『社会をぶっとばせばよい』と思っているので、文章のなかで法律用語を使うのは嫌いだ」

――耳鳴りは相変わらずあるか。

「あります、金属音が……。昨年九月から、運動時間に外へ出ないで、勉強ばかりしているからでしょう。東拘の耳鼻科に一度行ったけど、メニエール病なのかなぁ」

――どんな本を読んだか。

「精神関係としては、フロイトの『精神分析入門』。宮城音弥の『心理学入門』。ロールシャッハも読んだけど、まだまだ、わからない」

――視力のほうはどうか。

「以前はよかったが、拘置所の中は暗いので弱くなった。視力検査もして下さい」

――いま希望することを、三つ挙げると?

「①社会改革。②民衆の教育。③自分自身の死……。③については、四人を殺して責任を感じているから」

――一番楽しかったことは?

「マルクスに触れたこと」

――一番悲しかったことは?

「共産主義の国に生まれなかったこと。できれば中国に生まれたかった」

――共産主義の国に生まれると、どういうことがよかったと思うか。

「いまから考えると、民衆の不幸を見ないで済んだこと。生まれてから青年期まで、等しく教育を受けられるのがよい。資本主義の国では、カネのある人間しか教育を受けられません」

――共産主義に共感をもったのは、どういうことか。

「オレの考えに反対する者は、みんな死んでしまえ！」

――一番最初は、どういう本を読んだか。

「僕の学歴は小学二年程度だから、やはりエロ本だね。それから吉川英治の『宮本武蔵』。小学校のころは石川啄木を読み、ヒットラーの伝記も読んだ。そのあとはロケットの本で、軍隊にあこがれており、プラモデルもよく作った。中学の終わりころは、水島という漫画家の影響を受けた。単純な中に楽しいことを書いていたから」

――その他は？

「記憶しているのからいうと『氷原』で、これは大阪にいたとき。『足長おじさん』『嵐ケ丘』『若きウェルテルの悩み』『白痴』。巣鴨の牛乳屋にいた友人の影響を受けて、『カラマーゾフの兄弟』『罪と罰』『西部戦線異状なし』『アルジェの戦い』。その他にもあった」

――拘置所で思想関係のものは？

「河上肇の『貧乏物語』。マルクスの『哲学の貧困』『革命と反革命』『資本論』『賃労働と資本』。カントの『実践理性批判』『純粋理性批判』『永遠平和のために』。マルクス・エンゲルスの『共産党宣言』『ドイツ・イデオロギー』。エンゲルスの『反デューリング論』『自然弁証法』『家族・私有財産および国家の起源』『空想より科学へ』。フランツ・ファノンの『黒い皮膚、白い仮面』。ルソーの『孤独な散歩者の夢想』。プラトンの『テアイテトス』。デカルトの

『方法序説』『哲学原理』。ルソーの『社会契約論』『告白』。ヘーゲルの『小論理学』。アリストテレスの『政治学』『形而上学』。ヒルティの『幸福論』。キルケゴールの『誘惑者の日記』『死に至る病』。夜は気休めにロシア文学の『どん底』『桜の園』『四号室』『マカールの夢』。トルストイは、貴族主義的なところが嫌いで頭にくる。いま持っている本は、哲学書で七十冊。主に一般の人が差し入れてくれた」

——趣味は？

「人を殺すこと（冗談のように笑いながら）。すなわち、権力をぶっ飛ばせということですよ。学問の卒業時点にかかわらず、マルクス経済学理論を理解するかどうかです。階級社会がある以上はダメだ」

——そのように考えるようになった時期は？

「拘置所に入ってからです」

——出版する本の題名が『無知の涙』なのは？

「実存主義そのもので……。僕は無知であるから、真の敵を知らず、罪もない人を殺してしまった。自分の理想、話そうとしていることを、この本に収めています」

【二月五日】

顔を合わせるなり、「昨夜は疲れたせいかよく眠れた、僕はどこでも眠れる。先生方とは育ちが違うんだもの」と言って笑う。「もし僕が精神病だったら、ここへ入院させてもらう。看護婦さんは親切だし、食べ物もうまい。白米は久しぶりだ」と気楽に話すが、応対のなかにもそこはかとない〝虚しさ〟と、無理な背伸びの姿勢のようなものが秘められている。

——記憶に障害はなかったか。どこかの時期で覚えていないとか?

「それは誰にでもあるんじゃないですか」

——少年鑑別所に入った時のことも覚えているか。

「はい、全部ね。よく暴れたから……」

——お父さんのことは?

「ほとんど覚えていない。父と話したことはないが、後ろ姿を見たことはある」

——いま父親に対して持っているイメージは?

「全然暗いね……。そういう個人的なことよりも、日本に帝国主義があるかぎり、オレみたいな人は絶滅しないだろう」

——母親に対しては?

「憎しみといった気持ちを、超克したものですね。あきらめの感じだ」

——小さいころ好意を持った人は?

「誰もいない。学校をサボって家にいたり、外でトンボを捕らえたりしていた。学校をサボるようになった原因は、貧困で差別されたからです」

――そのころ勉強は？

「しなかったですね。エロ本を読むのが主だった。セックスに対しては早熟でしたね、いま考えると……」

――特別な女性は？

「なかったですね。今もないです」

【二月六日】

女性の臨床心理士が心理テストを実施。そのあとで面接した。

――テストを受けてどうだったか。

「心理の先生は、教育ママという感じがした」

――教育ママに強制されている感じだったか。

「多少は受けたけど、そういう母が欲しい。僕の母はそうじゃなかったから……。年上で強い意思を持った人にあこがれます。僕に対していろいろ気がついてくれる人」

【二月八日】

日曜日をはさんで会うと、人懐こく打ち解けた様子で、態度も自然に看護婦、看護人に対しても冗談を言ったり、素直になってきた。

――子どものころのエピソード的なことは？

「網走から津軽に戻ったとき、『川部』という駅があったのを記憶している」

――網走での記憶は？

「急な坂があった。海に〝帽子岩〟があったのを覚えている」

――いままで死にたいと思ったことは？

「中学二年のころからよくあった。いま考えると、貧困が悪いんです。あのときは絶望的になった。親に対しても、きょうだいに対しても……」


【二月九日】

最初から笑顔で、「もう気分がすっきりした。あまり運動しないし、一人でいることがほとんどなので、人と対話すると疲れるけど、昨夜はぐっすり眠れたから、今日は何時間でも診察して下さい」と、親しみをこめて言う。

――ここに来てから、部屋で何をしているか。

「読書。でも、気が散るので、本格的ではない」

――君が浮かれたとか、すごく調子がよかった時のことを、一つだけ具体的に上げると？

「ゴーゴースナックで踊っていると、そんな気持ちになれた。そのほかは、何かに影響されたとき。たとえば、本を読んで感動したときなど」

――沈んだ気持ちになるのは？

「劣等感をもったときかな。事件前はすごくあった。やはり、この顔の火傷痕ですね」

――その火傷ができたのは？

「網走市内の家で、転んでストーブに当たって……。東京や大阪で、『お前はヤクザだ』と言われた」

――精神的な劣等感は？

「学問のことです。しかし、観念は知っていても、言葉になると弱い」

――仕事のなかで一番よかったのは？

「牛乳屋にいたときですね。あのときは時間があって、勉強や読書することができた。給料も二万円ぐらいでよかった」

――海が好きなのは？

「淋しくなったとき……。人に何か言われてコンプレックスを感じたとき、海が好きだった」

――横浜にいたのは？

「海が近いせいか、あそこは雰囲気がよかった。僕から見て活発であった。僕は活発なものにあこがれて、沖仲仕をだいぶした」

――精神病のお姉さんのことは？

「それもコンプレックスで、いまでもある。姉が精神分裂病だと弁護士さんに聞き、すごく可哀相だと思う。その分裂病気質が、自分にもあるのではないかと思ったりする。岩波の異常心理の本を読んだら、自閉的なものがあることを知り、少し不安になった。東京拘置所に入っても自閉的だし、事件前にも自閉的だった」

——事件の動機は、気が小さかったからでは？

「事件当時はどうかな……。でも、いまは言いたくない、本を書くことにする。ただ、あのピストルは惜しかった。いまピストルがあれば、政治家を殺すでしょう」

——子どものころからピストルが好きだった？

「軍人というのは武器を扱っているから、オモチャのピストルをいじった。しかし、上京してからは気にならなかった。ところが、偶然にもピストルが手に入り、そのピストルがあったから……」

【二月十日】

鑑定人らは、日常生活を中心に問診して、つとめて緊張を解くよう心がけた。退院の時点で、被告人の面接態度も打ち解けたものになり、診察に対しても積極的に協力する姿勢を示し、すっかり落ち着いていた。浴びせかけるような激しい口調の言葉もなく、淋しがり屋の人懐こい姿そのものが、赤裸々に感じられた。看護婦から別れの握手をされると、下を向き涙ぐんでおり、そこには純真な一青年の姿があったのみである。

一九七一年二月十八日、第二十回公判が開かれ、「指定一〇八号」の捜査を担当した坂巻秀雄検事が、証人として出廷した。

坂巻検事は、被疑者の永山則夫を十回ほど取り調べ、六通の検面調書を作成して、六九年五月二十四日付で、強盗殺人・殺人等で起訴した。この坂巻証人に対して弁護側は、「被告人は検事さんの調べに、余り答えなかったと述べているが?」「ある特定の事件について、供述を渋ったことはないか?」「東京プリンスホテル事件で、被告人は殺意を認めなかったはずだが?」と、検面調書の任意性と信用性を質した。

しかし、当の被告人は、「犯行を想起するのが苦痛である」と、事実関係を争う意思がない。第十一回公判で堀江裁判長に、「坂巻検事に述べたことが本当だと言うのか」と問われて、「坂巻さんがここに来て『そうだ』と言うのなら、それを認めます」と答えている。

その永山則夫が、主任弁護人の尋問が終わると、裁判長の許可を得て、みずから証人尋問をおこなった。

被告人　坂巻さん、しばらくです。今年の四月七日で、逮捕から満二年になりますね。あれから僕は、だいぶ変わりました。

証人　あなた、元気でやっているの?

被告人　東拘に勾留された初め、あなたからビスケットが送られてきました。でも菓子類は、東拘の売店のもの以外はダメでした。いま断っておきます。
証人　…………。
被告人　それで僕が、あなたに調べられた部屋は、何階でしたか。
証人　東京地検の五階です。
被告人　今あなたは、どこに居ますか。
証人　やはり五階ですが、係は変わりました。懐かしいですか。
被告人　五階の窓の外には、よく鳩が止まっていましたよね。
証人　そう、鳩が来るんですね。ときどき餌をやっているんです。
被告人　あなたは先ほどの証言で、取り調べのときに僕が、「しゃべった、しゃべった」と言ったけれども、そんなにしゃべりましたか。あなたが調書を書いたわけじゃないでしょう。よく僕に、お茶をくれた人でしょう?
証人　検察事務官の人。
被告人　あの人に書かせたんでしょう?　あなたは事件のことを、質問していたわけだよね。そのとき僕は、どこを見ていましたか。僕の視線は?
証人　いろいろ見ていましたね。前を見たり、上目使いに見たり、下を向いたり。
被告人　だいたいにおいて僕がどこを見ていたか、思い出せませんか。
証人　そうねぇ。前を向いていたんでしょう。

被告人　今あなたは、僕の調書のことで、「一つの犯行をおかすと、それから逃避したい心理が起こり、どこへ逃げるかと……」と、「逃げたい」という言葉を、いろいろ使いましたね。どこから逃げたいと言うんですか。たぶんそのころの僕は、地検のあの部屋から逃げたいと思っていたんじゃないかなぁ。だから外を見ていたと思うんですけれども、どうでしょうか。あなたの声は大きいから、取り調べのときよく聞こえたけれども、ぼくの関心は、下に見える最高裁の建物にあり、あそこを見ていました。だから、あなたの言葉は聞こえても、よく耳に入らなかったんです。自分でわざと、回避する状態だったんですよ。

証人　いろいろ話しましたね。

被告人　ずっと後のほうは、先ほどあんたも言ったようにね。

証人　最初のころは、あなたが一番苦しいときじゃなかったかと思いますね。だから……。

被告人　今でも、あなたのことを思い出すと、一つだけ覚えていることがあります。僕に宿題を出したでしょう、一つだけ。それは何でしたか。

証人　覚えていないんですけれども。

被告人　あなたは、〝坂巻スマイル〟というんですか、そういう笑顔で僕に宿題を出していましたね。覚えておりませんか。

証人　さぁ、ちょっと、記憶がないんですがね。ちょっと、その辺りは……。

被告人　あなたは、「こういう事件を起こす前に、なぜもっと早く気づかなかったのか」と、僕に聞いた覚えがありませんか。

証人　あなたが「反省したい」と言うのを、そういう風に理解しましたね。

被告人　さっきも言ったように、いろいろと僕は東拘で勉強しました。坂巻さんもいろいろと、心理学を知っているようだけれども、僕も一応かじってみました。それからして思うんですけれども、あなたもさっき言ったように、家庭が問題なんですね。僕の家庭は、どうだったんでしょうか、具体的にいうと……。二字くらいの熟語なんですけど。

証人　貧困です。

被告人　貧困は、いったい何から生じるんですか。あなたが僕に宿題を出したように、僕がそのことを宿題として、あなたに出します。一生、考えなさい。

証人　…………。

こうして坂巻秀雄証人が退廷したあと、堀江一夫裁判長が、被告人に尋ねた。

裁判長　弁護人による坂巻証人に対する尋問のなかで、君自身が弁護人に語っていることと、検面調書の内容と違っているのは、どういう点ですか。

被告人　まだ具体的に言えません。もし僕が、これ（右手を首筋に当てる）をやられるまでに系統的に書くことができれば、あと二、三年かかって、きっと完成させます。題名もできているんです。立ったついでに、いま言いたいんですけど、拘置所に僕の書いたノートが、あと三冊あります。それを情状証拠として提出したいんですが、いいですか。「ノート10」「ノート

11」「ノート12」です。

裁判長　この前に提出した、「ノート1」から「ノート9」の続きなんだね？

被告人　はい。

裁判長　弁護人のほうで、ノートの写しを作ってもらって出しなさい。

被告人　はい。

裁判長　もう一度聞くが、検察官に言ったことと、弁護人に言ったことの食い違いの事実について、いま言いたくないんですか。

被告人　言いたくありません。

一九七一年二月二十五日、東京地裁刑事五部で、第二十一回公判が開かれ、横浜地裁で出張尋問した、保護観察官と家裁調査官の調書を取り調べた。

東京保護観察所において、豊島区を担当する女性の保護観察官が、〝連続射殺魔〟が永山則夫とわかり、「自分が至らなかったために、こんなことになった。何とかして下さい」と、法務省保護局の先輩である稲川武史弁護士に依頼したことが、要旨の告知で明らかにされた。三人の私選弁護人の依頼者たる保護観察官は、弁護費用（出張経費や訴訟記録の謄写料金など）として、少なからぬ資金を負担している。

しかし、裁判長に「何か述べることがあるか」と問われて、被告人は「何もない」と答えた。

稲川弁護人は、第十八回公判で証拠調申請して、自分が証言台に立ち、「被告人との接見の状況」を述べたいとしていた。これを「不必要」と検察側が不同意し、裁判所は採否を留保していたが、この日の法廷で主任弁護人が、申請の撤回を申し出た。

月が明けると、永山則夫著『無知の涙』が、商業ルートで出版される。六九年七月二日に「筆記許可おりる」と、大学ノートの最初のページに記した獄中手記は、多くの詩作を含むもので、七一年一月発行の雑誌『辺境』に、その一部が掲載された。

永山則夫は、第十五回公判（七〇年八月二十六日）で、「自分は以前に、ドストエフスキーの『罪と罰』を読んだことがあり、自分も本を出したいと思っている」と発言している。獄中手記の「ノート1」から「ノート9」までを、第十八回公判（七〇年十二月二十三日）で、裁判所が証拠採用した。さらに第二十回公判（七一年二月十八日）で、「ノート10」から「ノート12」まで追加して、証拠採用することを認めた。

この経緯を踏まえ、「公判廷で証拠採用されたものを、先走って出版することは賛成できない」と、主任弁護人が延期するよう求めた。しかし、獄中の被告人は、無償で弁護活動を続ける私選弁護人を、「あんた」と呼び続けて心を開こうとせず、最終局面における被告人質問さえ拒んでいる。

一九七一年三月十日、永山則夫著『無知の涙』が、合同出版から刊行された。

ハードカバーで三百五十二ページ、定価六百二十円、初版一万部、印税は定価の一〇パーセント。六九年七月二日に始まる「ノート1　死のみ考えた者がいた」から、七〇年十月三十日に終わる「ノート10　〝自己〟への接近」まで、全十章の構成である。

出版に際して契約書を交わしており、その備考欄に著者が条件を記入した。

①タイトルは『無知の涙』で、サブタイトルを「金の卵たる中卒者諸君に捧ぐ」とする。

②誤字はなるべくそのままにして、抜けている字を埋めるのは、確実に誤謬と判別しているところに限定する。

③最終ページに、「学問の卒業時点とは、敵となるか否かにかかわらず、マルクス経済学理論を理解することにある」と記入する。

④編集者による私の文章への歪曲化の加筆と、主義主張の削除をしない。

⑤初版、再版、三版の総印税の八〇パーセントを函館事件の遺児に、残り二〇パーセントを著作権者に支払う。

⑥四版以降、著作権者の存命中の印税については、著作権者が指定する者に支払う。この者には、いわゆる「一〇八号事件」の遺族も含まれる。

⑦以上のことを守らなかったら、再版以降は合同出版から出さない。

一九七一年三月二十日、旧巣鴨プリズンの東京拘置所が廃監になり、葛飾区小菅《こすげ》一丁目の旧小菅刑務所が、東京拘置所と改称した。小菅刑務所は、六九年三月に栃木県那須郡黒羽町へ移転しており、その跡に新舎を増設したものである。三月二十日に巣鴨から小菅へ、約一千人の収容者が一斉に移動し、旧巣鴨プリズン跡地には、サンシャインシティ・プリンスホテルが建てられる。

永山則夫は、この日の移動について、昼食後と就寝前のノートに書いた。

《もう少しで満二年になる筈だった東拘大（スガモプリズン）から、小菅という場処へ移監した。早朝、めし食わずして池袋から小菅へ移送中、まず眼に入ったのは、警備が物々しいということであった。スガモプリズンをぐるりと廻って高速道路に入り（同じ方向へ一般の普通車は通っていなかった）、そして当然の如く出て、確か二つほど大きな河川の鉄橋を越すと間もなく、この小菅に到着したのであるが、着いて見て、そして獄門を経ると同時に胸の愕きも一段と増した——。なぜかというと、予想外奇想外の新築の獄舎が待っていたからであった。

先ず思いついたのは、スガモプリズンとの相違点で、舎房が一から何房まであるかは今のところ知りかねるが、ずらっと一列に出来上がっており、相対的になっていないことである。そして（以下二十二行、拘置所側の検閲で、黒く塗りつぶされている）。

普段より早目に寝床について……。まるで別な世界（娑婆ではない娑婆のような世界とでも言おうか）のような場処に来たような感じがないでもない。それは、久しく無理矢理にわが耳へ入ってくるラジオの騒音に原因するものがある。私の傾向性のある意志をもってしても、この騒音ともいうべきラジオから聴くという心的行為は、昔日の思い出を浮かばせ、自己自身の主観的自由意志を何かしら脆弱《ぜいじゃく》に或いはまた去勢させるものだ、と決定させせようとする強迫感を惹き起こし、どういう対処法を取るべきかも考慮されえない。「人間は何事にも慣れてゆく生き物である。それこそ人間の最上の定義である」（ドストエフスキー）。しかし、それで良いのだろうか？》

一九七一年五月十六日、東京地裁刑事五部に、新井尚賢鑑定人の「永山則夫精神鑑定書」が提出された。

【鑑定事項】

一九七一年一月十四日、東京地方裁判所の堀江一夫裁判長から、「被告人の本件犯行時ならびに現在の精神状態」の鑑定を命ぜられた。それがために、被告人を七一年二月三日から二月十日まで、財団法人愛誠病院に鑑定留置し、被告人の心身の状態を精査した。

三月三日と三月五日、専門分野の診断を受けさせるために、東邦大学附属病院外来（耳鼻科、泌尿器科）に来院せしめ、必要の検査を受けさせた。

青森県板柳町に被告人の実母を訪問して、弘前精神病院に入院中の長姉、母系の親族らと面接し、さらに栃木県の長兄、東京の同胞、就職先の雇主らと会い、客観的資料を集めた。

四月十四日と四月三十日、東京拘置所で被告人と面接して、鑑定に遺漏なきを期した。

鑑定人は、これらの資料と裁判記録を基として、本鑑定書を調整して提出する。

【所見の総括と診断】

家族歴でみると、精神医学的に問題となるのは精神分裂病の負因で、長姉と父系従姉の二名は、明らかに典型的な精神分裂病である。一方、母系のほうに、祖母の妹、その長男に精神薄弱がある。

また、父の賭博、飲酒耽溺《たんでき》、長兄と次兄の小さな前科、非行などは、環境的、機会的と考えられ、あまり素質的に問題ではない。

生活歴は、生後の発育はほぼ正常であったが、父の賭博道楽で借金が重なったため、貧困をきわめた。加えて家族の数が多く、その生活はまったく希望のない、絶望的な明け暮れであった。

五歳のとき網走に取り残された被告人が、のちに青森の母の下へ送られてからも、一家のどん底状態は続き、家族団欒《だんらん》は望むべくもなかった。小学生のころから怠学も目立ち、ますます孤独で暗い子どもとなり、些細なことに興奮する傾向がみられ、窃盗など非行が芽生えた。

学校の記録では、「母の無関心」というが、生活に精一杯の状態では、母としてもやむを得なかったように思われる。中学校に進んでも怠学は続き、母に反抗的な態度を示して、気にくわないことがあると血相を変えて飛び出す傾向があった。しかし、中学二年のころから、詩、俳句、描画、マラソンなどは好んでいた。

中学を卒業して、集団就職で上京してからは、職を転々としながら、漠然とした厭世観から自殺を企図している。沖仲仕の仕事をするようになって、かなりの肉体労働でありながらも、自分に適した仕事と思えたという。きびしい労働でありながら、対人関係の気安さがあり、顔の傷痕からヤクザといわれることもなく、身元を詮索しないばかりか、人情深い仲間が多かったようだ。

六八年一月、再度の密航を試みて発見されたときも、自殺を企図している。「すべてが嫌になり死にたかった」と言うが、とくに抑鬱状態にあったとは考えられない。

六八年八月、志願した自衛隊を不合格になったときは、ふたたび沖仲仕になって、かなり頽《たい》廃的《はいてき》な生活を送っていた。家族から見放された事実、保護観察からの逃避もあろうが、沖仲仕という生活環境の影響も少なくない。

六八年十月初め、偶然にピストルを盗んでからは、放浪の度に携行している。このとき被告人は、「何か起こりはしないか」と、不安とも期待ともつかぬ感情をもったことを認めている。しかし、ピストルを人目につかぬよう、種々の工作をおこなった行動には、分別力があるものと考えられる。

被告人は、「自分は劣等感の塊であった」と表現しているが、それは優越感と両立しており、たえず不安定な状態を形成しながら、時には前者に、時には後者に傾いて、行動を左右していたように思われる。

現在の精神状態は、狭義の精神病と思われる病的症状はなく、知能も正常であるが、性格上の偏りだけが問題であり、類型的には分裂病質ともいえる状態である。この性格の形成には、精神分裂病の遺伝的負因も関係があるが、幼少期における生活環境の影響が少なくない。

一方、身体的にはまったく正常である。一時は拘禁反応と考えられた状態から脱却して、今回の犯行に対する切々たる自省と、直面する深刻な苦悩とを求めるひたむきな読書と著述によって、周囲の声や情報の動きなどに支えられながら、昇華している状態であると考える。

【鑑定主文】

（一）被告人の本件犯行時の精神状態には、狭義の精神病を思わせる所見はないが、情意面の偏りはある程度認められる。

（二）現在の状態も同様である。

一九七一年五月二十日、第二十二回公判が開かれ、手続きだけで閉廷した。

弁護側が証人申請した次兄は、「生育環境と上京後の生活状態」を証言するはずだった。しかし、主任弁護人の説得にもかかわらず、次兄が出廷を拒み続けるので、この日の法廷で申請を撤回した。

この公判の四日後に、獄中で耳鳴りに悩まされている被告人は、主任弁護人に至急電報を打って面会を求め、五月二十四日付でノートに書いた。

《弁護士は言う。「耳鳴りが電波の音というと、誰かが命令しているということにでもなるのかな。そうなると、分裂病になるなッ」と……。耳鳴りと〝分裂病〟と、どのような関係があるのか、私は知らない。弁護士が言ったことを翻訳すると、次のようにでもなるのだろう。――誰かに命令されてあの事件をやったから、私には何の責任もなくなる、と。それに対して私は、「何を言ってんの」と相手にしないという風に笑ってやった（見縊《みくび》るな！ということだ）。

耳鳴りは依然として、持続して響いている。この獄中では、どうする処置もなされないということは、わが捕虜生活に新しい喝とするものを注入しなければ駄目だと決意させるだけだ。「戦いか然らずんば死。血みどろの闘争か然らずんば無。かくの如くに、問題は厳として課せられている＝ジョルジュ・サンド＝」（カール・マルクス『哲学の貧困』岩波文庫版）。

俺には如何なる苦患があろうと、この道しか歩むことは出来ないのだ！》

一九七一年五月二十七日、第二十三回公判が開かれ、精神鑑定をした新井尚賢医師への尋問がおこなわれた。

弁護人　被告人は「耳鳴りがする」と、さかんに訴えているのですが、鑑定書によれば、耳鼻咽喉科系統の諸検査においても、「身体的にはまったく正常」とあります。耳鳴りは一般に、どういうところから生じますか。

証人　身体的なものから、心理的、社会的、人間学的なものまでございます。被告人の場合は、いろんな検査成績から、身体的な耳鳴りではない。もっと心因的なものだろうということです。

弁護人　本人の言うところでは、非常に高い金属的な音だそうです。この耳鳴りの特徴は、神経的なものと判断なさったわけですか。

証人　神経というと身体的な原因になりますが、もうちょっと心因的なもので、神経症的と言ったほうがいいかと思われます。

弁護人　それから目まいですが、いま被告人に聞いたところ、腰掛けていて立ち上がったとき生じるという。この点は、どうお考えになりますか。

証人　耳鼻科のほうは専門医に診てもらいました。七〇年十一月ころから、耳鳴りや目まいが多くなったと、本人が訴えている。いわゆるメニエール症候群は、器質的なものよりも神経症的なものが多く、検査成績では摑むことができなかったけれども、昨年十一月の時点において、メニエールであったかもしれません。

弁護人　被告人の言動から、「妄想知覚」のようなものを感じるんですが？

証人　どういうところでしょうか。

弁護人　何か不安感に襲われるというのではなく、「共産革命によって世の中が変わるんだ」と、妄想気分のようなものです。被害妄想ではなく、自分自身が偉い人間に変わっていくという……。

証人　一つの確信があれば、そういう気分にエスカレートすることもありますが、妄想気分といわれるものとは、本質的には違います。いまの「確信」は、さらに「誇大化」された心境として、理解できると思います。

弁護人　被告人について、分裂病質が強いといわれる。病的な分裂病質の場合は、発病年齢の途中にある状態ですか。

証人　まだ被告人は発病危険年齢にありますから、そういう可能性があるということは言えます。

弁護人　その可能性は、遺伝的な負因だけから出た確率より、はるかに高いものがあるのでは？

証人　医学的には、そういう確率を出す数学はないし、検査する方法もありません。ただ、普通の人よりも発病する危険が多いということ。これは間違いないと思っております。

鑑定人に次いで、『無知の涙』の版元の野田祐次編集長が証言した。

【合同出版編集長（三十四歳）の証言】

七〇年十月末、初めて被告人と面会した。そのいきさつは、永山さんの支援者として面会している編集者の話を聞く機会があり、彼に思想上の手引きをした人などおらず、『罪と罰』などの文学書も犯行前に読んでいることを、そのとき私は初めて知った。つまり彼には素地があり、私たちを驚かせた獄中の自己変革は、新たなる永山則夫の旅立ちだったわけだ。そのことに感動して、獄中ノートの出版を申し入れ、十一月二十六日の面会で話がまとまり、出版契約書を交わした。

初版の刊行は七一年三月十日で、現在は六万部が小売りに出ている。どれぐらい売れるかはわからないが、印税は一万部当たり六十二万円だから、現時点で三百七十万円になる。今まで支払ったのは、第三版までの二万五千部分で、百五十五万円を函館の遺児に渡した。

六万部も売れるのは予想外だが、読者の反響として、四百通余りのハガキが来ている。統計は取っていないが、年齢は十三歳から七十歳近くまで、さまざまな職業の人たちが含まれる。今日ハガキを持参しているので、その一部を匿名で読み上げたい。

①六十歳の女性の保護司。

「二十年間、保護司を拝命している。読んでいくうちに、暖かい家庭があったらと考えた。獄中で努力して書いた文章は、中学卒業で放浪生活をした人のものと思えない。やった事件は憎むべきことだけど、だれか雀の涙ほどの愛情を、この少年にかけてやれなかったのか。小さいころの面影を見ると、何の悪も知らない子である。親は責任をもって見守らねばならぬと思い、涙が出ます」

②六十七歳のマーケット経営者。

「本当の民主主義について考えさせられた。いつの時代でも、本当の正しさを知らされていない大衆の無知を、反省したいと思う」

③二十一歳の女性事務員。

「涙ながらに読んだ。私の闘いの中に、いつまでも生き続ける著書と確信する。人を慈しみ、愛しむ心から、闘いは始まる。個人をバラバラに分断する権力への怒り。それが労働者の闘いの原点だ。彼のような素晴らしい同志を、権力から奪還しなければならない。『無知の涙』から、後方の泉を作れ」

④警察官舎に住む二十七歳の女性。

「これほど価値観を変えられた本はなかった。悪とは、善とは、真とは……。深い感動をもって読みおえた。永山は貧乏だったこと、無知であったことで、自分の犯罪の責任を転嫁しているわけではない。十分苦しんでいるはずだ。真に罰せられるべきは、誰なのか」

⑤女子高等学校の教師。

「青春前期を生きている女子高校生が、無知の涙を有知の涙に変える。授業をつぶして読んで、生徒と話し合いました。緊迫のうちの動揺が、女の子の教室に満ちました」

⑥二十五歳の会社員。

「私は一介のセールスマンで、ノルマの達成に尻を叩かれて、必死になっている日常である。永山則夫は、社会に対する、大衆に対する、他人に対する発言の機会がなく、ピストルを発射することによってしか、発言できなかった」

⑦十七歳の女子高校生。

「涙が止まりませんでした。この本を読む前は、四人も殺した狂った青年としか思わなかった。なぜ彼は、ここにいたってしまったのだろうか。文才もあるように思うし、詩を読んでも素直に見える。事件を起こしたのは、自己の責任もあるが、もっと大きなものが彼を狂わせた。私はこんな社会が憎い」

⑧十九歳の朝鮮人の青年。

「獄中生活は経験がないが、読書することで自己変革がなされるのは当然だと思う。僕の兄たちも獄中生活を経験しているが、永山君のように自己主張できず、気が小さくなった。永山君は幼いころから、教育を受けるより、生活優先で働かざるを得なかった。今後の永山君の公判審理に、一人でも多くの人が参加することを望む」

⑨二十二歳の工員。

「永山君、僕は君の著書で、学問の大切さを知りました。中卒の無知な男より」

⑩十七歳の見習い看護婦。

「私も金の卵といわれている中学卒業者の一人だ。彼の行動や思想は理解できないとしても、無知の涙の真の意味について、この本をきっかけに、自分の生活のなかで考えていこうと思う」

⑪三十六歳の高校教師。

「無知なるが故に打ちひしがれた民衆による、陽の当たる社会への挑戦状である。歪んだ社会からは、第二の永山が育ちつつある。『無知の涙』は、憤然と湧出した」

⑫年齢を書いてない女性。

「私の友人の親類は、永山則夫に殺された。そのとき彼を憎いと思った。しかし、この本を読んだ私は、彼の死に優しい涙を流すだろう。私は被害者と同じ苦しみを、彼に強要できない。やくざな娘、ただ涙するだけ」

以上であって、ほかに多くの学生、予備校生、大学生などが、闘いの決意を表明しているけれども、その種のものは読み上げなかった。

弁護人　被告人が、非常に出版を急いでいる印象を受けませんでしたか。

証人　受けました。私自身が理解したのは、第一は自分が刑死する存在であること、第二は遺児に早く印税を渡したいこと、第三は自分の考えを読者に一つ一つ確かめたかったこと。以上だと思います。

検察官　函館の遺児のところへ、証人が現金を持参されたようで、領収書の日付は七一年五月十八日になっている。この日に証人が行かれたのですか。

証人　はい。社長と私が二人で参りました。

検察官　この遺児はどこに住んでいますか。
証人　領収書に記載されていると思いますが、函館市宝来町です。
検察官　遺児の母親に渡されたのですか。
証人　はい。
裁判長　佐川圭司名義の領収書は、本人が書いたものではありませんね。誰が書いたのですか。
証人　母親です。
裁判長　あなたが会ったとき、母親の態度や言葉で印象的なことがあったら、証言して下さい。
証人　印税を受け取っていただけるかどうか、私たちは非常に危惧をもっており、予告して行くと留守にされるかと思い、いきなり訪ねました。それでお母さんに、永山さんから託されたことを説明すると、「圭司が大きくなって、父親を殺した人からカネをもらったと知ったとき、どうしたらいいか」と心配なさいました。新聞記者たちが、「カネを何に使いますか」と聞くと、「美容師として独り立ちするとき、美容院を開く資金の一部にしたい」と答えていました。
裁判長　そうすると最終的に、快く受け取ってくれたわけですか。

証人　快く受け取っていただきました。

編集長の証言のあと、被告人が裁判長の許可を得て発言した。

被告人　弁護人に拘置所で会ったとき、「被告人質問をやらしてくれ」と言われ、「よしてくれ」と僕が断った。だいぶ前に言ったことだが、紋切り型に処理されるのはシャクに触る。

僕の獄中ノートは、すでに裁判所に提出している。うまく言えないけれども、本になったことで読者が何か感じてくれたら、目的を達したと考える。要は僕の考えを、労働者階級の人がどう受け取ってくれるかだ。書いた目的は、カネではない。だけど、こういう社会体制であるから、カネは必ず入る。僕は地獄へ持っていけないから、「遺族にやってくれ」ということになった。そのことはわかってほしい。

大事なのは、俺の思想である。まだ幼稚だけども、底に流れるものは、プチブル精神ではわからない何かがある。それをあんたらに、わかってほしいんだ。この法廷で、叫んでもわめいても、何にもならないことはわかっているけれども、ここにこういう奴がいたということを、覚えておいてほしい。それだけです。

一九七一年六月十七日、第二十四回公判が開かれ、検察官が論告・求刑をおこなった。ふつう刑事裁判では、証拠調べの総仕上げとして、被告人質問がなされる。その被告人質問を抜きにして、検察側の「論告」と、弁護側の「最終弁論」で結審するケースは、きわめて稀である。

＊

論告要旨

まず公訴各事件について、証拠を検討する。

【横須賀事件】

本件の盗難被害者たるジョゼフ夫人は、「六八年十二月十五日にフィリピンから帰宅して、ピストルなどを盗まれていたことに気づき、被害品は示されたものとよく似ている」と述べた。被告人は、捜査および公判段階を通じて犯行を自白し、ピストルと銃弾の残りは逮捕されたとき所持していた。同時に盗んだコインはアパートの居室から押収され、ハンカチは東京プリンスホテル事件で遺留し、ジャックナイフも京都事件で使用されたことは明らかだ。以上を総合すれば、被告人によって敢行されたことに、疑いをさしはさむ余地はない。

【東京プリンスホテル事件】

ピストルを窃取したあと、三笠記念艦近くの海岸で試射したことを、「海に向けて撃つと六発とも音をたてて発射し、さらに三発か四発を入れて撃ち、本物のピストルとわかりました」と、被告人は供述した。池袋の映画館の便所で実包を五発装填したのは、「暴発するといけないので、一発目の弾倉を空にしておく必要がありました」と、発射機能をもつピストルが人を殺害するに足る威力を有することを知っている。殺害する威力があると考えていなかったとの弁護人の主張は、とうてい首肯できない。ガードマンの村田を狙撃する状況は、「捕まっては大変と思ったから、ピストルを持った右手に左手を添え、私の一、二メートル前に立っているガードマンの顔の辺りをめがけて撃った」と検察官に供述している。顔面を狙撃する時点で殺意があったことは明白で、至近距離から撃ったことからも、殺意は明白であった。

【京都事件】

弁護人は殺意がなかったと主張するが、被告人は捜査、公判段階を通じ、一貫して殺意を認めている。供述は理路整然としており、一・五メートルしか離れていない場所から、夜警員の鶴見の胸部や顔面を狙って発射したことを考えれば、東京プリンスホテル事件と同様に、殺意を有していたことは明白である。

【函館事件】

弁護人は、被告人がおこなったとするには若干の疑問があると主張するが、その理由を明らかにしていない。しかし、被告人は捜査、公判を通じて全面的に自白した。第十五回公判において、「この事件後、本を出したいと思っている。函館の人には子どもがいる」と供述し、被害者の佐川哲郎の遺児に、本年五月十八日、現金百三十九万五千円を贈っている。これらを総合すれば、被告人の犯行であることは明白である。

【名古屋事件】

被告人および弁護人は、財物を強取する意思が生じたのは、狙撃した後であると主張している。しかし、被告人の供述に、「運転手に『あんたは東京の人でしょう。今晩どうするつもり?』と聞かれました。東京の人間と知られた以上は、このままにしておけば、東京―京都―函館の事件に足がつき、警察に捕まるかもしれません。所持金は約二千円なので、運転手をピストルで撃って殺し、カネを奪って逃げようと、とっさに決意したのです」とある。

【原宿事件】

弁護人は殺意がなかったと主張するが、被告人は捜査、公判段階を通じて終始殺意の点を含めて、本件事実を認めている。

次いで、情状関係を検討する。

本件は凶悪な犯罪で、四名の尊い人命を奪った重大な事案である。一連の犯行は、ピストル、銃弾などを窃取したことに始まり、逮捕されるまで約六ヵ月にわたった。その罪質、使った凶器、犯行の回数、手段、方法、失われた人命数、社会に与えた影響などからも、わが国の犯罪史上まれに見る重大・凶悪な犯罪といわなければならない。しかも被害者四名は、職務に忠実なガードマン、タクシー運転手という善良な市民で、責められるべき何の落ち度もないのに、あえて犠牲者にした。人命が尊貴にして侵すことのできない権利であることは、多言を要しないところであるが、自己保身のためには他人の命まで虫けらのように扱う、被告人の自己中心的、爆発的性行こそ重視しなければならない。

犯行の手段はきわめて残虐で、その動機などに憫諒《びんりょう》すべき事情が見当たらない。名古屋事件では、客席の真ん中辺りに坐った姿勢でピストルを持った右手を伸ばしたので、銃口と運転手の頭は、わずかしか離れていなかった。頭を狙って一発撃ったとき、被告人のほうを振り向いたようで、続けて頭を撃とうとすると、「待って、待って」と、被害者の佐藤秀明は叫んだ。その動機をみると、もっぱら自己保身のために、他人の尊い人命を容赦もなく奪ったもので、社会に挑戦した大胆不敵な犯行であり、被告人に反省の態度がまったく見られず、性格矯正の余地がない。

これらの各犯行は、新聞、ラジオ、テレビなどで全国的に報道され、国民が等しく不安と恐怖にかられ、一刻も早く犯人が検挙されることを望んでいた。この国民の願望を無視して、六八年十月十九日に次兄に事件を打ち明けたとき、強く自首を勧められたのに、これを拒否して犯行を重ねたのであり、社会に対する大胆不敵な犯行といわねばならない。

ところで、被告人の生い立ち、経歴、犯歴、性格などをみると、恵まれない生活環境にあった。人格形成上もっとも大切な時期の幼少期に、家庭の経済的貧困、冷たさのなかで育ったことは、検察官としても同情を禁じ得ない。

しかし、右のような被告人の性格が、すべて家庭の貧困と冷たさによって形成されたとは言いがたく、同じ条件のもとで養育された被告人の同胞は、善良な市民として社会に適応している。被告人の性格は、上京後の怠惰、不真面目、無反省な生活態度が積み重ねられて形成されたとみるべきで、犯行に大きな影響力を与えていたと考えられる。

このような性格は、矯正可能であろうか。被告人は捜査段階においては、「すまなかった」「申し訳ないことをした」と言っている。しかし、当公判廷においては、弁護人の質問に「うるさい！　何が真実だ。バカ者！」と捨て鉢的な言辞を弄し、裁判長に対しては、「何もかも憎い！　憎いからやったんだ！」「自分は今でも、事件を起こしたことを、まったく後悔していない」と述べた。

学生・加藤則之は、七〇年七月に面会したとき、「永山は『オレ、やってよかった』とも言った。『やってよかった』とは、無知と貧困で事件を起こして捕まり、本を読んで新しい考え方を知った。だから『やってよかった』のだろうと、彼の手紙からも理解している」と証言しており、被告人の手記にも符合する記載がある。

被告人は、各犯行は資本主義社会のひずみ、すなわち貧困が原因となって生じた事件で、国家の社会機構にこそ問題があるかのように主張し、自己が本件の各犯行を敢行したことについては、何の反省も悔悟もみられない。熱意をもって綴った手記のなかからは、死に対する被告人の極限的な考察と、本件の犯罪を犯したことの悔しさは認められる。しかし、自分の犯行に対する贖罪や悔悟の情は、感得し得ない。もっとも、手記の冒頭には、「殺しのことは……なるべくそれに触れたくない」とあるけれども。

被告人の性格は、もはや矯正不可能なまでに、心に根深く固定しているものと認めざるを得ない。被告人の犠牲となって、尊い人命を失った各被害者は、前途有為な青年であり、あるいは一家の支柱として生計を維持する夫であり父であった。これらの肉親を、一瞬のうちに奪われた遺族たちは、驚き悲しみ、言い尽くせない憤りと憎しみを抱き、被告人の極刑を望んでいるのである。

先ごろ獄中の手記を出版し、印税から百五十五万円（税込み）を函館事件の遺児に贈り、今後も印税収入があるなら、各被害者の遺族に贈りたいとの意向を持っているようだが、その真意は、必ずしも犯行を反省し悔悟しているためではないことを、裁判所においてもご留意ありたい。遺族の方々が、愛する夫を、子を、親を奪われ、生涯消すことのできない不幸を背負わされていること。また尊い四人の人命が奪われたということこそ、重大な事柄である。

以上、事実および情状について詳述したが、本件犯罪の重大性、凶悪性、犯行の手段、方法の残虐性、被告人の性格、社会に与えた反響、遺族の被害感情などを総合するならば、十九歳の少年時の犯行であるとしても、情状酌量の余地はまったく存しない。

被告人に対しては、相当法条を適用のうえ、

死　刑

に処すべきである。

この論告要旨で検察官が、「社会に挑戦した大胆不敵な犯行であり、被告人に反省の態度がまったく見られず、性格矯正の余地がない」と読み上げたとき、被告人が立ち上がって裁判長に言った。

「便所へ行きたい」

やむなく裁判長は、五分間の休憩を宣して、再開後に検察官が「死刑」を求刑したとき、被告人は顎髭を撫でるだけで、動揺の色を見せなかった。

そこで裁判長が告げた。

「次回期日は、六月二十四日午後一時十五分として、弁護人のご意見を伺います」

この指定告知により、第二十五回公判で弁護人が最終弁論をおこなって結審し、第二十六回公判（七月二十九日）で判決が宣告される。

一九七一年六月十九日、永山則夫は、私選の弁護人三人を、突如として解任した。

弁護団としては、六月二十四日の最終弁論で、「犯行当時に被告人の精神状態は、心神耗弱であったとみられ、刑事責任能力はいちじるしく減退していた」と、検察官の死刑求刑に対抗する方針だった。さっそく弁護人の一人が、葛飾区小菅の東京拘置所へ面会に行くと、永山則夫は解任の理由を事も無げに告げた。

「あんたたちが、オレの思想を弁護するには、限界があるようだ」

獄中結婚

一九八〇年十月二十五日、アメリカ合衆国のネブラスカ州オマハから、二十五歳の女性が、ロサンゼルス経由で成田空港に到着した。

彼女はアメリカに永住権を持つ日本人で、一九五五年八月十五日に沖縄本島で生まれた。小学六年生まで日本の教科書で教育を受け、その後は、基地内のアメリカンスクールに通った。実父はフィリピン人だが、早い時期に本国へ帰ったから、母子家庭で育つうちに、母親がアメリカ連邦政府の役人と結婚した。そして十九歳のとき、転勤する養父と一緒にネブラスカ州オマハへ異動し、日系人が経営する会社のOLになった。

七八年十月、勤め先の上司との関係で、疲労困憊《こんぱい》させられた彼女は、静養のために沖縄の祖母の元へ帰った。このときロサンゼルス発の機内で、隣合った若い日本人が、角川文庫の永山則夫著『無知の涙』を読んでいた。久しぶりに日本の本に出合い、思わず彼女は尋ねた。

「どういう本ですか」

「ピストルで四人も殺して、死刑になる十九歳の少年が、拘置所のなかで書いた本だけど、なかなかきれいな詩を書くんです」

二十一、二歳の青年はフリーカメラマンで、中卒で苦労を重ねながら、アメリカ取材のチャンスに恵まれるところまで漕ぎつけた。そういえば『無知の涙』のサブタイトルに、「金の卵たる中卒者諸君に捧ぐ」とある。

「オレは永山則夫の気持ちがよくわかる。わずかな売上金が目的で、タクシー運転手を殺したりしたのは、もちろん悪いことだけどさ」

そう言って青年は、本を貸してくれた。『無知の涙』の著者の名前を、彼女はまったく知らなかったが、アメリカでは十六、七歳の少年が、ピストルでタクシー運転手を殺して、売上金を奪う事件は珍しくない。

「この本を書いた人は、もう死刑を執行されたの?」

「具体的なことは知らないけど、事件を起こしたのは、ちょうど十年前だからなぁ」

彼女はこのとき、三十分ほど『無知の涙』を読んだ。最初に出てくる詩は、「死後に」である。

死のみ考えた者がいた
その者は若かった　青かった
自殺ではなくして　死があった
成人になる前に　死を選んだ
なれど死ねなかった
そして成人に成って間もない
今それを実行したら……
栄光があると信じている

その死は　自殺である

一九七八年八月十二日、彼女は生きることに疲れて多量の睡眠薬を飲み、自殺未遂ということで病院へ運ばれた。そのような経緯で会社をやめて、静養のために帰郷したのである。

沖縄本島の祖母の家で過ごし、何軒もの書店を回って、『無知の涙』を買い求めた。この沖縄滞在中に、合わせて五冊の本を買い、二ヵ月後にアメリカへ戻った。そのとき他の四冊は残して、『無知の涙』だけをハンドバッグに入れ、帰国後も手元に置いた。

ネブラスカ州オマハでOL生活に戻り、清涼飲料の会社に勤めたりしたが、何事にも無気力で、勤めは長続きしなかった。そんなときオマハ大学で、心理学の教授が禅センターを開いたから、学生に混じって彼女も座禅を始めた。月に一回オマハの禅センターへ、ミネソタ州ミネアポリスの禅センターから、日本人の老師が通う。この老師と知り合って、少し落ち着きを取り戻した。

沖縄の書店で買った『無知の涙』は、アメリカへ帰ってからも四、五回読んでいる。この本には「娑婆」「髑髏」「仇情」などと、むずかしい漢字が多いので、日本語の辞書が手放せない。それでもクリスチャンスクールで手にした『聖書』よりも、『無知の涙』からは本当の声が聞こえるような気がした。

八〇年四月初め、彼女は『無知の涙』の著者に、初めて手紙を書いた。それまで何度も書こうとしたが、自分自身に生きる気力がなかったし、死刑囚を励ます言葉もなく、そのままにしておいた。しかし、ようやく書く気力が湧き、本の奥付をみて、角川書店気付で投函した。

それから毎日、郵便受けを覗いては、返事が来るのを待った。そして六月半ば、差出人が「ノリオ・ナガヤマ」の手紙が届いた。

《人には、それぞれの歴史があります。その個人史が、どんなに苦しい、険しい、愛せない、いろいろな意味で嫌なものであっても、生きていく上では、大切なものです。どんなに惨めになっても、絶望しない心を作りたいですね。あなたは、こんな気持ちが分かりますか。私には分かります。そしていろいろな意味で、その絶望があるから、生きていく希望が湧き出てくる。いま私は、そう思うようになってきています》

八〇年六月九日付の最初の手紙を読み、彼女は「死刑囚である人間に自分が救われた」と感じた。さっそく返信を書き、急テンポの往復書簡になった。

アメリカ合衆国の中央部にあるネブラスカ州は、六月から九月にかけて、よく竜巻が発生する。そのときオマハの町には、竜巻の到来を知らせるサイレンが鳴り響き、住民は一斉に地下室に避難する。彼女はサイレンが鳴ると、竜巻に攫われないように「ノリオ・ナガヤマ」の手紙を持って、地下室へもぐった。

この時期に彼女は、インディアン村へ通って、子どもたちと交流していた。髪の色が黒く、肌の色もインディアンに近い彼女に、子どもたちも親近感を抱いたらしい。そんなことも手紙に書いて、インディアンの子どもたちに囲まれた写真を同封した。

ある雨の日の午後九時ころ玄関のチャイムが鳴ったので、彼女がドアを開けたところ、ずぶ濡れになった郵便配達員が、「ノリオ・ナガヤマ」からの速達を手渡した。いつもより大きな封筒で、ずっしりと手応えがある。急いで開けてみると、絵ハガキが十八枚入っていた。

《ここに写っているのは、みんな長崎の海です。長崎へ行ったことがないので、うまく説明できないけど、僕は海が好きなんです。ネブラスカ州には海がないから、これを見て子どもたちが、少しでも喜んでくれるといいね》

まったく予想もしていないことで、絵ハガキの海を見ながら、彼女は涙が止まらなくなった。居合わせた両親がいぶかるので、彼女は経緯を説明して、「私の心に海の美しさが滲みる」と訴えた。

このころ彼女は、『無知の涙』の著者が、オランダの刑事学者ウィリアム・ボンガーの本を探していることを知り、ニューヨークやシカゴに電話で問い合わせていた。その様子をみた養父が、「どうしてナナは、そういうことをするんだ?」と聞くので、「死刑囚だって人間なのだから、私がしたって構わないでしょう」と答えた。すると養父は、それ以上はなにも言わなかった。

一九七九年七月十日、獄中にいる「ノリオ・ナガヤマ」は、東京地裁で死刑判決を受けている。七八年十月、彼女が日本へ向かう機内で『無知の涙』を借りて読んだとき、まだ一審判決は出ていなかった。若いカメラマンが、「ピストルで四人も殺して、死刑になる十九歳の少年が、拘置所のなかで書いた本」と語ったのは、正確ではなかった。しかし、『無知の涙』を読めば、著者が死刑を覚悟していることがわかる。

彼は手紙に、「自分は命を捨てても、自分の思想を残さねばならない」と、何度も書いてきた。それを読んだ彼女は、「獄中の彼に、生きることを教えられたのに、彼自身は生きようとしていない」と感じた。

八〇年七月三十一日までに控訴趣意書を提出して、東京高裁の審理は、八〇年十二月から始まるという。獄中からきた手紙に、「一審の裁判のとき、〝弁護人抜き〟の適用第一号になるところだった」と書いてあった。よく事情はわからないが、「弁護人抜きの裁判になれば大変だ、日本だけの問題ではない」と、彼女は衝撃を受けた。そこで署名用紙を作り、ショッピングセンターなどで、「同じ人間なのだから、国籍も肌の色も抜きにして、皆で考えて下さい」と訴え、百人近くの署名を集めた。

この署名集めは、「彼の裁判に少しでも役立てば」と考えたからだが、さらに彼女の思いは加速して、「私が生きていくうえで、どうしてもあなたが必要だから、日本へ行って結婚したい」と手紙に書いた。すると彼から、「ナナはまだ若いし、きっと後悔する。自分で後悔すると分かる道を歩んではいけない。オレはオレの道を行くから、ナナはナナの道を行きなさい」と返事がきた。

八〇年十月半ば、「オレはオレの道を行く」という手紙を受け取ったとき、「このまま彼を死なせるわけにはいかない」と、彼女は焦燥にかられた。かねてより両親は、「老後の面倒はナナがみてくれる」と期待している。日本へ行って婚姻届を出せば、アメリカの永住権は消失して、親孝行ができない。しかし、「私には彼が必要なのに、彼自身は生きようとしていない。もう時間がない」と思い、ネブラスカ州の空港を飛び立った。

一九八〇年十月二十五日、彼女が成田空港に到着したとき、支援グループ「〝連続射殺魔〟永山則夫の反省—共立運動」のメンバーが出迎えた。

この支援グループは、七五年五月、「〝連続射殺魔〟永山則夫の裁判の現状を知りカネを集める会」として発足して、赤い表紙のパンフレットを発行しており、七七年五月から、現在の名称に変更した。通称〝赤パンフ〟のバックナンバーが、ネブラスカ州の彼女にも送られて、七九年一月発行の第五号には、永山則夫のアピール文が掲載されている。

＊

〝広域重要指定一〇八号連続射殺魔事件〟の犯人、永山則夫を御存じですか？　階級意識を今の超階級的教育のために与えられなかったことから（しかもわたしは、小学校三百五十日余、中学校五百日余を長期欠席したいわゆる〝形式中卒者〟でしたが）、尊い労働者人民四人の生命を奪った事件の犯人です。

わたしは、つらい後悔の中から「無知の涙」を流しました。しかし、その後悔の中で、泣いてばかりいても、少しも解決の方向へ向かわないことに気付きました。

そして現在、心ある仲間たちと共に、下層「犯罪」考・死刑囚たちと市民の反省―共立を訴え、両者が共に生きていける道を求めています。それには、「犯罪」の〈原因―動機―結果〉を、「犯罪」者個人の性格の中にだけ求めるのではなく、現在の市民と「犯罪」者の間の〈関係―責任―義務〉を明らかにし、〈無関心―関心―高次の無関心〉をくり返している市民社会の人間による、ルンペンプロレタリアートに対する偏見と差別を正さねばなりません。このために市民は、ルン・プロの間に生じている過去・現在・未来の矛盾を見なければならず、両者の〈生きざまさらし〉が、必要不可欠なのです。

市民の皆さん！　そして仲間たち！　あなたがたは幼児期から現在にいたるまでの生活の中で、その周りに「犯罪」の発生を見たり、「犯罪」者と出会いませんでしたか？　古来から「犯罪」は、市民社会に生活するすべての人々に〈関係―責任―義務〉の観念をよびさましてきました。これは最大限に人間が幸福になろうとする欲求から、市民にばかり利己的な基準を合わせたものです。しかし、今までの「犯罪」における〈関係―責任―義務〉は、両者の相互〈関係〉を見ずに、「犯罪」者のみにその〈責任〉を背負わせることで、「犯罪」者を人に非ずとして弾圧し、人間無視の起原をつくってきました。こんなルン・プロと市民が生存闘争をせざるをえないやり方では、世の中は少しも良くならないばかりでなく、つぎつぎに起こる多くの「凶悪」な事件と呼ばれている「犯罪」が、さらに激化した形態で惹起することにもなりましょう。

すべての人間が、等しく共に生きられる大道を求める皆さん！　とくに「全人類を解放する」と唱える「マルクス主義者」のみなさん！　市民とルン・プロが共に生きられない生存闘争で、全人類が解放されるでありましょうか？　もう一度、わたしたちと一緒に考えてみてください。

わたしたちは、そのような生存闘争では全人類が解放できないと断言します。市民とルン・プロがお互いに生きられる道は、両者が自己自身の〈生きざま〉の中から、共に〈関係―責任―義務〉の意識を高め、それぞれが誤りを認め合った上で、「犯罪」の真の〈原因―動機―結果〉を究明し、市民とルン・プロが反省―共立することにあると考えております。

この〝赤パンフ〟の発行所へ、彼女は出発前にネブラスカ州オマハから国際電話を入れ、「私が日本へ来ることを、事前に彼に知らせないでほしい」と頼んだ。いきなり面会することで、死刑囚を驚かせたかったからだ。

成田空港に出迎えた支援者は、学園闘争や反戦運動を経験しているが、現在は日雇労働者ということで、永山則夫のいう〝ルン・プロ〟である。そのメンバーの案内で、東京都葛飾区小菅の東京拘置所へ、成田から直行した。

二十五歳の大城奈々子は、「ノリオ・ナガヤマ」から、二十八通の手紙を受け取っている。しかし、彼の写真は一枚も同封されていない。自分の写真は何枚も送ったのに、彼の姿形や容貌について、何もわからないままだった。

三十一歳の永山則夫は、面会室では終始ニコニコと笑顔で、とても上機嫌だった。

「ナナが日本で電車の乗り方とか覚え、生活プランを立てられるまで、少なくとも二ヵ月はかかる。日本の生活に慣れるためには、まず大衆浴場へ行き、いろんな人たちと裸の付き合いをするといい。それが何よりも大切なことで、ナナの気持ちが変わらないようなら、そのとき僕と結婚しよう。どう考えてみても、死刑判決を受けた人間を抱えて生きることは、よほどの勇気が要る。だから二ヵ月ほど様子をみるんだよ」

彼の話を聞きながら、彼女はあまり顔を見ていない。なによりも彼の右手の印象が強く、「この右手でピストルを握って、人に向けて引金を引いた。それでも私は、この右手に引かれて、一緒に生きていくんだ」と凝視した。

こうして最初の面会を終えたが、裁判の経緯や現在の問題点を理解するまで、しばらく時間がかかった。

一九六九年八月八日、東京地裁刑事五部（堀江一夫裁判長）で、強盗殺人、殺人等の第一回

公判が開かれてから、裁判は検察ペースで進んだ。

七一年六月十七日、第二十四回公判で検察官が論告をおこない、永山則夫に死刑を求刑した。その後のスケジュールは、第二十五回公判（六月二十四日）で弁護人の最終弁論、第二十六回公判（七月二十九日）で判決宣告と指定されていた。

堀江一夫裁判長は、七一年五月一日付の辞令で、静岡地裁へ異動している。しかし、引き続き東京地裁に兼務するかたちで、永山則夫の公判審理を訴訟指揮してきた。このスケジュール通りに判決して、東京地裁兼務を解かれる予定だった。

七一年六月十九日、突如として永山則夫は、私選弁護人（第一次弁護団）を解任した。新たな弁護人が付くにしても、重大事件だから調書類は膨大な量で、一件記録を読むだけで最低三ヵ月はかかり、公判スケジュールは大幅な変更を余儀なくされた。

静岡地裁の総括判事（裁判長）に赴任した堀江一夫判事が、いまさら東京地裁へ戻ることはできず、裁判長の交代は必至となる。

刑事訴訟法三一五条の「裁判官更迭による公判手続の更新」により、裁判所の構成が変わったときは、口頭弁論主義、直接審理主義の原則を尊重して、これまでの公判審理は一応なかったものとして、初めからやりなおすことになる。裁判官の心証形成に、直接必要な訴訟行為だからだ。

とはいえ実際は、この更新手続きが、裁判長の一言で省略される。

「裁判所の構成が変わりましたので、更新の手続きをしたいと思いますが、検察官、弁護人、従来通りでよろしいでしょうか」

これに対して、検察側も弁護側も「結構です」と答え、審理を先へ進めるのが慣例になっている。正式に更新手続きをおこなうのは、裁判官にとって時間のムダと考えられており、これまでの公判審理に直接立ち会わなくても、証拠として採用された書証や公判調書を読むことができる。

しかし、これでは公開の原則に反して、型通りの〝調書裁判〟になってしまう。

七一年五月二十四日、第一次弁護団の主任弁護人と面会した永山則夫は、マルクスの『哲学の貧困』から、「戦いか然らずんば死。血みどろの闘争か然らずんば無。かくの如くに、問題は厳として課せられている」を引き、「俺には如何なる苦患があろうと、この道しか歩むことは出来ないのだ!」と、ノートに書き記している。

七一年六月十九日、第一次弁護団を解任したのは、タイミングを図ってのことである。永山則夫は、面会に訪れる文筆家や編集者など支援者から、検察ペースに乗せられた第一次弁護団を解任することで、被告・弁護側ペースに逆転することが可能と教えられた。

こうして永山則夫の延命を図り、その主張を十分に法廷で述べさせる目的で、支援者による「公判対策会」が発足した。

七一年六月二十二日、私選弁護人が一人付き、六月二十四日の第二十五回公判は流れ、判決宣告が予定されていた七月二十九日の第二十六回公判で、堀江一夫裁判長の転出が決定した。

七一年十二月一日、第二十七回公判が開かれ、私選の第二次弁護団（五人）が出頭し、新任の海老原震一裁判長の訴訟指揮により、検察官が起訴状を朗読した。これは弁護団が、更新手続きの厳密な執行を求めたからである。

七二年一月二十日、第二十八回公判で被告人が意見を述べ、「貧困が無知を生み、無知が犯罪へ走らせる。その原因を究明するために、法廷にマルクス主義的な経済学者を！」と主張した。

七二年七月二十五日、海老原裁判長は、特別弁護人として、マルクス経済学者二人（法政大の馬渡尚憲助教授と東大の杉浦克己講師）を付けることを認めた。

七二年十一月十六日の第三十三回公判から、特別弁護人を中心に弁護団が「冒頭陳述」の朗読を始めた。これは原稿用紙にして二千枚を超えるもので、①永山事件の原因、②犯罪事実、③犯行後の自己変革、④永山則夫と現代青少年犯罪（死刑廃止論を含む）の四部構成で、一年がかりで朗読することになる。


一九七三年五月四日、弁護側の冒頭陳述が続いている第三十九回公判で、永山則夫が突如として、これまで知られていなかった犯行を告白した。

「六八年十一月十七日ころ、深夜に静岡市内の会社事務所や高校事務所に侵入して、現金や預金通帳を盗み、会社事務所に放火した。その翌日午前九時ころ、静岡駅前の三菱銀行支店で、盗んだ通帳で預金を引き出そうとしたら、行員に怪しまれたので三階のトイレに行った。そのとき警官が駆けつけたので、ピストルを発射（不発）して逃げた。この事件について、私に対する起訴を求める」

永山則夫は「静岡事件」を、重大な〝権力犯罪〟として、次のように組み立てる。

＊

一九六八年十一月十三日、科学警察研究所が、「函館事件」の弾丸は、東京、京都、名古屋の事件と同一銃身から発射したものと鑑定した。四件の連続射殺が出揃い、捜査が身辺に及んできて、横浜に二人連れの私服刑事や、制服警官のパトロールが多くなった。

六八年十一月十七日ころ、自分が横浜から静岡へ行ったのは、その年二月に起きた「金嬉老事件」を思い出して、懐かしかったからである。静岡県清水市内のキャバレーで、借金話のもつれからライフルで二人を射殺した在日韓国人の金嬉老（三十九歳）は、ダイナマイトを持って寸又峡温泉へ行き、旅館の家族や客を人質に取って立てこもり、警官隊と銃撃戦を演じて逮捕された。あのときの金嬉老のように、ピストルで警官隊と派手な銃撃戦をして、撃たれて死にたいと考えた。

静岡に着いたときの服装は、白っぽいコートに背広姿で、メガネをかけていた。お城と繁華街を見物して、午後から映画館に入り、洋画の「戦場にかける橋」を観た。このときベレー帽をかぶった男が、自分の回りをウロウロしていたので、「私服刑事が尾行しているな」と思い、コートのポケットの中でピストルを握りしめた。しかし、ベレー帽の男は逮捕にこないので、物足りなく思った。

その映画館を出て、繁華街の食堂でソバを食べて東映の映画館に入り、「マル秘……」という映画などをオールナイトで観て、午前三時ころ目が覚めて出た。外を歩いていると、尾行されている気配があった。「来るなら来い」と思って、カギのかかっていない事務所の窓から侵入して物色すると、現金一万円が見つかった。外へ出てガソリンスタンドにあった自転車に乗って走り、学校らしい建物に侵入して「大塩秀雄名義の明治学院大の学生証」を盗んだ。さらに学校のピンク色公衆電話機を投げつけると、ものすごい音がして、十円玉が沢山こぼれ落ちた。

近くに「グリコ」のマークが付いた事務所があり、窓から侵入して物色すると、残高五万五千円の預金通帳と印鑑が見つかった。このとき人の気配がして、見張られているように感じたが、表へ出ると誰もいなかった。たぶん隠れたのだろうと思い、預金通帳を盗んだ事務所へ引き返し、カーテンに火を点けて逃げ出した。それから公園のベンチで寝て、朝になって散髪屋に入り、七・三分けにしてもらった。

午前九時に銀行が開店したので、払戻伝票に三万五千円と記入し、窓口に通帳と一緒に出した。このときの伝票に、指紋がベタベタ付いたはずである。やがて女子行員に呼ばれ、カウンターの内側に入れられ、責任者のような男に「通帳の名義人との関係は？」と尋ねられ、「弟です」と答えた。すると責任者が照会の電話をかけたので、ここで銃撃戦になると客や行員が巻き添えになると思い、「トイレへ行きたい」と言った。「待てませんか」と聞かれて、「待てない」と答えると、わざわざ三階のトイレに連れて行かれた。しかし、案内した責任者が電話のダイヤルを回している気配なので、トイレから飛び出して階段を駆け降り、振り向いてピストルの引金を引いたが、発射しなかった。このとき階段の上方に、私服警官が二人いた。

銀行の外へ逃げると、近くの派出所は無人だった。メガネを外してコートのポケットに入れ、駅へ向かう途中で正面から近づいたパトカーが、不自然な右折をして走り去った。銀行の階段にいた警官も追ってこないし、「やはり泳がされている」と思い、横浜までの普通急行のキップを買って列車に乗った――。

六八年十二月十日、東京都府中市で、東芝府中工場のボーナス資金が現金輸送車ごと強奪される「三億円事件」が発生した。この事件はナゾに包まれて、国家権力の謀略説もある。ピンときたのは、「指定一〇八号」の犯人である自分が、その一ヵ月近く前に「静岡事件」を起こしたときに、警察は泳がせるだけで逮捕しなかったことだ。この重大な事実を隠蔽するために、国家権力の謀略機関がマスコミが飛びつく「三億円事件」を起こし、「静岡事件」から国民の目を逸らした。

そもそも法務省は、少年法の改正を目論見て、「少年年齢」を十八歳未満に下げようとしている。十九歳だった自分は、「指定一〇八号」の前に何度も逮捕されて、指紋や掌紋を採られている。「京都事件」の現場に落としたジャックナイフには、当然ながら指紋が付いている。わかっていながら指名手配しなかったのは、もっと泳がせて次々に凶悪事件を起こさせることで、「こんな凶悪なヤツを少年扱いするのはおかしい」と、少年法改正のキャンペーンに利用するためだった。

このころ静岡県警本部長は、「一〇八号の犯人は必ず静岡に現れる」と、新聞にコメントしている。予言通りに〝連続射殺魔〟が現れたが、警察庁の指示で逮捕を見送り、わざと「泳がせ」た。この権力犯罪は、警察庁の後藤田正晴次長の指揮にもとづく。何よりの証拠は「三億円事件」を起こさせ、〝連続射殺魔〟を泳がせた「静岡事件」を隠蔽した論功行賞で、六九年になって後藤田正晴は、警察庁長官に昇格している。

六九年四月七日、「原宿事件」で逮捕されたとき、明治学院大の商学部が発行した「大塩秀雄」名義を改竄した、「永山則雄」名義の学生証を持っていた。捜査本部は、静岡市で盗んだものであることを知っているから、この重要な物証を無視して、「静岡事件」との関連を追及しなかった――。

かつて永山則夫は、第十四回公判（七〇年八月十四日）で、「原宿事件について、何か述べることはないか」と堀江一夫裁判長に聞かれ、「この事件とは直接関係がないから、あなた方が聞いてくれるかどうか、ちょっとわからない」と答えた。堀江裁判長は、「それでは後日、そういう発言の機会を与えることにする」と、約束している。

この「静岡事件」に関する永山のハプニング発言を受けて、静岡県警捜査一課は、七三年十一月六日付で「捜査報告書」を作成した。

①六八年十一月十五日から同月十七日まで、静岡市七間町六番地の静岡名画座で「戦場にかける橋」を上映した。

②六八年十一月十六日から同月二十一日まで、静岡市七間町一二番地の静岡東映で「大奥㊙絵巻」「夫売ります」を上映した。

③六八年十一月十七日午後十一時から十八日午前三時三十分の間に、静岡市西草深町二五番地の藤江ドレスメーカー女学院に侵入盗があり、被害届は出されているが、被害品のなかに現金は含まれていない。この点について被害者は、「個人経営の学院だから、金銭の出納を厳密にしておらず、もし盗まれても金額はわからない」と述べた。

④六八年十一月十七日午後六時から十八日午前八時の間に、静岡市長谷町六六番地の静岡高校同窓会館に侵入盗があり、ピンク電話から五百五十円くらい盗まれた被害届が出された。同年七月二十八日に静岡高校で、県職員の上級試験がおこなわれ、受験した大塩秀雄（六九年三月、明治学院大卒業）が、試験場に学生証を忘れた。静岡高校が提出した被害届に、学生証に

ついては記載していない。

⑤六八年十一月十八日未明、静岡高校の正門前にある安東柳町一〇番地江崎グリコ静岡連絡所で放火事件があり、カーテンが焼けて板壁が焦げたが、消防車が出動して鎮火した。同日午前八時二十分ころ、出勤した事務員の秦野斉が、預金通帳の盗難被害を一一〇番通報したため、捜査員が急行した。

⑥六八年十一月十八日午前九時ころ、江崎グリコ連絡所から静岡市御幸町八番地の三菱銀行静岡支店へ、「預金通帳が盗難に遇った」と電話があり、銀行側は警戒していた。そこへ若い男が引き出しに現れ、預金係長が一階の応接間に待たせて、被害者に電話で問い合わせたところ、「弟はいない」と答えた。このとき男が「トイレに行きたい」と言い、預金係長が三階まで案内し、行内電話で階下へ知らせようとしたとき、トイレから飛び出した男が、ピストルを突きつけた。ひるんだ隙に階段を駆け降りたので、「ドロボウ」と叫んで追いかけたら、途中でピストルを向けて引金を引いた。しかし、カチッと音がして発射しなかった。男は転がるように階段を降りたが、一階ではスタスタ歩いたので、守衛がドアを開けて送り出した。このとき捜査員二人は、江崎グリコ連絡所から到着しており、事情を知らない行員が、二階の応接間に案内した。預金係長の「ドロボウ」という声を聞き、すぐ応接間から飛び出して、男がピストルのようなものを向けたのは見た。あわてて二人で追いかけたが、繁華街の食料品店の角で見失った。

⑦七三年五月二十一日、静岡県警の捜査員が、東京地検公判部の許可を得て、東京拘置所で被告人と面接したところ、「弁護人とも相談しており、話は公判廷でするから取り調べは拒否する」と、説得に応じなかった。

⑧六八年十一月十七日夜から、翌十八日午前九時すぎまでに発生した事件は、被告人の犯行と認められるが、三菱銀行静岡支店の払戻請求書から指紋は検出されず、その筆跡は対照文字が少なく、県本部鑑識課の岩崎鑑定官が筆跡鑑定したが、比較検査はできなかった。

一九七三年十月十二日、第四十二回公判で冒頭陳述が終了し、弁護側が改めて精神鑑定を申請した。

「七一年五月十六日付の『新井鑑定書』があるが、被告人は鑑定に非協力的で、心を閉ざした状態で問診を受けたにすぎない。裁判に対する否定的、無関心的な態度は、当時と違って完全に払拭されて、真実にもとづいた正しい精神鑑定を、被告人自身が欲している。本裁判が、被告人の精神状態を正しく把握した上で進行することは、行為の重大性、不可解性ゆえに、関係人の等しく熱望するところである」

七三年十一月二十八日の第四十三回公判で、東京地裁刑事五部（海老原震一裁判長）は精神鑑定の採用を決定し、八王子医療刑務所の石川義博技官に鑑定を命令した。

七四年一月十六日、東京拘置所の永山則夫は、八王子医療刑務所に鑑定留置された（四月一日まで)。

この「石川鑑定」の問診で、永山則夫は初めて、新宿時代の女性関係を明かした。六八年十一月下旬、横浜市の野毛公園近くで沖仲仕の路上バクチに加わり、二回続けて三万五千円ずつ勝った。思いがけず金銭の余裕が生じ、「アパートを借りてフトンの上で寝たい」と、新宿へ足が向いた。ゴーゴー喫茶へ行くと、痩せて淋しげな表情の永山は、ずいぶん女にモテた。知り合った年上の「ジュン」に、アパートの借り方を尋ねると、すぐに母親役を見つけてくれて、西武新宿線の都立家政駅前の不動産屋へ三人で行った。そして中野区若宮二丁目「幸荘」の三畳間に、礼・敷金一万円、家賃四千円で入居した。

歌舞伎町の「スカイコンパ」に就職して、ゴーゴーガールの「ジュン」に合鍵を渡し、同棲が始まった。彼女は在日朝鮮人で、どこか通じ合うものがあり、一ヵ月近く一緒に過ごした。しかし、彼女は炊事や掃除をしてくれず、性的な関係だけでは物足りない。六九年一月初め、「ビレッジバンガード」に転職したころ「ジュン」と別れ、店の常連客である「ヨーコ」と「カコ」を、交互にアパートに誘った。「ヨーコ」はゴーゴーガール、「カコ」は十六歳の女高生である。

「カコ」は意外に純情だから、永山は自分が〝連続射殺魔〟であることを、彼女に打ち明けそうになった。それでいて、アパートの部屋で彼女から、「店に行く時間よ」と軽く足で蹴られると、反射的に平手打ちを加えて泣かしたりした。永山としては、なんとか事件のことを忘れようとして、店では一生懸命に働いていた。その一方では、誰かに事件のことを告白したかった。そんな煩悶のなかで、横浜市根岸の寺からピストルを掘り出し、死に場所を求めて「原宿事件」を起こした……。

一九七四年八月三十一日、東京地裁刑事五部（西川潔裁判長）に、「石川鑑定書」が提出された。前任の海老原震一裁判長は、七四年四月一日付で横浜地裁小田原支部長へ転出し、司法研習所の教官をしていた西川判事が、三人目の裁判長になったのである。

①被告人は犯行前までに、高度の精神的偏りと神経症徴候を発現し、犯行直前には重い性格神経症状態にあり、犯行時には精神病に近い精神状態だった。

②出生以来の劣悪な生育環境に、遺伝的、身体的に規定された生物学的な条件（思春期の危機的心性、沖仲仕や放浪時の栄養障害、睡眠障害、疲労などのストレスおよび孤立状況、二十歳未満の無知で成熟していない判断力）が複雑に交錯し、犯行時の精神状態に影響を与えた。

③本件により逮捕されて、自殺企図と抑鬱反応が強まったが、拘置所で安定した生活が保障されてからは、懸命の勉学や人々との交流を通じて、自己分析と自己変革および犯罪原因の追求をおこない、本を出版するなど知的活動の旺盛な生活を送っている。

④現在の精神状態は、犯行時に比べていちじるしい変化が認められるが、性格検査所見や拘禁生活などから判断すると、なお性格の偏りが認められ、病的な精神反応を起こす危険性もあ

る。

⑤「静岡事件」の犯行心理は、四つの重大犯罪を犯したあと、罪の意識の負担が耐えきれないほど重くなり、刑事に追われ包囲されているという緊張感が、ますます強まった。六八年十一月中旬、たまたま静岡市へ行ったとき、刑事に尾行されていると被害妄想的に確信し、逮捕にきたら派手に撃ち合って死のうと、ポケットのなかでピストルを握りしめていた。しかし、だれも逮捕にこないので、尾行が本当かどうかを試すために、会社や高校の事務所に侵入して窃盗を働き、事務所へ引き返して放火して、バレるとわかっていながら盗んだ預金通帳で払戻を請求するなど、「オレはここにいる、早く捕まえてくれ」と言わんばかりに、病的とも異常ともいえる行動をとった。これは被告人が、どうしても自殺できないので、自分から出ていって逮捕されそうになる絶体絶命の状況を作り、そこで警官と撃ち合って恨みを晴らして死のうとしたものであり、ここに永山則夫の病的なサド・マゾヒスティックな衝動の緊密な結合がみられる。

一九七四年六月五日、検察官は「静岡事件」について、遡《さかのぼ》って訴追する必要はないと、不起訴処分を決定している。この検察側の方針に弁護団は反発したが、「静岡事件」の犯人取り逃しを〝権力犯罪〟とみなしているわけではない。

九月二十一日、永山則夫は、「弁護団は、静岡事件の本質を、警官が尾行して泳がせた権力犯罪と知りながら黙認し、精神鑑定を申請することで、〝妄想〟として揉み消そうとした」と、満三年間にわたって担当した第二次弁護団を、一方的に解任した。

一九七五年一月二十四日、永山則夫は、「死刑廃止のための全弁護士選任を訴える」とアピール文を発表し、同年三月十六日付「朝日新聞」が報じた。

＊

生きたい！　無知なくすため
死刑廃止に力を　弁護士結集を訴える

連続ピストル射殺事件の未決囚、永山則夫（二五）が、全国の弁護士にあてて、「死刑制度に反対する人は、私の弁護人になってほしい」というアピールを出した。

「下層の人々が犯罪を犯すのは、無知と貧困のため。私のような人間をつくらないために、生き延びて下層の仲間を教育したい」と永山はいう。弁護料は支払えない、とのただし書き付き。支援者たちは「果して応じてくれる弁護士がいるか、どうか」と首をひねっているが、数日中に、弁護士二百人に、永山のアピールと弁護の依頼書を送るという。

東京拘置所に収容されている永山が、再度弁護団を解任し、「死刑制度に反対する全弁護士を結集したい」という意向を〝旧〟弁護団の一人、木村壮弁護士（第二東京弁護士会所属）にもらしたのは、ことし一月下旬。続いて「死刑廃止のための全弁護士選任を訴える」と題した便箋六枚に及ぶアピールが、同じ〝旧〟弁護団の一人に送られてきた。

アピールは、「一学級四十五人に、優等生が五人、劣等生が二十人で、劣等生の中に最劣等生が五人いたとする。その最劣等生中の一人が、大犯罪を犯した。優等生五人中の一人が、弁護士になってふんぞりかえって、最劣等生を弁護しているのが現実。このような教育に、何ら責任はないだろうか。あなた方が弁護士になるまでの過程で、どれほどのエゴイズムを育て、類意識（仲間意識）を殺し、その結果、非常に多くの劣等生を作ってきたかを考えて下さい。国民がこれら犯罪の諸要因をタナ上げにし、犯罪者のみに責任を負わせるのは不公平だ」などと、彼が獄中の〝学習〟で得た独特の「思想」を展開した上で、「死刑廃止の一点でいいから、私の弁護人に就任してほしい」と訴えている。

そして「死刑が廃止されたなら〝連続射殺魔〟は世の中に生きることになりますが、何のために生きねばならぬのか」と自問した上で、①下層の仲間たちを教育し、仲間を殺すごとき犯罪者を出さないため、②それを広げ、殺人がない社会を建設するため、③それを通じて遺族の方々に真の安らぎを与える道としたいため、の三点をあげる。

このアピールを全国一万の全弁護士に訴えてくれ、というのが永山の意向だったが、支援者たちは、「郵送料のやりくりもつかない」と、とりあえず有名な弁護士、死刑廃止に取り組んでいる弁護士など二百人に郵送することを決めた。永山が出版した『無知の涙』の印税収入は、すでに一千百五十八万円。が、永山はそれを支援運動には使わせない。「被害者の遺児に贈る」の一点張りで、すでに被害者二遺族に計六百八十万円ほどが贈られた、という。

一九七五年四月九日、東京地裁刑事五部（西川潔裁判長）で、第四十四回公判が開かれた。文筆家や編集者による「永山則夫公判対策会」は、第二次弁護団を解任した時点（七四年九月二十一日）で、その機能を停止している。それに代わって、〈〝連続射殺魔〟永山則夫の「私設」夜間中学〉が、支援運動を続けた。

この第四十四回公判では、第二次弁護団の木村壮弁護人が〝再選任〟されており、二度目の更新手続きがおこなわれた。そして永山則夫は、「全弁護士集まれ」のアピール文を朗読するなど、意見陳述をおこなった。

《私が弁護団を解任したのは、目の前で国家公務員の検事が、わが余罪の「静岡事件」に関連し、刑法一〇三条の〝犯人隠避〟に違反していることに、耐えられなかったこともありますが、本当の理由はもう一つあります。（このとき「石川鑑定書」から脳波の異常値の部分を提示して）私の脳波に異常があるという。私は小学二、三年のころ、次兄のリンチを受けて家出をしすぎて、弘前の大学病院かどこかへ母親に連れて行かれ、脳波の検査を受けたけど、「何も異常がない」と言われて帰った記憶があります。それから東京へ出て、三回ほど脳波を取られ、「どこにも異常がない」と言われているが、石川鑑定では「脳波の異常が十歳のころから生物学的に影響して、脳の脆弱さの現れ」という。前の新井鑑定では、どこにも脳波の異常がないとされているから、二人の鑑定人のどちらかが偽証したことになります。

私が新宿のビレッジバンガードに勤めていたとき、〝北方〟という同僚が私のアパートで、『中学・社会科学習小事典』を見て、「これはお前のか?」と確認するように聞いています。私はこの小事典に、「最悪の罪を犯しても、残された日々を、せめて、みたされなかった金で生きるときめた」と書いていたから、何らかの密告があったように思います。この直後に、以前にビレッジバンガードに勤めていた〝市〟という少年院帰りの人物が、「四人殺しのナガさん」と私を呼び、あれこれ嫌がらせをおこなった。この前後から新宿の街には、警察関係者が多くなったのです。この〝市〟が、警察と関係がなかったかどうか。これらを総合判断すると、警察が私を見逃していたことは、明らかであります》

一九七五年六月三日、第四十五回公判が開かれ、被告人が意見陳述をおこない、六月四日付『読売新聞』は、次のように報じた。

＊

射殺魔「永山」の訴え宙に
弁護人集まらず、一ヵ月ぶり公判流れる

死刑制度に反対する弁護士集まれ——と獄中から弁護士選任を訴え、話題をまいた永山の公判（更新手続き）が三日午後開かれたが、弁護人と意見が対立、予定されていた弁護人の意見陳述はないまま閉廷した。

「私の思想を理解してくれない」という理由で、一時、弁護人を解任した永山は、四月九日、約一年五ヵ月ぶりに再開された法廷でアピール文を読み上げたが、呼びかけに応じた弁護士は一人もなかった。

一ヵ月ぶりの法廷で、弁護人席に姿を見せているのが、自分で再選任した木村弁護士一人と知った永山は、開廷冒頭に木村弁護士のほうを向き、「弁護士は私のアピールをどう考えているのか。この場で陳述してほしい」と詰め寄った。木村弁護士は「法廷で被告人と弁護人の対立をあからさまにするのは得策ではない。公判の目的は被告人の犯行の真相を審理することにあるはず」と、休廷を求めて説得したが、ガンとして聞き入れない。結局、この日に予定されていた弁護側の意見陳述に入れず、一時間五十分後に閉廷した。

審理再開後、いったん軌道に乗るかにみえた裁判だが、この日のハプニングで、再び暗礁に乗り上げた形。「このうえは、被告人と弁護人との人間的つながりを確立する以外にない」と木村弁護士は話しているが、「次回公判までに、どれだけ弁護人の数を集められるか」と、困惑しきった表情だ。

一九七五年六月十七日、私選弁護人の木村壮弁護士が、辞任届を裁判所に提出した。獄中の被告人は、六月十一日付で弁護人に電報を打ち、《アナタニデキルコトハジニンダケダ、サラバダ「ワレシンリニイキル」ナガヤマ》と、辞任を要求している。六月二十四日に裁判所から通知書が届き、「弁護人辞任の届出があった」と知った永山則夫は、獄中ノートに、《オレたち本当のルン・プロは、弁護人と一体では闘えない。今必要なのは、百人の弁護士より、一人の共産主義を理解する弁護士である。共産主義とは、オレの言っていることを認める過程で、あなた方の反省だけが、共闘の原則なのだ》と書いた。さらに六月二十五日、西川潔裁判長から「弁護人選任に関する通知」が届くと、さっそくノートに書いた。

《カッコよく「弁護士いらねェー」といいたいのだけど。しかし、気長に待とう。それが命ある日にあらわれなくとも、歴史とはそういうものだ。いつかはきっとわかってくれる、党の弁護士が出現しよう。わたし一人だけが死刑囚ではないのだ。わかれよ、俗物ども！》

一九七五年九月十日、永山則夫は、私選弁護人の選任届を出した。この年四月、第二東京弁護士会に登録した、二十八歳の鈴木淳二弁護士である。十月二十二日、第四十六回公判が開かれたが、新任の鈴木弁護人は、「現在のところ弁護人は私一人なので延期願いたい」と意見を述べ、実質審理に入れなかった。十二月十八日、第四十七回公判が開かれ、鈴木弁護人が意見陳述をおこなった。この意見陳述は、被告人が求める〈生きざまさらし〉に応えたものである。

《永山則夫が、被告人として裁判を受けていることを知ってはいたが、たぶん控訴審ぐらいだろうと、その程度にしか感じていなかったのです。私自身は、七二年十月に司法試験に受かって、まったく酒ばかり飲んでいたので、事情を知らなかった。今年八月、弁護人の解任・辞任で一人もいなくなり、裁判所から国選の期限を決められていることを知り、被告人と四回ほど会って事情を聞き、裁判に対して何を求めているのか、どうしたいと思っているのかを聞きました。その接見により、彼の言うことを十分といえないまでも理解でき、「そういう方向でやるなら私もわかる」と、九月十日に受任しました。

接見のとき被告人は、横浜・桜木町のドブ川でアル中みたいな人が、泥だらけになって泳いでいた話をしました。警官が一生懸命に引き戻そうとするけど、それを振りほどいて泳いでいく。それを見た市民たちが、橋の上で笑っていた。そういう情景を聞かされて、私も笑ったわけです。そのとき被告人は何も言わなかったけど、次に会ったとき同じ話題になり、また私が笑って彼に批判されました。彼の中の原風景というか、桜木町のドブ川で泳ぐ人を見たとき、「父親があいう風にして殺された」と。「自分もやがてそうなるんではないかと思った」と言うんです。その情況を見てから、本格的な犯罪というか、内部にあったものを、行為として出したというわけです。

被告人は私に対して、「そのように笑っているのでは市民と同じだ。それでは自分の主張がわかってもらえず弁護活動はできない」と、強く批判しました。私自身にとって、そのような情景は実感としてない。しかし、被告人にとっては、ものすごい風景であったというわけです。そういう問題に笑って対応したのは、やはり私の生活、自分史みたいなものに規定されていた。そのことを私は、誤りとして認めました。すると被告人は、「人間はだれでも誤りがあり、自分は四人の仲間を殺すという大きな誤りを犯した。そのような誤りは、ハッキリ誤りとして認めて直したいから、僕に誤りがあれば言ってほしい」と私に言っております。

私は自己批判をせざるを得ないと感じましたし、被告人の思想の誤りは批判して是正する。お互いに、人間の弱さを出して直していくことを確認しあって、現在にいたっているわけです》

一九七六年五月二十八日、新たに二人の弁護人が付き、私選の第三次弁護団が編成された。七六年六月十日、第四十八回公判が開かれ、永山則夫は「静岡事件で起訴してくれ」と主張し、西川潔裁判長は「補充裁判官を入れて、取り調べる用意がある」と述べた。しかし、七六年七月二日付で西川判事は、旭川地裁の所長として転出した。

四人目の裁判長は、東京地裁八王子支部から異動した、蓑原茂廣判事である。裁判官任官から三十一年目で、六八年四月から七二年五月まで四年余り、最高裁の事務総局で〝裁判をしない裁判官〟として、調査課長―職員管理官―能率課長を経験している。

一九七六年九月二十一日、第四十九回公判が開かれた。蓑原茂廣裁判長は、更新手続きにより裁判が遅滞するのを警戒して、一方的に期日を指定し、第五十回公判（十月二十日）、第五十一回公判（十一月十日）、第五十二回公判（十一月三十日）、第五十三回公判（十二月八日）とした。

十月九日、第三次弁護団は、公判期日の取消しを求める上申書と、訴訟進行について意見書を提出したが、裁判所は「公判期日の取消し請求」を棄却した。

一九七六年十月二十日、第五十回公判の期日指定だったが、弁護人が全員出頭せず、法廷において次の遣り取りがあった。

検察官　弁護人の出頭義務について、訴訟法上は特に明記していないが、正当な理由がない限り、当然出頭の義務があると考えるので、権利を濫用して公判廷に出廷しない以上は、弁護人不在のままでも審理を進めて頂きたい。

被告人　権利を濫用しているのは誰だ。お前は何を言っているんだ！

裁判長　被告人の退廷を命じる。（拘置所係官が被告人を法廷外に退去させた）本件は強制弁護事件であり、弁護人が入廷しないということなので、本日の公判は職権で変更する。

一九七六年十二月八日、第五十一回公判が開かれ、各弁護人が「意見書」を朗読した。

早坂八郎弁護人。

「私はこれまで、国選弁護人として多くの被告人に接してきました。その中には、恵まれた環境に育ちながら人に多くの迷惑をかけている者もおり、そのような弁護に当たっていると、国選弁護料など要らないから、代わりに思い切り一発、殴らせてもらいたいと思うこともあります。しかし、大部分の人は下層であり、つきつめてゆくと主たる原因は貧困にあり、そのために勉強する機会も与えられなかったという点に、帰着することが多いように思います。裁判所は、この事件を通じて、下層犯罪者の実態を直視されるよう要望します」

中北龍太郎弁護人。

「永山則夫君が著した『無知の涙』を、司法試験の勉強中に読んだ。自己の問題意識を解決すべき学問とは断絶し、抽象的法概念の習得の苦しさに呻吟していた。そのような中で、『無知の涙』は私を鋭く告発し、大きな衝撃を与えるに十分だった。社会・国家から最大限の非難を浴びていた〝連続射殺魔〟が、自己の行動を真摯《しんし》に洞察し、独房の中で自己研鑽を積み重ね、自己変革を遂げたからである。『真実と正義』を目指すとされる法律は、このような現実にどう対処するのだろうか。法律家は永山則夫君に、『真実と正義』をもたらすだろうか。司法試験の合格を自己目的化した空虚な勉学に没頭していた私に、『無知の涙』は深い内省を強いた」

鈴木淳二弁護人。

「裁判というものが、人々の幸福と自由のために必要な制度であるとの理念を確信するのであれば、裁判により犯罪者をなくして行くことこそ、追究されるべきであろう。犯罪の原因を無視し、犯した行為の結果のみを裁くのではなく、犯罪の原因が深く社会の中に根ざしているものであるから、犯罪を犯した人間こそ、十分な教育と保護が図られるべきと考える。なぜ累犯者が後を絶たないのだろうか。なぜ人間の殺し合いが起こるのであろうか。なぜ被告人にすべての責任を負わせられるのであろうか。私たちは今後の本裁判において、それらの理由を追究していきたいと考えるものであり、国家から裁かれる被告人の立場で、裁判を進めて行くつもりである」

一九七七年一月十八日、第五十二回公判で、更新手続きとして、捜査段階の調書の要旨が告知された。

これに対して、被告人が意見を述べた。

《僕がピストルを手にして第一番に思ったことは、なにか友達を見つけたというか、一緒に死ねるというような親しみを感じた。ただ単に、僕がピストル好きということではなく、そうなった原因の追求が必要なのに、調書には深く書かれていない。逮捕されてから、本当の気持を言えなくなったのは、代々木警察署を出たとき、カメラマンに物凄いフラッシュを焚かれ、愛宕警察署に着いたときも、さらにフラッシュとマイクに責められたからだ。僕としては、自首に近い形で逮捕された気持ちが強かったから、非常に怒りを覚えた。それで復讐心が湧いて、無茶苦茶に暴れてやるというか、死ねば一切が解決するという自暴自棄な気持ちになった。そ函館事件では、運転手の後ろ姿しか見ておらず、血が流れていることに気付かなかった。のとき血を見ていれば、次の事件はやらない状態になったと思う。僕は名古屋事件で、目茶苦茶に血が流れるのを眺め、おっかなくなった。それで横浜へ帰って、ピストルと弾丸を、根岸駅近くの寺に隠した。そのピストルは、原宿事件のときガードマンの警棒で叩き落とされ、ぶっこわれた。神宮の森に行って見たとき、止め金が欠けていたので、自分を撃つしか使い途がないと思った。検察側は、「原宿事件を放っておくと、まだまだやった」と言うけど、僕のほうにそういう感じはなかった》

一九七七年一月二十日、東京地裁刑事五部（蓑原茂廣裁判長）で係争中の「連続企業爆破事件」の弁護団が、月四回の公判スケジュールに抗議し、五人全員が辞任した。

七四年八月、東京・丸の内の三菱重工本社ビルが爆破され、八人が死亡、三百七十六人が重軽傷を負った。この事件いらい、三井物産、帝人、大成建設など、連続して企業爆破が起きた。七五年五月、警視庁が連続企業爆破事件の被疑者八人を逮捕したが、その一人の佐々木規夫は、同年八月に起きた「日本赤軍クアラルンプール事件」によって、超法規的措置で釈放された。

七五年十月から、東京地裁刑事五部（西川潔裁判長）で、「連続企業爆破事件」の裁判が始まり、被告・弁護人が統一公判を要求して〝荒れる法廷〟となり、七六年七月に蓑原茂廣裁判長に代わってからも、被告・弁護人の不出頭、弁護人への退廷命令が続いた。

東京地裁刑事五部は、「連続企業爆破事件」の弁護人全員が辞任したことで、三つの弁護士会（東京、第一東京、第二東京）に、国選弁護人の推薦を依頼した。しかし、三弁護士会いずれも、「引き受ける弁護士がいないから元の弁護人にやってもらうしかない」と回答した。七七年七月、元の私選弁護人が五人とも復帰し、蓑原裁判長との交渉により、月四回の公判スケジュールが、月二回のスケジュールに修正された。


一九七七年五月二十四日、「連続射殺事件」の第五十六回公判が開かれる予定だった。しかし、第三次弁護団の三人全員が出廷を拒否して、公判スケジュールの一方的な指定に抗議の辞任をした。

《西川潔裁判長の下に、第四十七回公判（七五年十二月十八日）で、更新手続きによる弁護人の意見陳述をおこなった。そのあと西川裁判長は、「この事件をまったく新しい目で見て、十分な審理をおこなう」と述べ、第四十八回公判（七六年六月十日）まで公判期日を入れず、弁護団の形成と訴訟準備など、弁護活動に理解を示した。しかし、第四十九回公判（七六年九月二十一日）の前に、突然、蓑原茂廣裁判長に交代した。新任の蓑原裁判長は、弁護人と打ち合わせの機会を設けることなく、一方的な期日指定をおこなったので、大阪の中北龍太郎弁護人が出廷不可能との疎明資料を提出して、弁護団は期日変更を申請したが、その前日に申請を棄却した。このため弁護人は、第五十回公判（七六年十月二十日）に出廷できなかった。今回、われわれ弁護団が辞任を決意したのは、弁護側の立証に対する裁判所の制限があり、被告人との信頼関係の問題など利益を擁護し、公正かつ実質的な裁判を実現する職責を負う刑事弁護人として、裁判所と被告人のあいだに入って交渉する過程で生起した問題を熟慮したうえでのことである。われわれとしては、最大限の努力を尽くしたつもりであり、今後は国選弁護人による弁護活動になることも、被告人と確認して辞任した》

一九七七年九月七日、東京地裁刑事五部（蓑原茂廣裁判長）は、東京弁護士会に対して、永山則夫の国選弁護人の推薦を依頼した。

一九七七年九月二十八日、バングラデシュで「日航機ダッカ事件」が発生して、日本赤軍を名乗る五人が、身柄拘束中の九人の釈放と、身代金六百万ドルを要求した。日本政府は、人質の生命を最優先する方針で要求を受け入れ、釈放犯六人（三人は釈放を拒否）と身代金をダッカへ運んだ。釈放犯の中には、「連続企業爆破事件」の二被告（大道寺あや子、浴田由紀子）が含まれており、このことに批判が高まって、「過激派の裁判を迅速にすべきで、弁護人の解任や辞任などによる、公判遅延策に問題がある」と、〝弁護人抜き裁判〟が急浮上した。

一九七七年十月二十七日から、「〝連続射殺魔〟永山則夫の反省―共立運動」のメンバーが、東京弁護士会館前でハンストを始めて、ビラ撒きをおこなった。

《かかる事態の下、もし本件において、一切の道理を無視して国選弁護人の推薦―選任が強行されるならば、真実を隠蔽して永山則夫氏を処断せんとする蓑原茂廣裁判長の訴訟指揮に、東京弁護士会が手を貸すことになる。我々は誰であれ、その国選弁護人と刺し違える覚悟であるので、貴会の国選弁護運営委員会においては、他の弁護士をその矢面に立てることをせず、必ず、その方針を主要に推進した弁護士が、みずから責任をもって受任されるよう要望する》

一九七七年十二月十九日、第八十四通常国会が召集されて、法制審議会の部会は、「過激派の裁判において、遅延戦術として弁護人の解任、辞任、退廷などしたときは、迅速化のために〝弁護人抜き〟でも裁判ができるように、今国会で刑事訴訟法を改正すべきである」と、法務省に答申することを決定した。

七八年一月二十三日、法制審議会が〝弁護人抜き裁判〟を法務省に答申し、法務省の審議官は、「適用第一号は永山則夫になるだろう」と公言した。そもそも〝弁護人抜き裁判〟は、ハイジャックで政治犯が釈放されたことで急浮上した。にもかかわらず、一般刑法犯の永山則夫が名指しにされたのは、この時点において、注目される裁判で弁護人の不在は、「連続射殺事件」だけだからである。三月七日、政府は「刑事裁判の公判についての暫定的特例を定める法律案」を国会に提出した。

一九七八年三月十六日、東京弁護士会の役員(国選運営委員会)三人が、永山則夫の国選弁護人に就任した。

五月十七日、国選の第四次弁護団は、「意見書」を裁判所に提出した。

《刑事弁護人は、私選・国選を問わず、被告人の利益を守るため全力を注ぐことに存在意義がある。しかし、単に被告人の代弁者に止まるものではなく、法律の専門家として被告人の利益を自己の判断で決して、時に被告人の意向に反した訴訟活動をすることも、認められるべきである》

一九七八年九月六日、第五十六回公判が一年四ヵ月ぶりに開かれ、国選弁護人の協力により、スピーディに審理することになった。

この日の法廷で、弁護人が裁判所に要望した。

「本件は、社会的にもさまざまな問題を含んでいるので、特に慎重に審理してほしい。起訴事実にない静岡事件(窃盗、詐欺未遂)についても、事実を十分に解明していただきたい」

七八年十月五日、第五十九回公判で、「静岡事件」について、三菱銀行静岡支店の元行員が証言した。

「当時は預金係長をしていたが、もはや十年前のことだから、犯人の顔は忘れてしまった。しかし、この法廷にいる被告人と同じように、頬にケロイド状の傷痕があったことを、いまハッキリと思い出した。ピストルを向けられたのは、三メートルくらいの距離だった。そのとき銀行にいた警官に、『掌に入るような小さなピストルだった』と話したら、『本物にそんな小さいものはなく、オモチャに間違いない』と言われた。六九年四月、『一〇八号』の犯人が捕まったとき、家でテレビを観て『うちの支店で、盗んだ通帳で引き出そうとした男に似ている』と言うと、『そんなことは黙っていなさい』と妻に注意され、誰にも話さなかった」

一九七八年十一月二十一日、第六十回公判で、石川義博鑑定人に対して、証人尋問がおこなわれた。

午前十時に開廷する予定だったが、国選弁護人の一人が、永山則夫の支援グループに東京弁護士会館の前で包囲されて、身動きがとれなくなった。このため入廷が遅れ、午後一時十八分に開廷した。

東京弁護士会は、支援グループが撒いたビラに、「国選弁護人と刺し違える覚悟」とあり、弁護士会館への突入事件があったことなども考慮して、特例として三人の弁護人に、三千万円ずつの生命保険を掛けた。三人分の保険料は九十万円で、あとで裁判所に請求することにして、東京弁護士会が立て替えている。

一九七八年十二月十九日、第六十一回公判が開かれ、石川義博鑑定人が前回に続いて証言したが、この日も〝荒れる法廷〟になった。

以下、公判調書の「裁判長の処分」である。

＊

被告人が入廷し、裁判長が開廷を宣したところ、
〔一〕被告人が弁護人にパンフレットを示し、「これを知っているか、権力犯罪の静岡事件の内容を知っているか」等と述べ、弁護人がこれに返答していたところ、被告人は突然自己の椅子の上に立ち上がり、さらに弁護人席に足をかけ、これを乗り越えて弁護人に暴行を加えるような行動をしたので、拘置所係官が両側から制止しようとしたが、被告人はこれに抵抗して暴れ、「デマを正すぞ、デマを流す東弁を打倒するぞ」等と怒号したので、裁判長は被告人の発言を禁止し、着席するよう命令したところ、被告人は着席しようとせず、拘置所係官の制止を振り切って暴れたので、裁判長が被告人の身体の拘束を命じたところ、被告人は、「反動裁判官・蓑原のやっていることは、権力犯罪の『静岡事件』を揉み消すことになるんだぞ、分かっているのか、分かっていたらこんな裁判は止めろ」等と怒号したので、裁判長は被告人に退廷を命じ、拘置所係官をして退廷させた。

〔二〕被告人の怒号に呼応するようにして、傍聴人一名が立ち上がり、「蓑原、『静岡事件』を公開糾明しろ」と怒号したので、裁判長は同傍聴人に退廷を命じ、裁判所警備員をして退廷させようとしたところ、さらに「ちゃんと必要な裁判をしろ」と怒号したので、裁判長は同人の拘束を命じ、裁判所警備員をして拘束させた。
〔三〕右の間、裁判長の許可なく発言した傍聴人四名に対し、裁判長は順次退廷を命じて、裁判所警備員をして退廷させた。

一九七九年二月二十八日、第六十三回公判が開かれ、検察官が論告をおこなって、死刑を求刑した。このとき永山則夫は、「国選弁護人は、まったくオレの弁護をしていない。蓑原、弁護人を解任しろ」と発言して、裁判長から退廷を命じられた。

その翌日の新聞は、「連続射殺事件／一審で二度の『死刑』／〝被告人抜き〟で求刑公判」と見出しを付けた。


一九七九年三月三十日、最高裁、法務省、日弁連の話し合いが合意に達した。

法務省は、「刑事事件の公判の開廷についての暫定的特例を定める法律案」（弁護人抜き法案）を、審議未了で廃案にすることを決めた。

日弁連は、「速やかな国選弁護人の推薦」を約束し、最高裁は、「特別案件」の国選弁護報酬をアップすることにした。

七九年度の国選弁護費用は、前年度より二五パーセント多い十七億六千万円が確保され、

「特別案件」の基準報酬額（地裁で三回開廷したとき）は、一三パーセント増の三万七千七百円になる。また、東京弁護士会が三人の国選弁護人に掛けた計九十万円の生命保険料は、裁判所が負担することになった。

一九七九年五月四日、第六十六回公判が開かれ、国選弁護人の最終弁論が終わった。この日、開廷直後に永山則夫は、「今からこの法廷を人民法廷にする」と机を叩いて叫んで、裁判長に退廷を命じられている。

第四次弁護団は、三点に絞って主張した。

①犯行当時は、精神病に近い精神状態で、心神喪失または心神耗弱の状態にあった。

②被告人が、東京都府中市で起きた「三億円事件」について、「公安警察による『静岡事件』を隠蔽するための謀略」と主張するのは、狂信者に多くみられるような、自己の不安を避けるための妄想であって、パラノイアであることを示す。

③石川鑑定で、「被告人の脳波は、後頭部にみられるα波の振幅に明確な左右差が確認され、右側後頭部に限局した徐波が出現しやすい傾向が強く確認され、一般の正常人脳波とは明らかに異なる」ことがわかった。

一九七九年七月十日、東京地方裁判所刑事五部（蓑原茂廣裁判長）は、被告人の永山則夫（三十歳）に対して、判決を言い渡した。（同年十一月十二日、蓑原茂廣裁判長は「連続企業爆破事件」の大道寺将司と片岡利明の二人に、死刑を宣告する）

＊

主文

一、被告人を死刑に処する。
二、押収してあるジャックナイフ一丁とアメリカ硬貨九枚を被害者ジェームス・S・ジョゼフに、白布袋一枚を所有者辻山良光に、押収してある腕時計一個と時計バンド二本を被害者佐藤秀明の相続人に、それぞれ還付する。

理由

〔一〕本件各犯行は、京都以東の東日本全域にわたる規模であり、我が国の犯罪史上まれにみる重大な事件というべきである。
①被告人は、四名もの善良な市民の生命を奪った。平凡な社会人として真面目に生き、春秋に富み、今後安楽な余生を送りえた人たちが、凶弾により生命を奪われた。四名の被害者および遺族らの無念さと憤りは、想像に余りあるものがある。原宿事件でガードマンに発射した二

発の弾丸が命中しなかったことは偶然の結果で、生命への危険性はきわめて大きかった。

②四名の殺害は、約一ヵ月のあいだに次々と犯行が重ねられたもので、原宿の強盗殺人未遂をふくめれば、犯行は五回におよんでいる。

③各犯行は、東京プリンスホテル事件の殺人が偶発的とはいえ、被告人に憫諒すべき動機が存しない。二件の殺人は、自己の犯罪の発覚をおそれ、逮捕を免れるだけの動機をもって、いとも簡単に射殺した。二件の強盗殺人は、函館では金品を奪うため、名古屋では自己の足取りが警察に判明して逮捕される結果となることを防ぎ、かつ金品を奪うために射殺した。一件の強盗殺人未遂は、事務所に侵入し金品を物色中に発見され、逮捕を免れるため射殺して逃走しようとした。以上いずれも、人命蔑視の念が如実にあらわれている。

④犯行の手段、態様は、ピストルという最も危険な凶器を用い、実包を装填していつでも弾丸を発射できるようにしていた。しかも、至近距離から被害者の頭部、顔面などを狙撃し、かつ数発の弾丸を撃ち込むという、確実かつ残虐な殺害方法を用いた。

⑤被告人は、二つの殺人事件を起こしたあと、次兄に犯行を打ち明けて、強く自首を勧められ、犯行を止める機会が与えられたにもかかわらず、「自首するなら死んだほうがマシだ」と拒否し、より重い二件の強盗殺人ならびに強盗殺人未遂の犯行におよんだ。

⑥一連の犯行は、約半年のあいだに各地においておこなわれたもので、全国民に強い衝撃を与え、大きな不安と恐怖を生じさせ、社会的な影響は甚大であった。

⑦被告人には、非行歴が存し、更生のための保護措置が与えられたのに、保護観察中に各犯行におよんだ。

⑧反省悔悟の情なく、その改善は至難である。当初は捜査官に、「すまなかった」「申し訳ないことをした」と述べ、自己の著作の印税を函館事件の被害者に贈るなど、改悛の情を示すような点も見受けられ、また、〝静岡事件〟を自白した。しかし、犯行の原因を自己の責任ではなく、貧困と無知を生み出した社会や国家のせい、資本主義のせいであるとする。さらに幼いころから母親の愛情のなさ、兄たちの思いやりのなさを非難し、保護司などが勤務先に訪ねてきたため転職せざるをえず、更生できなかったと述べ、他罰的、自己中心的な性格をあらわにしている。

法廷では、弁護人、検察官、裁判官に罵言を浴びせ、脅迫的言辞を発し、暴行を加えようとする態度を示すなどして、国選弁護人に辞任を強要しようとした。その他、「情状は要らない、後悔しない」と述べ、〝静岡事件〟を起訴しなければ本件の審理に応じないと妨害し、三回にわたり弁護人を解任し、辞任させるにいたったりした。

十年におよぶ拘束期間中に読書も重ね、反省をする機会も十分あったにもかかわらず、自己の犯した重大な犯罪を悔悟反省することなく、自己中心的、他罰的、爆発的、非人間的な性格は根深く固着化し、石川義博鑑定人の「被告人の改善は可能である」との証言にもかかわらず、その改善は至難と思われる。

〔二〕他面、その素質、生育歴に同情すべき事情があり、量刑にあたって考慮の対象とすべき点も存する。

①被告人は、人格形成上もっとも重要な幼少時から、父が賭博にふけり家庭を顧みず家出して、母は生活のため働いて子どもの教育に手が回らず、かなり環境の悪影響を受けたと思われる。とくに幼児期、母親が実家に戻るとき置き去りにされたような、まことに同情に値する事情がある。

②素質的な負因が存するとみられ、姉は精神分裂病に罹り、親族にも精神的疾患に罹った者がいて、被告人自身、分裂病質に属する精神病質者で、性格が偏倚であることが窺える。

③本件は、いずれも少年時の犯行である。

④小・中学時代に貧困などの理由で欠席日数も多く、協調性、社会性も未熟なまま、形式上の中学卒業の義務教育だけで、集団就職で上京し、大都会に放り出された。

⑤一時は改悛の情も見受けられたことは、捜査官に対する供述調書、著書の内容などから、ある程度は窺える。

⑥函館事件の遺族に著書の印税収入を贈っている。

⑦未決勾留が十年間の長期におよんでいる。

〔三〕しかし、さらに翻って考えてみる。

①生育歴に同情すべき点はあるが、同じ条件下に育った兄弟たちは、おおむね普通の市民生

活を送っている。なによりも各犯行は、上京して社会生活を三年以上も送ってからおこなわれた。転職を繰り返したとはいえ、常に就職の機会は与えられて、職なく食うに困ってやむなく犯した犯行ではない。上京後は兄も東京にいて、まったく相談相手がない状態ではなかった。したがって、幼少時の環境不良のみを過大視すべきではなく、被告人がみずから選択した無反省な生活態度を、無視することはできない。被告人は母親の愛情のなさを責めるが、一九六九年三月、手紙で「交通事故を起こした」と偽り一万円の送金を頼み、五千円の送金を受けており、非難には疑問が存する。

②素質的負因は同情に値するが、刑事責任に影響をおよぼすような耗弱にいたっていない。性格偏倚は存するが、知能程度はかなり良い。自衛隊の一次試験に合格し、明治大学付属の定時制高校でクラス委員長にも選ばれた。本件犯行後の手記や著述から推測すると、犯行当時に能力が低かったとは考えられない。

③犯行時に年少少年ではなく、十九歳三ヵ月から十九歳九ヵ月の年長少年であった。

④未決勾留が長期におよんでいるが、その原因は被告人が作りだしたものである。すなわち、一九七一年六月に第一次論告がおこなわれてから、弁護人を三次にわたって解任し、辞任するにいたらせ、静岡事件の起訴を求めて、審理を遅延させる原因を生じさせた。

〔四〕弁護人の心神喪失または心神耗弱の主張について、当裁判所の判断。

①新井鑑定は、「症状としては、精神病質中の分裂病質で、事物の弁識能力または弁識に従

って行動する能力は正常」という。石川鑑定は、「犯行時には精神病に近い精神状態で、事物の弁識能力または弁識に従って行動する能力はいちじるしく減退していた」という。右の石川鑑定は、鑑定時や公判廷で被告人が述べた、合理性もなく、客観性もない事実をそのまま受け入れて鑑定をしており、その鑑定方法に重大な誤りがある。

②被告人の「静岡事件」についての主張は、その内容が認められるか否かは別として、論理的矛盾や意味不明な点はなく、みずからの立場を有利にするために一定の効果を期待しての言動と推認され、パラノイア的であっても、パラノイアではない。

③石川鑑定人は、脳波について専門的な知識経験を有しておらず、α波の左右差も被告人程度であれば問題なく、通常人にも往々にしてみられる現象である。

以上のとおり、被告人はきわめて孤独、内向的、自己中心的で社会的協調性に乏しく、気分易変で爆発しやすく、劣等感が強く、その反面で自己顕示欲もかなり強いなど、性格の偏りは認められるが、本件各犯行時に精神状態が異常であったとすることはできない。

〔五〕以上の諸事情を総合して量刑について考察する。

東京プリンスホテル事件では、ピストルの所持や横須賀事件の発覚を防ぐというだけの理由で、至近距離から顔面を狙撃した。刑責はまことに重大というべきであるが、偶発的な面を否定できないので、有期懲役を選択する。

原宿事件については、すでに四名を殺害しながら、さらにガードマンを殺害しようとしたもので、きわめて悪質な犯行であるが、幸いにも弾丸が命中せず死傷の結果が発生しなかったので、無期懲役刑を選択する。
京都事件、函館事件、名古屋事件は、被告人の素質および生育歴に同情すべき点があり、極刑は慎重のうえにも慎重を期し、まことにやむをえない場合に限るべきで、少年の場合はとくに配慮が必要と考えるが、それにしても、東京プリンスホテル事件を起こしながら、なおも殺人一件、強盗殺人二件の犯行を重ね、善良な市民の生命を、残虐な方法で次々に奪い、その家族らを悲嘆の底に陥れたもので、非人間的な所業というべきであり、何ら改悛の情の認められない被告人にとって、有利な一切の事情を参酌しても、京都事件、函館事件、名古屋事件について、死刑を選択せざるをえない。
したがって、当裁判所は、まことにやむをえず、死刑を言い渡すものである。
よって、主文のとおり判決する。
一九七九年七月十日
東京地方裁判所刑事五部
裁判長裁判官　蓑原　茂廣
裁判官　豊吉　彬
裁判官　西　修一郎

一九七九年十月三十日、第二東京弁護士会に所属する鈴木淳二弁護士が、永山則夫の私選弁護人に就任した。(国選の第四次弁護団は、七九年七月十一日、「被告人の完全責任能力を認めたのは事実誤認」と、東京高等裁判所宛に控訴手続きを取った)

鈴木淳二弁護士は、七五年九月に永山則夫の私選弁護人になり、第三次弁護団の主任をつとめたが、七七年五月、蓑原茂廣裁判長の訴訟指揮に抗議して辞任している。

一九八〇年三月十三日、弁護人の鈴木淳二は、「〝連続射殺魔〟永山則夫の反省―共立運動」と連名で、ビラを作成した。

《永山則夫裁判の控訴審は、犯罪の原因→動機→結果論の追求を基本に、精神鑑定や死刑制度の批判を通して、人類社会からの犯罪除去という遠大な目的の一助たらんために、永山裁判の位置と意義を主張、立証していきたいと考えている》

一九八〇年七月三十一日、鈴木淳二弁護人は、新たに受任した大谷恭子弁護人と連名で、東京高等裁判所刑事二部(船田三雄裁判長)に、「控訴趣意書」を提出した。

＊

被告人は、最初の二年間は裁判でひたすら沈黙し、命が断たれることによってのみ、自己の責任をとりうると考えた。そして、自発的意思によらずに法廷において、自己の犯罪の真実を表現し始め、やがて自己の主体性を確立し、弁護人は去って行った。

さらに度重なる裁判長の交代は、「これまでの裁判の経過いかんにかかわらず、新しい目でみて審理する」との西川潔裁判長から、「すでに審理は尽くされている、早く裁判を終わらせなければならない」との蓑原茂廣裁判長への変更として、最終的にあらわれた。

被告人は、自己の主張を表現して弁護される形態をとりえない状況に追い込まれ、被告人の在廷しない法廷で繰り広げられた審理は、死刑の宣告をもって終結した。

いま私たちは、このような十年間の審理を踏まえて、弁護する立場に立たされている。

裁かれようとしているのは、東日本の広大な地域に点在する四つの都市において、二十五日間という短期間に、ピストルを凶器として四人を殺害するにいたらしめた犯罪である。それは又、原判決をして、「四名もの善良な市民を、いとも簡単に射殺した」と判示させた、異常な犯罪現象でもある。それ故に被告人は、〝連続射殺魔〟と公称され、自らも証として〝連続射殺魔〟と称している。

なぜ被告人は、たまたま手にした二二口径小型ピストルをもって、かかる犯罪を連続して犯したのか。時はまさに、同世代の少年たちが、大学闘争の高揚のなかで、全国各地で運動に身を投じていた時期である。

逮捕された〝連続射殺魔〟が、東北地方の片隅の極貧の家庭で生育し、義務教育を長期欠席のまま集団就職して、転職を重ねた十九歳の少年であった現実は、大きな社会的反響を呼び起こした。

しかし、かかる生活環境、社会環境におかれた少年が、何故このような犯罪を犯したのかは、捜査官をふくめて誰一人として、解明することはできなかった。逮捕後も幾度となく自殺を図った被告人の心情と態度の意味を、はかり知ることはできなかったのである。

いま裁判所には、捜査段階における被告人の供述調書が存在する。原判決は調書に記載された文字をもって、「犯行の発覚するのをおそれ」「金品強取の目的で」、本件の行為をなしたと認定している。

そこにみられるのは、行為の結果にのみ目を奪われ、被告人の真実の声を無視した、抹殺の論理でしかない。

控訴審においては、被告人の訴えに耳を傾けて、十全たる弁護活動が可能となるため、できる限りの事実調べを実現するとともに、私たちの主張を裁判官の方々も、その立場を踏まえて十分に考えてほしい。

一九八〇年九月三十日、私選の五人による第五次弁護団の三人（三島駿一郎、新美隆、早坂八郎）が、鈴木・大谷両弁護人に続いて、東京高裁宛に「控訴趣意書」を提出した。

＊

被告人は、自己の責に帰すべからざる環境の異常性によって形成された性格と、善悪を判断する道徳的規範を受容しえない精神状態の下で、本件各行為を実行した。法の命令・禁止を受け入れ、それに従いうるような人格構造が予定されている社会人ではなかった。被告人の異常な人格環境は、その人格の自律性に影響を与える程度の異常性を有しており、本件行為時までの人格形成の責任を問うことはできない。

被告人において、違法行為を避け、適法行為を選択しうる自由意思は、存在しなかった。その劣悪な環境を放置していた国家が、十九歳であった被告人に、自由意思とそこから派生する道義的責任を擬制することは、許されないであろう。

人を殺すということの善悪判断を養いうる環境は、被告人には存在しなかったのであり、各犯行時に、相手を同じ人間であるとの認識が生じえない、異常な心理状態下にあった。人に向けてピストルを発射する行為と、その結果の是非を弁別し、それに従って行動する能力が欠如していたのである。

また、本件犯罪の原因→動機→結果を、被告人の置かれた具体的状況を前提にして考察すれば、本件行為をしないことを期待することはできなかった。被告人の相手に向けられた怒りは、それまでの十九年間にわたる全生活史の過程から、いわば必然的に発生したものにほかならない。

したがって、各行為時における異常な身体的、心理的状況をも総合的に検討するならば、是非善悪を弁別し、これに従って行動する能力を喪失していたと解される。そして仮に、右のごとき精神状態が認められないとしても、是非善悪を弁別し、これに従って行動する能力が、いちじるしく減退していたと解すべきである。

一九八〇年十二月十二日、葛飾区小菅一丁目の東京拘置所の面会室において、永山則夫と大城奈々子が、結婚式をおこなった。この結婚式の立会人は、「〝連続射殺魔〟永山則夫の反省―共立運動」のメンバーで、永山則夫と大城奈々子が署名した婚姻届の保証人の欄に、署名・捺印をした。

「この面会が終わったら、ナナさんと役所へ行き、間違いなく今日中に提出するから」

婚姻届は三通で、この国際結婚の手続きについては、第五次弁護団に教えられた。永山則夫の本籍地は、〝赤パンフ〟の編集・発行人宅へ移している。

狭い面会室で、新婦が言った。

「私たちが結婚しても、披露パーティができないから、皆にポストカードで知らせるね」

「いや、それはまずい」

仕切られたプラスチック板の向こうで、白いワイシャツにセーター姿の新郎は、即座に遮った。

「マスコミが嗅ぎつけると、ナナの身辺にしつこく付きまとって、写真を撮ったりするかもしれない」

「それは困るわ。せっかく就職先も決まっているというのに……」

新婦は納得して、予定していた「ごあいさつ」のハガキは、印刷しないことにした。彼女の住居は、葛飾区に隣接する足立区で、女性弁護士の実家が経営するアパートの六畳間を提供された。八〇年十月下旬に来日してから、毎日欠かさず面会に通っているが、そろそろ自活しなければならず、年が明けたら会社勤めをする。

「ナナの両親に、手紙を書いておいた。こういう文面だが、どんなものだろう?」

永山が示した便箋には、「ナナが両親から、どれだけ可愛がられていたかは、ナナを見ていたらわかります。だから心配でしょうが、僕が生きていくために、ナナが必要なのです。二人は深い愛情で結ばれています。どうか私たちの結婚を許して下さい」と書かれている。

「ありがとう、ノリオ。日本語が読めないパパのために、私が英訳したものを同封します」

「ナナの両親に、申し訳ない気がする」

「そうじゃないのよ。私が生きていくために、ノリオが必要なのです」

「ありがとう、ナナ」

このごろ永山は、「ありがとう」をよく口にする。面会を重ねているあいだに、「オレは丸みがない人間だからなぁ」と苦笑するようになり、自分で気付いて変わっていくのが、彼女にはよくわかる。

身に付けたワイシャツは、いつか青森県北津軽郡から、長姉が送ってくれたものだ。この日に着るのは、「身を清めるため」と彼が表現したから、彼女は「お姉さんにものすごい愛情を持っている」と感じた。

そのワイシャツの上には、アメリカ土産のセーターを着ており、これが結婚式の晴着である。

「お姉さんは、どこに居るのかしら」

「それがわからないんだ」

「じゃあ、待っていなさい。あなたの愛するお姉さんを、私が必ず探し出すから」

「ナナが、姉さんを探し当てたら？」

「一緒に生活できるものなら、私はそうしたい気持ちなんだけど」

それを聞いて、永山は微笑した。そこで彼女は思い切って、母親のことを話題にした。

「お母さんの居場所は、本当にわからないの？」

「わからない。知る必要もない」

素っ気ない返事は、いつか話題にしたとき、「オレは母親アレルギーなんだ」と答えたときと同じだ。しかし、今日は結婚式だから、彼女は突っ込んで聞いた。

「もし私が、お母さんを見つけて、ここへ連れてきたとする。そのときノリオは、ちゃんと会ってくれる？」

「ナナが一緒なら、会ってもいい」

ふたたび永山が微笑したとき、立ち会いの看守が、腕時計を示して告げた。

「この辺で……。これでも今日は、大サービスしたんだからな」

一九八〇年十二月十九日、東京高等裁判所刑事二部（船田三雄裁判長）で、「強盗殺人等被告事件」の控訴審第一回公判が開かれた。

この日の東京高裁は、〝荒れる法廷〟に備えて、各階の通路を閉鎖するなど、厳戒態勢をとっている。しかし、一般傍聴人は十人前後で、一年五ヵ月ぶりに出廷した永山則夫は、一審のときと同じように顎髭を伸ばしているが、船田裁判長の人定質問に素直に答えた。

そのあと五人の弁護人が、「控訴趣意書」の要旨を交代して朗読するのを、被告席でじっと聞いていたから、「連続射殺事件の控訴審／永山は神妙、静かに開始」と、新聞は見出しを付けた。

一九八一年二月十五日、永山奈々子は、主任の鈴木淳二弁護人と、新幹線で名古屋へ向かった。

岐阜県可児郡可児町には、「名古屋事件」の被害者の両親が住む。その遺族を訪ねて、「永山則夫と結婚したことを許して下さい」と詫びるのが、彼女の目的だった。そして鈴木弁護人は、弁護活動の一つとして慰藉を尽くす。

名古屋駅から、名鉄広見線で可児町へ行くのだが、その前に名古屋市で会う人物がいた。永山則夫の三兄で、大手出版社の名古屋営業所に勤務している。鈴木弁護人は、これまで何回か電話連絡しているが、数日前に会社へ電話すると、初めて会うことを承諾して、都ホテル内の喫茶室を指定した。

日曜日とあって、ホテルのロビーは華やいでいる。その奥の喫茶室で、三人は午後零時半に落ち合い、まず主任弁護人が、裁判の現状と永山則夫の状態を説明した。その上で弁護人として、肉親たちの所在地や現況などを聞き、何らかの形で証拠化したい。

「私は去年あたりから、やっと姉たちに会うようになったんですよ」

三十六歳の三兄は、そう言って唇を噛んだ。

永山則夫の次姉(四十二歳)は、名古屋市内で主婦をしている。事件の年に離婚した三姉(三十九歳)は、東京の郊外でマージャン荘を任されてから、経済的に余裕が生じた。三兄は、この二人の姉と何回も会った。

しかし、母親(七十歳)と長姉(五十歳)と長兄(四十八歳)は、所在がわからない。次兄(三十八歳)は、姓を変えてタクシー運転手になり、東京都中野区にいると聞いた。妹(二十九歳)も東京都文京区にいて、子どもを託児所に預けてホステスをしている。集団就職で埼玉県岩槻市のメリヤス工場に住み込んだ姪(二十九歳)は、関東地方の温泉場の芸者置屋にいるという。そこまでは知っているが、いずれも正確な住所はわからない。

永山奈々子にとっては、初めて会う夫の肉親である。会った瞬間に、「則夫さんと目がそっくり」と感じたが、どこか陰があるというか、暗い人だと思った。その三兄は、弁護士と話しながら、ときどきこちらを眺めて、また視線を戻す。「私のことを気にしながら、話しかけられないのだな」と、彼女は黙って見ていた。

するとと三兄が、弁護士に言った。

「この十二年間は、弟も大変だったでしょうが、私たちも大変だったんですよ。弟が捕まってからは、しばらく会社へ行くことができず、一時は転職も考えました。それでも私は、冷たいところのある人間だから、なんとか今日まで、やってこられたんです」

みずから「冷たいところのある人間」と言ったのは、弁護士が「石川鑑定書」から、三兄の項目をコピーして渡したからだ。

《子どもの頃から忍耐強く、明朗闊達で、学校や近所の人から、可愛がられた。小・中学校を通じて成績が良く、マラソンや野球選手として活躍した。中卒後に集団就職で東京へ出てからは、米穀商で働いて定時制高校を卒業した。それから牛乳店や新聞店で、配達員として勤務しながら、中央大学第二法学部に入学した。卒業したかどうかは不明だが、勤務先の出版社では真面目な人柄を買われている。則夫は三兄から、暴力を振るわれたことはなく、この兄が涙を流すのを見たことがない。ただ、母親から網走に置き去りにされたとき、則夫の両肩に手をかけて、「オレたちは捨てられたんだ」と、一度だけ泣いた。この兄が上京するとき、新小学六年生の則夫は、新聞配達を引き継いだ。中学で長距離選手になったのも、三兄の影響を受けたからである。則夫が東京へ出て、定時制高校に入ったとき、三兄のように頑張れば大学だって卒業できると、懸命に牛乳配達したという。このように則夫は、三兄の教育的、指導的な態度を尊敬していたが、外面は良いけれども内面が悪いために、「冷たいな」と敬遠していた》

主任弁護人は、三兄より二つ年下で、このとき遠慮がちに尋ねた。

「網走に置き去りにされたときのことを、今でも覚えていますか?」

「それは思い出したくないことです」

ピシリと返事を拒まれて、弁護士は質問を変えた。

「お母さんに対する、あなたの評価は?」

「僕が上京したあとで、郷里の母は非常に変わったようです。則夫の気が小さいのは、母の影響だと思います。私が家にいたころの則夫は、けっこう明るい性格でした。母のことを全体的に一人の人間として見た場合は、たまらなく哀れな人だと思う。私の知っている母は、則夫にとっての母親像とは違います」

「そうですか……」

このとき弁護士は、時間を気にしながら、三兄に切り出した。

「このあいだ電話で言ったように、これから私たちは、『名古屋事件』の遺族に会いに行きます。あなたも同行してくれることを、奈々子さんは希望しており、私もそのほうが良いと思います」

「それはできません」

きっぱり断った三兄は、少し考えてから、低い声で理由を告げた。

「むろん兄弟だから、私としては本人を助けたい。遺族の所へ行ってお詫びして、刑が軽くなるものなら、そうしてやりたいです。そう思ってはいますが、それさえも言葉に出せません。兄弟だからこそ、世間に対する責任があります。私は十二年間、ずっとそのことを考えて、今日まで生きてきました」

そう弁護士に言ったあとで、三兄は初めて、弟の妻に話しかけた。

「則夫が結婚したと聞いて、どういう子かなと、興味があって来たんだよ。もし差し支えなかったら、住所と電話番号を書いてくれない？　仕事で東京へ行ったとき、連絡させてもらうから」

「はい、書きます」

二十五歳の義妹は、言われたとおりメモ用紙に書き、両手に持って差し出した。それから表へ出て、路上で別れるとき、彼女はお辞儀して頼んだ。

「握手してくれますか？」

とっさに左手を出したので、「お兄さんはサウスポーなのか」と、こちらも左手を出して、固い握手を交わして別れた。

「ああ」

そのあと、永山則夫の妻と主任弁護人は、名古屋鉄道の広見線に乗り、可児町へ向かった。被害者の両親が住む可児町は、飛騨木曽川国定公園の一部で、日本ライン下りの起点になり、名古屋市と岐阜市から三十キロメートル圏内である。一九六八年十一月五日に死亡した佐藤秀明（当時二十二歳）は、自宅から名古屋市中川区の八千代タクシーへ通勤していた。広見線の日本ライン今渡駅に着くと、鈴木淳二弁護士の友人が待っていた。被害者の遺族の住居と、そう遠くないところに住む整骨師で、鈴木の依頼で前もって訪問したところ、両親の意向としては、「わざわざ訪ねて来る人を、拒んだりはしない」とのことだったから、仏前への供花を用意している。

主任弁護人は、お見舞いとして現金二十万円を持参していた。二月に出た『無知の涙』（合同出版刊）の第二十七刷分の印税である。

一九七一年八月、合同出版の社長と編集長が、著者の依頼で現金五十五万円余を持参したとき、被害者の両親は受け取らなかった。それから十年経って、あるいは心境の変化があるかもしれないと、主任弁護人は一縷の望みをつないでいる。

いずれも六十九歳の両親は、木造平屋建ての家に、二人きりで住んでいる。宮大工をしている父親が、戦後まもなく自分で建てたといい、あまり傷んでいない立派な家屋だった。

三人が玄関先に立ったとき、応対に出たのは父親で、応接間に招じ入れられると、母親が挨拶にあらわれた。丁重な挨拶をした母親は、応接間に隣接する和室へ戻って、襖を半開きにしてコタツに入った。

主任弁護人は、控訴審が始まった裁判の現状と、被告人の心境を説明した。今回の遺族訪問は、被告人が強く望んだからで、その身代わりとして、獄中結婚した妻が来たのである。そんなことを話していると、父親が穏やかな表情で告げた。

「永山則夫が、非常に不遇な幼少期を過ごしたことはわかります。しかし、恵まれない人は、世の中に沢山いる。現に私自身は、幼くして母親を亡くしており、男手一つで育てられたんですよ」

「それで裁判に対して、どんなお気持ちですか」

「刑罰は裁判所が決めることで、自分たちには関係ない。とにかく、こういう事件は、二度と起きてはならん。そう思っております」

柔和な表情の父親は、あまり事件や裁判を話題にしたくないらしい。職業は宮大工ということになっているが、最近は文化財の木造建築の修復が専門だと、話題はそちらへ移った。

弁護士も整骨師も、被害者の父親の話に引き込まれ、いろいろと質問を始めた。和室のコタツにいる母親は、背中を丸めて身じろぎしない。永山奈々子は、応接間のソファに坐り、男たちの〝エンジニア関係〟の話を聞いても、ほとんど理解できない。

そこで彼女は、和室へ声をかけた。

「そっちへ行ってもいいですか?」

すると母親は、無言でコタツの向かい側に、もう一つの座布団を置いた。

四ヵ月前まで、アメリカ合衆国のネブラスカ州オマハにいた彼女は、沖縄では基地内の暮らしが長かったから、日本式の礼儀作法を知らない。名古屋行きを控えて、永山則夫に面会したとき、「大丈夫かな?」と言われた。線香の上げ方も知らず、遺族にトンチンカンな印象を残すのを心配したようだ。それで彼女が、「ノリオの足になる私に、何をして欲しい?」と問うと、「お線香だけは上げさせてもらってくれ。それであちらの言い分を、よく聞いてきてくれ」と頼んだ。

応接間のソファから和室へ移動した彼女は、畳に額を当ててお辞儀をしたあとで、老眼鏡をかけた母親に語りかけた。

「本当であれば、殺された息子さんが、お母さんやお父さんの所へ、お嫁さんを連れてきたのだと思います。それなのに、殺した人間のほうが結婚をして、その嫁がこの家にきました。誠に申し訳ないことですが、どうかお母さん、『結婚したことを許して下さい』と、私がお願いすることを許して下さい」

もう一度彼女は、額を畳に当ててお辞儀をした。すると母親は、老眼鏡の奥に涙を溜めて、コタツに入るよう勧めた。

「あなたのような人が結婚してくれて、永山則夫は、とても幸せだわね」

「はい、私たちは幸せが燃えています。本当に申し訳ありません。結婚したことを許して下さい」

「あなたのほうから、そんな風にあいさつされると、私のほうが弱くなる」

「いいえ、弱くなられては困ります。強く生きて下さい。それが私の願いです」

そこまで言ったとき、涙が溢れ出て、彼女は声が出なくなった。

応接間では話題が中断して、男たちが和室の成り行きを見守っている。しかし、帰りの電車の時刻も迫っているから、主任弁護人が現金を入れた封筒を、父親の前に差し出した。

「二十万円入っております。被告人が自分で書いたものによって生じたカネで、ご両親に受け取って頂くことを、強く望んでいます。是非とも受け取って下さい」

「いや、受け取ることはできない」

このとき父親は、強い口調になった。

「十年前にも、出版社の人がカネを持ってきたが、私たちは受け取らなかった。いま受け取るくらいなら、そのとき受け取っていますよ」

「しかし、十年経って被告人も変わり、事件を起こしたことを、深刻に反省しています」

「そう言われてもね。親の気持ちとしては、このようなカネを受け取らないことが、せめて息子にしてやれることなんです」

「函館や京都の遺族の方は、被告人が反省を込めて書いた本の印税の一部を、受け取って下さいました」

「そのことは、知っております。それで私は、十年前にも出版社の人に言ったんですが、永山則夫が非常に不遇だったことはよくわかる。そのような境遇の少年は、いまも世の中に沢山いるでしょう。そういう人たちに、そのカネを役立ててもらいたい」

「わかりました。帰って被告人と相談して、お父さんの意思を生かすよう努力します」

主任弁護人は、現金が入った封筒を、自分のカバンの中に戻した。

このとき和室のコタツでは、母親が身を乗り出すようにして、永山則夫の妻の生い立ちや、結婚にいたるいきさつなどを、あれこれ質問していた。その質問の最後は、「この家に、なぜ来る気になったか」である。

すると彼女は答えた。

「私としては、彼が犯した罪の許しを乞うことより、殺した人間と結婚することで個人的な幸せが燃えて、遺族の方に憎まれる結婚であっても、許しを受けたいと思ったからです」

「そう。永山則夫は幸せね」

「どうか、お線香を上げさせて下さい」

そう言って彼女は、畳に額を当ててお辞儀をした。すると応接間にいた父親が、黙って立ち上がって仏壇のロウソクに火を点けたので、永山奈々子、鈴木淳二の順に、享年二十二歳の被害者の位牌に線香を上げた。

一九八一年三月二十日、東京高裁刑事二部で、第二回公判が開かれた。この日は情状証人として、被告人の妻が証言台に立つ。ブルーのセーターに細いスラックス姿の彼女は、弁護人席を背にして坐る永山則夫に微笑を送り、裁判官席に向かって長い髪を垂らしてお辞儀した。

【被告人の妻（二十五歳）の証言】

アメリカで人間関係に裏切られ、生きる気力を失っていたとき、座禅とかいろいろやった。大自然の中に自分を置いてみようと、車を運転して太陽を追いかけたり、ミズリーリバーを駆け回るなどした。そんなときインディアン村を見つけ、子どもたちがギャーギャー騒ぐ中を一人で散歩した。すると子どもたちが、十人も二十人も駆け寄り、小さな手を差し出して、私の手を握ってくれた。そんなこともあって、子どもたちに引かれて少し生きる気力が出て、『無知の涙』の著者に初めて手紙を書いた。養父は連邦政府に勤めて、裁判の陪審員もする人で、四人も殺した人に手紙を書いたことは、最初から知っており、文通することについて何も言わなかった。

八〇年十月二十五日に私が日本へ来たのは、インディアンの子どもたちに「生きろ、生きろ」と左手を引かれて教えられ、獄中の彼からの手紙で重要なポイントの右手を引かれ、生きることを教えられたからだ。しかし、彼自身は生きようとしていないから、時間がないと思った。彼の手紙のなかに、「自分は命を捨てても、自分の思想を残さなければならない」とあり、貧しい者を一人でも地上から消したいという。そのような人々をヘルプするために、彼は命を捨てようとしている。私の右手を引き、生きることを教えてくれた彼が、自分は死のうとしていることを知り、彼と一緒に生きたいと思った。そのとき私には、本当に彼が必要だった。彼との文通のなかで、「あなたの気が変わるといけないから、さっさと入籍しよう」と、私のほうから言いだした。しかし、婚姻して入籍する手続きを知らず、アメリカ国籍のこともあり、資料を送ってくれと手紙で頼んでいた。

日本へ来て、これまで彼にかかわった人たちが、「永山のために何かしてやろう」と初めは思っても、そのうち利害がちらついて、中途半端に彼を置き去りにして行った人が、余りにも多いことを感じた。だから私は、言葉ではなく行動によって、彼の人間不信を解消しようと、まもなく入籍したのである。

その後、アメリカで知り合った曹洞宗の和尚が、岐阜県の高山から来て、新橋の鈴木淳二弁護士の事務所で会った。そのとき私が、いま法廷で話しているようなことを説明すると、「ナナを動かさないほうがいい」と、和尚はわかってくれた。そして「僕の寺がナナのホームグラウンドだよ」と言って、岐阜県へ帰った。

そのうち私は、被害者の遺族に会いたいと思うようになり、夫に話した。すると彼は、「行きたいと言ってくれる気持ちはありがたいが、遠くへ一人で行けるかな」と配慮して、弁護士に同行を頼んでくれた。

今年二月十五日、鈴木弁護士と「名古屋事件」の遺族を訪ねた。そのときお母さんが「永山は幸せね」と言ったけど、その言葉の裏に「憎いけど幸せね」と聞こえて、私は嬉しいとも何とも思わずに涙が出た。それから私は、お線香を上げた。ものすごい立派な仏壇で、お父さんやお母さんが、どんなに息子を愛していたのかを感じた。そのとき私は、一本は夫のお線香で、もう一本は私のお線香だと思い、二つ重ねて上げた。

お線香を上げたあと、私が玄関から出るとき、鈴木弁護士はすでに表へ出ていた。そのとき玄関先の絨毯に、両親が跪《ひざまず》いておられた。そしてお父さんが、「さようなら」と挨拶するように、膝の上に手を乗せた。二十万円は受け取ってもらえなかったし、もう言葉は要らないと思って、「お願いがあります、お父さんの肌に手を触れることを許して下さい」と言った。するとお父さんは聞き取れなかったらしく、後ろに坐っていたお母さんが説明してくれた。それで私は、お父さんが膝の上に置いた手に、自分の手をそっと触れて、「お体を大切にして下さいね、さようなら」と言って玄関を出た。

東京へ帰る新幹線の車中で、お父さんやお母さんが、あれだけ愛していた息子さんを、彼が殺してしまったことについて考えた。今度は彼が死刑になり、私にとって掛け替えのない人を失うのかと思った。お父さんやお母さんの気持ちは、印税でも尽くせない、理屈でもない。そのとき私は、彼の言う「仲間殺し」の意味が、初めてわかった。彼が処刑されて、私が遺族になったとき、彼を失った憎しみや怒りを、どこへ向けるのかを考えた。

私は永住権を捨てており、もうアメリカへ帰れない。私にあるのは彼だけで、結婚して一緒に生きようとしている。その彼を失ったとき、私の憎しみというのは、日本中へ向かって泣きわめくことだろうか。そのときは自分を憎みに憎み、そして人や社会を憎むんだろう。そう思ったとき、また彼の気持ちがわかった。

名古屋から帰って面会に行くと、彼は「お線香を上げさせてくれたか。お母さん、お父さんは元気だったか」と聞いた。二十万円の印税の話になり、受け取ってくれなかったお父さんが、「永山と同じような恵まれない子どもたちに役立て、犯罪を起こさないようにしてくれ」と言ったことを話した。

このことで私が、「孤児院にでも寄付して、間違いなく寄付したというペーパーを持ち、もう一度お父さんを訪ねると、ペーパーを仏壇に上げてくれるかな」と言うと、「一時的な寄付では、その場逃れだ」と彼は答えた。遺族に受け取ってもらえなかったから孤児院へ……では、責任を果たしたことにならないと言われたので、また名古屋へ行くつもりだ。

それから面会のたびに、「生きることを考えてほしい」と、私は泣いて頼んだ。すると彼は、「自分は命を捨てても、自分の思想を残さねばならない」と言う。しかし、私に残るのは思想ではなく、永山則夫自身であってほしい。そう彼に頼むとき、泣くつもりでなくても、私は泣いてしまう。すると彼が「泣くな」と怒るので、「あなたが生きることを考えない以上、もう私は生きていけない」と私は言った。そしたら彼が、「ナナは死ぬな！」と言った。それから毎日、私はアパートで考えている。「生きてよ、生きてよ。私のために生きてよ」と。

しかし、生と死のギリギリの立場で、死刑囚である彼は板ばさみになって苦しんでいる。でも彼は、とうとう私に言ってくれた。「どんな判決が下りるにせよ、オレはナナを信じて生きる」と。私が名古屋の遺族に会ってから、初めて彼はそう言ってくれた。やっぱり彼は、生きていなければならない。彼が死んでしまえば、私には何も残らない。

検察官　先ほどの証言で、「アメリカで人間関係に裏切られ、生きる気力を失った」と述べたのは、具体的にどういうことですか。

証人　セクシャル・ハラスメントというか、職場の上司である男性から、「二号さん……妾になれ」と、嫌がらせを受けたんです。

検察官　それで日本へ来てから、証人と被告人の結婚は、通常の常識とはずいぶん違うけれども、純粋に証人の考えなのか。あるいは誰かに勧められたのか。その点はどうですか。

証人　誰かに勧められるとか、何らかのサイドからアイディアを与えられて、永住権を捨ててまでアメリカから来ません。彼がピストルの引金を引いた右手で、私に生きることを教えてくれたからです。

検察官　あなたに協力してくれる人は？

証人　アメリカではなかったです。私が両親と暮らしているとき、全然なかったです。

検察官　そうすると入籍の手続きとか、日本国内のことがわからないでしょう？

証人　私が日本へ来てから、東京で右も左もわからないので、彼を支援している人たちが、ものすごく私を大切にしてくれました。婚姻の手続きは、弁護士さんが教えて下さいました。

検察官　証人の戸籍謄本を見ると、父親の名前が書いてない。これはどうしてですか。

証人　私自身には、フィリピンの血が入っており、その父親が私を認知しないまま、沖縄で母親と別れ、本国へ帰ったんです。私は母親と祖母に育てられ、ずっと無国籍でした。私が十九歳のとき、あちこち図書館を回ったりして、初めて日本国籍を取得したんです。だから父親の名前は、戸籍謄本に載っていません。

検察官　どうやって日本国籍を取得しましたか。

証人　私生児にしておいた場合は、日本国籍取得ができることがわかって、それをやったわけです。私自身が六年前、沖縄社会の偏見の中でやりました。

検察官　いま現在は、どうやって生活しているのですか。

証人　今年一月六日から、ある会社に勤めていたんですが、裁判のことなどで仕事を休むことが多く、会社に悪いから一ヵ月でやめました。そのとき働いた分と、支援の方々のカンパによって生活しています。住んでいるアパートは、大谷弁護士の実家が経営しているので、「ナナちゃんが落ち着くまで居ていい」と言われ、無償で世話になっています。さきほども記者の方から、「あなたは無職だから、永山則夫の本の印税で生活しているんですか」と聞かれ、「彼が血で書いた本の印税を、私の生活費に回せません」と答えたんです。私は印税に、一切タッチしていません。

検察官　支援の人たちから、毎月カネをもらって生活しているんですか。

証人　昨年十月二十五日に日本へ来て、何をしていいかわからないから、皆さんに案内してもらい、日本の習慣を覚えました。それで今年一月初めから、会社に勤めたんですが……。

検察官　これから先は、どうやって生活していくつもりですか。

証人　彼は私に、「法廷にはオレ一人で立っているんじゃない、ナナも一緒に立っているんだよ」と、いつも言います。それで今回の判決が出るまで、アルバイト的に子どもたちに英会話でも教えて、どのような判決が出ようとも、ちゃんとした仕事に就き、最後まで彼を信じ、私は生きていきます。だから彼を心配させないために、しっかりしなきゃいけないんです。

一九八一年四月五日、永山奈々子は、大谷恭子弁護人と、「函館事件」の被害者の墓参をした。

これまで永山則夫は、『無知の涙』などの印税から、慰藉料として四百七十万円を、函館の遺族へ贈っている。今回の訪問で三十万円を持参すれば、ちょうど五百万円になるが、預金の残高が底を突いてしまった。その事情を弁護人が電話で説明し、永山の妻と二人で訪問する旨を伝えると、未亡人が墓地を待ち合わせ場所に指定した。

函館山麓の南端に位置する立待岬に、帝産函館タクシーの運転手だった佐川哲郎（享年三十一歳）の墓がある。三十九歳になる未亡人は、函館市内でスナックを経営しており、長女は高校生、長男は中学生になった。七一年五月、最初の百五十五万円を受け取ったとき、「美容院を開く資金の一部にしたい」と言ったが、結果的にスナックを開店した。

その未亡人に導かれ、墓碑に花束を供え線香を上げてから、永山の妻は詫びた。

「今回は見舞金がなく、申し訳ありません」

「いいえ。今まで頂いた分を、スナックの開店資金に充てて、十分な金額でした。店では女の子を二人使い、この通り私は元気だから、何の心配もありません。帰って永山さんに会ったら、『もう気に掛けないで結構です』と伝えて下さい」

「彼の目標額は、一千万円だそうです」

「あなたは知らないかもしれないけど、夫は仕事中に死亡したのだから、労災保険が支給されました。会社から退職金や見舞金も頂いており、そんなに心配して頂くほど、私は生活に苦労していません」

「でも彼は、これからも本を出します」

「それだったら、他の遺族の方に回して下さい。ウチは本当に、もう結構です」

未亡人が強い口調になったから、「あるいは迷惑なのかもしれない」と、傍らで弁護人は思った。しかし、職責上からも、遺族の生活ぶりを知る必要がある。

「永山則夫さんは、小さな子どもさん二人を遺族にしたことで、とても函館事件を気にして、それが反省のきっかけになりました。遺族に印税を払い続けることに、彼は強い希望を持っています」

「でも先生、ウチの子は二人とも、父親が殺されたということを、今も知らないんです。いや、普通だったら小さいとき父親を亡くすと、『お父さんはどうして死んだの？』と、母親に聞くと思います。それなのにウチの子は、二人とも口にしません。ということは、薄々は知っているんでしょう。私は二人が成人したときに、きちんと自分で話すつもりです」

「女手一つで、子どもさんをここまで育てるのに、ずいぶん苦労なさったでしょう。そういう立場で、永山則夫さんの裁判を、どう考えておられますか」

「率直に言って私は、裁判に興味を持ったことはなく、傍聴に行こうとは一度も考えていません。今の気持ちとしては、もう事件と係わりたくない。何よりも、そっとしておいて欲しいということです」

「こうして私たちが訪ねて来たことも、ご迷惑だったでしょうか」

「そんな角の立つことを、私の口からは言えません。しかし、わかって頂きたいのは、私たちが事件があった土地で生活しているということです。マスコミが近づいただけでも、あれこれ世間から勘繰られる。それで第三者の口から、父親がどのように死んだかについて、子どもの耳に入るのがとても怖い。先生、そういうことなんです。どうかわかって下さい」

津軽海峡に目を向けながら、気丈な未亡人の話を一時間半ほど聞いた二人は、立待岬の墓地を後にして、函館駅から連絡船に乗った。

一九八一年四月六日、永山則夫の妻と弁護人は、青森駅から奥羽本線の急行列車に乗り、一時間余りで碇ケ関《いかりがせき》駅に着いた。

七十歳になる永山の母親は、南津軽郡碇ケ関村のリハビリテーション病院にいる。東京拘置所の面会室で挙式したとき（八〇年十二月）、妻が居場所を尋ねると、「わからない。知る必要もない」と、永山は素っ気なかった。

今回の函館行きのこともあり、主任弁護人が本人に確かめたところ、「碇ケ関村のリハビリテーション病院にいるかもしれない」と答えた。そこで電話で問い合わせると、「こちらに入院中ですが、寝たきりで電話口に出られない」と、看護婦が説明した。このため函館からの帰路、二人が見舞うことになった。

七八年七月十九日から、母親は入院中である。それまでは北津軽郡板柳町を離れて、北海道網走市庁の北見市で、魚行商をしていた。このとき体調を崩し、物乞いに近い状態で過ごすうちに倒れ、いったん施設に収容されてから、本籍地の青森県へ移された。

碇ケ関村のリハビリテーション病院の診察で、病名は脳出血だった。歯は抜け落ちており、言葉がはっきりしない。本籍地に照会して親族を探し、当時四十八歳の長女が、弘前市の精神病院に入院中とわかった。そこで病院間の交渉で、外泊許可をもらった長女が、自分のクスリを持参して母親に付き添った。しかし、しばらくして長女は行方をくらまして、弘前の精神病院へも帰っていない。

永山奈々子と弁護人の大谷恭子が病室に見舞ったとき、母親は〝もんちっち人形〟を抱いてベッドに寝ていた。その枕元で、二十五歳の嫁が大声で挨拶した。

「則夫さんと結婚した奈々子です。則夫さんに代わり、私がお見舞いに来ました」

それを聞いて、痩せ衰えた母親は、声にならない声を上げた。こみ上げる感情が押さえきれないらしく、嗚咽も涙もないけれども、右手を動かして泣いている。

そこで弁護士が、取り出した名刺を、母親の右手に持たせた。

「弁護人の大谷です。総勢五人の弁護団が、則夫さんのために、一生懸命やっています。則夫さんは、ナナちゃんと結婚して、ずいぶん素直になりました。今度の裁判では、良い判決が出るかもしれません」

耳元に口を寄せて話すと、こちらの言うことはわかるらしく、泣きながらも反応を示す。自由の利く右手で、イエス・ノーを意思表示するから、辛うじて会話が成り立つのである。

この見舞いには、看護婦長が立ち会って、母親の右手から名刺を取り上げた。

「これは私が預かります。何故なら患者の身内が、一人もわからないんです。何かあったときは連絡先にさせて頂きますが、構いませんか?」

「はい、お願いします」

弁護人が承諾すると、永山の妻が自分の連絡先を、その名刺に書き添えた。看護婦長は、看護記録の中に名刺を入れると、母親の様子を説明した。

「この患者さんは、『則夫』という名前を出しただけで、こうなってしまうんです。ほかのきょうだいの名前を一人ずつ上げていくと、『知らん』『要らん』と言うけど、名前が『則夫』になった途端に、こういう泣き声になります」

そう言って看護婦長は、ベッド脇のテーブルの引出しを開けた。生活保護で入院しているから目ぼしいものはないが、年賀ハガキが一枚混じっており、差出人は永山則夫だった。

「この年賀状が届いたとき、患者さんは喜びましてね。まるで宝物のように、こうして置いているんです」

七八年七月に入院して、リハビリテーションを重ね、一時は回復の兆しがみられたが、八〇年十二月に副腎の腫瘍を手術してから、その後の経過は思わしくなく、現在も患部から膿が出ている。

「ほかに連絡の付く身内の方は?」

看護婦長に問われたが、むしろ教えてもらいたいのは、見舞ったほうである。永山の妻は長姉の所在を知りたがったが、北津軽郡板柳町のすさんだ家に人の住む気配はないという。念のため母親の耳元に口を寄せて、長姉の名前を連呼してみたが、答えは「知らん、要らん」だった。

これから板柳町へ行って確かめる方法もあるが、東京高裁の第三回公判は翌日だから、急いで東京へ帰らなければならない。

一九八一年四月七日、第三回公判が開かれ、弁護側の証人による情状証言がおこなわれた。

【元合同出版編集長（四十四歳）の証言】

七〇年四月から七三年十二月まで合同出版に勤務し、七一年三月十日付で永山則夫著『無知の涙』を出版したが、現在は株式会社日刊ゲンダイに勤務している。七一年五月に原審で証言したように、「函館事件」の被害者の遺族に百五十五万円を受領してもらった。その後も頻繁に増刷しており、これだけの大部数は予想外である。

第四刷以降の印税は、函館事件の遺族以外にも届けるよう永山さんに言われ、「名古屋事件」と「京都事件」の遺族宅へ伺った。会社の経理台帳に、七一年八月四日の支払分として、「佐川圭司へ百十一万六千円」「鶴見マスへ五十五万八千円」とある。この時点の印税額は二百万円余で、五〇パーセントを函館の佐川さん、各二五パーセントを名古屋の佐藤さん、京都の鶴見さんの遺族へ渡してくれと、永山さんの指示があった。

七一年八月五日、名古屋事件の遺族宅へ、社長と二人で訪問した。初めての訪問だから、事前に連絡するのが通例だが、そうすると会って頂けない危惧があり、函館の遺族を訪問したときと同じように、まったく予告なしで岐阜県可児町のお宅へ伺った。まず遺族の方に、「東京の合同出版の者です。こちらの誰それさんを殺した、永山則夫さんの『無知の涙』という本を出し、著者が遺族の方に渡してくれと言うので、こうして参りました」と挨拶した。このときお父さんは不在で、お母さんが応対された。

お線香を上げさせて頂くことに始まり、『無知の涙』が書かれたいきさつと、当時の永山さんの考えを説明し、その使いで印税の一部を持参したと話した。お母さんはきちんと聞いてくれたが、「受け取るわけにはいかない」と断った。社長と二人で一生懸命に説得すると、「私では判断できないから、お父さんに話して下さい」と言われた。

そこで仕事場へ行くと、お父さんは話を十分に聞いてくれた上で、「いくら生活に困っていても、これは受け取れるカネではない。社会には永山のように恵まれない人が多いはずだから、そちらに役立ててほしい」と言われたので、受け取って頂くことを断念した。

翌八月六日、「京都事件」の遺族を、名古屋と同じように予告なしに訪問すると、長男の息子さんが出てきた。私たちの話を聞き、素直に受け取ってよいかどうかの困惑が、ありありと顔に出ていた。そのとき息子さんが、「挨拶しなさい」と促して、お母さんも顔を出されたと記憶する。それから仏壇に焼香し、持参した印税を受け取って頂いた。

七一年十一月五日付で、会社の経理台帳に、「佐川圭司へ百四十万円」、「鶴見マスへ五十一万円」と記載されている分も、被告人の意思により、引き続き支払ったものである。

七二年一月ころ、「東京プリンスホテル事件」の遺族宅へ、被告人の依頼で行った。八王子市の自宅にお母さんがおられて、家の中に入れて頂いた。印税をいくら持って行ったか、当時の経理台帳を見てもわからないのは、受け取ってもらえなかったからだ。しかし、仏壇にお線香は上げさせて頂いた。

七二年一月から二月まで、函館と京都の遺族に、計六十二万円を支払った。これは東京プリンスホテル事件の遺族が受け取ってくれなかったので、こちらへ回したと考えられる。

七二年七月以降も、函館と京都の遺族へ、印税が支払われている。これもその都度、被告人の意思を確認して支払った。

なお、被告人の母親や長姉にも、『無知の涙』の印税から支払っている。

一審の東京地裁において、第一次弁護団から第二次弁護団に代わる段階で、私はある程度は裁判に関係した。しかし、第二次弁護団が解任（七四年九月）されてからは、ほとんど係わっていないので、今日は久しぶりに、この法廷で被告人に会った。

永山さんが『無知の涙』を書き、その印税を遺族の方に差し上げること、〝反省―共立運動〟で世の中に入っていくことは、無知である自分が人を殺してしまったことから発して、償いをしているのだと思う。何よりも永山さんは、一人の少年が人を殺さねばならないような世の中、この社会を変えていくことこそ、最大の償いだと思っているようである。
このような私の見方は、現在も変わっていない。永山さんは一審で死刑判決を受けたが、死刑にしてほしくない。人を死刑にするのは悪いことで、そんな権利は国家にないと思う。そういう前提に立って、永山さんにはもっと償いをしてもらいたい。永山さんでなければ書けない本を書いて、永山さんの思想にもとづき、さまざまな人たちに呼びかけてもらいたい。

検察官　名古屋事件と東京プリンスホテル事件の遺族が印税を受け取らなかったのは、なぜだと思いますか。

証人　自分の子どもが殺されたからだと思います。

検察官　両事件の遺族の生活状態は？

証人　中流かと思います。

検察官　子どもを殺されて生活に困った話は、出てきませんでしたか。

証人　出ませんでした。

検察官　お願いしてもカネを受け取ってもらえなかったのは、遺族にとって子どもを殺された痛み、犯人に対する憎しみが、それほど強いからではありませんか。

証人　それはあると思います。

裁判官（右陪席）　名古屋事件の遺族を訪問したとき、お父さんの言葉に対して、証人なり社長なりは、何と言ったのですか。
証人　正確な言葉は記憶しておりませんが、最初から申し上げた言葉を、繰り返したと思います。「遺族にお渡しすることが第一ですから」と。
裁判官　被告人としては、遺族に償いたいという気持ちを、証人たちに託しているわけですね。
証人　はい。
裁判官　その被告人の気持ちを、どうか酌んでほしいということを、重ねてお願いしましたか。
証人　繰り返し言っております。
裁判官　訪問が終わってから、名古屋事件の遺族に対して、何とか「受け取ってもらえないか」と、手紙か何かで伝えたことはありますか。
証人　合同出版としてではないはずです。
裁判官　遺族の意思は、被告人に伝えましたか。
証人　伝えました。
裁判官　被告人との話し合いで、現金書留とか為替で送ろうとか、法務局に供託しようとか、そういう相談をしたことは？

証人　ありません。

裁判官　証人から提案したことは？

証人　ありません。

裁判官　なぜ提案しなかったんですか。気が付かなかったんですか。

証人　気が付かなかったということもありますが、やはり手渡したいという気持ちが強かったのです。

【弁護人の新美隆（三十三歳）の証言】

本年三月七日昼ごろ、本件の弁護人としての資格で、東京プリンスホテル事件の被害者である、村田紀男さんの遺族を訪問した。

控訴審の弁護をするにあたり、被害者の遺族にどのように慰藉を表すべきか、被告人の意向を受けて、弁護団で協議した。その結果、私が八王子市にいる遺族を訪問し、裁判の状況とか、被告人の気持ちをお話しすると共に、遺族の気持ちを聞かせて頂くことになった。一週間くらい前に電話すると、被害者のお母さんが出られて、何のことか思いつかない様子だった。永山則夫の弁護人である旨を述べて、裁判の経過などをいろいろ話したあと、永山自身の考えをぜひとも話したいと言った。それに対して、喜んで会うという態度ではないが、話を聞いて頂けることになり、訪問する日時を約束した。

村田さんの住まいは、中央線の高尾駅から歩いて十五分くらいの閑静な住宅街で、お母さんは長男夫婦と一緒に住み、他の子はそれぞれ世帯をもっている。お母さんに対して、私の方からいろいろと説明すると、「何の係わりもないように、そっとしておいて欲しいの一語に尽きる。裁判の進行について傍聴に行く気はないし、裁判所の判断に任せるほかない」という趣旨のことを言われた。

弁護人として、遺族へ慰藉の気持ちを表すために、二十万円を持参した。この二十万円は、売れ残っていた永山則夫の著書（『人民をわすれたカナリアたち』『愛か―無か』『動揺記Ⅰ』『反-寺山修司論』など）を、弁護団で売ったりして作ったもので、主任弁護人から託された。お母さんに永山の意向を伝えて、「その気持ちの証として、ぜひ受け取って頂きたい」と申し上げたが、「カネには困っていないし、受け取るわけにはいかない」と断られた。そこで私は、「できるだけ有効に使わせて頂きます」と申し上げた。

仏壇にお線香は上げなかったが、お墓がどこにあるかを聞いたところ、文京区の光源寺にあると教えられ、お墓参りすることを許して頂いた。そこで八王子から帰り、永山奈々子さんに「お参りに行こう」と、お墓の場所と寺の電話番号を知らせた。

【主任弁護人の鈴木淳二（三十四歳）の証言】

永山則夫君の三兄と、電話で話したときは、何とか接触を避けたいという態度がみえたが、一九八一年二月十五日、名古屋市で会って裁判の現状を話すと、「弁護人に会うのが怖かった」と言われた。名古屋では営業課の課長補佐で、部下を二十人使っている。上司は事件のことを知っているが、現在の部下は知らないという。永山君が幼少期に厳寒の網走に置き去りにされたことを、実際に体験したお兄さんに聞くと、「思い出したくないことだ」と口をつぐんだ。

そのあと岐阜県可児町へ行き、名古屋事件の遺族に、裁判の経過とか、永山君の気持ちを話した後で、永山奈々子さんを紹介した。私とお父さんの話を、彼女は黙って聞いていたが、「お母さんと話したい」と言って、和室のコタツへ行った。そうしてアメリカから来たいきさつを話し、お母さんがいろいろと質問をしていた。被告人との結婚の話を聞き、多少は驚かれた様子だったが、「お許しを頂きに参りました」との弁に、お母さんが特別な感情を示すとか、否定的なものは窺えなかった。奈々子さんは話の途切れたあいだ、謝罪の言葉を述べていた。おカネのことは最後の段階で私が話したが、受け取れないと言われて、「お線香だけは上げさせて下さい」と、奈々子さん、私の順で焼香させて頂いた。

検察官　名古屋事件の遺族、東京プリンスホテル事件の遺族は、いろんな人が謝りに行っても、話には応じてくれるが、おカネは一切受け取ってくれない。そういうことから考えると、最愛の息子を殺された親の立場で、「どうしても犯人は許せない」「カネで済まされる問題ではない」という心情があるのでは？

証人　そういう風に受け取れました。

裁判官（右陪席）　被告人と相談して、おカネを受け取らない遺族に、さらに出来る限りの礼を尽くしてみようと、考えたことがありますか。

証人　あります。奈々子さんは、「自分一人でも名古屋へ行き、遺族にお詫びして許しを乞いたい」と、現在も言っております。弁護人としても、被告人と奈々子さんの気持ちを伝えるべく、さらに努力したいと思っています。

裁判官　出来る限り礼を尽くした上で、遺族がおカネを受け取ってくれない場合は、たとえば現金書留で送るとか、為替で送るとか、遺族名義で預金して通帳と印鑑を送るとか、受け取りやすい方法にする考えはありますか。

証人　あります。

裁判官　名古屋事件の遺族は、「恵まれない子どもたちのために役立てて欲しい」と言ったそうですが、遺族に対する償いが大事だから、さらに受け取って頂くべく努力する考えはありますか。

証人　あります。

一九八一年四月十一日、永山奈々子と弁護人の大谷恭子は、早朝に東京駅を発ち、「名古屋事件」と「京都事件」の遺族を訪問した。

永山則夫の妻が、岐阜県可児町へ行くのは、これが二度目である。二ヵ月前に主任弁護人と訪ねたときは、二十万円を受け取ってもらえなかった。弁護団で話し合って、ある孤児院に打診したところ、「特定の民間の施設が、死刑判決を受けた人の寄付を受け取るのは、果していかがなものか」と躊躇があった。そのことも報告したいと思い、改めて訪問したのだ。第三回公判において、右陪席裁判官の助言を受けたこともあり、二十万円を母親の名義で郵便貯金に入れ、その通帳と印鑑を持参している。

両親は在宅しており、仏壇に花を供えて、線香を上げることを許してくれた。そのあとで、「函館事件」の被害者の妻と津軽海峡に面した墓地で会ったこと、被告人の母親と青森県のリハビリテーション病院で会ったことなどを報告すると、両親は一つ一つ丁寧に耳を傾けた。さらに永山則夫の気持ち、寄付を打診した孤児院の反応などを話して、大谷弁護人が母親名義の貯金通帳と印鑑を差し出すと、父親が受け取りを拒んだ。

「慰藉料に関してだけは、私たちの気持ちは変わらない。息子に対するせめてもの供養だから受け取るわけにはいかず、これだけは勘弁してもらいたい」

やむなく貯金通帳と印鑑を引っ込め、二人は母親の案内で、被害者の佐藤秀明の墓参りをして、次の訪問先の京都へ向かった。

京都市上京区五辻通の「京都事件」の被害者宅へ行くと、長男夫婦が応対してくれた。長男は西陣織の職人で、妻と一つの機を持って、狭い長屋で家内手工業である。京都の遺族へは、これまで合計二百三十五万円を贈ったが、最近は送金が途絶えており、そのことを弁護人が詫びた。

すると五十三歳の長男が言った。

「三年前に母が死にましてね。その入院費用や葬式代に、受け取ったカネを使わせてもらいました。そういうことだから、もう受け取ることはない。どうか気に掛けないで下さい」

そこで二人は、被害者の鶴見潤次郎（享年六十九歳）と、その妻（享年七十九歳）の仏前に持参した花を供えて、永山奈々子、大谷恭子の順に焼香した。

そのあと長男夫婦は、西陣織の作業について、実際に機を動かして説明した。家の中の様子から、一日一日の暮らしが精一杯という印象だが、長男夫婦は明るく振る舞い、永山則夫の妻を気遣った。

「いろいろ大変だろうけれども、人それぞれの人生だからね。まぁ、頑張ることです」

二人が辞去しようとすると、夫婦で押し止めた。

「わざわざ東京から来た人を、このまま帰すわけにはいかない。大したもてなしはできないけど、夕食を召し上がって下さい」

一九八一年四月十七日、東京高裁刑事二部（船田三雄裁判長）で、第四回公判が開かれた。

この日の法廷で、まず大谷恭子弁護人が証言し、続いて被告人質問がおこなわれる。

【弁護人の大谷恭子（三十歳）の証言】

函館の被害者の妻は、子どもの教育というか、事件のことをどう説明すべきかを、とても気にしていた。名古屋の被害者の両親は、持参した郵便貯金通帳と印鑑を、「息子に対するせめてもの供養だから」と、どうしても受け取らなかった。被告人と弁護団の話し合いで、今後の印税収入は、名古屋事件の遺族の佐藤静江さん名義の通帳に振り込み、東京プリンスホテル事件の遺族に関しては、永山則夫の代理人の鈴木淳二名義の口座に振り込むことにした。そのことは、被告人が了承している。

奈々子さんと私は、函館からの帰りに二人で碇ケ関村の病院へ行き、病室で被告人の母親をカメラで撮影した。このときの写真と、以前の丸々と太った写真を、それぞれ一葉ずつ、証拠として提出したい。現在の病状については、看護婦長の気の遣い方からすると、かなり重いんじゃないかと思った。

検察官　函館の佐川さんの奥さんと話したのは、どれくらいの時間でしたか。

証人　一時間半くらいです。

検察官　女手一つで子育てをした苦労話があったようですが、どんな内容ですか。

証人　私が一番気になったのは、「父親があああいう殺され方をしたことで、二人の子が人を恨む気持ちをもたないように……」と言われたことです。

検察官　ご主人を亡くした奥さんとしての苦労、その悲しみもあったでしょうね。
証人　それに関しては、「自分は元気だし、若いから心配は要らない」と、苦労話はして頂けませんでした。
検察官　労災保険がどれくらい出たか、具体的に内容を聞かれましたか。
証人　金額に関しては聞きません。
検察官　名古屋の遺族とは、どれくらいの時間会われたんですか。
証人　一時間半くらいだったと思います。
検察官　息子に関するせめてもの思いやりで、慰藉に関しては従来の態度と変わらない。息子さんを非常に愛していたという感じは？
証人　はい、それはもちろん……。お父さんの言葉として、「できの悪い奴ほど、親は可愛いんだ」と、息子さんの思い出話をなさいました。被告人のお母さんと会った様子を伝え、「則夫と聞いただけで泣き出す」と話したら、「やっぱりできの悪い奴ほど可愛いんです」と、お父さんは頷いておられました。
検察官　亡くなった息子さんのことを、忘れきれないということですね。
証人　「これがせめてもの供養だからわかって欲しい」という言葉のなかに、それは感じられました。
検察官　京都の鶴見さんの家では、どれくらい話をされたんですか。

証人　夕食をご馳走になってしまったので、二時間以上だと思います。

検察官　名古屋の遺族へは、貯金通帳の他に、何か持って行きましたか。

証人　仏前への供花と、墓前への花束です。京都のお宅へは、仏前の供花でした。

検察官　青森の碇ケ関村の病院で、被告人のお母さんの病室にいた時間は？

証人　一時間半くらいでした。

裁判官（右陪席）　名古屋事件のお父さんは、だいぶ意思が固いようですが、お母さんとはじっくり話されましたか。

証人　はい。お墓参りは、お母さんと奈々子さんと三人で行きました。その道すがら、ずっと話しました。

裁判官　持参した通帳について、お母さんはどう言っておられましたか。

証人　三人で農道を歩きながら、「お父さんも頑固だから」と言われました。ポツリと、それだけを。

裁判官　子どもに対する親の愛情は、父親と母親とは非常に差があるといわれる。お母さんの真意について、お会いになった感じではいかがですか。

証人　老夫婦が労りあって生きておられる。お父さんが頑固なのは、お母さんを思いやってのことなのだと、私は感じました。お母さんは気持ちを口には出さないけれど、お墓参りをしながら、「これから自分たちは、こうやって生活していくのよ」と……。言葉には表しきれないものを感じました。

【被告人の永山則夫（三十一歳）の供述】

いま目の前に積まれた単行本『無知の涙』『人民をわすれたカナリアたち』『愛か―無か』『動揺記Ⅰ』『反 - 寺山修司論』の五冊、角川文庫版『無知の涙』『人民を忘れたカナリアたち』の二冊、これら合計七冊は私が執筆したものである。発行部数としては、『無知の涙』が単行本と文庫本を合わせて二十一万部を超え、全体で三十一、二万部ぐらいだと思う。

毎日の出来事を「動揺記」あるいは「回復記」として書き、現在は「回復記」のⅢになり、全体で一万三千六百ページになっている。情状証拠として取調請求予定の「宗教と母と」は、第一論の「宗教」が完成し、第二論は「母」で、僕と母の関係を書きたい。「宗教と母と」を書き始めたのは、『愛か―無か』を出版する前後に、『無知の涙』を読んだ神戸の読者が、合同出版を通じて浄土真宗の本を送ってくれたからだ。

僕は以前から、宗教というとバイブルにさわるだけで、アレルギーが起きていたが、まともに向かい合おうと送ってくれた本を読み、感想文を書いた。そういうことで深い意味を見つけ、その本だけではなく、無政府主義系の人の宗教パンフ、創価学会系の文献、キリスト教の本も読み、宗教アレルギーを浄化していった。「母」というのも、僕がアレルギーを起こす動機だから、アレルギーの二つの動機を浄化するということで、分析して著述した。

ここにある原稿一冊、ウィリアム・ボンガーの『犯罪と経済状態』は、私が英文から訳したもので、現在百三十一ページまで進んだ。次の原稿一冊、ヘンリー・P・ホートンの『クリミナティ・アンド・エコノミック・コンディションズ』は、ボンガーを翻訳する過程のもの。今ロンドンにおられる、一審で特別弁護人だったマルクス経済学者の杉浦克己さんに、図書館にあった本の最初の二百ページくらいをコピーしてもらった。その間にアメリカで市販されている七百ページの本を取り寄せてくれ、それを僕が訳していた。

この本の全部は、日本で翻訳されていない。僕が知ったのは、河上肇という偉い先生が著した『貧乏物語』を、第一次弁護団の稲川弁護士から差し入れてもらい、ボンガーのものが短く載っており、「これはオレのことをいっているんだな」と非常に感激し、ずっと心に残っていた。その英文を毎朝口ずさみ、第一審の法廷で諳んじたりした。そういうことでボンガーは、僕の恩師みたいな人だ。ボンガーの『犯罪と経済状態』の翻訳については、ナナと共同作業をしている。

著作活動の直接の原因は、河上肇の『貧乏物語』である。日本は階級社会で、僕は抑圧され搾取される階級に属している。事件当時は、個人個人が憎いんじゃなく、日本全体を憎いと感じていた。それが何というか、同じ階級の仲間を殺したということがわかり、非常にショックを受けた。仲間を殺さないためには、どうしたらいいのか。その一点だけで、ずっと今まで勉強してきた。
弁護人 （主任）　印税の支払い状況について聞きます。（郵便貯金通帳一通・佐藤静江名義を示し）これはあなたの希望で作ったものですね？
被告人　はい。
弁護人　（普通預金通帳一通・永山則夫代理人、鈴木淳二名義を示す）この通帳は、東京プリンスホテル事件の遺族に二十万円持って行ったけど、その現金を受け取ってもらえなかった。あなたの了解を得て、こういう形で作ったわけですね？
被告人　はい。
弁護人　四月あるいは五月に、角川からも印税が入りますが、ほかの著作、あるいは『無知の涙』の増刷などの印税は、これらの口座に振り込んでいいわけですね？
被告人　はい。
弁護人　遺族以外にも印税は払われているが、お母さんと一番上のお姉さんに、いくら送りましたか。
被告人　百四十万円ぐらい行っています。
弁護人　ほかの獄中者、その家族へ、お金を送ったことがありますね？
被告人　はい。総計六十万円ぐらいです。
弁護人　「永山則夫校長の私設夜間中学」へも、本代として印税を送っていますね？

被告人　四十一、二万円だと思います。
弁護人　そうすると残りは、あなたの生活費と書籍代ということですか。
被告人　はい。書籍の購入費は、だいたい二百万円ぐらいになると思います。
弁護人　（ルン・プロ仲間文庫図書目録一冊——「〃連続射殺魔〃永山則夫の反省—共立運動」——を示し）ここにある図書は、全部あなたが読んだもので、こういう形で「ルン・プロ仲間文庫」を作ったのは、いつごろですか。
被告人　一九七八年頃だと思います。
弁護人　これを見ると、ルン・プロ仲間文庫の蔵書として、千五十七冊載っています。現在はもっと増えて、利用されていますか。
被告人　あと三百冊ぐらいあり、獄中者とか、その他の人が利用しています。
弁護人　図書目録の裏に「人間を作る書物に愛を！　思考の道具を大切に！」と書いてあるのは、あなたが考えた言葉ですか。
被告人　そうです。こういう形の「ルン・プロ仲間文庫」は、今後も本を増やして、拡げたいと考えています。
弁護人　この一年間、あなたは控訴趣意書の作成に没頭しましたが、控訴審の裁判が始まってから、何を勉強していますか。
被告人　ずっと小説を読んでいなかったので、角川文庫を安く購入して、石坂洋次郎のものを数冊、ほかに獅子文六、藤本義一とか読んでいます。

弁護人　英語の勉強を始めたのは？

被告人　基本がまったくわからないので、一年間のブランクもあり、受験研究社の『中学英語自由自在』で学びました。中学二年の初期ころまでやって、もう少しいくと、またボンガーを訳します。

弁護人　ほかはどんなことをしていますか。

被告人　最近はレーニンの『なにをなすべきか？』を読み、読書ノートを便箋で百三十一枚作り、『資本論』をもう一度読み、私自身が発見した『資本論』に足りない部分を、詳しく分析しています。マルクスに何が足りないかというと、『資本論』の冒頭に、「資本主義的生産様式が支配的におこなわれている社会の富は、一つの『巨大な商品の集まり』としてあらわれ、一つ一つの商品は、その富の基本形態としてあらわれる。それゆえ、われわれの研究は商品の分析からはじまる」とあるんですが、それは商品交換というか、価値原則の中での商品価値に基づいた分析です。しかし、まだ分析されていない面があり、それは対自経済ですけれど、『資本論』にもう一つ巨大な思想的な源泉がある。なんでマルクスは、富から出発したのかということ。対立面の貧困を、マルクスはどう考えていたのか。資本主義的生産様式の社会の貧困は、膨大な犯罪集積としてあらわれる。その犯罪の分析になると、僕の考えでは「仲間殺し」ということ。仲間殺しをなくすには、どうしたらいいかを考えると、そういう方面の分析に、必然的にいくと思うんです。仲間殺しを難しい言葉でいうと、類破壊あるいは類抹殺である。僕の『資本論』批判は、自然本能に対するものと、社会本能に対するものに分析がいき、これから分析が続きます。

弁護人 あなたが十二指腸潰瘍で手術を受けたのは、いつごろですか。

被告人 〝弁護人抜き裁判〟が論じられていたころで、七七年十一月二十五日です。

弁護人 その手術で胃の三分の二を取り、その後の健康状態はどうですか。

被告人 原稿を執筆するとき、無理して前かがみでやっていると、胃のコンディションがおかしくなり、控訴趣意書を作成するころは、胃薬を毎食後に服用していました。

弁護人 大城奈々子さんと結婚して、あなたは手紙を毎日出していますか。

被告人 はい。ほとんど毎日、出しています。

弁護人 面会に奈々子さんは、ほぼ毎日来てくれているようですが、奈々子さんに対する気持ちは？

被告人 彼女の両親に出した手紙に書いたように、二人は深い愛情で結ばれており、これからもナナを大切にしていきたいと思っています。

弁護人 あなた方の結婚が、奈々子さんが第二回公判で証言したことで報道され、激励の手紙がきましたか。

被告人 獄中にいる母国を朝鮮に持つ人から二通。佐世保市の年寄りの女性は、宗教の本と数珠を送ってくれました。その数珠は、男性用と女性用です。ほかに結婚を祝福する電報も来ました。

弁護人　あなたは奈々子さんから、青森の病院にいるお母さんに会った状況を聞いて、どう考えましたか。

被告人　ナナに言ったことは、「いまさら恨んでもしょうがない。きょうだいのだれも面倒をみないのなら、二人で面倒をみよう」と。それを実行するつもりです。

弁護人　（八一年四月九日付の被告人より永山奈々子宛の信書を示し）この手紙と一緒に、カタカナで大きく書いた、その旨を記したお母さん宛の書面がありますね？

被告人　はい。

弁護人　最後の質問になりますが、もし再び社会に出られたときは、何をしたいですか。

被告人　まず被害者のお墓参りをします。できたら遺族の人に会って、お詫びします。

弁護人　奈々子さんと相談しますね？

被告人　はい。二人で行くと思います。

弁護人　どんな仕事をするとか、将来のことで考えていることは？

被告人　塾というか、そういう方面でやってみたいと思います。いままで僕が生きてきた、学歴競争の社会とは違った意味の塾です。端的にいうと、僕の塾ではどんな点を取っても構わない。だけど一番の点を取った人に、一番ビリの人を援助させる。そういう塾を、ナナと一緒に作りたいです。

弁護人　今後も奈々子さんと二人で協力して、常に一緒に生活する自信はありますか。

被告人　あります。

検察官　まず宗教関係ですが、どういうものを一番研究していますか。

被告人　宗教の役割は、発生したときからの歴史の中の原理・法則に、肯定できるものがあるんですね。たとえば釈迦は、なぜああいう宗教を考えるようになったか。釈迦の生きた時代には、多くの奴隷が働いており、その上に立った生活だった。その中で釈迦は、平等を求めたんです。単純にいうと、釈迦の考えた宗教は、奴隷時代の社会主義だと思います。僕の立場の社会主義の面と、非常に共通する面があるから、いま釈迦に近づいています。

検察官　オランダの刑事学者ボンガーの言葉で、『貧乏物語』の中の感激する部分とは？

被告人　日本語でいうと、「貧乏は人の社会的感情を殺し、人と人との間におけるいっさいの関係を破壊し去る。すべての人々によりて捨てられた人は、かかる境遇に彼を置き去りにせし人々に対しもはやなんらの感情ももち得ぬものである」という短い言葉です。

検察官　あなた自身が、奈々子さんと結婚に踏み切った心境は？

被告人　アメリカにいた彼女が、角川書店に手紙を送って、それが鈴木淳二弁護人に回送され、僕が受け取ったわけです。非常に寂しい詩とか書いてあり、失恋でもしたのかなという感じで、「もし絶望していても、自殺などしないように」と、簡単な気持ちで返事を出しました。アメリカのネブラスカまで、届くのに一週間かかるんですね。僕が彼女と文通したのは、「どうせ日本に来られないし、会うことはない」と思って、楽な気持ちで正直に書いたんです。それが何というか、ある時点からアメリカで署名活動をやって、いま僕は国会請願活動をやっていますが、こっちの有名人に頼んでも熱意を示さない中で、彼女は一生懸命になり、行ったこともない黒人街で、署名活動をしてくれた。そういうことがあって感激して、非常に好感をもって、新しい気持ちで文通した。彼女が「恋人がいるのか」と聞いてきて、当時いたんだけれども、だいぶ気まずい状態で、「いることはいるんだけど……」と僕が書き、ナナに上げ気球で伝えたら、向こうのほうが慰めてきたのかな。「日本へ来ていいか。そして結婚したい」と。それで今の状態になっています。

検察官　結婚というと、相手の一生の運命を大きく左右する、非常に重大なことです。そのことは、どう考えていますか。

被告人　彼女が来ること自体、最初はわからなかったのね。それで彼女が、僕の支援者に電話をかけて、日本へ着いた当日に会ったんです。その当時の僕は、しっかり愛してくれる人を欲しいと思っていた。彼女は非常にしっかりしており、僕には出来すぎの感じがあった。しかし、彼女のほうが積極的だから、それで結婚しました。

検察官　最後に聞きたいんですが、裁判になっている事実関係について、自分自身の責任の有無、重み、程度について、どう考えていますか。

被告人　まず逮捕された当時、函館に小さい遺児が二人いると刑事に聞かされ、だいぶショックを受けました。それを弁護士を通じて確認して、遺児のために何とかしたいという気持ちになり、河上肇なんかの本を読み、自分のしたことが「仲間殺し」とわかり、それまで憎しみだけで生きていたものが、ガラガラ崩れちゃうという感じで……。仲間殺しという、どうしようもない後悔があって、その一点から、「後悔の証明」みたいなもんですよね。六六年九月に横須賀署の留置場で、オレに「学校へ行け」と言った東大生の加藤さんが、あのとき「『共産党宣言』を読め」と言ってくれたら、今回の事件は起こらなかった。

マルクス自身はオレたちみたいな不良少年、犯罪者をルンペンプロレタリアートとして切り捨てた。そのことで僕のマルクスに対する考え方も変わり、世界で初めてだと思うけど、ルンペンプロレタリアートの反対にある、ルンペンブルジョアジーという概念論です。これはマルクス主義、レーニン主義、毛沢東思想にもない。本当の社会主義を愛する、人間みんなが平等になるための構想ですね。

なぜ犯罪者、ルン・プロだけ、能力があるのに切り捨てられるのか。オレは社会の中で、能力、仕事とは別に、頬にヤケドの傷がある。それに網走番外地の出生で、差別されてきた。それであのような事件をやり、拘置所の中で「仲間殺し」と気付いた。それをマルクスの言葉から知ったけど、マルクスを勉強すると、オレの立場はめちゃくちゃ差別されていたことがわかる。世界で一番差別をしていたのは、マルクス主義なんだ。
マルクスに非科学的な面があり、なぜそうなのかを考えて、オレは科学的に『資本論』でさえ批判できるようになった。いまの共産主義の運動には、否定面がいっぱい出ている。それは全部、マルクスの人間を排斥する思想の中にある。マルクスが商品経済を分析して、その法則に乗ったがため、それから外れた人間を切り捨てた。
そもそも社会主義は、貧乏をなくすることで始めた戦いであるのに、新しい貧乏人を作り搾取している。これは間違っているんだ。オレは社会主義の非科学的な面を直し、ルン・プロを人格改造して、ファシズムの支柱にならせない。全人類愛は、なぜできないか。それを科学にする中で、オレのいう仲間殺しがなくなる。人間が全部助かる社会主義、共産主義への道がある。そういう信念を持って、僕はやっています。
裁判官（右陪席）あなたが今まで読んだ本のなかで、漢字の「仁」はどのように分析されていますか（と、文字を示す）。
被告人 人偏のほうは、人と人が支え合って生きていくこと。「仁」を僕の言葉でいうと、社会科学の法則通りに、礼儀の道に生きるという意味です。
裁判官 その通りなんですね。中国人が考えた言葉で、人が二人以上いる場合に、社会ができる。「自分が」「自分が」とやっていると、社会が壊れる。お互いが、まず相手を立てて、それから自分のことをやる。そういう思想が入っているようですね。
被告人　はい。どこかで読んだことがあります。
裁判官　それから「義」という字は、どう分析してあると、本で読みましたか（と、文字を示す）。
被告人　これから詳しく分析します。ただ、中国の思想で正義に生きる。そういう思想だと思います。
裁判官　もともとこの字は、「羊」と「我」を合わせたんですね。我を羊にする。羊は神に捧げる生贄で、自分を犠牲にすることが「義」と。言い換えれば、自分がやられて嫌なことは他人に勧めない。自分がしたいことは、まず他人に勧めなさい。そうすれば、人間関係はうまくいくという意味なんです。そういうのを読んだことはありませんか。
被告人　詳しくは読んでいませんが、ちょくちょく出てきます。
裁判官　あなたが読まれた本は、経済学的な観点から論理を進めたものです。西洋哲学というのは、「真実を発見しよう、真とは何か」ということから出発している。それに対し、「社会で人間というのは何だろう。貧乏と金持ちの差があるけれども、人間の本質はなんだろう」と考えた哲学が東洋にある。読んだことはありませんか。
被告人　東洋にですか……。東洋哲学は、まだはっきりやっていません。
裁判官　紀元前五、六百年頃に、老子がまず「愛」を言っています。虚無思想。これは無政府主義とか虚無主義とは非常に違って、全人類愛の虚無をいっているわけです。そういうのを、読んだことはありませんか。

被告人　論語を読んだことがあります。しかし、彼らはきれいなことは言うけれども、奴隷の人たちのことは考えていない。だけど僕の思想は、その土台を作った。僕の言う「人類愛」を過去に考えた人はいるけれども、結局は科学にできなかった。やはり人間は、言葉よりも食っていかねばならない。僕は食うための仕事では、集団就職先の果実店や、牛乳販売店その他で、どこからも文句を言われなかった。ただ現実の社会は、顔の傷とかで劣ったものを貶して、蹴落としていく。そういう社会で、礼儀とか仁義、恩に対する返礼が生じるか？　やはり食い物をみんな同じにして、それから言葉を考えるべきである。そういうことが、僕の単純な結論なんです。

裁判官　中国に明という時代がありましたね。知っていますか。

被告人　はい、知っています。

裁判官　強力な帝政国家時代に、ボロボロの服を着て民主主義を叫んで、迫害に屈せずに中国を歩き回った人間が書いた『焚書』という本がある。読んだことがありますか。李贄《りし》という人の著書です。

被告人　これから読んでみます。

一九八一年五月十八日、東京高等検察庁の公判担当検事宛に、二通の「回答書」が届いた。東京高裁における控訴審の結審が近づいたため、「指定一〇八号」の被告人に対する遺族の被害感情について、「照会書」を送付したからだ。なお、被告人から慰藉料を受け取った、京都と函館の遺族には照会していない。

【東京プリンスホテル事件の被害者の母親】

御送付頂きました照会書の件につきまして、お答え申し上げます。母親と致しましては、どんな思いで殺されたかと息子の心を思うとき、どの様な理由がございましょうとも、その罪を許す気持ちはございません。それぞれの人生を、一生懸命に生きていた人を四人も殺して、それでも控訴した罪への意識を、理解に苦しみます。良識ある司法の判決を、心から信じていいます。

【名古屋事件の被害者の父親】

御連絡のありました件につき、回答申し上げます。本年に入ってから、永山則夫と獄中結婚した方が、弁護士と同伴にて二回来宅があり、本の印税の一部を賠償にとの申し出で、被告人の近況も概略ながら聞きました。現在、兄姉とも絶縁状態になっているといい、永山も自業自得とはいえ、不遇な者と思っております。この永山が犯行のとき、相手の戦意を制するために一発撃って逃走し、この一発にて秀明が死亡していたのなら、私は極刑を望みません。しかし、永山は事前より犯行時に顔を見られた者は殺すという、残虐な殺意をもっていたようで、そのため多数の弾を撃ったものと思われ、私は現在においても許すことはできません。しかし、裁判の結果において、どのような処罰になっても、私には異存のないことを申し上げます。

一九八一年八月二十一日、東京高裁刑事二部で、判決公判が開かれた。(検察・弁護側の弁論は、八一年五月二十二日の第五回公判でおこなわれている)

＊

主　文

原判決を破棄する。

被告人を無期懲役に処する。

原審における未決勾留日数中五〇〇日を右刑に算入する。

理　由

被告人は、窃取したピストルを使用し、一九六八年十月十一日から、わずか一ヵ月足らずの間に、東京、京都、函館近郊、名古屋において、合計四人を次々に射殺して、新聞、テレビ、ラジオを通じて「連続射殺魔」と呼ばれ、マスコミを賑わせた。

捜査当局は、広域重要一〇八号事件として全国的な捜査態勢をとり全力を投入したが、原宿事件の直後に被告人を逮捕し、ようやく終結をみた。原宿事件は殺害にいたらなかったが、被告人によって四人の貴重な生命が奪われ、東京プリンスホテル事件、名古屋事件においては、二十歳代の春秋に富む真面目な独身の勤労青年の生命が失われた。本人の無念さはいうに及ばず、最愛の息子を被告人に奪われた両親の無念さは察するに余りあり、事件後十余年を経過した現在、なお被告人の提供する慰藉の気持ちとしての印税の受領をかたくなに拒否して、せめてもの息子への供養である旨の言葉に、悲痛な親の心情がよく表現されている。

被告人は、一九六九年五月二十四日に起訴され、原審において審理を受けたが、七一年六月十七日に死刑の論告求刑を受け、当時の私選弁護人（第一次弁護団）を解任し、第二次弁護団は解任または辞任して、第三次弁護団は辞任し、第四次弁護団（三人の国選弁護人）の弁護を受け、七九年七月十日、ようやく判決宣告にいたった。

起訴から判決まで、十余年を経過しているが、その長期化は被告人の法廷闘争に原因があり、深層心理において死刑への恐怖があったとしても、とうてい許されない訴訟行為である。原審当時における被告人の行動は、いかなる面から検討しても、許すべからざるものといわなければならない。

各犯行当時、被告人が狭義の精神病に罹患していたとは認められない。情意面の偏りはある程度認められ、分裂病質ないしアメリカの精神医学にいう「性格神経症状態」を認めるにやぶさかではないが、是非弁別、行動統制能力は存在しており、いちじるしく減退していたとは認められないから、原判決に事実の誤認はなく、法令適用の誤りもない。

以上の情状を総合考慮するとき、原審が被告人の本件各犯行に対する刑事責任として、死刑を選択したことは、肯首できないわけではない。

しかしながら、死刑はいうまでもなく極刑で、犯人の生命をもってして、犯した罪を償わせるものである。このような刑罰が、残虐な刑罰として憲法三六条その他の関連条文に違反するものでないことは、最高裁判所も同様の見解である。

右のように、死刑が合憲であるとしても、その極刑としての性質にかんがみ、運用については慎重な考慮が払われなければならず、ことに死刑を選択するにあたっては、他の同種事件との比較において、公平性が保障されているか否かにつき、十分な検討を必要とする。

ある被告事件について、死刑を選択すべきか否かの判断に際し、審理する裁判所の如何によって結論を異にすることは、判決を受ける被告人には耐えがたいことであろう。もちろん、わが刑法における法定刑の幅は広く、同種事件について判決する裁判所によって、宣告される刑期に長短があり、執行猶予が付せられたり、付せられなかったりすることは、望ましいことではないが、裁判権の独立という観点からやむをえない。

しかし、極刑としての死刑を選択するときは、かような偶然性は、可能なかぎり避けねばならない。ある事件につき死刑を選択するときは、その事件について、いかなる裁判所がその衝にあっても死刑を選択するであろう程度の情状がある場合に、限定せらるべきものと考える。

立法論として、死刑の宣告には裁判官全員一致によるべきものとすべき意見があり、その精神は現行法の運用にあたって考慮に値する。最近における死刑宣告事件数の逓減は、以上の思考を実証するものといえる。

右の見解を基準として、被告人の情状につき、再検討を加えてみよう。

第一に、本件犯行は、被告人が少年のときに犯されたものであることに、注目しなければならない。六八年十月十一日から十一月五日まで、一ヵ月足らずでおこなわれた一連の射殺事件は、一過性の犯行当時、被告人は十九歳の少年であった。

少年法五一条によれば、十八歳に満たない少年に対しては、死刑を科し得ないことになっている。被告人は十九歳であったから、法律上は死刑を科すことは可能である。しかし、少年に対して死刑を科さない少年法の精神は、年長少年に対しての判断に際しても、生かされなければならない。

被告人は、出生以来きわめて劣悪な生育環境にあり、父は賭博に狂じて家庭を省みず、母は生活のみに追われて被告人らに接する機会もなかった。幼少時に母が、被告人らを見放して実家に戻ったため、兄や姉の新聞配達の収入などにより辛うじて飢えをしのぎ、愛情面においても経済面においても、きわめて貧しい環境に育ってきた。人格形成に最も重要な幼少時から少年時にかけて、右のように生育してきたことに徴すれば、犯行当時十九歳であったとはいえ、精神的な成熟度においては、十八歳未満の少年と同視しうる状況にあったと認められる。

かような生育史をもつ被告人に対し、犯した犯罪の責任を問うことは当然であるとしても、責任をすべて被告人に帰せしめ、その生命をもって償わせることによって事足れりとすることは、酷に過ぎないであろうか。

劣悪な環境にある者に対し、早い機会に救助の手を差しのべることは、国家社会の義務であって、その福祉政策の貧困も原因の一端というべきである。換言すれば、本件のごとき少年の犯行について、社会福祉の貧困も、被告人とともに責任をわかち合わなければならない。

第二に、被告人の現在の環境に、変化があらわれたことである。

一九八〇年十二月十二日、かねてから文通で気心を知った大城奈々子と婚姻し、人生の伴侶を得たことがあげられる。同人について、当審において証人として尋問したが、その誠実な人柄は法廷にもよくあらわれ、たとえ許されなくても被害者の遺族の気持ちを慰藉し、被告人とともに贖罪の生涯を送ることを誓約している。

誠実な愛情をもって接する人を身近に得たことは、被告人のこれまでの人生経験で、初めてのことであろう。当審における被告人質問には素直に応答し、その心境の変化が、如実にあらわれているように思われる。

第三に、被告人は本件犯行後、獄中にて著述を重ね、出版された印税を被害者の遺族におくり、慰藉の気持ちをあらわしている。

村田紀男、佐藤秀明の遺族は、受領するにいたっていないが、佐川哲郎の遺族に対しては、七一年五月十八日から七五年八月十二日まで、合計四百六十三万一千六百円を、鶴見潤次郎の遺族に対しては、七一年八月五日から七五年一月十日まで、合計二百五十二万四千四百円をおくった。

永山奈々子は、被告人の意をうけて、弁護人とともに、佐藤、佐川、鶴見の三遺族を訪れた。佐藤秀明の遺族は金員の受領は拒んだけれども、永山奈々子に快く応対して、激励の言葉すら述べていることが窺える。また、村田紀男の墓参をして衷心から弔意を表し、佐藤秀明、村田紀男の遺族に対しても、将来その受領が認められるならば支払いをするために準備し、永山奈々子、被告人ともども、印税をその支払いにあてるべく誓約している。

一連の犯行により、家族を失った被害者の遺族の気持ちは、これらで償えるものではないけれども、永山奈々子の行動で、村田紀男の遺族を除く三遺族の気持ちは、多少なりとも慰藉されているように認められる。

以上のとおり、原判決当時に存在した、被告人に有利ないし同情すべき事情に加えて、当審によって明らかになった、さらに有利な事情を合わせて考慮すると、死刑を維持することは酷に過ぎ、各被害者の冥福を祈らせつつ、その生涯を贖罪に捧げしめるのが、相当というべきである。

よって、刑訴法三九七条、三八一条により、原判決を破棄し、同法四〇〇条により自判する。

一九八一年八月二十一日

東京高等裁判所刑事二部

裁判長裁判官　船田　三雄
裁判官　櫛淵　理
裁判官　門馬　良夫

一九八一年九月四日、東京高等検察庁は、「永山則夫を無期に減刑した東京高等裁判所の判決は判例違反」と、最高裁判所へ異例の上告をした。

上告は憲法違反か判例違反にかぎられており、一・二審で死刑判決を受けた被告人が「死刑は残虐な刑罰を禁じる憲法に違反する」と上告するケースは多くても、検察側が「無期判決を破棄して死刑相当の判決を求める」と上告した前例はない。

東京高検が判例違反とするのは、①強盗殺人、殺人で四人も殺した被告人が死刑を科せられなかった前例はなく、同種の事件で死刑が確定している者と不公平、②高裁判決における「死刑を選択するときは、その事件について、いかなる裁判所がその衝にあっても死刑を選択するであろう程度の情状がある場合に限定せらるべき」との見解は、事実上これから死刑の宣告をできなくする、③世論や被害感情からみて無期懲役は納得できない——などの点を考慮したからである。

死刑を合憲とする最高裁大法廷の判例（一九四八年三月十二日判決）には、「死刑の威嚇力によって一般予防をなし、死刑の執行によって特殊な社会悪の根源を断ち、これをもって社会防衛をする」とある。今回の上告は、〝量刑不当〟が直接の理由だが、「死刑適用の判例に違反」とした。

戦後、犯行時に年長少年（二十歳未満で十八歳以上）で、死刑が確定したケースは、合計三十七件ある。

大量殺人としては、一九四九年に神奈川県で起きた「隣家の全員殺傷事件」で、バカにされたと思い込んだ杉山優（十八歳）が、鉈と電気コードと肉切包丁を用いて、五人を殺害し一人に重傷を負わせた。

四人を殺害したケースは、四件を数える。

一九四九年に福島県で起きた「侵入強盗殺人事件」は、金員に窮した大谷欣完（十九歳）が、就寝中の夫婦と息子二人を、所携の短刀で刺殺した。同年に長野県で起きた「遠縁の一家殺人事件」は、日頃から宿怨を抱く松下今朝敏（十九歳）が、就寝中の夫婦と長男と次女を、大工道具を用いて殺害した。五三年に大阪府で起きた「雇主一家殺人事件」では、愛情をもっていた女店員が叱責されたことに憤激した松井永明（十九歳）が、就寝中の夫婦と娘二人を、角材とジャックナイフを用いて殺害した。六二年に神奈川県で起きた「雇主一家殺人事件」は、大工見習として住み込んでいた堀江勇（十八歳）が、雇主からの叱責が積み重なったことに憤激し、夫婦と長男と長女を、玄能と薪割りを用いて殺害した。

これらの中には、一九五八年に東京都で、強姦目的で女性二人を殺害した「小松川事件」の李珍宇（十八歳）、六五年に神奈川県で警官一人を射殺して逃走し、銃撃戦で十六人を負傷させた「渋谷ライフル事件」の片桐操（十八歳）がふくまれている。

なお、一九五〇年に香川県で起きた「財田川事件」で、高松地検丸亀支部から強盗殺人で起訴された谷口繁義（十九歳）は、五七年一月に最高裁第三小法廷で死刑が確定した。しかし、後に再審請求が認められ、八四年三月に高松地裁は、確定判決を破棄して無罪を宣告、一審の死刑判決から三十二年ぶりに、谷口繁義は青天白日の身となる――。

東京高検の異例の上告に対して、永山則夫の弁護団は、その日に声明を発表した。

《控訴審の判決は、一審の裁判記録の内容、控訴審における証拠調べの結果などをつぶさに検討し、遺族の処罰感情をも考慮したうえで、慎重な審理と熟考の結果として下されたもので、その内容には普遍的な妥当性と真実が存在する。しかるに検察側の上告は、控訴審の審理経過とその内容を無視し、一時的な感情によって、一個の人間の生と死を左右しようとするもので、裁判制度の存在と意義を逸脱させるものにほかならない。もとより弁護団としても、遺族の方々の痛切な思いを、人間として共有したいと念ずるもので、贖罪の人生を送れとの判決の言葉の重い意味を、被告人やその妻とともに背負ってゆく覚悟である。悪しき応報刑理念は、脱却されるべき時代が到来しつつあることを確信する》

一九八一年十二月十二日、東京高等検察庁の江幡修三検事長は、最高裁第二小法廷（大橋進裁判長）に、「上告趣意書」を提出した。

本件が、犯罪史上希有の悪質重大犯罪であることは明らかで、その公判過程も異常であった。二件の強盗殺人、一件の強盗殺人未遂、二件の殺人を敢行した被告人は、責任能力になんの問題もないのに、第一審の死刑判決を破棄して無期懲役を言い渡した原判決は、死刑制度の存在に目を覆い、その宣告を回避したもので、国民大多数の正義感と相容れない。

このような判決は、最高裁判所の判例に相反し、刑罰の本質が、犯した罪に対する犯人の責任に応じての償いであることを看過したばかりか、一般予防ないし社会防衛の見地を軽視または無視している。これに加えて、死刑の存続適用を否定するような限定基準をもうけ、量刑事情の評価、判断においても、本件犯行の重大性、凶悪残忍性、非人道性などを重視せず、なんら刑の減刑事由とならない被告人に、個別的、主観的な事情の存在を誤認もしくは過大に評価したものである。

＊

総理府が一九八〇年六月に実施した「犯罪と処罰等に関する世論調査」によると、「『今の日本でどんな場合でも死刑を廃止しよう』という意見について賛成か反対か」の質問に対し六二パーセントが反対し、賛成は一四パーセントにすぎず、死刑廃止論に対する反対者の四六パーセントが、「死刑を廃止すれば悪質な犯罪がふえる」旨回答し、三七パーセントが「凶悪な犯罪は命をもってつぐなうべきだ」と回答している。

これによって明らかなように、悪質な凶悪重大事犯がなお多発している今日の社会現象の中で、現実論として死刑の存続を是認するのが大多数の国民の法感覚である。そして国民の道義感や正義衡平の観念から、機会を別にして四人もの生命を奪った本件被告人に死刑を科すのは当然だとするのが、大部分の庶民の健全な常識と認められる。

このことは、第一審の死刑判決を刑一等減じて、無期懲役とした原判決が報道されると、世間は異常なまでの関心を示し、庶民の否定的・批判的意見が、新聞紙上等に多数寄せられたことによっても、裏付けられている。

国民の多くは、原判決の極端な緩刑を非難するだけでなく、その量刑理由の中に、被告人の劣悪な生活環境の偏重、被告人の主張と一脈相通ずる社会福祉政策への責任転嫁、偶然の幸運ともいうべき獄中結婚の過大評価、被害者感情の軽視などを看取して、そこに素朴な不満と危惧を抱いているものといわざるを得ない。

現に世論を代表する新聞論説においても、同旨の批判が少くなかったことは、周知のとおりである。健全な国民感情にとって、過度に寛大な刑罰は、過度に苛酷な刑罰と同じく、不公正、不正義と映る。

原判決の量刑が、これらの国民大多数の道義観、正義感からあまりにも遠く隔たったところにあることは、明らかであるといわなければならない。

一九八三年七月八日、最高裁第二小法廷は、強盗殺人・殺人等の永山則夫に対して、判決を宣告した。最高裁においては書面審理だから、被告人は出廷しない。

*

主　文

原判決を破棄する。
本件を東京高等裁判所に差し戻す。

理　由

〔一〕第一審判決は、犯行の動機に同情すべき点がなく、ピストルに実包を装塡して携帯する計画性があり、その態様も残虐で、四人の生命を奪った結果が重大で、遺族らは精神的、経済的に深刻な打撃を受け、「連続射殺魔」と報道されて社会的影響が大きく、被告人に改悛の情の認められないことを総合すれば、生育環境、生育歴に同情すべき点があり、犯行当時は少年であったことを参酌しても、死刑の選択はやむをえないとした。
〔二〕第二審判決は、被告人に不利な情状を総合考慮すれば、死刑判決は首肯できないではないとしながら、被告人にとって有利な情状を考慮し、第一審判決を破棄して、無期懲役に処した。

〔三〕死刑は残虐な刑罰にあたるものではなく、死刑を定めた刑法の規定が憲法に違反しないことは、当裁判所大法廷の判例にあるが、生命そのものを永遠に奪う冷厳な極刑で、究極の刑罰であることにかんがみると、その適用が慎重におこなわれなければならないことは、第二審判決の判示するとおりである。

しかし、犯行の罪質、動機、態様、殺害の手段方法の執拗性・残虐性、結果の重大性、殺害された被害者の数、遺族の被害感情、社会的影響、犯人の年齢、前科、犯行後の情状などを考察したとき、その罪責が誠に重大であって、罪刑の均衡の見地からも、一般予防の見地からも、極刑がやむをえないと認められる場合には、死刑の選択も許される。

本件犯行についてみるに、犯行の罪質、結果、社会的影響はきわめて重大である。殺害の手段方法は、凶器としてピストルを使用し、被害者の頭部、顔面などを至近距離から狙撃して、きわめて残虐というほかなく、名古屋事件の被害者・佐藤秀明が、「待って、待って」と命乞いするのを聞き入れず射殺し、執拗かつ冷酷きわまりない。

遺族らの被害感情は深く、佐藤秀明の両親は、被害弁償を受け取らないのが息子に対する供養と述べ、東京プリンスホテル事件の被害者・村田紀男の母も、被害弁償を固く拒み、どのような理由があっても被告人を許す気持ちはないと述べており、その心情は痛ましいの一語に尽きる。

被告人にとって有利な情状は、犯行当時に少年であったこと、家庭環境がきわめて不調で、生育歴に同情すべき点が多々あり、第一審の判決後に結婚して伴侶をえたこと、遺族の一部に被害弁償したことなどが考慮されるべきであろう。幼少時から赤貧洗うがごとき窮乏状態で育てられ、肉親の愛情に飢えていたことは同情すべきであり、このような環境的な負因が、精神の健全な成長を阻害した面があることは、推認できないではない。

しかし、同様の環境的負因を負う兄弟は、被告人のような軌跡をたどることなく、立派に成人している。犯行時に少年であったとはいえ年長少年で、犯行の動機、態様からうかがわれる犯罪性の根深さに照らしても、十八歳未満の少年と同視することは困難である。そうすると、犯行が一過性のもので、精神的な成熟度が十八歳未満の少年と同視しうるなど、証拠上明らかではない事実を前提として、国家・社会の福祉政策を関連づけることは妥当でない。

第一審の死刑判決を破棄して、被告人を無期懲役に処した第二審判決は、事実の個別的な認定および総合的な判断を誤り、はなはだしく刑の量定を誤ったもので、これを破棄しなければ、いちじるしく正義に反するものと認めざるをえない。

〔四〕よって第二審判決を破棄し、本件事案の重大性、特殊性にかんがみ、さらに慎重な審理を尽くさせるために、東京高等裁判所に差し戻すこととし、裁判官全員一致の意見で、主文のとおり判決する。

一九八三年七月八日

最高裁第二小法廷

裁判長裁判官　大橋　進
裁判官　木下　忠良
裁判官　鹽野　宜慶
裁判官　宮崎　悟一
裁判官　牧　圭次

この判決は、五人の裁判官の全員一致である。にもかかわらず、最高裁が自判により、死刑を宣告しなかった。これは東京高裁に差し戻し、「さらに慎重な審理を尽くさせる」ことで、事実関係や情状面で新たな発見があるかもしれないと、判断したためとされる。

鹽野宜慶裁判官は、永山則夫が逮捕されたとき、法務省保護局長をつとめていた。六九年四月八日の参議院法務委員会で、野党側の委員から「保護観察のやり方に、手抜かりがあったのではないか」と質問され、「指摘は、まことに尤もだと思う」と答弁している。

八一年九月四日、第二小法廷が東京高検の上告を受け付けたとき、最高裁には計六件（七被告）の死刑事件が係属していた。八三年四月二十五日、本件の口頭弁論が第二小法廷で開かれた時点では、計十七件（二十被告）に増えている。しかし、最高裁の三つの小法廷は、ほかの死刑事件の審理を、この間すべて凍結した。

そうして第二小法廷（大橋進裁判長）に係属する、「連続射殺事件」の判決を待った。とはいえ実際は、第二小法廷側から、第一小法廷と第三小法廷の裁判官に対して、意見を求めている。最高裁判事は、裁判官、弁護士、行政官（検察官や外交官）、大学教授などから選ばれるが、その中の刑事裁判に精通した裁判官が、非公式に協議を重ねたのだ。

したがって、第二小法廷による「連続射殺事件」の判決は、事実上の大法廷判決である。

一九八三年七月十三日、イギリス議会の下院で、「殺人罪に対する罰則として死刑（絞首刑）の復活を支持する」決議案が、二二三票対三六八票で否決された。六五年に死刑を廃止したイギリスでは、北アイルランド紛争の爆弾テロが多発するため、サッチャー首相が「法と秩序を守るための抑止力」として、死刑復活を提起したのである。しかし、北アイルランド相は「テロリストに大義を与えて逆効果」と公言して、閣僚の半数も反対票を投じるなど、予想外の大差で否決された。

死刑確定

一九八四年七月初め、永山則夫著『木橋』が、立風書房から刊行された。

この初めての小説集は、ハードカバーで二百七十五ページ、定価千百円、初版一万五千部、印税は定価の一〇パーセント。収録した作品は、表題の「木橋」をふくめて、「土堤」「なぜか、アバシリ」「螺旋」の四篇。本の帯には、「新しい模索／死刑存廃論の真只中にいる連続射殺事件の著者が、仲間殺しを犯してしまった渦巻く意識の中から湧出した思想を基底に、日本の最下層の極貧の中の自らの生育歴を、新しく小説形式で発表し、新日本文学賞を受賞した衝撃の処女作」とある。

小説「木橋」は、四百字詰め原稿用紙で九十五枚の作品で、八二年八月下旬に書き上げ、第十九回新日本文学賞に応募した。この小説を書き始めたのは、死刑から無期懲役に減刑された東京高裁判決（八一年八月二十一日）から半年後で、八二年六月に書き出しの部分を主任弁護人に郵送し、「誤字・脱字などがありましたら、お知らせ下さい」と頼んでいる。「町には北へくだる川が流れていた。町は、その川沿いの片側に面し、北へ向かう道路と南へ向かう道路とを挟むように、町の中心となる家並みをもっていた」と、国鉄五能線の板柳駅近くに住む「N少年」が、新聞配達のために木橋を渡って、販売店へ行くところから始まる。

一九八三年二月下旬におこなわれた新日本文学賞選考会で、「木橋」が受賞作と決まり、雑誌『新日本文学』五月号に掲載され、永山則夫は「受賞のことば」を書いた。

《とにかく、とてもうれしいです。長い年月、どうしても書いておきたいと思っていたことごとを今回書いてみました。この小説はこれから書けば書くほどに苦しい思いをするでしょう。しかし死ぬまでには書いておきたいと思っています。思うのは、小説とは読む分には易しいのですが、いざ自分で書くとなると大変なんだなということです。〝テニヲハ〟には未だ苦労しています。読者諸氏にも、それらの間違いを気付かれましたらどうか御教示下さいと乞うしだいです。よろしくお願いします》

新日本文学賞の選考委員の一人は、「この小説の作者が〝連続射殺魔〟であることを、むろん承知している。これまで書かれたものを、ある程度は読んでいるが、率直にいって共感しない。演説する永山則夫の、あの傲慢さは嫌いである。少なくともわたしは、鼻白むばかりだ。しかし、『木橋』は素晴らしいと思う。N少年の心情や日常が、ていねいに描かれている。文章は巧いといえないし、構成にも難がある。だがそれが、どうしたと言うのだ？　ここには書くべきことが、きちんと書かれている。それが大切なのだ」と評している。

永山則夫は、獄中記の「ノート1」に、六九年七月四日付で、原稿用紙に換算して十五枚の「少年沖仲仕」を書いている。「七月二日筆記許可おりる」だから、書き始めて三日目のことだ。《彼と初めて会ったのは、野毛（注・横浜市中区）の一角の大衆食堂であった。彼は浅黒い肌で背丈は一六〇位いで、瞳が大きくて睫毛が長く、人なつっこい印象を与える。口も割合い小さく、なで肩で、化粧を施したら、多分、美人型の女性に成るだろうと思った。が、彼には左ほほに傷がある。その傷はと言ったら彼は、年少の時から或ると答えた。喧嘩の傷かと聞いてみたが、彼は視線を遠くに見やったまま、何も答えてくれなかった。しばらくして見返して言った。「皆な、そう聞く、でも本当に解らないんだ」。彼が物寂しく答えたのを記憶している》

この手記で「彼」は、永山自身のことだろう。小説の手法だから、単行本『木橋』に収録した「土堤」の草稿と思われる。「ノート1」を書き始めた二十歳のころから、小説の方法を意識していた。

しかし、獄中の「ノート1」にある「少年沖仲仕」は、単行本『無知の涙』に収録されていない。永山則夫にとって、みずからの思想的立場を表明するノートだから、小説の方法は迂遠に思えたのだろう。

それからの裁判の過程で、「意見陳述書」や「控訴趣意書」など、自己を正当化する攻撃的な文章を書き続けた。その刑事被告人が、三十三歳になって「木橋」を書いたのは、二審において無期懲役に減刑されたことで、みずからを客観的に見つめる余裕が、初めて生じたからとみられる。

その「木橋」の末尾は〝番外編〟の長い詩で、次のように結んでいる。

ワキャ十三歳《ジユウサンセエ》　ナモデギネガッダジャノ
悲シガッダジャ
切ネガッダジャ

悲しみが降る——
シンシンと音もなく降る　降る
悲しみの根雪が積もりくる
津軽の十三歳は悲しい

一九八三年七月八日、雑誌『新日本文学』に「木橋」が発表されて三ヵ月後、第三審の最高裁第二小法廷が、「第二審判決を破棄し、本件事案の重大性、特殊性にかんがみ、さらに慎重な審理を尽くさせるために、東京高等裁判所に差し戻す」と判決した。

このころ永山則夫は、百六枚の小説「土堤」を書いており、やがて『新日本文学』十・十二月合併号に掲載された。主人公の「N少年」が、六八年夏と思われる時期に、横浜で〝立ちん坊〟をしている。六八年一月に神戸港から二度目の密航に失敗し、四月に再入学した定時制高校も約一ヵ月で中退してしまい、青森県板柳町へ帰郷したことなどを回想する。この「土堤」と「木橋」に、書き下ろしの「なぜか、アバシリ」（三十三枚）と「螺旋」（三十一枚）を加えて、八四年七月十五日の奥付で、単行本『木橋』を上梓したのだ。

「土堤」の書き出しは、横浜の桜木町駅前のドブ川で酔っぱらいの男が泳ぎ、若い警官二人が引き上げようとしているのを、橋の上のサラリーマンやOLが笑って見ている場面である。

一審で第三次弁護団の主任をつとめた鈴木淳二は、第四十七回公判（七五年十二月十八日）

の意見陳述で、「接見のとき被告人は、横浜・桜木町のドブ川でアル中みたいな人が、泥だらけになって泳いでいた話をしました」と述べている。この話を聞かされて鈴木弁護士が笑ったら、「そのように笑っているのでは市民と同じだ。それでは自分の主張がわかってもらえず、弁護活動はできない」と、被告人に強く批判されたという。このエピソードを鈴木弁護士は、「彼の中の原風景」と受けとめ、みずからの〝生きざまさらし〟として、弁護活動をおこなってきた。

以下、「土堤」からの引用である。

＊

N少年は、この時、大笑いする連中に、殺意を感じた。若い警官やアル中の泳ぎ狂う男の仲間と思える河岸にいる日雇いたちは、みな真剣な顔々に見え、誰一人笑っていない。なぜ笑うのか。N少年はフツフツと腹が立ってきた。その頃気持が荒れて仕方がなかったが、その火にさらに油をかける気分にさせた。

——この野郎!!

と、叫びたい思いが胸を駆けめぐった。

N少年は、自分のオヤジが、ああして殺されていったのだと思った。無性に腹が立った。誰ともなしに無性に怒りつけたい思いに駆られた。

あのドブ河で泥まみれになりながら泳いでいるアル中の男が、オヤジのように思えた。また近い将来の自分自身の姿でもあると考えられた。

N少年のオヤジは、中学一年生の冬に、岐阜のある町で死んだ。汚ないドロまみれのズボンのポケットに、十円玉一コを残し、野たれ死にした。丁度その頃、母親は、駅の助役と浮気をしていた。N少年の反抗はそのオヤジの死に様を母親から聞いて増長しだした。その後中学二年に形式進級した。その頃、学校へはほとんど行かなかった。やがて、寒い網走での腹を空かせていた思い出が、母親に捨てられたためであったことも身体で分ってきていた。そして、惨めに死に様をさらす四枚の写真のオヤジを、仏壇代わりのミカン箱の底から見つけて眼にした。その写真はN少年にショックを与えた。そのためか、寝小便を段々しなくなった。そして、以前にはまったくできなかった夜の墓場歩きや、夜のグランド走りもやれるようになった。その頃から死についても考えるようになったのだ。

一九八四年七月一日、永山奈々子（二十八歳）と、立風書房の担当編集者（四十六歳）は、小説集『木橋』の見本を持って、「名古屋事件」の被害者の遺族宅を訪問した。

永山自身が、本が店頭に出回る前に、「裁判には関係なく、こういう本を出させてもらいました」と、遺族に挨拶することを望んでいる。担当編集者は、「このような著者の本を出しては、遺族に申し訳ないのではないか」と、企画会議で批判する声もあったので、遺族に挨拶する必要を感じていた。

岐阜県可児町の遺族宅へ、永山の妻は三度目の訪問である。両親は共に七十二歳になっており、夕方に予告なしで二人が訪ねると、硬い表情の父親が玄関先で応対した。

「本を出すのはそちらの自由だが、こういうものを受け取るわけにはいかない」

差し出した『木橋』と、持参した生花と羊羹を受け取ってくれない。そこで編集者は、社長が書いた手紙を差し出した。

「社長も同行する予定でしたが、急用で来られなくなりました」

「手紙だけなら、受け取りましょう」

「息子さんの位牌に、お線香を上げさせて下さい」

「いや、断ります。先月も検察庁の人がきて、『あまり永山の関係者と係わらないように』と、厳しく注意されたんです。来月には私が、名古屋の高等検察庁へ行くことになっている」

「しかし、この本は裁判に関係ありません」

「とにかく受け取れない。お引き取り下さい」

これまでにない応対ぶりだから、やむなく二人は玄関先を離れた。

「お墓へ行きましょう」

永山奈々子は、八一年四月十一日、大谷恭子弁護人と二度目の訪問をしたとき、母親の案内で墓参している。

近くの畑の中に、「名古屋事件」の被害者・佐藤秀明（享年二十二歳）の墓碑がある。永山則夫の妻は、墓碑に花を供えて、両膝を折って線香を上げた。そうして合掌したとき、突然泣き崩れた。いつ終わるともしれぬ慟哭を聞きながら、青森県弘前市出身の編集者は、立ち尽くすほかなかった。

翌七月二日、永山奈々子と担当編集者の二人は、「京都事件」の遺族宅を訪問した。被害者の長男が応対して、仏壇に花を供えて線香を上げることを許し、『木橋』も受け取った。

「最初の『無知の涙』は、出版社の人が持参したので、いまも家にあるけど、内容がむずかしい。でも、今度は小説だから、挿絵もついて読み易いようだ」

「このイラストは、永山君が自分で描きました」

「いろんな面で、才能があるんだねぇ」

ページをめくりながら、五十六歳の長男が感想を洩らして、裁判の話題になった。

「最高裁が東京高裁に差し戻したのは、『死刑判決でないとあかん』という意味でしょう？」

「そうかもしれませんが、今回の第四審においては、死刑ではない判決が出る可能性もあります」

「ふーん。ちょっと不思議なのは、いつだったか検察庁の人が、私には何の連絡も取らないで、女きょうだい二人から事情を聞いたことや」

「お姉さんや、妹さんから？」

「そういうことですわ」

「最近のことですか」

「先月やったかなぁ」

「どんなことを聞かれたんでしょう？」

「そらやっぱし、『犯人が死刑にならんのでは、被害者の霊が浮かばれん』と、言わされますがな」

それを聞いた二人は、「名古屋事件」の遺族の応対ぶりと考え合わせて、年内に始まるとみられる東京高裁における第四審では、検察側が被害者感情を強調することを予感した。

一九八四年七月四日、永山奈々子と担当編集者は、函館市の立待岬へ行き、「函館事件」の被害者の佐川哲郎の墓参をした。墓前に花を供えて線香を上げたあと、編集者が未亡人宅に電話をかけて、永山則夫著『木橋』を出版したことを告げた。

「そういう次第ですので、これから永山君の奥さんと二人で伺って、ご主人の位牌に、お線香を上げさせて頂きたいのです」

「本を出すのはそちらの自由ですが、三年前に弁護士さんと来たとき断ったように、もう永山則夫の関係者とは、会わない約束ですよ」

「ちょっとだけでも、お邪魔させて下さい」

「これから私は、仕事に出かけます」

「ご主人のお兄さんが、たしか函館におられると聞きました。是非とも住所を教えて頂けませんか」

「私に聞かれても困ります」

そそくさと電話を切られて、取りつく島もない。

やむなく二人が、遺族の住まいを確認しておきたいと思って、タクシーに乗って訪ねると、白亜の壁の瀟洒なマンションだった。事件発生から満十六年になろうとしており、被害者の妻だった人は、スナックのほかにも店を出しており、すでに再婚したとも、これから再婚するともいう。


一九八四年七月五日朝、前夜に連絡船で青森市に到着していた二人は、北津軽郡板柳町へ行き、俗称「東雲」の永山則夫の実家へ、五十三歳の長姉を訪ねた。雨が降るなかを長屋へ行くと、一階の四畳半の奥で肥満体の姉は、悄然と外を眺めていた。

四十六歳の編集者は、青森県立弘前高校から東京の私大に入り、卒業後に中堅出版社に就職した。やがて胃潰瘍を患い、会社をやめて郷里へ帰り、一年ほど弘前市役所の臨時職員になった。税務課に配属されて、割り当てられた地区を回り、貧困家庭が多いことを知った。しかし、永山則夫が育った家は、臨時職員のとき訪問した最悪と思われた貧困家庭より、もっと酷い状態だった。タイムマシンで敗戦直後に戻ったような思いの編集者は、永山奈々子が長姉と話すのを、少し離れたところから見た。

その長屋の近くに寺があり、編集者はカメラを持って訪ねた。一九六一年三月、永山則夫の三兄が集団就職で東京へ出たあと、当時三十一歳の長姉が、母親の〝背負い子〟仲間の息子と肉体関係が続いて妊娠し、近くの病院で堕胎手術を受けた。水子を寺の墓地に葬ったとき、「N少年」が母親に命じられて、漬物石を寺へ持参して墓標にしたことが、「木橋」に書かれている。単行本『木橋』には、「姉さんの水子の墓石となった漬物石」の挿絵があるので、それと照合しながら墓地を探して、似たような石を写真撮影した。

永山則夫の妻と編集者は、国鉄の五能線で川部へ出て、奥羽本線に乗り換えて碇ケ関へ行き、リハビリテーション病院にいる母親（七十三歳）を見舞った。

三年前に見舞ったとき寝たきりだった母親は、数人の老人たちと窓際に坐っていたが、かなり痴呆が進行しており、四男の妻を再び迎えたことを、どう認識しているかはわからない。このとき編集者は、しげしげと母親に顔を見つめられたから、「お母さんは自分のことを、永山君と間違えているのではないか」と思った。

名古屋、京都、函館、津軽を行脚した永山奈々子と立風書房の担当編集者は、帰京すると文京区の寺へ行き、「東京プリンスホテル事件」の被害者・村田紀男（享年二十七歳）の墓参をした。立風書房の社長と、二人の弁護人が同行して、寺の住職に「裁判に関係のない木なので、遺族に渡してほしい」と、単行本『木橋』を託した。するとしばらくして、八王子市に住む被害者の母親が、社長宛に本を送り返した。

この『木橋』が、「裁判に関係ない本」と言われても、遺族は納得できなかったろう。巻末の「あとがき」は、二十一ページにおよぶ。

まず著者が、四ページ書いている。自分の近況については、「いま、世界観――哲学――論理学――諸科学を体系化し、〝唯物論の論理学〟を科学に高める作業をやっています。ヘーゲル以降、論理学を体系化した人はいません。権力はいま、権力犯罪をもみ消そうとして、世界でただ一人の人間を死刑にしようとしています。詳細は後記『アピール』を参照して下さい」とある。

参照すべきそれは、「弁護団から読者の方々へのアピール」であり、実際は永山則夫が、弁護人の原文に手を加えたものだ。

《ところで名古屋事件当時、永山被告はすでに、捜査当局により一〇八号犯人として特定された上で意図的に泳がされていた疑いがある。即ち、名古屋事件の後、警察の大捜査体制の中で、「警察と射ち合って死ぬか、逮捕されよう」として静岡へ赴いた際、その日に県警刑事部長が

「犯人は必ず県下に現れる」（68・11・17「静岡新聞」）と言明し、全国唯一の準特捜本部を設置していること（この静岡事件は犯人取り逃がし後に、一〇八号事件とは無関係として捜査当局によって隠蔽された）等の事実に基づく。

当時、少年法改悪（適用年齢の十八歳への引き下げ）が世論の反対で行き詰まっており、そのための世論操作に、「十九歳の犯罪少年」を利用したものであることは、逮捕以降の「少年法」キャンペーンによってうかがえるところである。また「静岡事件」での逮捕劇に失敗して以降、権力は、マスコミを中心とした世論の眼を「連続射殺事件」からそらす必要が緊急のものとなり、権力の謀略とも疑われる「三億円事件」（静岡事件の二日後から事件遺留品が盗まれ三週間のちに発生）起因の目的の一つがそこにあったのだ。それは、同事件の捜査経緯を調査する中から浮かび上がっている》

このアピールでは、第二次弁護団や支援者にも触れて、「自己の〝犯罪〟を真剣にふり返り、仲間＝労働者を殺してしまったという自覚と後悔から、全人民大衆に対して謝罪し、余罪である静岡事件を告白していった永山被告に対し、弁護団や支援者は、遺族に送るべき印税を無断使用し、十九歳の少年を国家政策に利用するため、犯人と知りつつ泳がせていたという権力犯罪の疑惑に関し、精神鑑定において被害妄想とする等、永山被告の主体無視、抑圧をおこなった後、主任弁護人が一方的に辞任し、弁護団の崩壊を招いた」という。この中の「遺族に送るべき印税を無断使用」は、永山則夫の一方的な思い込みである。このころ永山本人は、差し入れを受けた別冊ジュリスト『マスコミ判例百選』を参照して、「事実に反する報道をされ裁判で不利益が生じた」と、新聞社や出版社を相手取り、〝本人訴訟〟を起こしている。

さらに「あとがき」には、国会請願運動も出てくる。

＊

請願書

一九七九年七月十日、東京地裁刑事五部（蓑原茂廣裁判長）は、警察権力が「京都事件」の遺留品（ジャックナイフの指紋）から永山則夫氏の犯行と特定しつつ、意図的に尾行・泳がせをして、少年法改悪のために政治的に利用し、この権力犯罪を隠蔽する「三億円事件」を引き起こした事実が判明する「静岡事件」を審理しないまま、永山則夫氏に死刑判決を下して権力犯罪のもみ消しをおこないました。

一九八一年八月二十一日、東京高裁刑事二部（船田三雄裁判長）は、この過酷さを踏まえて永山則夫氏を無期懲役にしました。それは少年法の理念を尊重し、権力犯罪を了解した上で、裁判所が反省したことからの減刑判決でした。

一九八三年七月八日、最高裁第二小法廷（大橋進裁判長）は、二審の減刑判決を破棄して、東京高裁へ差戻しました。これは「命乞いをした者を殺した」と死刑妥当を煽動し、再び権力犯罪をもみ消そうとするものです。

このような、司法・行政が一体となった権力犯罪の隠蔽を、私たちは見逃すわけにはいきません。下層労働者の犯罪の原因↓動機↓結果を追求し、犯罪に対する権力と市民の関係↓責任↓義務を究明してこそ、仲間殺しのない社会を建設する第一歩です。

そのために私たちは、憲法六二条に保障された国政調査権を発動し、少年法改悪の国家政策に密接に関連する「静岡事件」を、必ず国会において事実究明され、権力犯罪の隠蔽に利用される死刑制度の存否を審議し、判断されんことを請願致します。

一九八三年七月二十七日、永山則夫は、差戻審を担当する東京高裁刑事三部（鬼塚賢太郎裁判長）に、「上申書」を提出した。

①本事件は、少年法改悪のための尾行・泳がせの疑いのある事件をふくんでおり、このため一審では、事実上の「弁護人抜き裁判」がなされ、欠席裁判で被告人に死刑を判決した。

②二審の東京高裁は、右の事実を直視し、弁護人を通じて「情状だけでやってほしい」と言ってきた。被告人としては、情状のほうが多くの同囚のためになり、それが死刑廃止の武力闘争を誘発せずに、平和裡に日本の死刑廃止が実現すると考えた。

③しかるに最高裁の差戻し理由は、権力犯罪について一切無視し、死刑を煽動している。裁

判所全体が謀略を用いて、権力犯罪を隠蔽するものだ。

④このような謀略裁判を、世界の全人民は正義によって許さない。そこで国会への請願署名をする一方で、同様趣旨の新聞意見広告のカンパを募り、厳重抗議する。

⑤差戻審においては、再び「弁護人抜き裁判」が起こらないように、信頼の寄せられる弁護士でなければならない。被告人は以上の理由に適う弁護人を求めて、国会請願書の署名と意見広告のカンパを集める弁護士を探している。

⑥右の理由で、弁護人の選任を一、二ヵ月猶予して頂きたい。

一審の第三次弁護団で主任をつとめ、二・三審では一貫して主任をつとめた鈴木淳二弁護士は、「三審の敗訴は、弁護人による権力犯罪の追及が足りなかったのが原因」と、被告人に指摘されている。

埼玉県の開業医の家に生まれて、永山則夫のいう「優等生」だった鈴木淳二は、東北大法学部を出て司法試験に合格し、一九七五年四月に弁護士登録した。その年九月、私選で弁護人を受任したのは、死刑廃止論者の一人として、死刑判決を阻止したかったからだ。

一九八三年八月一日、鈴木淳二は、四審を担当する東京高裁刑事三部の書記官に、今回も弁護をつとめる予定であることを告げた。

獄中の永山則夫は、「いま必要なのは、永山の言うとおりに動く弁護士である」と公言する。

その弁護を引き受けてもよいという弁護士はいるが、当の被告人は、「法廷で〝生きざまさらし〟と、意見広告の百万円をカンパして、百通以上の国会請願署名を集めた者を、弁護人に選任する」と条件を付す。

一九八三年十二月二十八日鈴木淳二は、現金百万円をカンパして、永山則夫の私選弁護人を受任した。そして八四年四月九日付で、東京高裁刑事三部に「上申書」を提出した。

「新たな弁護団を編成すべく、鋭意努力を重ねているが、今回の審理は、最高裁が戦後三十五年余の刑訴法史上初めて、被告人に不利なかたちで『量刑不当』の職権発動をしたことで始められる。審理内容はきわめて重大であり、本件の記録は全三十冊以上の膨大な量におよび、弁護人としても慎重に検討しなければならない。被告人は、一度は生きることを許されており、地球よりも重い一人の人間の生命がかかっていることを考慮のうえ、今しばらく弁護団の形成に時間的猶予を頂きたい」

一九八四年十二月十九日、東京高裁刑事三部（鬼塚賢太郎裁判長）で、第一回公判が開かれた。私選の第七次弁護団は六人であり、鈴木淳二が主任をつとめる。

弁護側は、「意見陳述書」の冒頭で述べた。

《先進諸国は、アメリカの一部諸州を除いて、いずれも死刑を廃止ないし停止し、さらにヨーロッパ理事会加盟国によって、平時の犯罪に対する死刑の廃止を定めた「死刑廃止に関する人権と基本的自由のための規約第六議定書」が採択され、各国による批准の作業が進められている。あるいは国際アムネスティが日本政府に対し、刑法改正による死刑の全廃、刑法改正までの死刑囚の減刑や死刑判決の放棄を勧告する、などの死刑廃止に向けた世界的な動向の中で、我が国の最高の司法府が死刑を正義であると積極的に是認し、そのことによって人間同士の殺し合いである殺人を正義であると全世界に宣明したことに、強い驚きと国民としての恥辱を禁じえない。殺人を禁止している国家が法の名において死刑という殺人をおこなうことが、本当に正義なのでしょうか》

これに対して検察側は、「第一次控訴審以降に生じた新たな情状についてだけ審理し、量刑判断すべきである」と主張した。

一九八五年三月二十五日、第二回公判が開かれ、六人の弁護人が「控訴趣意補充書」を朗読した。なお、鬼塚賢太郎裁判長は、一月三十日付で静岡地裁所長に転出し、千葉地裁所長だった柳瀬隆次判事が、東京高裁刑事三部の裁判長に就任した。

この日の公判が終って、被告人が拘置所へ帰ると、長姉から便箋三枚の手紙が届いていた。それを読んだ末弟は、「板柳町の姉さんが、先ごろ肌色の股引とシャツ二、パンツ二、灰色靴下二を郵送して下さり、助かっております。しかし、文面を読むと相当悪いようです。幻想の世界にいるのでしょうか」と、弁護人に報告している。

このころ永山則夫は、妻の面会が途絶えがちになったことで苛立ち、離婚を口にするようになった。獄中結婚から五年目、二十九歳になった妻は、「面会に来る回数を減らして、国会請願運動などに真剣に取り組まないのは、養父がCIAの要員であり、その意を受けたナナが、アメリカから派遣されたスパイだからだ」と面罵され、「階級闘争のイロハがわかるまで反省しろ」と、面会室で土下座させられるなどしている。

一九八五年四月十日、第三回公判が開かれて、弁護人は大量の証人申請をおこなった。この中には、被告人が「権力犯罪の中枢にいた」と主張する、後藤田正晴（当時警察庁次長）、秦野章（当時警視総監）、土田国保（当時一〇八号特捜本部長）もふくまれている。

八五年四月末、永山則夫と永山奈々子が、協議離婚届に署名した。この件で彼女が、名古屋にいる永山の三兄に相談すると、「まだ若いのだから、自分を大切にして生きなさい」と励まされたという。

しかし、役所の窓口に届け出ることを、彼女はためらっている。八〇年四月、永山則夫に最初の手紙を書き、急テンポの往復書簡が始まって、結婚してからも続いた。最近になって出版社から、〝愛の書簡集〟を単行本にまとめる話が持ち込まれ、獄中の彼は「夫婦を続ける自信があるなら出してもいい」と、意外なことを言った。弁護人に宛てた手紙で、「ナナはナナを理解してくれる人を求め、わたしはわたしを愛してくれる人を求めたらいいのだと思います」と、離婚する旨を伝えているが、実は夫婦を続けたいのかもしれない。

このころ獄中への差し入れは、もっぱら主任弁護人が引き受けており、「いま欲しいものは、カウチン・セーター、イギリス製ハンター用セーター、ダウンジャケット、クリーム色か青色のワイシャツ、紺地にクリーム色の縦縞かクリーム色地に紺の縦縞のポロシャツ、各一着なのです」と、郵便で頼まれた。ワイシャツのサイズはA型の三八―七八で、「ピッタリで感謝しており、カウチン・セーターは値の張るだけ温いですが、東拘ではジャンパーをその上に着なければ寒く、ダルマのような具合ですが、心から感謝しています」と、事務所へ礼状が届いた。

一九八五年五月八日、第四回公判が開かれ、弁護側が申請した証人は、情状関係についてのみ採用された。さらに弁護人は、被告人の妹（三十三歳）が、現在は生活保護を受けており、精神科医の治療が必要である旨の資料を提出して、証拠調請求をおこなった。

一九八五年五月二十九日、第五回公判が開かれ、単行本『木橋』を企画・担当した編集者が証言した。

【立風書房の担当編集者（四十七歳）の証言】

現在の出版社に入り、『財田川暗黒裁判』を私が編集出版した。その著者の矢野伊吉弁護士が亡くなり、四国で営まれた葬儀に参列して、ホテルで新聞を読み永山君の新日本文学賞受賞を知った。因縁めいたものを感じたのは、自分は弘前高校を出て東京の大学へ進学したが、板柳中学から集団就職した永山君は〝金の卵〟と言われながら、右も左もわからぬ東京で差別され、自分を痛めつけて事件を発生させたことだ。

八三年五月号の『新日本文学』で受賞作を読み、一種異様な文体は、何か記憶を探り当てるためではないかと、すごい魅力を感じた。会社の企画会議で、小説の形式で素直に己を語った意味を強調し、出版する方向で社長の了解を得た。

永山君と面会して、目が澄んで純粋で純朴だから、「こんな人がなぜ犯罪をやったのだろう」と思った。本のなかの挿絵は私が描くように勧めて、装丁の田村義也さんも、永山君の絵を絶賛した。

初版の発行部数は一万二千部の予定だったが、事前の注文が多かったので、上乗せして一万五千部を刷った。今回の証言のために調べたら、在庫は三千五百部で、単行本の売れ行きが悪い時期に、確実に一万部は売れたのだから、黒字になったことは間違いない。なお、永山君の希望で、印税から五十万四千円を京都の遺族に届けた。

一九八五年七月十七日、東京高裁刑事三部は、名古屋地方裁判所豊橋支部へ出張して、永山則夫の三兄に証人尋問した。

【永山則夫の三兄（四十歳）の証言】

本年六月十五日付で、二十年ほど勤めた出版社を退職した。現在、妻と小学生の子ども二人の四人家族である。

網走時代の記憶は、すっかり薄れているが、網走湖に近い呼人から、オホーツク海に面した市内に移って、住居は三回変わった。（弁護人が示す地図を見て）①は妹が生まれた南三条西二丁目で、②は網走橋を渡って北側（網走化学肥料の近く）、③は網走武道館の北側である。

長姉が精神病院に入ったのは、適齢期の女が下穿き一つで家の外へ飛び出し、母親に引き戻されたことがあったからだ。私が小学生のころ、母から置き去りにされて、網走で一冬を過ごした。雪が降る前から、翌年の春までだった。引き取られて青森へ向かうとき、生まれて初めて燕が飛ぶのを見た。燕は北海道にいない。

網走に置き去りにされたことは、二度と思い出したくない。私はすぐ上の兄と学校を長期欠席して、近くに造船所があるから、線路の枕木に打つ大きな太い釘を拾い集め、古物商に売った。兄は「網走新聞」を配達していたと思うが、姉のことはわからない。このとき父親が、私たち子どもの面倒をみたことはなく、姉と二人で雪の中を探しに歩いたことがある。父の仕事先のリンゴ園などへ行ったが、結局は見つからなかった。

冬の網走では、マイナス三十度まで経験した。普通の靴下に重ねて、山歩きするような毛糸の靴下を履き、内側に毛のついた長靴で歩行する。暖房費がないから、秋のうちに兄や姉と野山から木を取って来て、家の横に積んでおいた。冬の寒い時期は、センベイ布団の中で、寒いといって泣いた記憶がある。母親に置き去りにされたとき、正直いって則夫がいたかどうかさえも、私は覚えていない。その一冬を子どもだけで必死に生きたことを、忘れるように努めて生きてきた。

北津軽郡の板柳時代に、則夫のことで覚えているのは、あるとき一軒おいて隣の家から出火し、ボヤとわかって兄や私はあわてなかった。しかし、則夫が異常に興奮して、二階から飛び下りようとしたので、兄と二人で必死に引っ張り上げた記憶がある。なにかバタバタと暴れて、麻薬をやっている人が、取り押さえられるような……。そのあと町内会で、弘前の寺を見学に行ったとき、やはり則夫が異常に興奮した。

父親が一度だけ、板柳町の長屋に戻り、夜中に家の中に入ろうとするのを、兄と二人で棒を持って追い返した。則夫は後ろで見ていたが、私の気持ちとして、捨てられた親と一緒に住むことはできない。五十過ぎた親がわが子に拒絶されるのは、非常に不幸なことだけど、怒りは兄のほうが強かったのではないか。父親を許せなかったのは、網走で見捨てたこと。それが唯一最大の理由だ。このとき父が私に対して、「お前もか？」と、外国の戯曲みたいなセリフを吐いていた。

私は父親が死んだときのことを、一九六二年十二月十八日の日記に書いた。（六一年三月、集団就職で上京し、江東食糧に就職して、亀戸の米穀店に配属され、六二年四月に私立高校の

定時制に入学し、当時十七歳だった）

＊

しばらく日記をつけなかったが、俺にとって、本当に大変な時だった。十二月六日が父の命日になるとは……。午前九時五十分、岐阜県不破郡垂井町という所で、五十四年の生涯を閉じたそうだが、八年という長い年月を別居していたとはいえ、自分にとっては世の中でたった一人の父には違いない。

けれど親子の情というものが、こんなにも薄れるとは。俺は涙一つ流さなかった。いや、流れなかった……。あわれな男よ。人生をバクチというものが、大きく変えてしまったのだろう。何度も何度も立ち直ろうとした努力は俺も認めるけど、長いあいだの習慣というおそろしいものが、許さなかったのだろう。八年の間、会ったのはたった一度だった。

このせまい小さな下宿の机の上に、父の変わり果てた白木の箱が、静かに立ちのぼる線香と共に、何かしんみり物語っていた。自分にとって、にくんでもにくんでも、にくみきれない父であるけど、この世の中でたった一人のかけがえのない父には違いない。子にまで捨てられた、あわれな父よ。今日から俺は本当に片親だけだ。

約二年ぶりに会った、年老いた我が母……。親子水入らずで朝食を共にした、あの嬉しさ。あんなおいしい、楽しい、胸にじんとくる感じをもった事が、俺の過去にあったであろうか。

父の亡くなった今、この年老いた母だけは、俺にとってかけがえのないものだ。我が母よ、どうかいつまでも、いつまでも、この世を去る事なく、生きつづけてくれ。

私自身の学業成績について、本人の口から「良かった」と言うことはできないけど、貧乏だからいろんなアルバイトはしたが、進んで学校へ行って授業を受けた。中学では学年で二十番以内に入ると賞状をくれるから、努力は人一倍やった。普通の子は参考書を見てやるけど、私は参考書なしで頑張った。クラブ活動で素質を認められ、先生が温かい目で育ててくれるとか、周囲の協力があった。貧乏な家庭だが、私は普通に小・中学校へ通えた。

二十一、二歳のころ帰郷して、中学校の担任の先生を訪ねると、「お前はよかったけど、弟はひでぇことをやってくれるなぁ」と、則夫のことで厳しく指摘された。中学時代に非行があり、香港への密航事件などで、先生のところへも調べが来て、そういう言葉が口から出たのだと思う。

一九六五年四月の私の日記に、則夫が集団就職で上京してまもなく、休みの日に会い、「東京見物」したことが書いてある。六五年九月、則夫が西村フルーツパーラーをやめる直前に、私を訪ねてきた。杉並区内の牛乳販売店で働き、大学受験を目指していたときで、細かい状況は覚えていない。

私は進学したくても、家から一銭の援助もなく、定時制高校も自分の力で卒業した。最終的な入学目標は、中央大学法学部（二部）であり、受験料を五千円払って合格した。しかし、七万八千円の入学費がなく、教材費などを含めると私の経済力では無理で、やむなく進学を断念した。したがって、中央大学に入学した事実はないけれども、合格した事実は肉親に知らせており、則夫に付添って東京保護観察局に出頭したとき、「この兄貴に見習い、ボクも会社勤めをして、夜間大学に通いたいです」と言われ、担当係官に申し訳ないと思いながら、そのように振舞った記憶がある。

則夫の「香港密航事件」のあと、長兄が引き取った話は聞いていない。私は汚い生き方かもしれないが、貧乏から抜け出す方法として周りを捨てる……というか、きょうだいの面倒を見るのを止めないと、自分が高校を卒業して大学を目指すとか、まともな生活をする夢を叶えられない。冷たいかもしれないが、肉親を捨てる覚悟で生きていた。

私は則夫について、「田舎へ送り返したほうがいい」と思い、兄たちにそう言っていた。私は学校の先生や同級生と、クラブ活動などで生きざまを学んだ。しかし、則夫は学校へ行かなかったから、大きなギャップがあったと思われる。十六歳であっても、十六歳の知能があったかどうかは疑問だ。そういう意味で私は、「能力のない子が都会で生きていく力はない。田舎に潜んでゆっくり生きたほうがいい」と言った。

弁護人　二回目の密航事件のとき、証人が引き取るということで、家裁の審判で「不処分」になり、西荻窪の牛乳屋を紹介したんですね。

証人　本人が夜学へ行きたいというので、牛乳販売店のようなアルバイト的な時間のある職場がいい。明大付属中野高校に入ったので、「ちゃんと卒業すれば、オレの会社へ入れてやる」と、則夫に言った記憶はあります。出版社には配達の仕事もあり、裁判所の世話になっている時期だから、様子を見るつもりで言ったのであり、それは実現できることです。しかし、私が北陸へ長期出張して帰ると、本人は自転車に牛乳を積んだ状態で消えており、私が店主に呼ばれて行き、「申し訳ない」と謝った覚えがあります。その後は今回の事件で捕まるまで、まったく会っておりません。

弁護人　六九年正月に、池袋のお兄さんの所に集まったとき、被告人の「東京と京都で事件をやった」という告白を、証人は間接的に聞きましたか。

証人　そのことで私も、則夫の逮捕後に警察に呼ばれ、調書を取られたのは事実です。今は少し余裕があるので、「もう少し目をかけてやればよかった」と思います。けれども当時の私は、自分が生きることに必死で、弟の面倒をみる余裕がなかった。則夫に対して適切なアドバイスをして、早く田舎へ返してやればよかったと、誠に残念でなりません。

弁護人　すぐ上のお兄さんは、昨年五月に亡くなっていますね。弁護人が板柳町へ行ったとき、「ガンで死亡し長兄が骨を引き取った」と、地元の人から聞きました。どう感じますか。

証人　その状況に立ち会いたかったし、弟としてすごく悲しいですね。

弁護人　今回こうして、証人として出廷頂きましたが、心境はどういうところにありますか。

証人　事件から十数年経ち、裁判所にも迷惑をかけており、私自身は早く公判が終結して、新聞記事にならないように望み、ひたすら祈っております。今回こうして私が出廷する気になったのは、鈴木弁護士が則夫の事件を、十年も担当しておられるからです。仕事上、弁護士さんと付き合いがあり、一つの事件を十年も担当する先生の気持ちを察して、たまらなく同情しました。

弁護人　被告人が「一〇八号」で逮捕されたとき、意外で信じられない思いでしたか。

証人　ええ、信じられなかったです。その夜から数日間というものは、名古屋の新聞記者に追跡され、普通の生活をしてきた者にはショックで、事件や新聞記者から逃げ出したいということで、希望して福岡へ転勤したり、数年間の辛い思い出があります。

弁護人　事件発生から十六年以上になりますが、被告人や事件について、どう考えてこられましたか。

証人　私も家庭を持つ一家の柱で、則夫があやめた人や遺族の方々のことを考えると、たまらないです。

弁護人　被告人と会おうと思ったことは?

証人　最初のうちは、「早く死んでくれ、早く処刑されてくれ」と、それが本音でした。しかし、私自身も年をとって、少し太った則夫の写真を新聞などで見かけると、すぐ上の兄ですから、「弟に会いたい」と思うのが、真実の気持ちです。

弁護人　今回の事件の原因について、なにか思うことがありますか。

証人　四人をあやめてしまったことは、当時十九歳とはいえ、罪の償いは避けようがないですね。こうやって証人席にいますが、「助けてやって下さい」とは、口が裂けても言えません。ただ、家庭環境がこのように暗く、同じ十九歳の少年でも、十九歳の精神年齢にあったかどうかを、わかって頂きたいと思います。

弁護人　きょうだいの中で差異はありますか。

証人　ありますね。①長姉や次姉や長兄は、家が貧乏であっても、高校で教育を受ける環境にありました。②網走に置き去りにされた三姉、次兄、私などは全日制高校へ行けなかった。③則夫から下の姪をふくむ三人は、母親が信じられないくらい変わっている。同じきょうだいでも、三段階に分かれているのではないか。これが普通の家庭だったら、則夫が大きな事件を起こして、ご迷惑をかけることはなかったと思います。

弁護人　被告人の場合は、転職して最初は仕事を一生懸命やるけど、些細なことがきっかけでやめてしまう。たとえば就職先で戸籍謄本を取り寄せたとき、「網走番外地と書いてあるのは刑務所生まれか？」「頬の傷はヤクザだからか？」と言われても、ふつうは冗談と受け取るんじゃないですか。

証人　私も母親の影響で、気の弱いところがある。それにも増して則夫は、病的な気の弱さです。東北の人間は人を信じると、全部さらけだして付き合う。その反面、敵愾心を持つとまったく受け付けない。その二つの性格は、私もよくわかるんです。しかし、則夫の場合は、私ですら理解できない、めげるところがある。どうしても人間は、そこを乗り越えていかないと、生きていけないんです。だから私は、「則夫は都会で生きていけない、田舎にいたほうがいい」と言った。

弁護人　六九年四月二十三日付のあなたの検事調書を見ると、「私たちきょうだいは、これから十字架を背負う覚悟をしている」とありますが？

証人　それは今日も変わりません。

弁護人　本日は被告人が在廷しておりませんが、兄として述べておきたいことは？

証人　このような事件を起こした上に、監獄の中で本を読み漁って勉強して、にわか知識で発言しては、ご迷惑をかけているようです。しかし、「犯した罪のことを考えてくれ、遺族のことを考えてくれ、社会の迷惑を考えてくれ」と言いたい。これ以上は、もう則夫に発言してもらいたくない。また、発言する資格もないんです。それなのに何をどう間違ったのか、変な理屈を並べ立てているようですが、「そんなものは社会で通用しない。もう、何も言わないでくれ」と。

検察官　被告人が学校を怠けるというか、通学しないことが多かった本当の原因は、どういうところにあったんでしょうか。

証人　これは想像ですが、性格的に弱いところがある。何かにつけて、めげて傷つきやすい。参考書とか本とかズック靴とか、子どもが身に付けるカバン、道具類などを、母親が貧乏で揃えてあげることができない。先生や同級生に、「お前は持ってないのか」と言われ、すぐ傷ついて学校へ行かない。そういうことだと思います。

検察官　しかし、服装とか経済的な条件は、あなたの場合も同様でしたね？

証人　同様でしたが、私の場合は生活力があった。ある意味で自活していたけど、則夫の服装などは兄のお下がりだった。その違いだと思います。

検察官　則夫も中学時代には、新聞配達をしています。本当におカネがなくて学校へ行けないのか、怠け心なのか。そこのところはどうでしょうか。

証人　怠けるというより、母親への反感をもっていた。中学生で反抗期でもあるし、そういったものが、長欠につながったんじゃないでしょうか。

検察官　あなたより四年遅れて、則夫も集団就職で東京へ出ている。このときの経済的条件は、あなたの場合と同じでしょう？

証人　似たような状況で、頂ける給料もそんなに違いがない。互いに住み込みで、ムチャをしなければ、経済的に変わらない。ただ、私の場合は学費だとか、会社へ行く通勤費用とか、彼より掛かっていたと思います。

検察官　したがって、あなたと同様に夜間高校へ通おうと思えば、できないわけではないですね。

証人　苦しい条件ですけど、行けないことはなかったと思います。行こうと思えば……。

裁判長　あなたが勤めていた会社は、どういう業務内容ですか。

証人　国の法律を、いち早く必要なところ、裁判所とか、法律事務所とか、行政機関へ届けるわけです。追録式加除式の、大手の法規出版社です。

裁判長　多年お勤めになって、今年六月に退職なさったのは、何かあったのですか。

証人　サラリーマンを二十年やって、私は四十歳になりました。老後のことを考えると、元気なうちに一人でやれることはないか、もっと自分に向いている仕事があるんじゃないか、と。かなり人生のノウハウも身につけたので、そういう気持ちもあり、退職しました。もう一つは、出版社は非常に景気が悪い。そういう事情もあります。

裁判長　この事件が何か、影響しているということはないですか。

証人　負け犬根性で言いたくはありませんが、出世という意味では、同期の人間が本社で総務課長を勤めています。私は支社の営業課長で終わり、そういう意味では、知る人間はこの事件を知っており、残念ながら影響はありました。負けない努力はしたつもりですが、経営者が昇格とか昇給を判断する上においては、影響があったと思います。

裁判長　被告人が婚姻届を出した奈々子さんと、会ったことがありますか。

証人　数年前に、鈴木弁護士が名古屋の都ホテルへ連れて見え、その席で紹介されて初めて会いました。

裁判長　証人としては、被告人と奈々子さんの婚姻について、何か感じていることがありますか。

証人　原則としては、そういう届出をしてほしくなかった。むしろ奈々子さんに気の毒なことをしてくれた。奈々子さんには、幸せな女としての道があるんじゃないかと思い、則夫との離婚話を聞いたときに、彼女にそう言いました。

裁判長　被告人は本件で勾留された後、いろいろな書物を出版しておりますけど、そういったものに目を通したことはありますか。

証人　これを何のために著したのか。こういう出版活動をして、自分をアピールするのではなく、もっと素直に刑に服するべきではないか。そう思っておりました。

一九八五年八月二十七日、東京高裁刑事三部は、青森地裁弘前支部へ出張して、証人尋問をおこなった。

【被告人の長姉を担当する民生委員（六十歳）の証言】

母親（七十四歳）は、南津軽郡のリハビリテーション病院を退院して、北津軽郡の特別養護老人ホームに入った。長姉（五十四歳）は、弘前の精神病院から板柳町の自宅へ帰宅したので、私が生活保護を担当している。

長姉の日常の行動で、異常を感じさせられるのは、「荷物を盗まれたら大変だ」と、風呂敷に包んで背負い、夜中に町内を歩き回る。あるいは、他人の敷地内に毛布を敷いて寝る。家の中の薪ストーブの鉄板が真っ赤になっても、新たに薪を入れる。表の電柱にホースで一晩中水をかけ続ける。そういうことはあるが、人に危害を加えたりはしない。

私が担当者として困るのは、月初めに生活保護費を支給されたときに、商店で食料品を沢山買い込んで帰って、人の二倍もの量を食べる。そうすることで、月の後半には食べ物に事欠くほど窮乏する。

被告人については、小さいとき新聞配りをする姿を見た程度である。この事件が起きたときには、「社会に対する反抗」という印象を受けた。

【板柳中学校の教員（四十六歳）の証言】

板柳町の人々は、この事件が起きたことで、「自分たちが何とかしてやったら、こんなことにならなかった」と、秘かに負い目をもっている。それで町の教育長が、「生き方を見つめる父と母の十二章」というパンフを作り、教育の現場で生かしている。

一九八三年八月、板柳中の六四年度卒業生が同期会を催したとき、案内状を獄中の永山則夫君に郵送した。すると返信があり、「皆さん元気で頑張ってくれ。岩木山を見たい」と記していた。

永山君が書いた「木橋」が雑誌に載ったとき、それをコピーして教師たちに配ると、文章もしっかりしており、「あの永山が書いたとは信じられん」と言う人もいた。事件当時に十九歳だったけど、まともな少年と同じように扱うのではなく、情状酌量してほしいという気持ちが大きい。


【被告人の同級生（三十六歳）の証言】

私は弘前高校から、東京の理工系大学へ進んだ。永山君とは小・中学校を通じて同学年だったが、小学校時代は家が離れており、まったく交流がなかった。

中学一、二年生のときは、クラスが一緒だった。私はクラス委員長で、欠席が多い生徒の家に、給食のパンを届けたりしたことはある。永山君の家へは、私の家とは反対方向なので一回も行ってないが、新聞配達する姿は何回も見た。ふつうは自転車で配るが、彼はいつも走っていた。それで持久力があり、北津軽郡内の対校駅伝のとき、永山君がゴボウ抜きの活躍をした。そのことはよく覚えている。

一九六九年四月七日、永山君が東京で逮捕されたことを、私は弘前市内のバス停で、『陸奥新報』の号外を見て知った。「連続射殺魔捕まる」という見出しで、顔写真を見たときショックを受けた。「まさか永山君は、四人も殺せるヤツじゃない」と。われわれは学校で過激な遊びをしたけど、彼は廊下ですれ違ってもうつむき加減だし……。

裁判が始まったとき、私は東京にいたので、新聞報道を気をつけて読むようにした。帰郷すると彼の話になり、先に証言した先生が集めた資料を、いろいろ読んだりした。たとえば、東京プリンスホテルへ深夜にふらっと入ったりする状況は、田舎から出た私には納得できる。とはいえ、「貧乏だったからこうなった」と主張するのは、言い逃れのようで納得できない。

彼はひがんだ見方でなく、もっと社会をきちんと見るべきだ。しかし、「木橋」を読んだとき、すっと納得できるものがあった。素直な気持ちになった文章だな、と。東京高裁で無期懲役判決を受け、そういう気持ちになったのだと思う。同じ殺人でも、四人殺したから死刑、一人だから無期懲役と、画一化された数の問題ではなかろう。何かそこに情状があるはずだ。十九歳のときの犯行だが、中卒で東京へ集団就職した彼の精神年齢は、十五、六歳に等しかったのではないか。


【中学一、二年の担任教師（五十三歳）の証言】

一九六二、三年度に、板柳中学で永山則夫君のクラス担任だった。当時クラスは三十九人で、永山君は非常に小柄で口数も多くないが、人なつっこそうな、きれいな笑顔が印象に残っている。

ただ、恵まれない家庭環境の子で、みすぼらしい服装をしていた。成績は振るわないが、手先が器用だから、技術や美術は熱心に勉強した。一学年の二学期から欠席が目立つので、私も最初は家庭訪問をした。効果的だったのは、運動会や駅伝大会で選手に起用すると、非常に喜んで積極的に参加した。しかし、お母さんが教育に無関心で、「本人が行きたくないものは、どうすることもできない」と。それで私が、本人にゲンコツをやると、気弱な子で涙をポロポロ流して、黙り込んでしまう。

あの時代は、農家などでは子どもを働かせて、家業を維持するのが珍しくなかった。各学年にかなりの人数に達して、〝常欠〟と呼んでいた。永山君の場合は、登校しないでぶらぶら遊んでいたわけで、例外的な〝長欠〟だった。現在では〝登校拒否〟を重視して、社会問題として取り組むけれども、当時は学校の管理職もタッチしていない。

それに永山君は、〝長欠〟にありがちな非行がない。同じ長屋に住む女生徒は、家業が飲み屋だから、酔客を相手にお酌をする。ドブロクやヒロポンの密売、盗品の故買をする親がいて、ずいぶん荒稼ぎをしていたが、そういう環境のなかで、永山君の親は稼ぎが少ない。

一学年の十二月、永山君の父親が死んで、長屋で葬儀があった。私はクラス委員長の生徒と二人で、香典を持参した。このとき噂になったのは、「網走刑務所で服役中に死んだ」と……。

それを聞いた私は、「彼の暗さは、そこに原因があるのか」と、思い込んでしまった。

永山君の出生地は、網走市の呼人番外地である。のちに映画「網走番外地シリーズ」が大ヒットして、集団就職先の都会で、彼が出生地について、「オレは刑務所で生まれたのか」と悩んだというのは、ムリもないと思う。教師の私が、岐阜県で行路病死した父親について、網走で服役中に死んだと思い込んでしまった。

永山君が逮捕されたとき、「あんな気の弱い、優しいところのある子が、ピストルで人を殺すはずはない」と、信じられなかった。集団就職した卒業生のなかには、日本刀を学校に持ち込むようなのがいた。そういう子がやったのなら、それなりに納得がいくけど、永山君の犯行には、まったく意表を衝かれた。悪の道に入るにしても、せいぜいコソ泥だろうと思っていた。

そのあと『無知の涙』を読んで、漢字が沢山あって、内容に哲学的な面もある。「たぶんゴーストライターが書いたのだろう」と、皆がそう思っていた。しかし、間違いなく本人が書いた本だという。それを知ったとき、同僚たちとショックを受けた。「これはわれわれ教師の落ち度ではないか」と。

彼が捕まったとき、私も東京のマスコミによる電話の取材攻勢を受けたが、記者が聞き出したがるのは、「中学時代にどんなワルだったか」である。番長クラスの非行少年と思い込んでいるから、「本当のことを知りたいのなら、ちゃんと板柳へ来て、自分の足で調べるべきだ」と、私は怒った。

いずれにしても、中学時代の二年間の担任教師として、私の至らなさを思うとき、責任を感じないわけにはいかない。被害者の家庭には、非常な悲しみを与えてしまった。それでも裁判所にお願いしたいのは、罪は罪として非常に重大だけれども、精神的に未熟な者が、衝動的に犯した事件だから、再生の道も残して頂きたい。

一九八五年九月二十七日、東京高裁刑事三部で、第七回公判が開かれた。初めに主任弁護人が、「証拠調請求」をおこない、東北福祉大教授の意見書（被告人の生育歴の過酷さが統計学的に証明されること）、板柳町教育委員会のパンフレット「生き方を見つめる父と母の十二章」、板柳中学同期会から被告人への案内状、小説集『木橋』の書評、被告人より弁護人宛の信書五通（被害者の墓参、遺族への慰藉を希望する手紙）などを提出した。

そのあと二人の証人が、情状証言をおこなった。

【曹洞宗の僧侶（五十歳）の証言】

岐阜県大野郡で住職をしているが、友人がアメリカのミネソタ州ミネアポリスで禅センターを開いたのが機縁で、これまで四回渡米した。七九年六月、ネブラスカ州のオマハ大にある禅センターに招かれ、大城奈々子さんと知り合った。彼女は個人的なことで悩み、相談を受けたりした。

八〇年十二月、奈々子さんから電話があり、東京からというのでびっくりした。そのあと東京で会い、獄中結婚したことや、アメリカの両親との係わりなどを聞き、「あなたが選んだ道なら、それを通しなさい」と言った。そのあとナナさんと共に、永山君と五回ほど面会し、東京高裁で裁判を数回ほど傍聴して、最後は最高裁だったが、事件のことを永山君と話し合ったことはない。
八二年六月十五日、「名古屋事件」の被害者宅へ伺い、お経を上げた。新聞に遺族の記事が出て、国鉄の高山線で私が通る道すがらとわかり、それがつとめだと考えた。当日の朝に電話して、午後四時ころ着くと、ご両親ともおられた。「鈴木弁護士の連絡で来られたのですか」と問われて、「いや違います」とナナさんとの関係を話し、お経を上げさせてもらった。
そのあと裁判の話になり、お父さんは「事件のことはもう沢山で、マスコミが来るのも苦痛に堪えない」と話し、ひょいとどこかへ行き、お母さんだけ残り、「私は業が深いかしらんけれども、どうしても思い出してしまうんですよ」と、私の前で頭を下げられた。
弁護人　お経を上げることに関しては、どういうお気持ちだったんですか。
証人　永山君にも、お父さん、お母さんがおられたわけです。私の子どもが何か仕出かせば、本人がやったことであっても、親として行って謝ると思います。しかし、永山君の場合は、そういうことができない状況にある。だから私が代わりに行ってお経をあげる。そういう気持ちを持っており、私が言葉で表現しなくても、それは佐藤さん夫婦に通じていたと、確信しています。
弁護人　実際に行かれて、行く前の気持ちと変わった点はありますか。
証人　それは仏壇の前に坐ると、行く前とは違いましたね。やはり冷めたいというか、体がひやっとした感じです。その場でお参りをすると、実感が湧いてきて、私はお経しか読めない、聞いてくれということです。

【網走出身のカメラマン（六十一歳）の証言】

父が網走町で鮭鱒の定置網漁業を始め、網走中学を卒業して家業に従事し、父の会社の取締役に就任し、五五年八月に非常勤役員となって、現在は東京でカメラマンをしている。

一九四六年秋ころ、呼人リンゴ園内にあった永山家へ行った。従業員のために、統制経済下でリンゴを入手する目的である。永山家は山の斜面の道路脇にあり、農機具や肥料を入れる小さな倉庫を改造した粗末な住居で、生活も貧しく暗い感じを受けた。そのとき子どもが二、三人いて、母親の陰に隠れていた。父親は大きくない体格で、細いツルの丸いメガネをかけ、人の顔色をうかがって、臨機応変に応対する。母親も小柄で、目鼻立ちは整っていたが、何かオドオドして、暗い陰のある人だと思った。それ以降は、永山の両親に会っていない。

網走の冬は、雪は内陸部に比べて少ないが、一メートルぐらいは積もる。吹雪になると一晩で、二メートル近く積もる。十二月の雪が根雪になり、一月には完全に雪で覆われる。気温は一月中旬から二月ころは、普段でもマイナス十五、六度に下がり、二十度以下になると手の感覚がなくなる。朝日が昇って、かなりの高さになったとき、時折ダイヤモンド・ダスト現象を見る。空気中の水蒸気が凍って、太陽光線にキラキラ光り、ダイヤモンドの粉を空気中にまいたような状態になる。

流氷は例年、接岸するのは一月の初めで、三月末まで海が流氷で覆われる。東京などから来た人は、雪原を見ているようなので、「流氷はどこにあるんですか」と聞く。マイナス二十度近くなると、網走橋などは川風が吹くため、渡るときは外套を着ていても、体に突き刺さるような寒さを感じる。銭湯へ行くと、帰りにぶら下げたタオルが棒のように凍る。橋の下の川面は、冬の間はずっと凍っている。

弁護人　一〇八号事件の犯人が捕まったとき、何を感じましたか。

証人　永山という苗字を聞き、「呼人の『永山』の子ではないか」と、どういうわけか思った。あとから新聞記事なんかを見て、「やはりそうだったのか」と。

弁護人　それは、どうしてでしょうか。

証人　私の考えでは、一度だけ会ったときの母親の暗い感じ、そのとき呼人の生活を見ていたからです。

弁護人　永山君は五歳のとき、秋から春まで中学二年の姉を頭に、四人だけで半年過ごしていますが？

証人　一月から二月の寒さは、住んでいる建物の構造にもよりますが、暖房施設がなかったら、さぞ大変だったろうと、容易に想像がつきます。私の実家は石炭ストーブですが、昼間はもちろんのこと、煙突掃除をするとき以外は、石炭を絶やすことはありません。夜もトロ火で、ストーブは消さないのです。

一九八五年十月二十四日、東京高裁刑事三部の裁判長が交代した。

第二回公判（八五年三月二十五日）から担当していた柳瀬隆次判事は、司法研修所の所長に任命された。その後任として、宇都宮家裁の所長をしていた石田穣一判事が赴任したのである。

このころ永山則夫は、河出書房新社の「文藝」編集部から依頼された小説の執筆に励んでいた。それまでに永山は、文藝賞に「死刑の涙」（二百六十枚）を応募していた。この賞は毎年四月末に締め切られ、受賞作は「文藝」十月号に発表される。「死刑の涙」は、新左翼運動を支援する救援連絡センターと、永山の支援グループとのあいだで、死刑廃止を巡るトラブルが生じたことなどを書いたもので、これは落選した。

しかし、「文藝」編集部としては、「死刑の涙」のような作風ではなく、八四年七月に刊行された小説集『木橋』に連なるものが欲しい。そこで若い男性編集者が、永山則夫の担当になり、八五年九月中旬に執筆を依頼する手紙を書いた。

懸賞小説への応募と、編集部からの執筆依頼は、書き手にとって意味合いがまったく異なる。どのようなテーマにするかを、編集者と相談して構想を練り、書き上げた原稿の手入れを求められても、掲載を前提としたものである。したがって、獄中の永山則夫に執筆の依頼状が届いたことは、「文藝」編集部が作家として認めたことになる。

八五年四月中旬、永山則夫は、主任弁護人宛に手紙を書いている。

「小説『捨て子ごっこ』に使うのですが、もしかして判例集の中に、子どもを捨てた母親（父親）についての判決文はないでしょうか。その心理を表現した資料が欲しいのです。小説はこの夏ころから書き始めるつもりです。中庭の桜はようやく咲いていています。春です」

この時点ですでに、五歳のとき母親から網走に置き去りにされたことを、小説に書くつもりでいた。しかし、九月中旬になって「文藝」から注文があり、さっそく執筆を始めたのは、中学一年生の「N」を主人公とする「破流」であった。初めての小説「木橋」を書いたときのように、主任弁護人の事務所宛に、十月下旬から何回かに分けて原稿を送った。

小説「破流」は、主人公を「N」としながら、肉親をふくむ登場人物は実名である。父親が死亡したと聞いて、担任教師とクラス委員長が長屋へ香典を持参したとき、遺骨を岐阜県へ引き取りに行った母親は板柳町へ帰っておらず、「Nは改めて驚いた。先生たちは彼から直接父の死を確認しないのに、すでに知っていたからである。学校では噂として広がっているのだろうと思った」。

この事実関係は、八五年八月二十七日の青森地裁弘前支部における、クラス担任の教師と、クラス委員長の同級生の証言内容と重なる。公判廷や出張尋問の証言内容は、一ヵ月ほどして弁護人経由で、供述調書のコピーが被告人に届く。「破流」の作者は、その証言内容によって記憶を喚起しながら、小説を書き進めたとみられる。十月下旬に四十三枚、十一月上旬に三十三枚、十一月中旬に十四枚……と、「破流」は順調に書き継がれるが、九十枚に達したところで中断した。
主任弁護人が、最後の手段として裁判所に精神鑑定を申請することを知って、永山則夫が激怒したからだ。

一九八五年十二月二十三日、主任弁護人の鈴木淳二は、東京高裁刑事三部に、「精神鑑定申請書」を提出した。

私選の第七次弁護団(六人)は、柳瀬裁判長から石田裁判長に交代したことで、これからの弁護方針について苦慮していた。刑訴法の「裁判官の更迭」による更新手続きにより、公判の引き延ばしを図れば、できないことはない。現に被告人は、「更新手続きの公判廷では、新たに加わった三人の弁護人が、〝生きざまさらし〟をすべきであり、それができなければ解任する」と、強く求めている。

しかし、弁護団の目的は、この差戻控訴審で、再び無期懲役判決を得ることである。

＊

記

一、精神鑑定事項
①本件各犯行時における被告人の精神状態(とくに是非善悪の弁別能力の有無・程度と行動

制御能力の有無・程度)。

②家庭環境、学校環境、職場環境等の生育・成長歴および遺伝的負因が、被告人の精神的成熟度、道義的判断力におよぼした影響の有無・程度。

二、当審における鑑定の必要性

本件裁判においては、一審で二回の精神鑑定が実施されている。

新井鑑定は、「被告人の本件犯行時の精神状態には、狭義の精神病を思わせる所見はないが、情意面の偏りはある程度認められる」。

石川鑑定は、「被告人は犯行前までに、高度の精神的偏りと神経症徴候を発現し、犯行直前には重い性格神経症状態にあり、犯行時には精神病に近い精神状態であったと診断される」。

この二つの鑑定主文は、責任能力の有無・程度について、結論が分かれている。

新井鑑定は、犯罪事実をふくめて、きわめて不十分な問診に基づいてなされ、石川鑑定は、被告人の問診時の供述を中心に鑑定がなされた。新井鑑定には、基本的な欠陥があり、石川鑑定には、一審判決が指摘するように、捜査段階の供述や客観的証拠との対比検討を経ていない難点が存するといえる。

また、新井鑑定における「情意面の偏り」、石川鑑定における「高度の精神的偏り」については、近年アメリカにおけるDSM‐Ⅲ‐Rの確立、境界例の研究、分析の発展など、精神医学界のいちじるしい変遷がみられる。そうすると、すでに実施されている二鑑定は、結論を異にしているのであって、現在到達している精神医学の学問的水準から、検討を加えられる必要性がある。

はたして被告人に対して、現在もなお死刑という極刑をもって生命を断ち、将来の可能性のすべてを閉ざすことが正義で、法の名における妥当な処遇であるのかとの観点に立脚して、再度の科学的分析が必要なのである。

この間に被告人は、「無罪論ノート」や「大論理学ノート」などを執筆し、様々な人たちと接触、交流をなしてきている。これら被告人の全生活、著作などの諸活動を前提に、犯行時の精神状態を把握、分析しなければならない。

当審においては、新たに多くの証人の証言がなされ、被告人のきょうだいの近況も認識された。これらの証拠をも資料として、精神鑑定がなされる必要性がある。

一九八六年一月二十三日、被告人の永山則夫は、主任弁護人の「解任届」を提出した。

＊

主任弁護人の鈴木淳二は、被告人が、救援連絡センター代表世話人の水戸巌に対する民事訴訟を求めたところ、「却下されることがわかる訴訟行為はできない」と拒否した。また、被告人が反対しているにもかかわらず、精神医学鑑定を申請した。

永山則夫は、史上初めてファシズムを科学的に解明し、論理学、犯罪学、〝数学〟改め数量学、文語学（文学と語学を合わせた科学）を、科学にした人間である。

その道の専門家に、各著述の鑑定をして頂き、「永山則夫を死刑にすることは、全人類に対する犯罪になる」と被告人が言っていることの当否を判定し、それが事実であれば精神鑑定は必要ないだろうし、否であれば受ける。

鈴木弁護人が申請したものは、精神医学による鑑定のみであり、永山則夫の科学思想を殺し、権力犯罪をもみ消すものであるから、受諾はできない。

右理由によって、解任します。

一九八六年一月三十一日、永山則夫の第七次弁護団が、「精神鑑定申請補充書①」を提出した。

＊

精神鑑定の申請は、われわれ弁護団が熟慮した結果、苦渋に満ちた選択である。

弁護人は、被告人の意思に反する弁護活動について、きわめて慎重でなければならない。われわれ弁護人は、被告人の利益を最大限追求する職責を負っている。死刑か無期かという本件のごときは、弁論に遺漏があって、死の結果を招くようなことが、決してあってはならない。

しかし、われわれのみが知りえた事実は、被告人の利益のために、法廷に顕出しなければならない。たとえ被告人の意思に反したことでも、冷静に考えざるをえない。

本裁判は、被告人を生かすか殺すかを決める。当裁判所が、好むと好まざるとにかかわらず、決すべきことを免れえない。われわれの職責は、審理に必要な事実を提示することである。

以下に述べる補充意見は、被告人と身近に接してきた全弁護人に、共通の認識である。このことが、被告人に強い不信と深い絶望感を与えることを予想しながら、それでも指摘せざるをえない。そして必ずや、専門家の判断を求めて頂き、その上で被告人の生死を決することを、心より切望する。

〔一〕被告人は、妄想を有していると考えられる。

妄想とは、「病的に誤って作られた判断」であり、「なみなみならぬ確信」と「経験や動かすべからざる推理によって影響を受けないこと」および「内容が不可能なこと」である。

被告人は、主として分裂病にみられる、被害妄想を有していると考えられる。周囲の人たちの身振りや言葉が、すべて自分に関係していると考える「関係妄想」と、どこへ行っても観察され注目されていると考える「注察妄想」があるとみられる。

みずからの犯行を、「捜査当局が、少年法改悪の国家政策に利用するため、一〇八号の犯人と特定しながら、尾行し泳がせていた」として、「そのことを隠蔽するために、後藤田正晴、秦野章、土田国保ら警察上層部が、三億円事件を起こした」と確信し、いかなる訂正も認めず、誤りを指摘すればするほど、確信は深まる一方のようだ。

また被告人は、誇大妄想を有していると考えられる。この「誇大妄想」は、自分のもつあらゆる素質を過大に評価するもので、躁病の昂揚気分から生じることが多く、分裂病でも被害妄想の負荷除去の試みとして出現し、一般に慢性化した妄想型分裂病者に多くみられる。

八六年一月二十三日の主任弁護人の解任届に明らかなように、被告人はみずからを史上最高の科学者と評価して、「永山則夫を死刑にすることは、全人類に対する犯罪になる」と言っている。

さらに被告人は、好訴妄想を有していると考えられる。この「好訴妄想」は、根拠なく他人が自分の法的権利を侵害したと考え、これを解決するために法廷で争ったりする場合をいい、被害妄想の一つとされる。被告人はマスコミを相手取って多数の民事事件を提訴しており、主任弁護人の解任理由に明らかなように、救援連絡センターの代表世話人を提訴することを迫った。これは弁護士の法的判断として困難なだけでなく、常識的にみても提訴することができない。

〔二〕被告人が思考障害を有しているのではないかと思われる点について。

分裂病の基本障害は、連合心理学に基づく「連合解離」である。すなわち、連合の緩みが生じ、ある観念と他の観念との関連が不明瞭になる。それが顕著になると、滅裂思考にいたる。この思考の異常は、個々の精神機能に障害はないが、連合機能に異常があると考えられている。

みずから科学にしたという、被告人の「論理学」「犯罪学」「数量学」「文語学」等々に、連合解離の可能性がある。思考障害が高度になると、「言語新作」という病態があらわれ、第三者にはまったく意味不明な、伝達価値をもたない言葉を新造して、分裂病特有の病態といわれる。

〔三〕被告人の文学的才能について。

被告人は、『無知の涙』『木橋』などの著作で、疑問の余地なく文学的な才能を発揮している。しかし、このことと分裂病など精神疾患がある疑いと、なんら矛盾するものではない。分裂病患者などが、かえって芸術的活動において才能を発揮し、後世に残す作品を創造していることは、世に知られている事実である。

〔四〕被告人の家族歴について。

分裂病を診察するとき、その家族歴が検討される。被告人の長姉、父方の従姉妹は分裂病であり、石川鑑定で明らかにされている。所在が不明であった被告人の妹は、やはり分裂病の疑いで、治療を要するとされる。

弁護人らは、分裂病における遺伝的負因、環境的負因に詳しいものではないが、診断するにあたって有力な一資料として扱われている。

〔五〕以上の理由によって、現在被告人は、精神分裂病もしくは何らかの精神疾患の疑いが濃厚であり、専門家の診断が是非とも必要であると考える。

一九八六年二月二十六日、永山則夫は、「弁護人たちの事実を歪曲した上での人格中傷攻撃を見よ！　科学思想に対する敵対攻撃を見よ！」と、舟木友比古、古川労、渡辺務、新美隆の四人の解任届を提出した。主任弁護人以外は〝新聞意見広告の百万円カンパ〟に応じていないが、面会時には差し入れを欠かさず、無報酬というよりも、持ち出しの弁護活動であった。

一九八六年三月三十一日、残る一人の弁護人の大谷恭子は、「精神鑑定申請補充書②」を提出した。

①一審で精神鑑定をおこなった石川義博医師は、被告人を治療したいと考え、信頼関係を維持すべくつとめたが、被告人の攻撃の対象になり、このことも病的な症状と捉えている。

②本年一月十八日と一月二十八日、二度にわたって被告人と面会した精神科の佐々木由紀子医師は、「面会時間のほとんどを費やした被告人の理論（発見、発明）が、被告人の確信するような、先人のだれもが成しえなかった業績でないならば、誇大的かつ妄想的であるといわざるをえない」と指摘している。

③被告人の「大論理学」について、東京商船大学の彌永健一教授（数学）は、幾多の誤解を指摘して、「初歩的、入門的な計算である」と述べている。

一九八六年三月三十一日、永山則夫は、「この弁護人は救援連絡センターと関係ないから残しておいたが、被告人の人格攻撃をしたことは、重大な背任である」と、大谷恭子弁護人を解任した。そして四月三日、永山奈々子は、永山則夫との協議離婚届を、役所の窓口に提出した。

一九八六年四月四日、東京高裁刑事三部（石田穣一裁判長）は、鈴木淳二と大谷恭子を、職権で国選弁護人に選任したが、四月二十五日の第十三回公判に、二人の国選弁護人は出廷しなかった。

このことについて、裁判官と被告人の問答になった。

裁判官（右陪席）　次々に解任して、弁護人がいなくなった。空白を避けねばならないから、本事件と被告人に精通した鈴木、大谷弁護士を、裁判所が国選弁護人に選任した。鈴木弁護人に尋ねると、「国選弁護人に選任されて、被告人に面会して精神鑑定を受けるように説得した。しかし、受け入れてくれないので、これ以上は被告人の弁護ができない」という。それで本日は、弁護人が出頭しなかったと思う。被告人は、どう考えているか。

被告人　二人が国選で付いたことは、新聞を読んで知っている。僕としては私選弁護人を探すつもりだった。いま僕の新しい本が市販され、その新科学小説『ソオ連の旅芸人』を読めばわかる。これを専門家に、小説鑑定してもらいたい。

裁判官　二人の国選弁護人が付いていていながら、今日は出廷していない。このことを、どう考

える か。

被告人　大谷弁護人が、救援連絡センターを提訴してくれたら、彼女を選任しても構わない。この民事訴訟は、日本の死刑廃止にとって、非常に重要である。救援連絡センターは、死刑囚の妻である永山奈々子に公衆の面前で暴力をふるいながら、「〝連続射殺魔〟永山則夫の反省―共立運動グループが、死刑廃止集会を破壊した」と居直っているんだ。

裁判官　被告人が私選弁護人を解任したから、裁判所が国選弁護人を付した。被告人には、「だれを弁護人にしたい」「あの人はよくない」と、選ぶ権利はない。弁護人に協力する気になれないか。

被告人　科学を愛する者として、歪んだ精神鑑定を受けることはできない。

裁判官　私選弁護人の当てはあるのか。

被告人　弁護人を公募するしかない。精神医学だけの鑑定ではなく、論理学を科学にした業績を鑑定するための弁護人を、永山則夫は求めている。

一九八六年五月八日、鈴木淳二、大谷恭子両弁護士は、東京高裁の石田裁判長に「申入書」を郵送した。

《永山則夫に対する、強盗殺人等被告事件につき、八六年四月二十五日に公判廷が開かれましたが、これにつき、以下のことを申入れます。貴裁判所の国選選任命令は、当職らの承諾を得

ずに出されたものであり、よって、当職らは国選弁護人ではないと考えております。これにつ
いては、八六年四月二十二日の話し合いで、ご理解頂いたものであります。にもかかわらず、
当職らを国選弁護人との前提で開廷して、「不出頭」扱いにしました。これは当職らを国選弁
護人として、既成事実化するもので、はなはだ遺憾であります。よって、国選弁護人選任命令
を速やかに撤回されることを、重ねて強く申入れます》

国選弁護人の選任は、裁判長が訴訟上の権限でおこなう。この選任が裁判（命令）だから、
選ばれた弁護人は、一方的に辞任できない。しかし、東京の三弁護士会は、裁判所から国選弁
護人の推薦依頼を受けて、弁護士会が推薦することになっている。

八六年五月二十日、第二東京弁護士会の会長は、東京高等裁判所長官に申し入れた。

「当会の規則に、裁判所から直接に国選弁護人を受任してはならないと定めている。当会は、
鈴木、大谷両弁護士を推薦していないので、この選任命令を撤回し、私選弁護人の選任がない
ときは、『特別案件』として弁護士会に推薦依頼をなすべきである」

一九八六年六月六日、東京高裁刑事三部は、第十四回公判を開く予定だったが、弁護人が出
廷しないので、被告人と「裁判の打ち合わせ」をおこなった。

裁判官（左陪席）その後、被告人の考えが変わったということはないですか。

被告人　鈴木淳二弁護士は、要するに僕を裏切ったわけですから、四月二十五日付でハガキ

を送り、「罰金三百万円を用意するように」と知らせておきました。だから鈴木弁護士が、罰金の三百万円を用意したら、彼の弁護を受けてもいいです。その上で、また裁判で僕を裏切ったときには、用意させた三百万円を使い、「永山則夫氏に謝罪します」と、新聞広告を掲載させる。そういう条件でならば、鈴木弁護士の弁護を受けます。それは大谷弁護士についても同様です。

裁判官　二人の弁護人は、裁判所が選任したのだから、被告人が条件を付けることはできない。

被告人　しかし、彼らのやり方だと、僕の主張を認めない。権力犯罪の「静岡事件」について、被害妄想とか誇大妄想とか言っている。この裁判は、もはや日本だけの問題じゃない。科学とは誠に恐ろしいもので、人類にとって役立つ。そういう科学法則を、貪欲に吸収していくんですよね。人を通して、大衆に広がっていく。そういう中において、その大衆へ向けて派遣した人らと共に、ずっと生きていくわけなんですよ。

裁判官　裁判所としては、なんとか正常な形で、本件の審理を進めていきたい。しかし、弁護人が出頭しないときには、「不出頭のまま審理を進めざるをえない」という考え方も、当然ながら出てくるからね。

被告人　だから僕は、弁護方針を改めろと言っている。情状をもらうために頭を下げる裁判では、殺人は無くならない。犯罪は無くならない。そういう不幸な人たちを救うために、この裁判をやってきたんだよ。それを裏切った鈴木弁護士や大谷弁護士は、批判されるべきなんだ。

裁判官　それでは二週間待つから、被告人の考えを書面にして出しなさい。

一九八六年六月二十日、永山則夫は、東京高裁宛の「上申書」を提出した。

「貴裁判所は、六月六日の法廷で、『弁護人が出廷しなくても強行する』旨を表明し、再び〝弁護人抜き裁判〟の暴挙を強行しようとしています。被告人が私選弁護人を付けるにしても、本件を理解して下さる弁護士を探し出すには、時間がかかるのです。これをせずに、いたずらに弁護人を選任しても、再び辞任や解任になる恐れがないとも限りません。右の理由を再度検討して頂きたく存じます」

一九八六年七月十五日、東京高裁刑事三部（石田穣一裁判長）は、鈴木淳二、大谷恭子両弁護人を解任した。

新たな国選弁護人は、第二東京弁護士会に所属する遠藤誠（五十五歳）である。遠藤弁護士は宮城県出身で、東大法学部を卒業して、参院法制局勤務中の五五年四月に司法試験に合格し、司法研修所の第十期生になり、五八年四月に裁判官任官した。しかし、千葉地裁で判事補をしていた六一年四月に依願退官して、弁護士登録した。刑事弁護のベテランであり、帝銀事件の弁護団長をつとめて、弁護士会仏教勉強会主幹として知られ、『弁護士と仏教と革命』『絶望と歓喜―歎異抄入門』『借地・借家の法律常識』などの著書がある。

一九八六年九月二十四日、第十四回公判が開かれた。

まず遠藤誠弁護人が、鈴木淳二、大谷恭子両弁護士に対して審問をおこない、受任から解任にいたるまで、弁護活動について尋ねた。

そして被告人が、みずから作成した「業績鑑定請求書」を、裁判所に提出した。

＊

第一　鑑定事項

1、被告人の著作にかかる左記の諸著書において示される思想は、学問上において貴重なものか否か。

①無知の涙（71年3月・合同出版刊）
②人民をわすれたカナリアたち（71年12月・辺境社刊）
③愛か―無か（73年10月・合同出版刊）
④動揺記Ⅰ（73年11月・辺境社刊）
⑤反 - 寺山修司論（77年12月・ＪＣＡ出版刊）
⑥木橋（84年7月・立風書房刊）

⑦ソオ連の旅芸人（86年3月・言葉社刊）
⑧大論理学ノート
⑨雑誌「〝連続射殺魔〟永山則夫」所収の各論文
2、右のような思想と著作を持つ被告人を死刑に処することは、社会正義に合致するか否か。
3、刑法三九条の〔心神喪失、心神耗弱〕における刑事責任能力、すなわち「物事の是非善悪を弁識する能力、その弁識に従って行動する能力」という場合に、「心神」とは何か、「是」とは何か、「非」とは何か、「善」とは何か、「悪」とは何か。
第二　鑑定人
しかるべく。
第三　立証事実
被告人に対する死刑が違法・不当である事実。
一九八六年十月十五日、第十五回公判が開かれ、永山則夫と離婚した大城奈々子（三十一歳）が、情状証人として出廷した。八〇年十二月に獄中結婚してから、経済的に自立しなければならないのに、ひんぱんに面会に来ることを求められて、定職に就けなかった。板橋区内で英会話の塾を開いたりしたが、今は店員をしている。
「私と永山君は、一つ屋根の下に暮らしたいと思っても、そうすることができなかった。やがて私のことを、CIAのスパイと言うようになり、彼のことを理解できなくなった。なぜ永山君は、もっと素直になれないのか。『静岡事件』と『三億円事件』を結び付けるのは、完全に誤解である。自分のことを天才と称しているが、彼が書いた『大論理学ノート』を、若者に読ませても通用しない。解任された弁護士の先生方や、彼を救いたいと思う人たちが次々に去り、結局は一人になったのは、彼の精神状態が健康でないからだ。精神鑑定を受けることを、いまも頑に拒んでおり、このままでは永山君に対して、公正な裁判がおこなわれたことにならない」

一九八六年十一月十二日、第十六回公判が開かれ、被告人質問が始まった。その生い立ちから、〝金の卵〟と呼ばれた集団就職で東京へ出て、放浪的に転職を繰り返した事情や、少年保護による不当な扱いを受けて重罪事件を犯すにいたったこと、起訴されて裁判が始まってからは、弁護人や支援者からいかに翻弄されたかを、第十八回公判（八六年十二月十二日）まで語り続けた。遠藤弁護人の方針は、「ともかく言いたいことを言わせ、裁判官に判断してもらう」である。

永山則夫は、最後に強調した。

「マルクス主義は古い科学であり、僕の思想はマルクスを超えた。かつて無知だったころ、同じ階級の仲間を殺したことは、深く反省しているが、今の僕は殺される理由がない。死刑はファシズムの刑罰であり、学術的な面で人類に役立つ世界に二人といない科学者の僕を、決して当局が殺すことはできない」

しかし、石田穣一裁判長は、第七次弁護団が請求した精神鑑定、被告人が請求した業績鑑定について、「いずれも必要性を認めない」と、第十八回公判で却下した。

一九八七年一月十九日、第十九回公判が開かれ、弁護人と検察官が弁論して、差戻控訴審は結審した。

遠藤誠弁護人の弁論。

*

少年法五一条によれば、「罪を犯すとき十八歳に満たない者に対しては、死刑をもって処断するときは、無期刑を科する」と規定されている。

すなわち、十八歳未満の者は精神的に未成熟であるところから、その間に罪を犯した者は、応報主義による死刑を科して、この世から抹殺することよりも、教育可能性のある少年を教育し、みずからの犯した罪が間違っていたことを腹の底から悟らせ、これをまともな人間に鍛えなおすことによって、かえって世に有為なる人材たらしめようという教育刑主義を、現行少年法が大原則としているわけである。

平安時代の名僧、恵心僧都こと源信聖人は、名著『往生要集』において、喝破された。

「麁強《そごう》の悪業は、人をして覚悟せしむ」

若いとき悪いことをやった人間は、ある日あるとき、みずからの行為が罪であったことに気付くと、一八〇度転換して、お釈迦さまぐらいの素晴らしい人間に生まれ変わるという意味である。

そしてわが日本国少年法は、その限界を、十八歳未満においた。

なるほど、本件の被告人が殺人行為を犯したのは、満十九歳三ヵ月ないし四ヵ月のときである。しかし、日本において、いや、この地球上において、両親による生みっぱなしという最も劣悪な極限状態において、生物的な成長をとげてきた被告人の当時の精神年齢は、まさに十八歳未満のものであったと言わざるをえない。

ここに永山則夫君という、十九年の生涯において、親から捨てられ、社会からの差別につぐ差別を受け、世をのろい人をのろったがために罪を犯し、その後の十八年の獄中における血のにじむような勉学によって、自分のやったことは間違っていたと衷心より悟り、二度とこのような悲劇を他の者に起こさせないためにどうしたらいいかを考え、その成果を次々に発表している一人の人間がいる。

ここで私は叫びたい。石田裁判長と田尾裁判官と中野裁判官が、「控訴棄却」の判決を言い渡せば、ここにいる一人の生きた人間が、絞首台に送られて、間違いなく首の骨を折られ、首の筋肉をズタズタに引き裂かれながら、殺されていくのだということを。
それでいいのだろうか？
最後に、十九歳九ヵ月の彼が自首同様にして逮捕された後、東京拘置所の暗い独房でつづった血の叫びをもって、私の結論に代える。
キケ、人ヤ
世ノ裏路ヲ歩クモノノ悲哀ナタワゴトヲ。
キケ、人ヤ
貧シキ者トソノ子ラノ指先ノ冷タキ血ヲ。
キケ、人ヤ
愛ノ心ハ金デナイコトヲ。
心ノ弱者ノツタエル叫ビヲ。
キケ、人ヤ
世ノハグレ人ノ
パンヘノ、セツナイ、ハイアガリヲ。
キケ、人ヤ
日影者ノ、アセト涙ヲ。
ソノ力ト勇気ヲ。

キケ、人ヤ
武器ナキ者ガ
武器ヲ得タ時ノ
命ト引キカエノ抵抗ヲ。
キケ、人ヤ
貧民ノ真ノ願イノ
ヒト言ノ恐シサヲ。
キケ、人ヤ
昭和元禄ニ酔ウガヨイ
忘レタ時ニ再ビモエル、貧シキ者ノ怒リヲバ。

山田一夫、吉村徳則両検事の弁論。

＊

当審における事実調べの結果によっても、犯行が一過性のものであるとか、被告人の精神的成熟度が、十八歳未満の少年と同視し得るような特段の事情は、まったく認められない。
むしろ職歴、犯歴の経過・内容、各犯行の動機、手段、態様、被告人の当時の詩作などからすれば、単なる一過性のものではなく、年齢相当に十分成熟していたと認められる。証拠上明らかではない事実を前提として、本件に少年法五一条の精神を及ぼすべきであるとする、差戻前控訴審判決の判断は、最高裁判決が指摘するとおり、とうてい首肯し難いものであると言わなければならない。

被告人は、当審における本人質問に対し、各犯行は自己に階級意識がなかったために惹起したもので、現在では同じ仲間を殺したことを後悔している旨を述べている。その一方において、最高裁判決はファシズムの裁判であり、死刑に処することは、全人類に対する犯罪になる、裁判所が被告人に謝罪したほうが世のためになることを示して欲しい、などと供述している。

その思考の基調とするところは、被告人の著書にもあらわれているように、あくまでも自己の犯罪の原因は資本主義の国家社会にあるとするものであって、このことは第一審いらい今日にいたるまで、一貫して変わっていない。

被告人の言動ないし供述内容、あるいは各著作にあらわれているものは、自己の行為の責任を、他に転じてはばからない反省悔悟を欠く態度である。四人もの尊い生命を奪い、遺族に計り知れない悲痛な思いをさせているにもかかわらず、犯行後十七年余を経過した現在においても、真にみずから顧みて、率直かつ深刻に反省悔悟するにいたっていない。

以上述べてきたとおり、当審の事実調べの結果、差戻前控訴審の弁論終結後に生じた、格別の事情として認めることのできるものは、被告人にとって有利な情状とされた婚姻の破綻のみである。したがって、量刑上有利に斟酌されるべき、新たな事情は認められない。

弁護人および被告人による控訴は、当然棄却されるべきものと思料する。

一九八七年三月十八日、東京高裁刑事三部は、差戻控訴審の判決公判を開き、「本件控訴を棄却する」と言い渡した。

この「控訴棄却」は、永山則夫に死刑を宣告した、差し戻し前の一審判決（七九年七月・東京地裁）を支持して、一審判決を不服とする被告・弁護人の控訴を棄却することを意味する。

また、判決理由における「原審」「原判決」は、東京地裁の審理と判決を指す。

＊

主　文

本件控訴を棄却する。

理　由

弁護人の所論は、本件当時において、被告人が少年であったことを重視すべきとし、その成長過程におけるさまざまな負因から、順調な発育が阻害されて精神的な成熟度が未熟であり、十八歳未満の少年と同視しうる状況にあったと主張する。

被告人の幼少期の生活環境、生育歴には深く同情すべきものがあり、幼時から自己の責めにようずして、筆舌に尽くし難い辛酸をなめ、困苦にみちた生活を余儀なくされたこと、それが性格形成にも多分に暗影を投じたであろうこと、素質的負因と思われる性格の偏りがあることなどは、記録上でもうかがうことができる。

その程度が、十八歳未満の者と同視しうるものであったかどうかはともあれ、被告人の精神的な成熟度が、多少とも未成熟であったといえなくはない。

それらの事情は、いずれにせよ十九歳の少年であったこと、犯罪時に少年であった者の処遇については少年法の精神で慎重に検討すべきものであることなど考え併せ、量刑にあたっては十分に考慮すべきである。

さらに所論は、被告人の犯罪の原因は成長過程において固有の一過性のもので、成長とともに犯罪性が消滅すると推測されると主張する。

そのような事柄は、たやすく予測しがたいことではあるけれども、被告人が本件を契機として、勉学に強い意欲を示し、自己の文芸作品を世に発表するなどの活動を展開している事情は、それなりに量刑上評価されてしかるべきものと考える。

また、自己の著作の印税から金員をおくり、あるいは申し出をするなど遺族の慰藉にも意を用いているほか、当公判廷においても、自己と同じ階級に属する仲間を殺したことを後悔している旨を述べるなど、特異な表現ではあるけれども、被告人なりに被害者らの殺害を反省しているように見受けられる。

そのほか、勾留中の被告人が婚姻し、後に離婚するにいたったことなど、犯行後の情状も存在する。

また、原審当時に被告人は、常軌を逸した不穏当な行状と言動により、迅速・円滑な訴訟の進行を妨げ、司法の威信を傷つける挙に出たのであるが、原判決当時は、右当時にくらべて態度が改善されたものとみることができ、消極的ながら情状として評価できないでもない。

そこで、これら被告人の生い立ちをはじめとする、本件にいたる経緯、本件が少年犯罪であること、その他の原判決後の事情をふくめて、被告人のために酌むべき諸情状をつぶさに検討してみた。

しかし、前記のような本件の罪質、態様、事案の重大性にかんがみると、現行の刑罰制度のもとにおいて、原審が本件の各犯行につき、それぞれ所定刑中の有期・無期の懲役刑ないし死刑を選択し、被告人に対し、死刑をもって処断することとした原判決の量刑は、重すぎて不当であるとはいえない。

各論旨は、理由がない。

よって、刑訴法三九六条、一八一条一項但書により、主文のとおり判決する。

一九八七年三月十八日

東京高等裁判所刑事三部

裁判長裁判官　石田　穰一

裁判官　田尾　勇
裁判官　中野　保昭

この日の「中日新聞」夕刊は、一面トップで東京高裁の判決を報じた。

＊

永山被告に再び死刑判決
『刑は重過ぎぬ』一審判決を支持

十八日午前十時半、東京高裁刑事三部で「連続ピストル射殺事件」の差し戻し控訴審判決公判が開廷した。小柄な永山則夫被告の手錠が解かれる。あごひげ、銀ぶち眼鏡、緑のセーターにコールテンのズボン。「被告人、前へ」。石田穣一裁判長が静かに述べる。そして、声をひときわ大きくし「判決主文、本件控訴を棄却する」。無期懲役から死刑へ逆戻りの宣告だ。

永山は、陳述席のいすの後ろに立ち、黒いいすの背の上に軽く両手をそえたまま。「死刑宣告」を受けても姿勢は少しも変わらない。いすの背を握りしめることもない。

次いで判決理由の朗読が、やや早口で始まる。被告の言う「国が、社会が、親が、見捨てた」「国家は裁判権を有しない」などとの主張に対し、裁判長は「各論旨には理由がない」。ぴしゃりと、はねつけた。

さらに四人をピストルで次々、射殺した事件の経緯にふれ、「事実誤認はない」。読み上げられる間、永山は、じっと眼鏡越しに裁判長を見据えたままだった。

裁判長は「被告の生育歴には深く同情すべきものがあり、少年法の精神は十分に量刑に検討すべきもの」としたものの、四人を射殺した「罪質、重大性をかんがみると、死刑をもって重すぎない」と述べた。

午前十時五十八分、閉廷。その直後、永山は突然、騒ぎ出した。「戦争になりますよ」「爆弾闘争で死刑廃止を」。声高に繰り返す。裁判長が声を張り上げる。「退廷」。永山は両側を警備員に抱えられ法廷を出た。

開廷の直前、永山は一度、法廷に入ってくる傍聴人の方を振り返った。獄中結婚した妻は、離婚された後、弁護側証人として出廷したほかは一度も法廷に姿を見せておらず、この日もいなかった。

一九八七年七月十日、永山則夫著『捨て子ごっこ』が、河出書房新社から刊行された。ハードカバーで二百十六ページ、定価千三百円で、表題作と「破流」の二篇が収められて、初版発行は六千部。本の帯には、「北国の幼い命の営みと叫びを通して問う生の真実／親に捨てられ弟を捨てる――／貧困におし流されながらも勁く生きる子どもたちの姿を／透明な叙情のなかに刻む話題の純文学作品集」とある。

百五十枚の「破流」は「文藝」八六年夏季号（五月発行）、百四十枚の「捨て子ごっこ」は同誌の八七年夏季号に掲載された。河出書房新社の担当編集者が、八五年九月に執筆を依頼する手紙を書き、永山則夫が「破流」の執筆を始めたあと、第七次弁護団を解任する騒ぎがあった。しかし、短い中断を挟んで執筆は進み、書き上げた作品は、編集部宛に郵送された。

獄中の永山則夫は、原稿用紙を二枚重ねてカーボン紙を挟み、筆圧を込めてボールペンで書く。第一稿を読んだ編集者が、文体のリズムや送り仮名の統一について、例文を付して指摘すると、手元のコピーで推敲したあと、新たに書いた第二稿を郵送してくる。この書き直しは、決して半端ではなく、編集者の意見を素直に受け入れる。弁護人を次々に解任し、ことごとく敗訴してもマスコミ訴訟をやめない〝獄中作家〟だが、編集者に対しては、きわめて謙虚なのだ。

永山則夫の原稿の特徴は、文字を削除したときは「削五字」、加えたときは「加三字」というたように、必ず用紙の上部余白に記す。これは供述調書の様式であり、あとで改竄《かいざん》したものでないことを示すために、訂正箇所に取調官が印鑑を押す。獄中で書いた信書などは、外に出すとき検閲があり、係官の裁量で黒く塗りつぶすことがある。このため永山は、検閲との混同を予防して、原稿用紙の余白に記すのである。

第一稿、第二稿に続いて、さらに校正刷で手入れする。この著者校正は、作家と編集者のあいだで、電話やファクシミリで済ませることも多い。しかし、獄中作家とあって、その便法が通じない。時間に余裕があれば郵便を利用するが、そうでないときは、編集者が東京・小菅の拘置所へ出向いて、面会室のプラスチック板越しの会話で、訂正する箇所を確認することになる。面会室における作家は、終始ニコニコと笑顔を絶やさず、〝荒れる法廷〟の被告人とは別人のようだ。

一九八七年八月二十三日付で、『永山裁判ニュース』十五号が発行され、「『捨て子ごっこ』を読んで」と、支援者の感想文が寄せられている。

このパンフレットは、かつて〝赤パンフ〟を編集・発行していた支援者が、永山裁判ニュース刊行会を作り、継続して発行している。八七年六月二十九日付の十四号では、「私選弁護人として遠藤氏なる！」と、四審の国選弁護人だった遠藤誠弁護士が、上告審の私選弁護人に就任したことを伝えている。『永山裁判ニュース』には、「〝連続射殺魔〟永山則夫」が、ヘーゲルを論じる「辛口大学」を連載中である。

各地の読者が寄せたメッセージは、『捨て子ごっこ』に関するものが中心で、この本の〝回覧学習〟を始めたことなどを伝えている。

一九八七年十月二十二日、永山則夫は、最高裁第三小法廷に「上告趣意書」を提出した。

《被告人則夫は、小学四年生ころから三兄の命令で新聞配達を本格的に手伝ったが、ほとんど無報酬であり、小学六年生の春から新聞販売店に雇われた。これは母親と三兄の強制と、新聞販売店主の黙認によって、十二歳未満の年齢で賃金を受ける労働をしたことになる。かかる事実は、労働基準法および児童福祉法の理念と禁止事項に違反し、憲法一八条の「苦役からの自由」、同二七条の「児童酷使の禁止」事項に違反しているものである。

憲法一四条には、「すべて国民は、法の下に平等であって、人種、信条、性別、社会的身分又は門地により、政治的、経済的又は社会的関係において、差別されない」と明記している。しかるに、被告人は出生地が「網走番外地」であるところから、出生地に起因する差別を受け、戸籍謄本を要求する会社を逃げるようにする状態が、本件で逮捕されるまで続いた。かかる差別行為は、憲法違反であることは明白だが、本判決はこれらの事実を黙殺し、被告人の「無反省」ぶりを非難している。被告人に「反省」せよということは、「死ね」ということなのか？》

一九八九年六月三十日、永山則夫著『なぜか、海』が、河出書房新社から刊行された。ハードカバーで百七十八ページ、定価千五百五十円で、表題作と「残雪」の二篇が収められて、初版発行は五千部である。本の帯に、「故郷から、家族から、逃れるために少年は東京をめざした／清冽な孤独のちからで魂の叫びを結晶させた『木橋』『捨て子ごっこ』につづく純文学作品集」とある。百二十枚の「残雪」は「文藝」八八年夏季号、百三十枚の「なぜか、海」は同誌の八八年文藝賞特別号（十二月発行）に掲載された。

表題作の「なぜか、海」の書き出しは、「空きっ腹に港から吹く潮風は沁みて寒かった。／Nは今、日本一長いと言われている青森駅のプラットホームに立ち、東京へ運んでくれる汽車を待っている。Nの周辺には板柳町から同行した就職組の新中学卒業者の少年たちが羊のように群れていた。ここが集合場所なのだ。さらにこのホームを狭いと感じさせるほどに県下の各地から同じ目的をもつ少年たちが続々と集まって来ていた。すでに五百人以上はいるはずである」。

この小説を完成させるとき、担当編集者（三十歳）は、ちょっと面白いことに気付いた。東京拘置所の面会室で、お互いに校正刷を持って向かい合い、青森駅のプラットホームの長さの話になった。

すると永山則夫（三十九歳）が、立ち会いの看守に尋ねた。

「青森駅のプラットホームの長さは、何メートルぐらいあるかな？」

「よくわからないけど、日本一長いことは確かだぞ」

永山と同年輩の看守も、郷里の青森県から〝金の卵〟と呼ばれて、中卒で東京へ集団就職して、その後に現在の職に就いたという。ここ東京拘置所で、最古参ともいわれる永山は、看守たちには〝有名人〟である。十五分ないし二十分に制限される面会時間だが、小説の打ち合わせなどで長引いたとき、「もうちょっと……」と言えば、看守も多少は融通を利かせるのだ。

一九九〇年一月二十九日、日本文藝家協会理事会に、永山則夫の「入会申込書」が提出され、二月十四日に開いた入会委員会において、「文学者としての永山さんは迎え入れたいが、殺人者としての永山さんを受け入れることはできない」との意見が多く、決定は保留された。

二月二十二日、永山則夫は、入会の申込みを撤回する旨の手紙を、入会推薦者の日本文芸家協会理事の作家に郵送した。

この年一月二十六日に最高裁第三小法廷で口頭弁論が開かれたので、河出書房新社の担当編集者から、「判決期日も近いから、今のうちに文藝家協会に入会しておいたほうがいい」と勧められ、入会を申し込んだのである。「文学者の自由に係わる問題だからなぁ」と、永山が関心を示したので、入会申込書を代筆して提出することの同意を得て、担当編集者が手続きを取った。しかし、入会委員会が決定を保留したので、マスコミが報じた。それを知った永山則夫は、「自分はここで身を引くから、皆でよく考えて下さい」と編集者に伝えて、入会申込みを撤回した。

この時点で担当編集者は、「文藝」八九年文藝賞特別号の「陸の眼」、同誌九〇年夏季号に掲載する「異水」の二篇を収める『異水』の単行本化と、『無知の涙』『木橋』の河出文庫版を刊行する準備を進めており、これら三点は死刑確定後に店頭に出る。

一九九〇年二月六日、「東京新聞」朝刊は、一月十六日に永山則夫と面会した遠藤誠弁護人のメモにもとづき、その一問一答を社会面に掲載した。

＊

永山　（東京が二年ぶりの積雪で）こんな大雪の中、すみません。
遠藤　弁論の通知は来てますか。
永山　来てます。出廷できないこともわかっています。弁論では僕が書いた上告趣意書の中の憲法九条違反の部分は、僕に代わってぜひ、読み上げて下さい。
遠藤　小説は書いてる？
永山　「異水」です。水が合わない、とか言うでしょ、その意味。大阪で米屋の丁稚＝米穀商店員＝をしていた時の話です。雇い主が戸籍謄本を出してくれ、というが出生地が網走番外地と書いてあったので机の中に隠していた。それを奥さんが掃除中に見つけ、以来、周囲の人たちの僕を見る目が変わった。ちょうど高倉健の映画「網走番外地」がヒット中で、その主題歌を（米穀商の）息子がギターを弾きながら歌う。僕はいたたまれない気持ちになった。それを書いた。
遠藤　きみの作品は非常に克明だ。
永山　みんなノンフィクションなんです。僕は六九年（逮捕）、シャバと絶縁した。だから（逮捕以前の出来事を）きのうのことのように脳ミソに全部覚えている。この前、河出書房の担当記者が来て、原稿料を一枚二千円から二千五百円に上げてくれるそうです。

遠藤　本の売れ行きはどうですか。

永山　そんなにいっぱいは売れていない。これから何かあった時に売れる、と思う。

一九九〇年四月十七日、最高裁第三小法廷（安岡満彦裁判長）が判決公判を開いて、裁判長が「本件上告を棄却する」と五秒間で主文を宣告し、ただちに閉廷した。

以下、「理由」の全文（原文通り）である。

＊

弁護人遠藤誠の上告趣意のうち、憲法三六条違反をいう点は、死刑がその執行方法を含め憲法に違反しないことは当裁判所の判例（昭和二二年㈱第一一九号同二三年三月一二日大法廷判決・刑集二巻三号一九一頁、昭和二六年㈱第二五一八号同三〇年四月六日大法廷判決・刑集九巻四号六六三頁）とするところであるから、理由がない。その余は、違憲をいう点を含め、実質は単なる法令違反、事実誤認、量刑不当の主張であって、適法な上告理由に当たらない。

被告人本人の上告趣意のうち、現行の死刑制度につき憲法九条、一三条、一四条、三六条違反をいう点が理由のないことは、当裁判所の判例（前記各大法廷判決及び昭和二四年新㈱第三三五号同二六年四月一八日大法廷判決・刑集五巻五号九二三頁）の趣旨に徴し明らかであり、その余の違憲をいう点は、原判決に対する論難ではなく、判例違反をいう点は、所論引用の各判例はいずれも事案を異にし本件に適切でなく、その余は、すべて単なる法令違反、事実誤認、量刑不当の主張であって、適法な上告理由に当たらない。

また、記録を精査しても、刑訴法四一一条を適用すべきものとは認められない（本件は、被告人が米軍基地内でけん銃を窃取し、これを使用して、わずか一か月足らずの間に、東京、京都、函館、名古屋の各地で何ら落ち度のない警備員二名及びタクシー運転手二名を射殺し、右タクシー運転手から売上金等を強取し、更にその約五か月後には、右けん銃を使用して、都内で強盗殺人未遂を起こしたという事案である。その犯行の罪質、動機、態様ことに殺害の手段方法の執拗性・残虐性、結果の重大性ことに殺害された被害者の数、遺族の被害感情、社会的影響等に照らせば、被告人の生育歴、犯行時の年齢等を十分考慮しても、被告人の罪質は誠に重大であって、原判決が維持した第一審判決の死刑の科刑は、当裁判所もこれを肯認せざるをえない）。

よって、同法四一四条、三九六条により、裁判官全員一致の意見で、主文のとおり判決する。

検察官逢坂貞夫　公判出席

平成二年四月一七日

最高裁判所第三小法廷

裁判長裁判官　安岡　満彦

裁判官　坂上　壽夫
裁判官　貞家　克己
裁判官　園部　逸夫

一九九〇年四月二十三日、遠藤誠弁護人は、「判決訂正の申立書」を、最高裁第三小法廷に郵送した。

＊

申立の趣旨

右判決主文をつぎのとおり訂正する。

「原判決を破棄する。被告人を無期懲役に処する」

との判決を求める。


一九九〇年五月八日、最高裁第三小法廷（坂上壽夫裁判長）は、「判決の内容に誤りのあることを発見しない」と申し立てを棄却し、永山則夫の死刑が確定した。

あとがき

小説の題名に『死刑囚　永山則夫』と実名を用いた理由は、二十一年間にわたり刑事被告人だった主人公が、『無知の涙』や『木橋』などを獄中で書き、社会的にも作家として評価されたからだ。その軌跡を辿るとき、彼自身の表現を避けて通ることはできず、本文中で少なからぬ引用をしている。

そのようなわけで、敢えて実名を用いたけれども、これは〝ノンフィクション〟ではない。あくまでも小説であり、トルーマン・カポーティが『冷血』を書いて造語した、〝ノンフィクション・ノベル〟の範疇に入る。わたし自身の仕事でいえば、『復讐するは我にあり』や『身分帳』の延長線上にある。

この作品の【参考文献・資料】は別掲の通りだが、「被告人・永山則夫にかかる窃盗、殺人、強盗殺人、同未遂、銃砲刀剣類所持等取締法違反、火薬類取締法違反事件の公判記録」を、基本的な資料にしている。四半世紀に近い長期裁判だから、初動捜査における調書類は〝青焼き〟で、ほとんど文字が消えかかっていた。この調査・取材に取りかかるのがもう数年遅れていたら、判読不能になるところだった。

著者としては、可能なかぎり資料を収集して、客観的事実について遺漏なきを期したが、そのことで「事実を以て語らしめた」と、自負することはできない。なぜなら〝事実〟は、光を当てる角度によって、全く異なる表情を見せる。したがって『死刑囚　永山則夫』は、わたしが主観的に書いた小説にほかならない。

ならば何故、この小説を書いたのか。

作品中にもあるように、永山則夫の小説『木橋』は、一九八三年春に第一九回新日本文学賞を受賞した。たまたま当時、わたしはこの賞の選考委員をつとめており、素朴で新鮮な作風に感動して強く推した。八一年八月、東京高裁が一審の死刑判決を破棄し、無期懲役に減刑したことで、被告人の永山則夫は、初めて小説の形式で書けたのである。

しかし、八三年七月に三審の最高裁は、「刑の量定を誤ったもので、これを破棄しなければ、いちじるしく正義に反する」と二審判決を破棄して、東京高裁に差し戻した。この時点でわたしは、〝連続射殺魔〟と呼ばれた「一〇八号事件」について、詳しい事実関係を知らず、被害者の事情をふくめて調査・取材すべきだと考えた。

当時十九歳の永山則夫の「一〇八号事件」は、日本社会における〝罪と罰〟を考える上で、きわめて大きな意味をもっている。小説『死刑囚　永山則夫』は、今日の死刑制度への問いかけでもあることを、蛇足ながら付け加えておきたい。

なお、今回の調査・取材に際しては法曹関係者を初め多くの方に示唆を頂き、雑誌「群像」

編集部の見田葉子さんの協力を得て書き上げ、単行本にするに当り出版部の平沢尚利さんを煩せたことを、記して感謝する次第です。

一九九四年五月二十三日

佐木隆三

【参考文献・資料】

鎌田忠良著『殺人者の意志』（三一新書）
鎌田忠良著「続・戦後史の現場検証―永山則夫連続射殺事件」（週刊読書人連載）
鎌田忠良著「新・戦後史の現場検証―永山則夫事件」（週刊読書人連載）
見田宗介著『現代社会の社会意識』（弘文堂）
大塚公子著『あの死刑囚の最後の瞬間』（ライブ出版）
日本民主法律家協会司法制度部会編『全裁判官経歴総覧』（公人社）
毎日新聞社会部編著『検証・最高裁判所―法服の向こうで』（毎日新聞社）
朝日新聞取材班編著『孤高の王国・裁判所―司法の現場から』（朝日新聞社）
野村二郎著『最高裁全裁判官―人と判決』（三省堂）
大出良知、川崎英明、神山啓史、岡崎敬編著『刑事弁護』（日本評論社）

右以外については、本文中に出典を明記しています。なお、新聞や雑誌記事などの資料収集は、パソコン通信のニフティサーブおよび大宅文庫を利用いたしました。

佐木隆三（さき りゅうぞう）
1937年（昭和12年）4月15日—2015年（平成27年）10月31日、享年78。朝鮮咸鏡北道（現在は朝鮮民主主義人民共和国）生まれ。本名：小先良三（こさき りょうぞう）。1976年『復讐するは我にあり』で第74回直木賞を受賞。代表作に『身分帳』『犯罪百科』など。

（お断り）
本書は1997年に講談社より発刊された文庫を底本としております。
あきらかに間違いと思われるものについては訂正いたしましたが、
基本的には底本にしたがっております。
また、底本にある人種・身分・職業・身体等に関する表現で、
現在からみれば、不当、不適切と思われる箇所がありますが、著者に差別的意図のないこと、
時代背景と作品価値とを鑑み、著者が故人でもあるため、原文のままにしております。

P+D BOOKS
ピー プラス ディー ブックス

P+Dとはペーパーバックとデジタルの略称です。
後世に受け継がれるべき名作でありながら、現在入手困難となっている作品を、
B6判ペーパーバック書籍と電子書籍で、同時かつ同価格にて発売・配信する、
小学館のまったく新しいスタイルのブックレーベルです。

死刑囚　永山則夫

２０１８年１月14日　初版第１刷発行
２０２４年２月７日　第４刷発行

著者　佐木隆三
発行人　五十嵐佳世
発行所　株式会社　小学館
〒１０１－８００１
東京都千代田区一ツ橋２－３－１
電話　編集　０３－３２３０－９３５５
販売　０３－５２８１－３５５５
印刷所　大日本印刷株式会社
製本所　大日本印刷株式会社
装丁　おおうちおさむ（ナノナノグラフィックス）

ISBN978-4-09-352325-7

P+D BOOKS